浙江省普通本科高校"十四五"重点立项建设教材
高等学校法语专业系列教材

文学跨学科研究方法导论

赵 佳 主编
赵 佳 史烨婷 于梦洋 编著

浙江大学出版社
·杭州·

图书在版编目（CIP）数据

文学跨学科研究方法导论 / 赵佳主编. -- 杭州：浙江大学出版社, 2024. 8. -- ISBN 978-7-308-25423-6

Ⅰ. I106

中国国家版本馆CIP数据核字第2024AA2964号

文学跨学科研究方法导论

赵　佳　主编

策划编辑	包灵灵
责任编辑	陆雅娟
责任校对	史明露
封面设计	杭州林智广告有限公司
出版发行	浙江大学出版社
	（杭州市天目山路148号　邮政编码310007）
	（网址：http://www.zjupress.com）
排　　版	杭州林智广告有限公司
印　　刷	浙江新华数码印务有限公司
开　　本	710mm×1000mm　1/16
印　　张	15.5
字　　数	304千
版 印 次	2024年8月第1版　2024年8月第1次印刷
书　　号	ISBN 978-7-308-25423-6
定　　价	58.00元

版权所有　侵权必究　　印装差错　负责调换

浙江大学出版社市场运营中心联系方式：0571-88925591；http://zjdxcbs.tmall.com

序　言

　　跨学科的思维在文学批评和研究领域中由来已久。法国现代文学批评在其发轫之时就具有了跨学科的思维。18、19世纪的斯塔尔夫人（Madame de Staël）、泰纳（Hippolyte Adolphe Taine）和圣伯夫（Charles-Augustin Sainte-Beuve）等文学批评的先驱以自然和社会环境来解释作家和作品的形成，将地理学和人类学的视角带入了文学批评中。后现代语境下，学科交叉成为知识生产重要的特征，文学跨学科研究成为大趋势。文学研究不仅延续了和历史、哲学等人文学科的交叉，也尝试和社会学、法学等社会学科嫁接，甚至突破文理的界限，运用信息学、物理学、医学等的方法研究文学。学科间的融会贯通打破了学科的分割，将文学融入整个知识体系中加以考察，不仅拓展了文学的维度，也为其他学科的发展带来了启发。研究视野和研究方法上的转变应当贯彻到文学教育中，为文学课堂带来创新和变革。这与我国全面推进"新文科"建设、促进学科交叉融合的方向相契合。

　　本教材以外国文学理论为基础，依托其他人文社会科学领域的理论，探索文学批评的跨学科方法及其在文学教学中的运用。本教材主要面向高校文学专业的师生及文学研究者。教材突破文学理论教材编撰中对跨学科方法涉及少、面向窄的局限，整合现有文学研究中常见的跨学科研究方法，将文学理论与具体的文本分析紧密结合，辅以文学案例分析和拓展阅读材料，指导学生如何将文学跨学科方法应用于文学批评实践。

　　本教材分十讲。第一、二讲为文学与语言学的跨学科研究方法，选取了现代语言学的部分理论，如文体学、诗学、符号学、话段语言学与话语语言学等，对文学作品进行解读。第三、四讲为文学与新闻的跨学科研究方法，探索新闻和新闻体如何进入文学作品中，以及文学作品的虚构写作如何影响新闻写作。第五讲为文学与地理学的跨学科研究方法，主要聚焦于法国地理学家对文学的研究成果。第六、七讲为文学与电影的跨学科研究方法，探讨电影对文学的改编问题以及文学书写中的"电影感"。第八、九、十讲为文学与历史学的跨学科研究方法，聚焦于小说创作，分析文学如何重现或改写历史、文学如何影响历史学的研究等问题。

本教材编写团队成员为浙江大学外国语学院法语专业的教师。每位教师均在法国知名高校获得博士学位，部分教师拥有在法任教经历，具有丰富的教学经验和扎实的学术素养。教师来自文学、语言学、历史学、电影学等不同的研究方向，既通晓各自领域的知识，又进行过较为深入的文学研究。他们是文学跨学科研究的实践者和倡导者，并积极将学术反哺教学，在教学中运用跨学科的方法，将学术前沿研究带入课堂，将"通专跨"的培养理念充分贯彻到文学教学中。浙江大学法语专业在本科和研究生阶段均设置了文学课程，本科阶段的课程以文学史、文学名篇选读为主，研究生阶段的课程注重文学理论和文学批评实践的有机结合，以专题研究的形式引导学生进行更为深入和个性化的文学研究。无论是哪个阶段的学习，跨学科研究方法始终贯穿于我们的教学理念和文学课程设计中。

文学跨学科研究方法浩如烟海，原则上文学研究可以与任意其他学科交叉。本教材聚焦于其中的几种方法，呈现某一学科领域内文学研究的面貌，但篇幅有限，无法穷尽所有方法和所有层面，只能撷取精华。此外，本教材编写组的成员是法语专业教师，所选取的研究对象以法国文学和法国理论为主，参考文献中的外文文献也多为法文文献，无法代表其他国别的研究。因此，本教材更多是对文学跨学科研究方法运用于教学中的一种探索、一次尝试，带领学生跨入文学跨学科研究的大门，让他们意识到文学研究的无限可能性。

本教材首版于2024年，正值中法建交60周年。习近平总书记从青年时代起就对法国文化抱有浓厚兴趣，法国的历史、哲学、文学、艺术深深地吸引着他，文化交流成为他对外交往的重要"名片"。习近平总书记说："了解法兰西文化，使我能够更好认识中华文化，更好领略人类文明的博大精深、丰富多彩。"[①] 与外国文学的相遇和碰撞能够激发我们深层的精神共鸣，有力促进中国人民和世界各国人民的相互理解，并启发我们更好地认识本国文化。本书的撰写从中国立场和视角出发，以法国文学和文学理论为主要参考，既是文学跨学科研究的尝试，也是中法文明互鉴的探索。

最后，我谨代表编写团队向所有为本教材编写和出版做出贡献的专家、师生和编辑表示感谢。感谢许钧教授为教材提出的宝贵意见，感谢外教 Laurent Broche（洛朗·布赫什）为教材编写做出的贡献，感谢博士生吴水燕、钟晨露对部分教材内容所做的翻译，感谢博士生苗海豫参与部分课件的制作。我们期待业内同人们的批评指正。

赵　佳

---

① 新华社. 习近平在中法建交50周年纪念大会上的讲话（全文）. (2014-03-28) [2024-12-10]. http://www.gov.cn/xinwen/2014-03/28/content_2648507.htm.

第一讲
文学研究中的语言学方法（一）文体学、诗学与符号学

1.1 什么是语言学 　　　　　　　　　　　　　　　　1
1.2 语言学与文学的关联 　　　　　　　　　　　　　　2
1.3 文体学与文学分析 　　　　　　　　　　　　　　　5
1.4 诗学与文学分析 　　　　　　　　　　　　　　　　13
1.5 符号学与文学分析 　　　　　　　　　　　　　　　18

第二讲
文学研究中的语言学方法（二）话段语言学、话语语言学与语料库语言学

2.1 话段语言学与文学分析 　　　　　　　　　　　　　36
2.2 话语语言学与文学分析 　　　　　　　　　　　　　39
2.3 话段语言学与话语语言学方法 　　　　　　　　　　42
2.4 语料库语言学与文学分析 　　　　　　　　　　　　47

第三讲
文学与新闻（一）文学与新闻关系研究概论

3.1 作家/记者双重身份研究 　　　　　　　　　　　　　71
3.2 文学新闻化与新闻文学化 　　　　　　　　　　　　77

第四讲
文学与新闻（二）文学与社会新闻

4.1 社会新闻的定义及其特点 　　　　　　　　　　　　88
4.2 社会新闻发展简史及其与文学的关系——以法国为例 　90
4.3 以文学的方法研究社会新闻的结构 　　　　　　　　92
4.4 用语言学和叙事学的方法研究社会新闻的话语 　　　94
4.5 社会新闻与文学类型 　　　　　　　　　　　　　　96
4.6 社会新闻及由社会新闻改编的文学作品的社会功能和伦理价值　100

第五讲
文学与地理学

5.1 文学的见证功能 　　　　　　　　　　　　　　　　108

5.2 对文学话语的研究：文学话语的地理特性　　111
5.3 地理学的"文学性"及地理学的自我反思　　114

第六讲
文学与电影（一）从文学到电影：改编的理论与概述

6.1 小说的电影改编　　122
6.2 戏剧的电影改编　　130

第七讲
文学与电影（二）走向一种新的关系：文学书写中的"电影感"

7.1 基于德勒兹"时间-影像"理论的小说与电影　　144
7.2 图森小说中的非线性时间　　146
7.3 莫迪亚诺小说中的"时间-影像"　　150

第八讲
文学与历史学（一）小说和历史

8.1 四种专门关注过去的小说类型　　159
8.2 小说对过去和历史叙事的影响　　172

第九讲
文学与历史学（二）文学作为历史学研究的素材

9.1 历史研究中对小说的援引　　190
9.2 文学：一种微妙的素材　　193
9.3 文学应用于史学研究的案例　　198

第十讲
文学与历史学（三）历史学科和小说：共存、竞争、模仿和借鉴

10.1 历史学家对小说的批评　　214
10.2 文学对历史学家的影响力　　219
10.3 文学对历史学的诗学启发　　225

参考文献　　242

第一讲
文学研究中的语言学方法（一）
文体学、诗学与符号学

扫码阅读本讲课件

1.1 什么是语言学

我们要了解与探讨语言学方法在文学研究中的应用，少不了要对语言学这一学科有一个粗略的认识。

语言学的定义：

> 语言学即研究言语活动的科学。换言之，语言学就是对人类自然语言的结构、功能、演变进行描写与解释的学科。

事实上，人类记录和探索自身语言的脚步从古至今不曾停歇。在不同地方、不同时期形成了各具特色的语言研究传统，如古代印度、古代希腊、古代罗马以及中世纪的阿拉伯地区。

在东方，华夏上下五千年，从远古的结绳记事到古代神话传说的仓颉造字，从先秦诸子的语言观到两汉的《方言》《说文》《释名》，从三国两晋的韵书到宋元明清时期对汉字、音韵、语法的进一步探索，中国传统语言学围绕着汉字研究形成了由训诂学、文字学和音韵学组成的别具一格的研究传统。

在西方，公元前一千年，记录古代希腊语的字母体系创立。这是今日广泛使用的希腊字母与拉丁字母的源头。柏拉图的《克拉底鲁篇》记录了苏格拉底对于语言问题的讨论："名称是自然的。"在柏拉图的第七封书信中，我们看到了对于这一问题的继续思考。亚里士多德（Aristotle）更多地从修辞学和逻辑学的角度对语言进行探讨，相关思想集中记载于《工具论》中。斯多葛学派首次在哲学领域提出具有独立地位的语法学、语音学和词源学。古罗马时期的瓦罗（Gaius Terentius Varro）继承并发展了古希腊的斯多葛学派和亚历山大里亚学派的学说，并将其应用于对拉丁语的研究中。中世纪对语言的思考集中体现在对拉丁语语法和思辨语法的研究上。文艺复兴时期，对于非欧洲语言（如阿拉伯语、希伯来语、印第安语、汉语等）的探索丰富了欧洲人对其他语言类型和结构的认识。同时，现代欧洲民族语言（新拉丁语，即罗曼语）地位提高，相关研究得到加强。比如16、17世纪英国经验主义下对语音的系统描写和英语语法的形式分析，以及1644—1660年在法国产生的普遍唯理语法。拉丁语和罗曼语的比较研究更为历史语言学奠定了基础。18世纪随着科学的发展，"语言的起源"这一古老的课题重新回到人们的视野中。法国的孔狄亚克（Étienne Bonnot de Condillac）和卢梭（Jean-Jacques Rousseau）、德国的赫尔德（Johann Gottfried von Herder）、英国的哈里斯（James Harris）等都对这一问题进行了探讨。19世纪，梵语研究特别是英国人琼斯（William Jones）提出的梵语、拉丁语、希腊语在动词词根和语法形式上的类同绝对不是偶然的观点，促进了随后大半个世纪的比较历史语言学的发展。19世纪60年代，在实证主义和实验方法影响下形成的新语法学派（又称青年语法学派）逐渐摒弃了历史比较语言学派的浪漫主义思想。20世纪初，曾参与新语法学派运动的费迪南·德·索绪尔（Ferdinand de Saussure）进一步否定以往语言研究中只重视历史的、比较的研究方法，推崇描写的、系统的语言研究方法。至此，始于古代希腊思想家语言探讨的研究传统，经过一代代学者的继承、批判与开拓，语言学作为一门现代科学学科在欧洲建立了。

依惯例，我们认为作为一门现代科学学科的语言学始于"现代语言学之父"索绪尔和他的《普通语言学教程》（1916）。自索绪尔之后，20世纪先后出现了与传统结构主义语言学并存，甚至挑战其地位的形式主义语言学（特别是乔姆斯基的生成语法）、认知语言学、话语语言学等流派。21世纪，口语分析、语言交互以及大数据影响下的大型语料分析成为语言学研究中新的研究趋势。

语言学是以言语活动（langage）为研究对象的学科，将语言（langue）作为系统进行研究，其中涵盖语音学、音位学、形态学、句法学、词汇学、语义学、语用学等领域。自结构主义语言学诞生以来，共时语言学研究方法占据主要地位。但是，对语言的历史与类型学的研究也不可忽视。语言学与其他诸多涉及语言研究的学科产生交集，如心理语言学、神经语言学、临床语言学、计算语言学、社会语言学、人类文化语言学、统计语言学等。其中对文学文本的研究使得语言学与文学很早便形成了多个交叉研究领域，包括文体学、修辞学、诗学等。

1.2 语言学与文学的关联

语言学与文学领域互相取长补短、切磋琢磨。语言学对于语言细节的关注为更好地诠释文学作品提供了分析工具，语言学的不同流派更为文学等人文学科提供了理论和方法论上的支持。文学文本作为语言片段与范例，是语言学研究中易获取的、常用的语料资源。

语言学与文学的关系从我们上面讲到的语言学产生的过程中便可见一斑。语言学与文学的渊源之古老，甚至可以追溯至语言学这一现代学科建立以前的久远历史。公元前4世纪，在古希腊对古代诗歌的注释和研究中产生了语文学。其早期作品与哲思被称为φιλολογία，即"爱文字"。亚里士多德的《修辞学》(Rhétorique)和《诗学》(Poétique)便可被认为是语文学的早期著作。以修订、解释、翻译古代经典为目的的语文学，无疑需要研究者同时具有极高的文学与语言学素养。

然而，似乎是在与文学决裂的前提和基础上，现代语言学才能得以建立。索绪尔《普通语言学教程》绪论的开篇就对语文学和语言学进行了区分：

> 语言不是语文学的唯一对象。语文学首先要确定、解释和评注各种文献；这头一项任务还引导它去从事文学史、风俗和制度等的研究，到处运用它自己的方法，即考订。如果接触到语言学问题，那主要是要比较不同时代的文献，确定每个作家的特殊语言，解读和说明某种古代的或晦涩难懂的语文写出的碑铭……语文学考订有一个缺点，就是太拘泥于书面语言，忘却了活的语言；此外，吸引它的几乎全都是希腊和拉丁的古代文物。①

在1996年于索绪尔日内瓦私邸发现并整理出的《普通语言学手稿》中标题为"文学与语言学"的段落里，我们看到了这样一段论述："语文学归根结底只不过是在文学底下添加的大量注释而已。它囊括一切能多少有助于理解作者的精神的文字，这使得语文学家有时还是考古学家、法学家、地理学家、历史学家、神话学家等等。"②这似乎使得索绪尔的语言学家与语文学家之间的界限模糊了起来。

事实上，在跨学科研究受到重视以前，语言学与文学的联系从未中断。即使文学在《普通语言学教程》中有着极其边缘的地位，索绪尔也不能否认语文学的"这些研究曾为历史语言学做好准备"③。虽然，索绪尔的语言学是"语言的语言学"④，以"社会的、不依赖于个人的语言为研究对象"⑤（这一对语言学研究领域的严格定义，不无索绪尔在新学科建立之初希望将其区分于其他学科的考量），但是，索绪尔不否认"以言语活动的个人部分"为研究对象的"言语的语言学"的存在。文学文本作为作家的创作，是个人的，即言语的，是"言语的语言学"的研究对象。索绪尔本人对文学语料的研究集中

---

① 索绪尔. 普通语言学教程. 高名凯, 译. 北京：商务印书馆, 2019: 16.
② 索绪尔. 普通语言学手稿. 于秀英, 译. 南京：南京大学出版社, 2011: 147.
③ 索绪尔. 普通语言学教程. 高名凯, 译. 北京：商务印书馆, 2019: 16.
④ 索绪尔. 普通语言学教程. 高名凯, 译. 北京：商务印书馆, 2019: 40.
⑤ 索绪尔. 普通语言学教程. 高名凯, 译. 北京：商务印书馆, 2019: 40.

体现在他的易位书写（anagramme）[①]理论中。

索绪尔之后，语言学界对"言语的语言学"研究的推进，使语言学与文学出现了更多的交叉。针对文学与语言学之间的交叉关系，在借鉴与发展《法国综合大百科全书》[②]中相关观点的基础上，我们可以做出以下总结。

两个学科之间的交流，促使语言学与文学互相输出概念（如图 1-1 所示）。20 世纪中期，语言学作为人文学科中的"领航学科"（science pilote）向文学输出语言学概念。同时，一些文学概念借助与语言学交流的契机，增加了自身的"科学性"。这些文学概念最终并没有被引入语言学，而是重新回到文学研究中。以上关系集中体现在诗学领域。

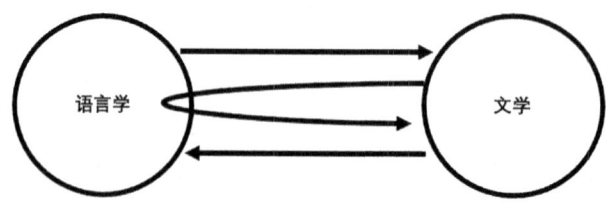

图 1-1　语言学与文学的关联

文学与语言学之间的关联绝不仅仅停留在相互借用概念这一层面上。比如，语言学首先进行了文体学与修辞学方面的研究，而后逐步因为学科限制而出现了瓶颈。文学研究进而接替了语言学，继续对两个领域进行探索（如图 1-2 所示）。

图 1-2　语言学与文学的关联

语言学与文学的交叉，也催生出一些交叉学科，比如话语语言学（linguistique discursive）、文学符号学（sémiotique littéraire）、话段语言学（linguistique énonciative）[③]等（如图 1-3 所示）。

---

① Starobinski, Jean. *Les Mots sous les mots: Les Anagrammes de F. de Saussure*. Paris: Gallimard, 1971.
② Kuentz, Pierre. Encyclopædia Universalis: Linguistique & Littérature[2021-02-01]. https://www.universalis.fr/encyclopedie/linguistique-et-litterature/.
③ Énonciation, énoncé 是法国话语分析领域极具特色的概念，对其进行研究的语言学分支为 linguistique énonciative。目前国内存在将这一研究领域翻译为"表述语言学"或"陈述语言学"的文献。由于法语 énoncé 与英语 utterance 的相关性，参考沈家煊先生译《现代语言学词典》，本书将 linguistique énonciative 译为"话段语言学"。

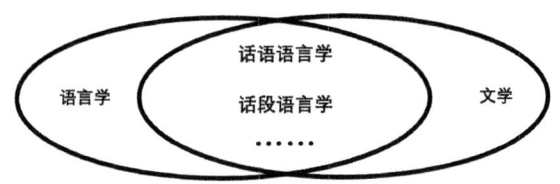

图1-3 语言学与文学的交叉学科

在交叉学科中，比较特殊的当属文学符号学。20世纪中期，诸多人文学科参考语言学的结构主义模式开展研究。借鉴语言学的研究手段，文学符号学建立了一套能指系统用以对文本进行研究。

接下来，我们将对文学与语言学的关联下涉及的研究领域及概念进行简要介绍，再结合文学作品，进一步了解语言学各理论在文学分析中的应用。

1.3 文体学与文学分析

1.3.1 文体学

文体学（stylistique）源于修辞学（rhétorique），其奠基人是著述了《修辞学》和《诗学》的亚里士多德。这两本著作基本上为后世的文体学发展确立了研究基调和方向。

从欧洲的研究传统上看，我们可将文体学分为三个层次（顺序不分先后）。

第一个层次始于亚里士多德《修辞学》中阐释的"说服的艺术"（art de persuader）。这本著作不仅记录了在演讲中征服听众的技巧，同时也明确了有关意识形态的、政治的论文写作方法。语用学和话段语言学中，奥斯瓦尔德·杜克罗（Oswald Ducrot）的理论是对这一传统延续的体现。他认为，言语活动的主要目的不是描绘世界而是辩论。

第二个层次生发于亚里士多德的另一部巨著《诗学》。这一层次大致上可以被认为是对修辞格（figure）的研究。

第三个层次是在欧洲存在的规范文体学。这一文体学在17到19世纪的法国具有极其重要的地位，是文学评论家和实践家评判和创造文学作品的重要标准。由此，我们不难看到文体学与文学的紧密联系。文体学在很长一段时间甚至可以被认为是对文学有辅助作用的学科。但是随着这个层次的文体学在19世纪逐渐程式化，文体学的发展一度停滞。

20世纪七八十年代起，文体学回归到学术视野中。文体学的再一次繁荣，是与语言学紧密相关的。结构主义在人文学科中的影响，驱动了文体学的革新。索绪尔的学生查尔斯·巴利（Charles Bally）创建了区别于阐释文体学（stylistique herméneutique）的文体学。巴利的文体学重视对话语，特别是口语表达的研究。他在《言语活动与生活》

（*Le Langage et la vie*，1913）中提出，文体学研究情感言语活动的表达事实。因此，巴利的文体学不是围绕文学展开的。巴利认为文学的语言是作者个人对日常语言的创造和修改，因此，巴利的文体学着重于自然情感的话语研究，主要观察语言符号之间的关系以及言语（parole）和思想之间的联系，研究语言中说话人具有的根据特定情况组织、传递信息的语言规则和语言结构。巴利的文体学的研究对象不是言语活动的一部分，而是在特定研究角度下的言语活动的全部。

与巴利同期，布拉格学派的创始人马泰休斯（Vilém Mathesius）重新定义了语言学并在文学作品中寻找语言表达的可能性。布拉格学派的罗曼·雅各布森（Roman Jakobson）等将文体学置于文学与语言学的交点，发展出之后被人们熟知的诗学。

在巴利之后，里奥·斯皮策（Léo Spitzer）相比巴利对文体学持有更加开放的态度。他认为研究一个民族灵魂最好的材料就是文学。文学作品记录的是这个民族中优秀语言者的语言。文体学就此由单纯的对情感表达的研究转向对作品背后作家心理的研究。里奥·斯皮策对文体学的贡献使他被誉为"现代文体学之父"。

文体学的发展使对语言主观性的分析被剥离出语言学领域，并使其在文学领域的研究得以加强。巴利的文体学针对语言学范围内的群体的言语活动，如感叹句及重音的作用、不同的修辞手段等。以斯皮策为代表的文学的文体学则是对个体的言语活动的描写。

20世纪80年代后，文体学不再局限于结构主义语言学。语言学领域对社会学、心理学及历史学等领域的关注，在文体学方面体现在话语文体学、社会文体学、历史文体学、文化文体学等学科的产生。

1.3.2　文体学方法

1.3.2.1　词　汇

语言学分析方法在文学作品用词分析中最具代表性的方法之一是义素分析法（analyse sémique）。那么如何使用这一方法进行作品分析呢？我们首先要了解相关的语言学基本知识。

> **补充阅读——几个语言学基础概念**
>
> 义位（sémème）：构成一个语言单位的所有义素的总和，用大写S表示。
>
> 义素（sème）：最小的区别语义的单位，用小写s和//标记，比如，s1/有靠背/、s5/有扶手/。
>
> 在对一个义位进行义素分析时，通过+号或-号标注某义素与该义位的关系，+号代表该义位包含该义素，-号代表该义位不包含该义素。此处以法国语

言学家贝尔纳·伯狄埃（Bernard Pottier）的经典分析为例，帮助大家更直观地理解什么是义素，以及义素分析法涉及的其他重要概念。

义位	s1/有靠背/	s2/有腿/	s3/一人座/	s4/座位/	s5/有扶手/	s6/硬材质/
椅子 chaise	+	+	+	+	–	+
扶手椅 fauteuil	+	+	+	+	+	+
凳子 tabouret	–	+	+	+	–	+
沙发 canapé	+	+	–	+	+	–
墩状软座 pouf	–	+	+	+	–	–

外延（dénotation）：语言单位脱离语境的意义。如"狗"的外延是"犬类四足动物"。

内涵（connotation）：语言单位的情感联想。如"雪花"的内涵可以是"寒冷""纯洁""美好"等。

语义场（champ sémantique）：义位中含有相同义素的词汇的集合。比如椅子、扶手椅、凳子等都有义素s4/座位/，因而，我们可以说椅子、扶手椅、凳子等词汇属于同一语义场。同时也应注意到，该语义场还可以扩大，比如，"马扎"也可以归于这个语义场中。

我们以保尔·艾吕雅（Paul Éluard）的《你眼睛的弧线》和路易·阿拉贡（Louis Aragon）的《艾尔莎的眼睛》为例，具体看看义素分析法在诗歌分析中的应用。首先，我们先来思考构成义位"眼睛"的义素：

$S_{眼睛（yeux）}$ = {s1/复数/、s2/视觉器官/、s3/在脸上/、s4/生物的/……}

以及"眼睛"的内涵，比如"光明""情感""思想"……

那么，在以下两首以"眼"入题的诗歌中，诗人强调了"眼睛"的哪些外延，又拓展了"眼睛"的哪些内涵？我们如何借助义素分析法解读诗歌呢？我们先来读《你眼睛的弧线》一诗。

你眼睛的弧线	La Courbe de tes yeux
你眼睛的弧线绕我的心转一圈， 舞蹈和柔情的一个圆， 时间的光环、夜晚安全的摇篮， 如果说我不全了解我所过的生活 那是因为你的眼睛有时不瞧我。 日光的叶子和夜露的苔藓， 风的芦苇，芳香的笑颜，	La courbe de tes yeux fait le tour de mon cœur, Un rond de danse et de douceur, Auréole du temps, berceau nocturne et sûr, Et si je ne sais plus tout ce que j'ai vécu C'est que tes yeux ne m'ont pas toujours vu. Feuilles de jour et mousse de rosée, Roseaux du vent, sourires parfumés,

被覆光的世界的翅膀，	Ailes couvrant le monde de lumière,
运载天空和大海的航船，	Bateaux chargés du ciel et de la mer,
天籁的猎手和颜色的清泉，	Chasseurs des bruits et sources des couleurs
孵出的一窝曙光的芬芳，	Parfums éclos d'une couvée d'aurores
曙光还一直躺在星汉草铺上，	Qui gît toujours sur la paille des astres,
就像天光取决于清白天真，	Comme le jour dépend de l'innocence
全世界取决于你纯洁的眼睛	Le monde entier dépend de tes yeux purs
我的全部血液在这一盼一顾中流淌。	Et tout mon sang coule dans leurs regards.
李玉民 译	Paul Éluard

初步阅读这首诗后，大家一定能发现作者饱含深情地描写了一双美丽的眼睛。这一描写可以从以下两方面进行词汇分析。一是对本诗中组成"美丽的眼睛形状"的语义场的词汇进行归纳总结。该语义场包括以下词语：弧线（courbe），圈（tour），圆（rond），摇篮（berceau），叶子（feuilles），夜露（rosée），芦苇（roseaux），翅膀（ailes），船（bateaux），星（astres）。二是关于眼睛的颜色，我们可以对词汇义位进行分析，获得以下相关的共同义素：

S 天空 ∩ S 大海 =s/蓝色/

S 叶子 ∩ S 苔藓 =s/绿色/

不难看出，诗人借美丽的蓝绿色眼睛意象，实则要歌颂一个人。那么具体是什么样的人？诗歌暗含着什么样的线索？使用义素分析方法又是否可以略窥一二呢？

不难发现，本诗具有"母性"词汇内涵的词语共三个，分别是

"摇篮"：使诗人感到安全的摇篮；

"翅膀"：s/遮蔽/，s/保护/；

"窝"：s/安全/，s/生育/。

由这三个词语可以看到，诗人借此诗感叹诗的主人公 Gala 是诗人的"新母亲"，让诗人产生重生之感。而诗中有宗教内涵的词汇，集中体现在以下两处。

"时间的光环"：s/宗教/，指代掌管时间的女神；

"星汉草铺"：s/宗教/，原诗句此处出现 paille "稻草"一词，使人联想到《圣经》载耶稣生于马槽稻草中，再由此联想至圣母玛利亚。

通过时间女神与圣母的意象，诗人暗指主人公 Gala 就是自己的女神。

借鉴以上分析方法，请大家阅读并分析这首《艾尔莎的眼睛》。

艾尔莎的眼睛	Les Yeux D'Elsa
你的眼睛这样深沉，当我躬下身来啜泣	Tes yeux sont si profonds qu'en me penchant pour boire
我看见所有的太阳都在其中弄影	J'ai vu tous les soleils y venir se mirer
一切失望投身其中转瞬逝去	S'y jeter à mourir tous les désespérés
你的眼睛突然这样深沉使我失去记忆	Tes yeux sont si profonds que j'y perds la mémoire
是鸟群掠过一片惊涛骇浪	À l'ombre des oiseaux c'est l'océan troublé
晴光潋滟，你的眼睛蓦地变幻	Puis le beau temps soudain se lève et tes yeux changent
夏季在为天使们剪裁云霞作衣裳	L'été taille la nue au tablier des anges
天空从来没有像在麦浪上这样湛蓝	Le ciel n'est jamais bleu comme il l'est sur les blés
什么风也吹不尽碧空的忧伤	Les vents chassent en vain les chagrins de l'azur
你泪花晶莹的眼睛比它还明亮	Tes yeux plus clairs que lui lorsqu'une larme y luit
你的眼睛连雨后的晴空也感到嫉妒	Tes yeux rendent jaloux le ciel d'après la pluie
玻璃杯裂开的那一道印痕才最蓝最蓝	Le verre n'est jamais si bleu qu'à sa brisure
苦难重重的母亲啊雾湿流光	Mère des Sept douleurs ô lumière mouillée
七支剑已经把彩色的棱镜刺穿	Sept glaives ont percé le prisme des couleurs
泪珠中透露出晶亮更加凄楚	Le jour est plus poignant qui point entre les pleurs
隐现出黑色的虹膜因悲哀而更青	L'iris troué de noir plus bleu d'être endeuillé
你的眼睛在忧患中启开双睫	Tes yeux dans le malheur ouvrent la double brèche
从其中诞生出古代诸王的奇迹	Par où se reproduit le miracle des Rois
当他们看到不禁心怦怦跳动	Lorsque le cœur battant ils virent tous les trois
玛丽亚的衣裳悬挂在马槽当中	Le manteau de Marie accroché dans la crèche
五月里一张嘴已经足够	Une bouche suffit au mois de Mai des mots
唱出所有的歌，发出所有的叹息	Pour toutes les chansons et pour tous les hélas
苍穹太小了盛不下千百万星辰	Trop peu d'un firmament pour des millions d'astres
它们需要你的眼睛和它们的双子星座	Il leur fallait tes yeux et leurs secrets gémeaux
孩子们为瑰丽的景色所陶醉	L'enfant accaparé par les belles images
微微眯起了他们的目光	Écarquille les siens moins démesurément
当你睁开大眼睛我不知道你是不是扯谎	Quand tu fais les grands yeux je ne sais si tu mens

像一阵骤雨催开了多少野花芬芳	On dirait que l'averse ouvre des fleurs sauvages
他们是不是把闪光藏在薰衣草里	Cachent-ils des éclairs dans cette lavande où
草间的昆虫扰乱了他们的炽热情爱	Des insectes défont leurs amours violentes
我已经被流星的光焰攫住	Je suis pris au filet des étoiles filantes
仿佛一个水手八月淹死在大海	Comme un marin qui meurt en mer en plein mois d'août
我从沥青矿里提炼出了镭	J'ai retiré ce radium de la pechblende
我被这禁火灼伤了手指	Et j'ai brûlé mes doigts à ce feu défendu
啊千百次失而复得的乐园而今又已失去	Ô paradis cent fois retrouvé reperdu
你的眼睛是我的秘鲁我的哥尔贡德我的印度	Tes yeux sont mon Pérou ma Golconde mes Indes
偶然在一个晴日的黄昏，宇宙破了	Il advint qu'un beau soir l'univers se brisa
在那些盗贼们焚烧的礁石上	Sur des récifs que les naufrageurs enflammèrent
我啊我看到海面上忽然熠亮	Moi je voyais briller au-dessus de la mer
艾尔莎的眼睛艾尔莎的眼睛艾尔莎的眼睛	Les yeux d'Elsa les yeux d'Elsa les yeux d'Elsa
徐知免 译①	Louis Aragon

通读本诗后，大家可能对这双眼睛的两大特点印象深刻：一是这是一双蓝色的眼睛；二是这是一双明亮的眼睛。那么诗人是如何描写这些特点的呢？此处我们可以再次借助义素分析法进行讨论。首先，围绕眼睛颜色，我们可以找到以下包含 s/蓝色/的词汇：

s/蓝色/ = S湖 ∩ S天空 ∩ S大海 ∩ S玻璃 ∩ S薰衣草

值得注意的是，这些词汇主要分布在诗歌的前半部分。同样地，围绕眼睛明亮的特点，我们可以找到以下包含 s/明亮/的词汇：

s/明亮/ = S太阳 ∩ S镭 ∩ S星

在这组词语中，为什么会包含词语"镭"呢？这是因为"镭"法文为 radium，其词源出自拉丁文 radius，意为"光线"。

我们也应注意到有关 s/明亮/的词汇主要分布在诗歌的后半部分。

最后我们还能收集到大量围绕 s/战争/的词汇，它们构成了关于战争的语义场，如：逝去（mourir），绝望（désespérés），悲伤（chagrins），泪水（larme），裂痕（brisure），痛苦（douleurs），双刃剑（glaives），痛苦（poignant），眼泪（pleurs），悲

---

① 瓦莱里，等. 法国现代诗抄. 徐知免，译. 重庆：重庆大学出版社，2012：221.

哀（endeuillé），忧患（malheur），叹息（hélas），独占（accaparé），炽热的、强烈的（violentes），死去（meurt），灼伤（brûlé），火（feu），焚烧（enflammèrent）。

本语义场词汇众多，贯穿全诗，集中体现了诗人在二战的战火中所经历的痛苦。

1.3.2.2 修　辞

修辞手法可以分为宏观结构修辞方法（figure macrostructurale）与微观结构修辞方法（figure microstructurale）。

宏观结构修辞方法即从宏观语境出发去挖掘、解释的修辞手法，比如"他可真聪明"，此处如果宏观的语境使我们判断这句话实际想表达的意思是"他可真笨"，那么这里就涉及宏观结构修辞方法。常见的宏观结构修辞方法包括对比法、反问、夸张、反语、层递等。此处不再对常见修辞手法展开讲解，仅简要展开介绍一下层递的修辞方法。层递修辞法用于表达有组织的、连续的观点或情感。情感可递增或递减。其经典例句是高乃依（Pierre Corneille）的《熙德》（*Le Cid*）第一幕第五场的台词："去吧，跑吧，飞吧，为我们报仇吧。"（Va, cours, vole, et nous venge.）

微观结构修辞方法是不需要借助宏观结构，从较短的文段即可判断出的修辞方法。大体上微观结构修辞方法可以分为以下三大类：关于发音的修辞、关于结构的修辞、关于意义的修辞。

接下来，我们从微观结构修辞角度出发对皮埃尔·德·马波夫（Pierre de Marbeuf）的《海与爱》选段进行分析。

海与爱	Et la mer et l'amour…
海与爱皆苦， 海是苦的，爱亦苦， 在爱中沉沦犹如在海中沉沦， 因为海与爱都不会风平浪静。	Et la mer et l'amour ont l'amer pour partage, Et la mer est amère, et l'amour est amer, L'on s'abîme en l'amour aussi bien qu'en la mer, Car la mer et l'amour ne sont point sans orage.
畏水之人，就让他留在岸边， 害怕因爱而受苦之人， 就让他远离爱的烈焰， 他们二者都不会经历翻船之变。	Celui qui craint les eaux qu'il demeure au rivage, Celui qui craint les maux qu'on souffre pour aimer, Qu'il ne se laisse pas à l'amour enflammer, Et tous deux ils seront sans hasard de naufrage.
爱之母以海为摇篮， 火生于爱，爱之母生于水， 但水与火对抗却无法将它拦截。	La mère de l'amour eut la mer pour berceau, Le feu sort de l'amour, sa mère sort de l'eau, Mais l'eau contre ce feu ne peut fournir des armes.

你的爱灼烧着我，如此痛苦，	Si l'eau pouvait éteindre un brasier amoureux,
倘使水能扑灭爱的炽火，	Ton amour qui me brûle est si fort douloureux,
我愿用我的泪海将它浇灭。	Que j'eusse éteint son feu de la mer de mes larmes.
吴水燕 译	Pierre de Marbeuf[①]

首先，从语音角度看，本诗主要运用了以下三种修辞方法。

（1）头韵法（alliétration）：重复辅音的修辞方法。整首诗连贯重复 [m] 和 [r] 两个辅音，形成了整首诗的连贯性。头韵法的经典例证是兰波（Arthur Rimbaud）的《地狱一季》（*Une Saison en Enfer*）的序诗（见拓展阅读与思考）。序诗中通过不断重复 [s] 和 [f] 两个摩擦辅音，来加强痛苦感、窒息感的艺术表达效果。

（2）半谐音法或准押韵法（assonance）：重复元音的修辞方法。马波夫的《海与爱》中，元音 [a]、[u]、[e] 和 [ɔ] 的重复增强了诗歌韵律，加强了诗感。而兰波的序诗第一节，元音 [u] 和 [ɛ̃] 的重复，加强了诗人的痛苦感。

（3）近音词连用（paronomase）：意义不同但发音相似的词语或同音词的连续使用。该修辞方法通常可使诗歌具有回环往复之感。在马波夫的诗中，主要的近音词连用有 la mer / l'amour / l'amer/ la mère (amour / amer) 以及 les eaux / les maux。

接下来，我们从结构角度看，本诗涉及平行结构与衔接结构两大类修辞方法。

（1）平行结构：主要包含句首反复（anaphore）和句尾反复（épiphore）。在本诗中，诗人仅运用了句首反复的方法。句首反复即在相邻诗句或段落出现相同词汇或词组，比如：

Et la mer et l'amour ont l'amer pour partage,

Et la mer est amère, et l'amour est amer,

句尾反复主要指在相邻两个或多个诗句结尾出现相同的词或词组。本诗中未出现这一修辞手法。

（2）衔接结构：本诗在衔接结构方面主要运用了顶针结构（anadiplose），这里将 anadiplose 译为"顶针结构"，但其所指范围更为宽泛。anadiplose 指在后一个分句的开头部分重复前面分句中的词汇的修辞手段，如：

L'on s'abîme en l'amour aussi bien qu'en la mer,

Car la mer et l'amour ne sont point sans orage.

最后，从意义角度看，本诗涉及的相关修辞手法主要包含提喻（synecdoque）、比喻（comparaison）、隐喻（métaphore）等，此处不做赘述。

---

① De Marbeuf, Pierre. *Recueil des vers de Pierre de Marbeuf*. Rouen: Imprimerie Léon GY, 1897: 183.

1.4 诗学与文学分析

1.4.1 诗 学

我们此处所讲的诗学（poétique）指的是罗曼·雅各布森于20世纪60年代所创建的诗学。雅各布森作为功能主义语言学的先驱之一，曾经指出，在言语活动的功能中应承认有一特殊的功能，即"诗性功能"。德国心理学家、语言学家卡尔·布勒（Karl Bühler）曾提出一个语言交际图示（如图1-4所示）。

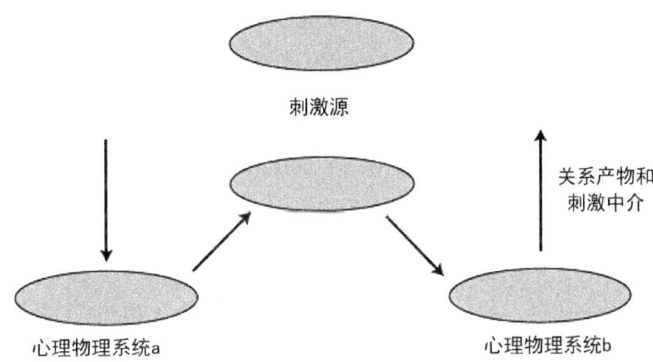

图1-4　卡尔·布勒的交际图示[①]

雅各布森在卡尔·布勒交际图示的基础上，提出了新的交际图示[②]（如图1-5所示）。雅各布森的交际图示是目前最常被引用的交际图示。

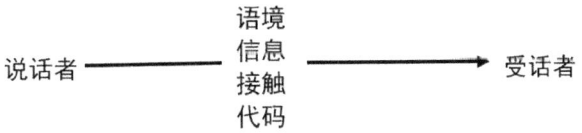

图1-5　雅各布森的交际图示

雅各布森指出，说话者向受话者传递信息，首先要有其所指的语境，在其他的理论中这个"所指的语境"经常被称为"所指对象"。说话者和受话者还需要使用至少部分相同的代码。信息的传递还需要满足接触要素。接触可能是通过物理媒介连接说话者和受话者，也可能是说话者和受话者的心理连接。雅各布森图示中的六大要素在语言交际中分别对应一种语言功能。我们可以得出以下关于语言功能的图示（如图1-6所示）。

---

① Bühler, Karl. *Sprachtheorie. Die Darstellungsfunktion der Sprache*. Jena: G. Fischer, 1934: 26. 如无特殊说明，书中译文均由本书编者翻译。
② Jakobson, Roman. *Essais de linguistique générale*. Paris: Éd. Minuit, 1963: 214.

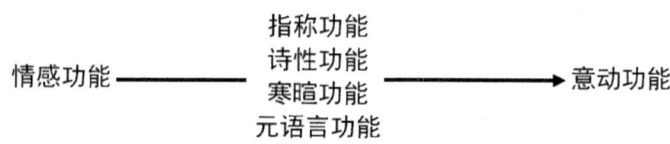

图 1-6　雅各布森的语言功能图示

雅各布森将语言的创作手段置于诗学文本研究的中心。诗性功能的特点是"指向（Einstellung）信息本身原貌，重点在于为其自身的信息"①。在诗性功能中，文本的形式是信息的重要部分。雅各布森认为，在诗歌中，词汇的选择不是为了交际和提供消息，而是词汇之间的对等性（équivalence）的体现。排比（parallélisme）、近义词连用（pléonasme）、发音层面的押韵（rime）、叠韵（allitération 和 assonance）、汉语诗歌特有的对偶和格律等都是雅各布森提出的对等性的体现。诗性功能为主的诗歌语言并不以描写真实世界中的事实为目的。雅各布森由此引入了诗歌语言的模糊性（ambiguïté）的概念。在雅各布森看来，不仅诗歌传递的信息是含糊的，诗歌中的说话者和受话者也是模棱两可的。在抒情诗中的"我"可能是抒情诗的主人公，也可能是虚构的叙事者。戏剧中的"你"可以是指独白中假想的对象，也可以是书信的收信人。②

雅各布森的诗学模式在文学研究中获得了极大的认可和成功。但他对文学的思考不只局限在诗学领域。实际上，雅各布森所代表的功能语言学派更多的贡献在于为语言学研究提供了一种功能性的"思维方式"。他指出，研究语言就是要研究其所有的功能。而这种思维方式，自然也可以适用于其他与语言学交叉的学科。诗性功能是文学语言的重要功能，但不是其唯一功能。雅各布森还理论化了文学交际的模式：作为说话者的作家向作为受话者的读者传递一个单方向且指向本身的信息。

1.4.2　诗学方法

在诗学领域，雅各布森和列维-施特劳斯（Claude Lévi-Strauss）合作的文章《波德莱尔的〈猫〉》堪称以诗学的角度研究文学作品的经典。本节旨在概括、整合该文章中提出的分析方法。

首先，我们先来粗读一下波德莱尔（Charles Baudelaire）的短诗《猫》。

---

① Jakobson, Roman. *Essais de linguistique générale*. Paris: Éd. Minuit, 1963: 218.
② Jakobson, Roman. *Essais de linguistique générale*. Paris: Éd. Minuit, 1963: 238.

猫	Les chats
严肃的学者，还有热烈的情侣， 在其成熟的季节都同样喜好 强壮又温柔的猫，家室的骄傲， 像他们一样地怕冷，简出深居。 它们是科学，也是情欲的友伴， 寻觅幽静，也寻觅黑夜的恐惧； 黑暗会拿来当作阴郁的坐骑， 假使它们能把骄傲供人驱遣。 它们沉思冥想，那高贵的姿态 像卧在僻静处的大狮身女怪， 仿佛沉睡在无穷无尽的梦里； 丰腴的腰间一片神奇的光芒， 金子的碎片，还有细细的沙粒 又使神秘的眸闪出朦胧星光。 郭宏安 译①	Les amoureux fervents et les savants austères Aiment également, dans leur mûre saison Les chats puissants et doux, orgueil de la maison, Qui comme eux sont frileux et comme eux sédentaires. Amis de la science et de la volupté, Ils cherchent le silence et l'horreur des ténèbres; L'Erèbe les eût pris pour ses coursiers funèbres, S'ils pouvaient au servage incliner leur fierté. Ils prennent en songeant les nobles attitudes Des grands sphinx allongés au fond des solitudes, Qui semblent s'endormir dans un rêve sans fin; Leurs reins féconds sont pleins d'étincelles magiques, Et des parcelles d'or, ainsi qu'un sable fin, Etoilent vaguement leurs prunelles mystiques. Charles Baudelaire②

波德莱尔的这首诗的韵律体系是：aBBa CddC eeFgFg。

其中用小写字母标明阴韵，大写字母标明阳韵。阴韵以哑音 e 结尾，其他为阳韵。诗中的部分规律可以直接套用法语六行诗的规则来解释。换句话说，波德莱尔在作诗时，遵从了六行诗的规则：

（1）两个平韵，即 AABB 式的韵，不能相连；

（2）相邻不同韵的诗行，韵需一阴一阳；

（3）相邻诗节末尾行，韵需一阴一阳。

雅各布森等首先从词汇学的角度寻找规律，并发现韵和词类之间是有关联的。波德莱尔的整首诗（法语原文），都是由名词或形容词结尾。阴韵诗行较长，并且以形容词或名词的复数形式结尾。阳韵诗行较短，并且以形容词或名词的单数形式结尾。

全诗共包含三个以句号为标志的完整句子。如果从动词数量角度来看，三个句子的主句中所包含的动词数量呈递增趋势：

第一句中，主句包含一个动词（aiment）；

---

① 波德莱尔. 恶之花. 郭宏安，译. 北京：燕山出版社，2005: 174-176.

② Baudelaire, Charles. *Les Fleurs du mal*. Paris: Poulet-Malassis et de Broise, 1857: 132.

第二句中，主句包含两个动词（cherchent, eût pris）；

第三句中，主句包含三个动词（prennent, sont, étoilent）。

三个句子各包含一个含有一个动词的分句：qui… sont, s'ils pouvaient, qui semblent。

从句法的角度看，两个四行诗节与两个三行诗节间的句法结构具有一定的平行关系。第一个四行诗节和第一个三行诗节都由两个分句组成。第二个分句是第一个分句的关系从句，都由qui引导，都是诗节的最后行，都修饰一个阳性复数形式的名词。第二个四行诗节和第二个三行诗节都由两个由连词连接的并列关系的分句组成。从语义上，我们将雅各布森的分析如图1-7所示。

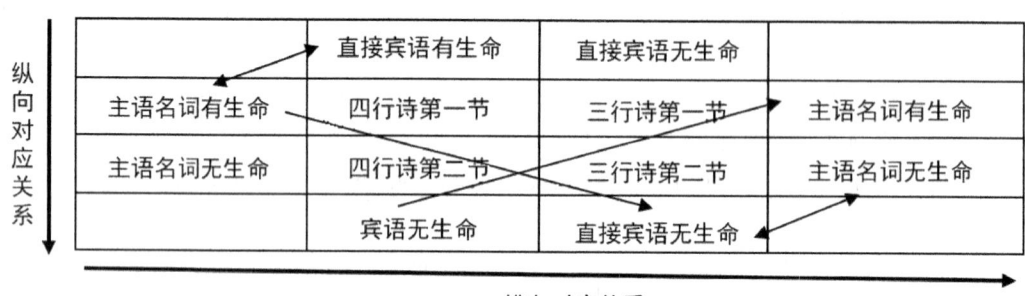

图 1-7　诗歌《猫》诗学分析示意图

简而言之，波德莱尔的诗歌中，四行诗第一节和三行诗第一节中作主语的名词都是有生命的。四行诗第二节和三行诗第二节中作主语的名词都是无生命的。这一平行关系，构成了雅各布森所说的横向的对应关系。从纵向上来看，雅各布森等发现四行诗第一节的直接宾语都是有生命的，四行诗第二节的宾语都是无生命的。三行诗第一节和第二节的直接宾语都是无生命的。由此，雅各布森等找到了对角线方向的对应关系，即四行诗第一节的主语是有生命的而三行诗第二节的直接宾语是无生命的，对应四行诗第二节的宾语是无生命的而三行诗第一节的主语是有生命的。开头第一节的主语和宾语都是有生命的，结尾最后一节的主语和宾语都是无生命的。

从语法结构上看，开篇第一节和最后一节的句子都有两个主语（此处指主句中的主语以及从句中的主语）、一个谓语和一个直接宾语。而诗中的其他句子不具有这个结构。开篇第一节和最后一节的主语和宾语都带有一个限定词。只有开篇第一节和最后一节的谓语是有副词修饰的。两个副词都是"形容词+ment"构成的副词。中间两节的谓语都是"系词+表语"的结构。

诗歌首行作主语的形容词性名词（amoureux, savant）都是具有动词词根（aimer, savoir）的。而诗歌最后一行作谓语的动词却是由一个无生命的普通名词活用并进行变位而来的。

根据以上存在的对角线下的对应关系以及第七行、第八行诗语法结构等的特殊性，从对称的角度出发，雅各布森等提出可以将诗歌分成三个部分，诗歌第一行到第六行为一部分，诗歌第七行、第八行为一个部分，第九行到最后为一部分。雅各布森等接下来对这种对称关系给出了进一步的分析，我们将其分析总结如下：

（1）只有第七行有一个专有名词和谓语动词的单数形式。诗中其他专有名词和谓语动词都是复数形式。

（2）诗歌中的时态除了第七行、第八行以外都是一般现在时。

（3）诗中所有动词都有名词作宾语（系动词有系表结构），只有第七行中有以代词作宾语的情况。

（4）除第七行以外，诗中名词（除了作为补语修饰名词的名词）都有定语或补语修饰。

（5）除去第七行中的形容词"葬礼的"（funèbre）是限定性定语外，诗中其他形容词都是品质形容词。

（6）第七行是唯一按"非生命——有生命物"顺序叙述的诗行。

（7）只有第七行、第八行的最后一个词采用了头韵法。

（8）第七行是诗中唯一没有鼻化元音的。

（9）前六行诗中，由多个连词"和"（et）连接形成并列词组，形成了一种回环反复的感觉，增加了连贯性，使前六行诗形成更紧密的关系。这种结构在诗歌的后半部没有再出现过。

根据对角线的关系，雅各布森等提出了另一种交错配列的分段方法，即第一个诗节和第四个诗节是一部分，在这一部分中，"猫"作补语。第二和第三个诗节是一部分，这一部分中，"猫"作主语。

另外，雅各布森等认为前两节是一部分、后两节是一部分也是一种分段方式。第三行诗中的名词"猫"是它所在句子的直接宾语，使前三行诗都与它相联系，并成为接下来三行诗暗含的主语。在第七行中，"猫"是宾语。而在第八行中，"猫"是分句的主语，并与第九行在语法层面相连，后置的从属分句使得它的主句和它后面接着的句子形成过渡。第九行和第十行使"猫"与"斯芬克斯"的比喻与第十一行及最后一诗节相联系。第四行与第十一行的定语从句所修饰的成分是模糊的，使得"猫"是否是所有比喻的对象也变得模糊起来。同时，诗中大量使用的代词加深了这种模糊性。诗的前两节客观描写了猫的个性，诗的后两节则通过比喻，描写了一种超自然性。后两节中大量使用的唇齿摩擦音[s]、[f]，以及大量的鼻元音[ɑ̃]、[ɛ̃]、[œ̃]、[ɔ̃]更加深了这种从"猫"到"斯芬克斯"的转变感。

这部分的分析是基于法语原文的，有些观点可能在汉译本中无法体会。但是，雅各布森的分析方法，是可以应用于各种语言的诗歌的分析中的。

由以上两节我们不难看到，与文体学相比，雅各布森的诗学并没有很多对于自然语言本身的分析。雅各布森的理论是属于结构主义、布拉格功能主义、俄罗斯形式主义的，因而在诗学中，上文展示的与话语相关的"诗性功能"，如诗节、押韵等，本质上是结构性的。

1.5 符号学与文学分析

1.5.1 符号学

首先需要强调的是，此处我们所说的符号学不是广义的、索绪尔所指的"研究社会生活中符号生命的科学"[①]的符号学（sémiologie），而是于20世纪60年代产生的狭义的文学符号学，又称篇章符号学（sémiotique textuelle）。文学符号学致力于描写意义系统而不是符号系统。

> **补充阅读——索绪尔的符号学**
>
> 语言是一种表达观念的符号系统，因此，可以比之于文字、聋哑人的字母、象征仪式、礼节形式、军用信号等等。它只是这些系统中最重要的。
>
> 因此，我们可以设想有一门研究社会生活中符号生命的科学；它将构成社会心理学的一部分，因而也是普通心理学的一部分；我们管它叫符号学（sémiologie，来自希腊语sēmeîon "符号"）。它将告诉我们符号是由什么构成的，受什么规律支配。因为这门科学还不存在，我们说不出它将会是什么样子，但是它有存在的权利，它的地位是预先确定了的。[②]

文学符号学与文体学、诗学最大的区别在于，文学符号学不再是对文本的逐行解释。文学符号学力图构造文本模型，解释文本对象的运行机制。另外，文学符号学注重对于语义的研究。20世纪60年代，文学符号学出现的标志是格雷马斯（Algirdas Julien Greimas）的著作《结构语义学》（*Sémantique structurale*）在法国的问世。文学符号学从语言学中汲取灵感，认为话语是有内在组合和变化规则的意义结构的连接。然而，在语义学的范畴内也会涉及话段研究、诗学、音乐交际等领域。文学符号学的语义研究，相较于其他学科，有什么特点呢？格雷马斯在《意义》（*Du Sens*）一书中指出文学符号

[①] 索绪尔. 普通语言学教程. 高名凯，译. 北京：商务印书馆，2019: 36.
[②] 索绪尔. 普通语言学教程. 高名凯，译. 北京：商务印书馆，2019: 36.

学对意义的分析研究不是对词之间的组合关系或对话段之间的生成关系的研究，而是对话语和文本层次的研究。

1968年，在罗兰·巴特（Roland Barthes）主持下，《言语活动》（*Langage*）杂志第12期以"语言学与文学"为当期主题，发表了10篇文章。巴特在自己的文章中总结文学符号学在当时的研究状况时指出，虽然在格雷马斯组织下，法兰西公学院（Collège de France）的社会人类学实验室汇集了来自法国国家科学研究中心（Centre National de la Recherche Scientifique, CNRS）和高等研究应用学院（École Pratique des Hautes Études, EPHE）的青年研究人员并组成了一个团队，但还未形成学术流派。因而研究成果是个人的、多样的。巴特期望文学符号学在继承语言学范畴的基础上，逐渐形成能够对抗语言学范畴并撼动学界文学分析习惯的力量，文学符号学不能满足于成为语言学和文学的交叉学科，而应该成为促使两个学科交流、发展的新学科。

20世纪70年代是文学符号学的黄金期，见证了诸多该领域内的探索和发现，比如格雷马斯对莫泊桑的解读，埃科（Umberto Eco）的《故事里的读者》（*Lector in fabula*），罗兰·巴特的《S/Z》（*S/Z*）等。

文学符号学的发展，是对语言学在文学评论中的不足的补充，是出于对文学作品复杂性的考量，是拒绝将文学作品局限在结构主义的分析中的探索。

1.5.2 符号学方法

首先，我们先要补充一下关于符号的基本语言学知识。符号（signe）、能指（signifiant）、所指（signifié）的概念需要回溯到索绪尔的《普通语言学教程》。

> **补充阅读**
>
> 语言符号连接的不是事物和名称，而是概念和音响形象。后者不是物质的声音，纯粹物理的东西，而是这声音的心理印迹，我们的感觉给我们证明的声音表象。它是属于感觉的，我们有时把它叫作"物质的"，那只是在这个意义上说的，而且是跟联想的另一个要素，一般更抽象的概念相对立而言的。
>
> 我们试观察一下自己的言语活动，就可以清楚地看到音响形象的心理性质：我们不动嘴唇，也不动舌头，就能自言自语，或在心里默念一首诗。那是因为语言中的词对我们来说都有一些音响形象……
>
> 因此语言符号是一种两面的心理实体，我们可以用图表示如下[①]：

[①] 图片来自：De Saussure, Ferdinand. *Cours de linguistique générale*. Paris: Édition Payot & Rivages, 1995: 99.

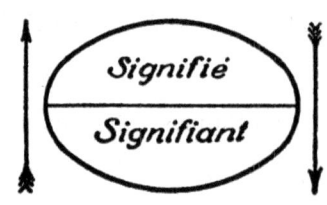

图 1　符号的两面性

这两个要素是紧密相连而且彼此呼应的。很明显，我们无论是要找出拉丁语 arbor 这个词的意义，还是拉丁语用来表示"树"这个概念的词，都会觉得只有那语言所认定的连接才是符合实际的，并把我们所能想象的其他任何连接都抛在一边①。

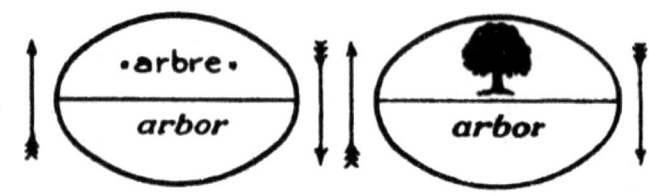

图 2　"树"的概念和拉丁语对应词汇

这个定义提出了一个有关术语的重要问题。我们把概念和音响形象的结合叫作符号，但是在日常使用上，这个术语一般只指音响形象，例如指词（arbor 等）。人们容易忘记，arbor 之所以被称为符号，只是因为它带有"树"的概念，结果让感觉部分的观念包含了整体的观念。

如果我们用一些彼此呼应同时又互相对立的名称来表示这三个概念，那么歧义就可以消除。我们建议保留用符号这个词表示整体，用所指和能指分别代替概念和音响形象。后两个术语的好处是既能表明它们彼此间的对立，又能表明它们和它们所从属的整体间的对立。②[……]

叶尔姆斯列夫（Louis Hjelmslev）继承了索绪尔的符号的两面性以及"语言是形式的而不是实质的"的观点。用"表达"代替"能指"，"内容"代替"所指"，指出了符号的四个方面（叶尔姆斯列夫的符号理论如图 3 所示③）。符号形式是表达形式和内容形式的总和。"物质"，即物理现实，是以假设形式存在为前提的。

表达内容和表达形式是符号学研究的对象。

---

① 图片来自：De Saussure, Ferdinand. *Cours de linguistique générale*. Paris：Édition Payot & Rivages, 1995: 99.
② 索绪尔. 普通语言学教程. 高名凯，译. 北京：商务印书馆，2019: 106-107.
③ 图片来自：Courtés, Joseph. *Analyse sémiotique du discours*. Paris: Hachette, 1991: 27.

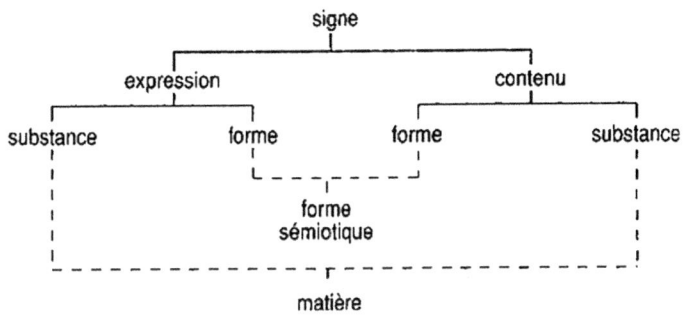

图 3　符号的内容与形式

在表达层面，以音位学为例，在汉语普通话中，[kʰ]和[k]是可以区分意义的最小单位，比如[kʰan⁵¹]"看"和[kan⁵¹]"干"这对词素意义不同，而发音只有[kʰ]和[k]两音不同。因此，在汉语普通话中，[kʰ]和[k]起到意义区分的作用，分别对应两个音位，即为/kʰ/和/k/。但在法语中，[kʰ]、[kh]和[k]是该音位/k/的两个变体。在内容层面，同样事物，在不同语言中，具有不同的概念化及组织结构，并由不同的实体承载。比如，语言学上经常提及的叶尔姆斯列夫关于"树"的概念的不同组织形式的示意图（如图4所示）①。

français	allemand	danois
arbre	Baum	trae
bois	Holz	skov
forêt	Wald	

图 4　"树"的不同概念化

我们认为，符号学中包含我们说的文学符号学，是对表达形式的研究。即使在文学符号学的范畴内，各家学说和方法仍是非常多样的。本节我们以格雷马斯的符号学分析中的若干理论方法②为例，展示符号学在文学分析中的应用。

首先，我们来看格雷马斯对叙述结构的分析。格雷马斯希望通过符号学的"形式切分来逐步取代对文本及其衔接的直觉领会……借助不同的可比文本对叙述结构的了解，将其当作预测叙述进展的模型"③。

请阅读莫泊桑短篇小说《绳子》。

---

① Greimas. *Du Sens II*. Paris: Seuil, 1983.
② Greimas. *Du Sens II*. Paris: Seuil, 1983.
③ 格雷马斯. 论意义（下）. 冯学俊, 吴泓缈, 译. 天津：百苑文艺出版社，2005: 146.

绳　子

戈代维尔镇周围的条条路上全是到镇上来的庄稼人和他们的妻子，因为这一天是赶集的日子。男人迈着稳健的步伐，畸形的长腿每跨一步，整个身体都往前冲一下。干的活总是又苦又累，犁地得扭着上身耸起左肩才能压住犁，割麦得撇开双腿才能稳稳当当站住，庄稼活全都费工吃力，他们的腿也就渐渐地变了形。他们穿的罩衫一色蓝，上了浆，闪闪发亮好像上了油漆似的，领子和袖口都用白线绣上细小的花纹，罩衫套在他们瘦小的身上鼓鼓囊囊，活像正要飞起来的大气球，脑袋，两只胳膊和两条腿就从这大气球里伸了出来。

有的男人牵一头母牛或者小牛犊来赶集，做妻子的在牲畜后面用还挂着叶子的枝条打牲畜腰部，催它快走。她们手臂上都挎只大篮子，篮里有的从这边伸出鸡脑袋，有的从那边伸出鸭脑袋。她们走得都比她们男人急，但是步子迈得小。她们长得又干又瘦，直直地板着上身，披一条窄小的披巾，用别针别在扁平的胸脯上，头上紧贴头发包上白布片，再戴一顶没有边的软帽。

后面有一辆马车过来，车上放了长板凳，一匹小矮马拉着车一路小跑，车一颠一晃，摇得车上的两个男人东倒西歪。车子后半拉坐了一个女人，手紧紧扶着车沿，想尽量摇摆得小一些。

戈代维尔镇的广场上熙熙攘攘，人和牲畜乱哄哄混成一片。只见挤挤插插的人堆里支出一只又一只牛角，一顶又一顶长毛高筒的富家农民戴的皮帽子以及一顶又一顶农妇戴的软帽子。各种各样的喊叫声，有穷嚷嚷的，有尖声尖气的，有直刺耳朵的，汇成一片喧腾，闹嚷嚷吵个不停，喧闹声中又不时响出一阵压倒其他一切声响的哈哈笑声，哪个快活的乡下人正敞开他那健壮的胸膛纵声大笑起来，还能时不时听到拴在房屋墙旁的母牛长长的一声哞叫。

整个广场弥漫着一股股牲畜栏、牛奶、厩肥、干草和汗水混在一起的臭气，到处散发出乡下人身上特有的那种无比难闻的人和牲畜的酸臭味。

布雷奥泰村的奥舍科尔纳老爹刚刚赶到戈代维尔镇，正朝广场走去，突然看到地上有一段小线头。奥舍科尔纳老爹是个地道的诺尔曼人，过日子能省就省，心想掉地上的东西捡起来总能派上用场。他吃力地弯下腰——因为他的风湿病犯了，从地上捡起小线头。他正要把绳子仔细缠好，发现马具皮件铺老板马朗丹老爹站在门口朝他看着。以前他们两人为了一副笼头顶过嘴，两人都好记仇，从此以后心里一直气鼓鼓的。奥舍科尔纳老爹觉得自己在烂泥上捡段小线头让仇人看见了，真是件丢脸的事。他赶紧把捡得的线头掖进罩衫，塞到裤袋里，接着又装出在地上找什么东西，但没有找着的样子。找了一阵，他便佝偻着疼得直不起来的腰板，向前伸着脑袋，朝集市走去。

不一会儿他就挤进人堆不见了。那里总是闹哄哄的，谁都不慌不忙，起劲地没完没了地讨价还价。庄稼人在母牛身上摸了又摸，拍了又拍，然后走了，接着又走回来，一副没着没落的样子。他们总怕上当受骗，始终下不了决心，仔细盯着贩子的眼睛，随时都在想找出贩子有什么骗人的把戏，牲口有什么毛病。

农妇把大篮子摆在脚边上,家禽从篮子里掏了出来,爪子都绑着,冠子通红,一只只睁着惊慌的眼睛趴在地上。

人家开价她们只是听着,自己开的价就是不肯让,这时她们总是冷冰冰地绷着脸,看不出她们心里在琢磨什么。可有的时候她们也依了人家还的价,朝慢吞吞走开的买主扯着嗓门嚷:

"就这么着吧,安蒂姆老爹,这就给您了。"

广场上的人渐渐稀落下来,教堂的大钟敲响,该是正午祈祷的时候了,家太远回不去的人纷纷找小客栈吃饭。

儒尔丹客栈的大店堂里挤满了吃饭的人,客栈的大院子也放满了车,五花八门什么样的车都有,有运货的大马车,有带篷的轻便马车,有放了长板凳的马车,有只够两人坐的小马车,也有不知道怎么叫才好的带篷的小车。辆辆车都沾满了烂泥,车身发黄,歪七扭八,东补一块西补一块,有的车像人朝天举起双臂似的高高翘着车辕,有的车鼻子冲地车屁股朝上撅起。

吃饭的人都坐好了,边上的大壁炉烧着熊熊旺火,把坐在右边的人烤得背直发烫。炉子里三根烤钎来回翻动,上面插满了鸡、鸽子和羊后腿,烤熟了的肉香味和黄灿灿的肉皮上淌着卤汁味从炉膛里飘溢出来,引得满屋子的人眉飞色舞,馋涎欲滴。

扶犁把的庄稼汉中凡是有头有面的人都来这吃。老板儒尔丹除了这客栈以外,还做贩马的生意,脑筋灵活,是个有钱人。

一只只盘子,一只只金黄色苹果酒的罐子端来又端走,全都吃尽喝光。人人都在谈自己的生意,有买的也有卖的;人人都在打听收成怎么样,天气对草料倒是不错,可是对麦子却差劲了。

突然屋子前的院子里响起一阵击鼓声,除了几个人不理不睬以外,所有的人都立即站起来,嘴里塞满了东西,手里拿着餐巾,纷纷拥向门口和窗口。

击完鼓,宣读公告的差役磕磕巴巴读了起来,声音倒是抑扬顿挫,可就是该断句的时候不知道断句:

"现通知戈代维尔全体居民及所有——赶集者今天——上午在伯泽维尔镇大路上于 九十点钟之间丢失黑色钱包——一个内有五百法郎及商业票据——若有捡得者请——将钱包即交镇政府或送还马纳维尔镇的福蒂内·乌尔布雷克先生另有——二十法郎以资感谢。"

差役读完就走了。接着听得远处又一次响起低沉的鼓声和差役宣读文告的微弱的朗读声。

大家议论起这件事来,把乌尔布雷克先生能找回和不能找回钱包的各种可能全都数了一遍。

饭也吃完了。

最后的咖啡也快喝完,这时门口来了宪兵队长。

他问道:

"布雷奥泰村的奥舍科尔纳老爹在这儿吗?"

奥舍科尔纳老爹正在桌子的那头坐着,他回答说:

"我在这儿。"

队长接着说:

"奥舍科尔纳老爹,劳驾,请跟我去镇政府走一趟,镇长先生有话要同您说。"

这庄稼人吃了一惊,顿时惶恐不安,端起小杯一口喝完,然后站了起来,他的背比上午驼得更厉害了——每次歇完再走,头几步都非常痛苦。他一边过去,一边不停地说:

"我来了,我来了。"

他跟在队长的后面走了。

镇长坐在椅子上,正等着他。镇长又是当地公证人,长得肥肥胖胖,说话好拿腔拿调故作庄重。

"奥舍科尔纳老爹,"他说道,"有人看到您上午在伯泽维尔镇的大路上捡到马纳维尔镇的乌尔布雷克先生掉的钱包。"

乡下人目瞪口呆望着镇长,这么一个怀疑落到他身上,把他吓得六神无主,都不知道是怎么回事。

"我,我,我捡到钱包了?"

"没错,就是您捡的。"

"我发誓,我连什么样的钱包都不知道。"

"有人看到您捡了。"

"有人看见我?是哪个家伙看见我的?"

"马具皮件铺老板马朗丹先生。"

这时老头子才想起来,明白是怎么回事,顿时气得脸都涨红了:

"啊!他看见我了,这混蛋!他看我捡的是这绳子,就这绳子,镇长先生。"

他一边说一边摸口袋,掏出一小段绳头。

可是镇长不肯相信,摇摇头说:

"您就不要骗我了,奥舍科尔纳老爹,马朗丹先生是个值得信赖的人,他总不至于把这绳子看成钱包吧?"

老农民气疯了,举起手,朝一旁啐了一口唾沫,以此表明他发誓,一边说:

"向上帝发誓,这可是活生生的事实,千真万确,镇长先生。我再说一遍,真有这种事,天夺我魂,永不得救。"

镇长接着说:

"您捡了钱包之后,又在烂泥地里找了半天,看有没有什么钱币掉在外面。"

老头子又气又怕,话都说不利落了。

"居然说得出口!居然说得出口!造谣中伤老实人!居然说得出口!"

他争也没有用,镇长就是不肯相信他。

马朗丹先生被叫来同他对质。他一口咬定,把他的证词又说了一遍,两人对骂了足足有一个钟头。后来应奥舍科尔纳老爹自己的请求对他搜身,但是什么也没有搜出来。

最后镇长不知所措，只得把他放了，又对他说这事得报告检察署，听候检察署的命令。

<u>消息已经四下传开</u>，老头从镇政府出来就被团团围住，大家想知道究竟是怎么回事，都来向他问这问那，有的问得一本正经，有的则是在奚落取笑他，但就是没有人出来抱不平，<u>他把这绳子的事情从头至尾说了一遍</u>，人家都不相信，全都笑了。

路上他遇见谁就被谁拦住，遇见熟人他也把人家拦住，翻来覆去讲他那件事，说他受了冤枉，把口袋翻出来给人家看，证明他什么也没捡。

大家都对他说：

"得了，老滑头！"

他恼羞成怒憋了一肚子火，又是生气又是伤心，自己的话竟然谁都不信，他都不知道如何是好，只是左一遍右一遍地讲他这么一件事。

天色已经不早，也该回去。他同三个邻舍一起上路回家，把他捡绳头的地方指给他们看，一路上一直在讲他的倒霉事。

晚上他在布雷奥泰村转了一大圈，把他的倒霉事向全村的人都说了一遍，但是谁都不肯相信。

整整一夜他伤心得都睡不踏实。

第二天下午一点钟光景，在布尔通老爹庄园当雇工干活的伊莫维尔的庄稼人马里斯·波梅尔把钱包和包里的东西一起给马纳维尔镇的乌尔布雷克先生送了过去。

这人说，东西的确是他在大路上捡到的，可他不认字，只好把东西带回来交给东家。

<u>消息在附近一带传开</u>，奥舍科尔纳老爹也知道了。他立刻到各处转，<u>把他的事连同最后结果都说了一遍</u>。他洋洋得意了。

"让我心寒的，"他说道，"倒不是事情如何如何，知道吗，而是这谎话，一句谎话害得您遭人家指指戳戳，没有比这更毁人的了。"

整整一天他都在说他的倒霉事，在路上对赶路的人讲，在小酒馆对喝酒的人讲，紧接着的星期天做礼拜从教堂出来他还在讲，就是不认识的人，他也要拦住向他们讲。现在他放心了，不过总有什么事让他不踏实，可又不知道究竟是什么事。人家听他讲的时候，似乎在拿他取乐，都不相信他的话。他恍惚觉得人家在他背后说这说那。

到了下一个星期的星期二，他又去戈代维尔镇赶集，只觉得他的事必须再说说，非去赶集不可。

马朗丹站在店门口，一看见他过来就嘻嘻笑了起来，这是为什么？

他碰上克里克托的一个庄园主，于是搭讪说了起来，可是人家不等他说完，就朝他肚子捅了一下，冲着他的脸直嚷："得了，老滑头！"人家嚷完就转身不理他。

奥舍科尔纳老爹惊呆了，他越发心慌了。为什么人家叫他"老滑头"？

他到儒尔丹客栈吃饭，坐下就开始讲他那件事。

蒙蒂维耶的一个马贩子冲他嚷道：

"行了，行了，老家伙，你那绳子我知道是怎么回事。"

奥舍科尔纳老爹结结巴巴地说：

"人家后来不是找到钱包了吗？"

可那人紧接着说：

"别说了老爹，有人捡，又有人送还，好一个神不知鬼不觉！"

老农民目瞪口呆，他终于恍然大悟，原来大家说他同别人串通好，让同伙把钱包送回去。

他想争辩，可是全桌的人都哈哈笑了起来。

这顿饭再也吃不下去，他在一片嘲笑声中走开了。

他回到家，又是羞愧又是气恼。他怒火中烧，无地自容，心里直发堵。凭他诺尔曼人这点狡诈，人家说他的这种事他还真能干得出来，甚至还为自己这一高招吹嘘一番，想到这里他更是心惊肉跳了。他隐约觉得自己以狡黠闻名远近，现在想证明他清白是怎么说也说不清了。他感到被这不明不白的怀疑当胸打了一拳。

于是他又开始讲他的倒霉事，事情经过讲得一天比一天长，讲一次添进一些新的理由，争辩更铿锵有力，发誓更正颜厉色，这都是他自己独自待着的时候琢磨准备好了的话，他的心思全用在这绳子的事情上了。然而，他辩得越详细，理由说得越精密，人家越不相信他的话。

"这些理由，全都是编出来骗人的。"人家在他背后说。

他察觉出来了，不禁怒气攻心，还在竭力刷洗，然而不但不管用，反而弄得自己心力交瘁。

他眼看着一天天萎靡下来。

现在轮到那些好作弄人的人对他讲这绳子的故事来逗乐了，那情景就像打过仗的士兵吹他怎么打仗一样。他的精神彻底受到打击，人越来越虚弱了。

到12月底他缠绵病榻再也起不来。

1月初他死了，临终神志不清的时候，他还在为自己辩白，嘴里翻来覆去地说：

"一小段绳子……一小段绳子……您看，就这绳子，镇长先生。"

高临 等译①

格雷马斯从时空、信息、语法三个角度，对该小说叙述话语的叙述结构进行了如下分析。

首先以时空切分，整个故事的时间轴在两个相邻的星期二上午，因而具有时间上的平行与对立关系，即格雷马斯所言的"这两天在叙述图示中既像是反复出现的组合单位又像是对立的聚合单位"②。随着叙述角色的移动，时间与空间紧密相连，形成时间、空间对应的叙述框架。两端空间向内分别构成对称的回环：从"在家里"到"在家里"，从"在路上"到"在路上"。格雷马斯对空间框架的这一叙述拓扑结构分析如图1-8所示③。

---

① 莫泊桑. 莫泊桑中短篇小说选. 高临，等译. 武汉：长江文艺出版社，2003: 85-92. 笔者在引用时略有修改。
② 格雷马斯. 论意义（下）. 冯学俊，吴泓缈，译. 天津：百苑文艺出版社，2005: 146.
③ 下图出自：格雷马斯. 论意义（下）. 冯学俊，吴泓缈，译. 天津：百苑文艺出版社，2005: 147.

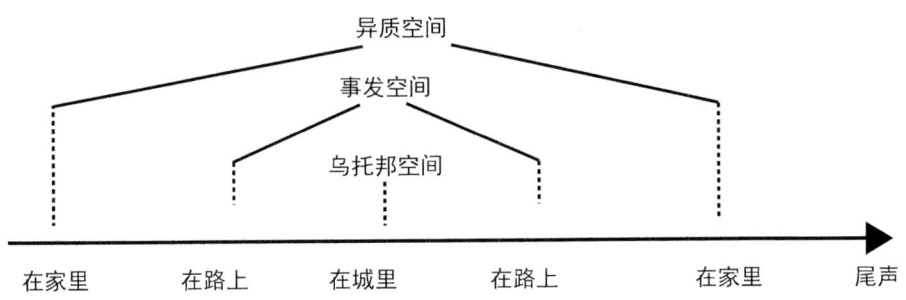

图 1-8　格雷马斯对《绳子》的叙述结构分析

从信息切分的角度看，与很多语言一样，法语写作中，除对修辞等艺术效果的考量，也要避免措辞的冗余。所以格雷马斯认为，"可以把重复过两遍的句子挑出来作为形式标记"[①]。从格雷马斯的分析中，可以看到所谓"重复两遍"，并不是句子逐词一致，而是句子结构与内容基本一致。通过寻找文中意义与结构相近的句子，并将其作为标记与依据，可以对小说的结构进行划分。

在《绳子》中反复重复的句子（在上文我们已画线标注）是："消息已经四下传开"（La nouvelle s'était répandue）、"消息在附近一带传开"（La nouvelle se répandit aux environs）和"他把这绳子的事情从头至尾说了一遍"（Et il se mit à raconter l'histoire de la ficelle）、"把他的事连同最后结果都说了一遍"（Il se mit aussitôt en tournée et commença à narrer son histoire complétée du dénouement）。

可以看到，以这四句为标记，大致可以将文章分为三大部分。

最后，从语法角度进行切分，在法语中，经常用未完成过去时对过去发生的事件进行描写，而简单过去时则一般记录过去已经完成的事情。通过未完成过去时与简单过去时的交替使用，完成了背景描写和事件描写的交替。我们将该交替情况总结如下（如表1-1所示）。以时态切分，未完成过去时对应文本的描写部分，简单过去时标记描写部分的起始。

表1-1　语法角度切分小说《绳子》的叙事结构

分节	第一小节	第二小节	第三小节	第四小节	……
翻译文本	"戈代维尔镇周围……"	"奥舍科尔纳老爹……弯下腰"	"庄稼人在母牛身上摸了又摸……"	"突然屋子前的院子里响起……"	……
原文时态	未完成过去时	简单过去时	未完成过去时	简单过去时	……

[①] 格雷马斯. 论意义（下）. 冯学俊, 吴泓缈, 译. 天津：百苑文艺出版社, 2005: 148.

故事之所以为故事，是因为有事件发生。故事的叙述是伴随着某事物、某人物的状态而改变的。格雷马斯的叙事程序（programme narratif=PN）分析是建立在法国功能语言学家马丁内（André Martinet）提出的最小话段（énoncé minimum）单位包含"主语+谓语"的理论以及泰尼埃尔（Lucien Tesnière）句子结构分析理论的基础上的符号学分析。

在符号学中，基本话语（énoncé élémentaire）单位由关于行动元（actant, A）的函数F来表示：

$$F(A1, A2, A3, \cdots An)$$

其中，当行动元是主语（sujet, S）和宾语（objet, O）时，表示如下：

$$F(S, O)$$

当话段描写的是状态时，S和O连接共有两种关系（肯定或否定）：

$$S \cap O, S \cup O$$

如"人们（S）有（∩）时间（O）""人们（S）没有（∪）时间（O）"。

当话段描写的是某种变化时，叙事程序可以用以下函数表示：

$$PN=F(S1 \to (S2 \cap O))$$

$$PN=F(S1 \to (S2 \cup O))$$

其中箭头表示变化。这种A1与O的变化关系和A2与O的状态有关。比如，"我被偷了钱"可以用以下函数表示：

$$PN=F[S1(我) \to (S2(小偷) \cap O(钱))] \text{ 或 } PN=F[S1(小偷) \to (S2(我) \cup O(钱))]$$

格雷马斯认为类似于菜谱的文本可以看作编程话语。因为，如果把菜谱理解成一个话段，那么该话段情景中包含两个行动元：一个是编写菜谱的人，即发送编程的人；另一个是按照菜谱做菜的人，即接收编程的人。在一个程序中，可能含有一个或多个叙事程序。

格雷马斯针对菜谱"罗勒菜汤"中关于编程话语的叙事程序的分析是经典符号学分析例证。

罗勒菜汤

罗勒菜汤是普罗旺斯烹调中的一绝。那味道就像动人的琴声，一尝之下准让你心神俱醉。此菜只应天上有。菜？没错，它哪里是汤，简直就是佳肴。

我一直以为罗勒菜汤的原产地是热那亚，以为普罗旺斯人在吞并热那亚后对这道汤做了很大的改进。然而，友人费尔南·普永却告诉我说它是伊朗的国菜。管它是哪里的菜，只要咱普罗旺斯人都爱它，咱就让它入普罗旺斯的籍。

当然，罗勒菜汤的做法在普罗旺斯也不是只有唯一一种。我能举出一打左右，而且皆一一品尝过。我最喜欢的那一种，本人斗胆将其命名为"我的罗勒菜汤"。说起很不好意思，其配方并不是我的发明。此配方得自一位普罗旺斯女友，在她家我第一次尝到如此美味的罗勒菜汤，下面我就把汤的做法传给大家。

不过事先我必须强调一点：此菜谱为八人份，刚好能满足八个人的需求，决不能再多增一人。

最好用瓦洛丽砂锅。实在没有的话用别的砂锅也成。

往砂锅里倒6升水，立即加盐和胡椒。

一公斤鲜豆去荚壳，另取一钢精锅盛水煮沸，把鲜豆放进去煮。取6个不大不小的土豆，刮皮切丁。

然后给四个西红柿去皮去籽。

把350克四季豆用开水洗净，去筋，切成小段。

取6根中号的胡萝卜，刮皮切丁。

最后再取4棵韭葱，只用葱白：洗净切成小段。

等砂锅的水烧开之后，立即将钢精锅里的豆子倒进去。

加进西红柿、土豆，以及事先去皮切丁的6根笋瓜。

最后再放两枝洋苏草。

煮滚后将火调小，用文火炖两个小时。

食用前半小时，加入韭葱白，四季豆，粗粉丝。

煮汤时，你有充足的时间来制作罗勒本身。我差点忘了告诉诸位：罗勒菜汤是一道菜汤，在最后一刻要加进一种香膏：罗勒。罗勒所给予汤的那不仅是精神，更是神韵。取一只大理石或橄榄木做的臼，将两三把罗勒叶（尽量选叶片大的意大利罗勒）、6瓣普罗旺斯大蒜（其味道比法国其他地产的大蒜要温和得多）、300克事先切成丝的罗马干酪（要切丝不要擦丝，否则汤的味道就不好了）放进去捣碎。

此工作非常辛苦而且需要耐心，边捣边加橄榄油，五六匙橄榄油，捣到最后便是你想要的香膏。

汤炖好后，从火上取下，请等汤完全平静下来之后再加进罗勒膏。建议先往石臼里浇上两勺汤，搅和稀释罗勒膏。然后把它们全部倒进锅，快快搅拌。这样做可以防止罗勒油分布不均匀。终于可以把汤倒进碗里享用了。

冯学俊、吴泓缈 译[①]

格雷马斯认为该菜谱可以总结为以下叙事程序：

$$PN=S1(烹调者)\rightarrow(S2(食客)\cap O(罗勒菜汤))$$

格雷马斯定义其中两个重要的叙事程序为：

$$PN1=制作蔬菜汤$$
$$PN2=制作罗勒膏$$

在这两个叙事程序下，又有多个下设叙事程序。

---

① 格雷马斯.论意义（下）.冯学俊，吴泓缈，译.天津：百苑文艺出版社，2005：162-163.

总结整个菜汤制作的程序，格雷马斯得出以下编程图示（如图 1-9 所示）。

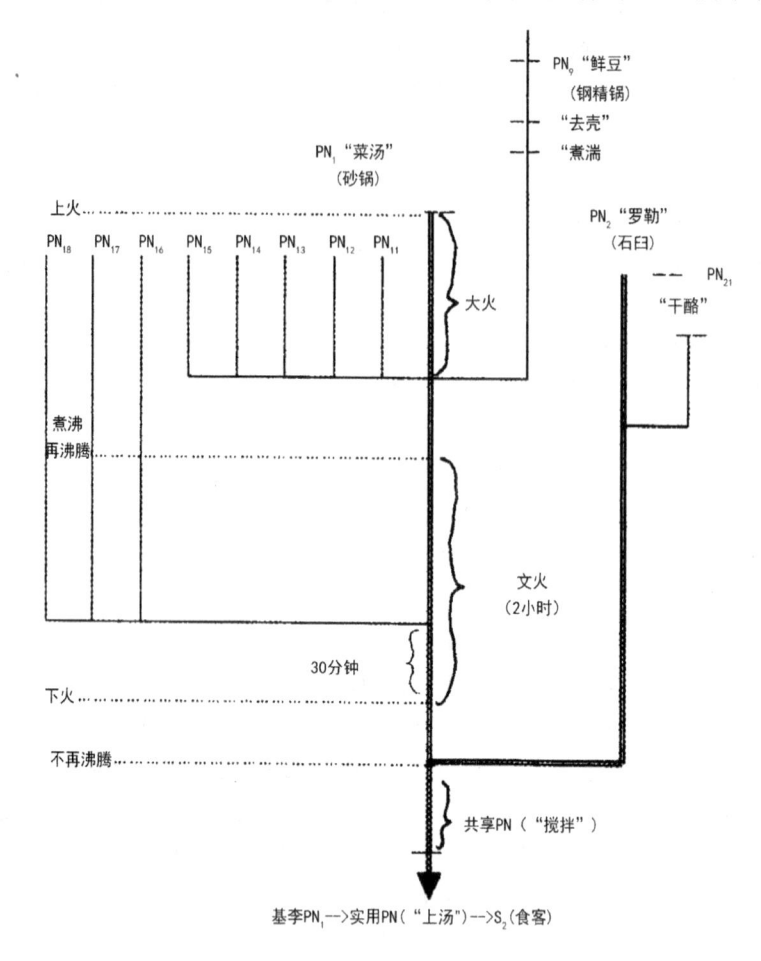

图 1-9　格雷马斯对罗勒菜汤菜谱的符号学编程图示[①]

在这一讲中，我们主要学习了文学与语言学的关系，以及文体学、诗学与符号学相关理论及其在文学分析中的应用。下一讲，我们将主要学习话段语言学、话语语言学以及语料库语言学相关理论及其在文学分析中的应用。

---

① 格雷马斯.论意义（下）.冯学俊，吴泓缈，译.天津：百苑文艺出版社，2005：172.

📚 拓展阅读与思考

1. 赏析诗歌《地狱一季》选段。

《地狱一季》是兰波于1873年创作的一部重要的散文诗集,展现了他对个人内心世界和外界现实的深刻探索。

序　诗

过去,如果我记得不错,我的生活曾是一场盛大的饮宴,筵席上所有的心都自行敞开,醇酒涌流无尽。

一天夜里,我把"美"抱来坐在我膝上。——后来我发现她苦涩惨怛。——我对她又恨恨地辱骂。

我把自己武装起来,反对正义。

我逃走了。女巫,灾难,仇恨,啊,我的珍奇财富都交托给你们!

我把人类全部希望都在我思想里活活闷死。像猛兽扑食,我在狂喜中把它狠狠勒死。

我叫来刽子手,我在垂死之间,用牙咬碎他们的枪托。我招来种种灾祸,我在黄沙血水中窒息而死。灾难本来就是我的神祇。我直直躺在污秽泥水之中。在罪恶的空气下再把我吹干。我对疯狂耍出了种种花招。

可是春天却给我带来白痴的可憎的笑声。

最近我发现我几乎又要弄出最后一次走调!我只盼找回开启昔日那场盛宴的钥匙,也许在那样的筵席上,我可能找回我的食欲,我的欲望。

仁慈就是这样一把钥匙。——有这样一个灵启,表明我过去确实做过一场美梦!

"你还是做你的豺狼去,以及其他等等……"魔鬼给我戴上如此可爱的罂粟花花冠,这样喊叫。"带着你的贪欲,你的利己主义,带着你所有的大罪,去死。"

啊!我得到的是太多了: 　不过,亲爱的撒旦,我请求你,不要怒目相视!稍等一下,卑怯随后就出现,你是喜欢作家缺乏描写才能或没有教育能力的。作为被打下地狱的人,这是我的手记,这几页极为可憎的纸头我撕下来送给你。

王道乾 译[①]

❓ **请阅读以上段落,回答以下问题:**

请结合前面所学的词汇层面与文体学分析方法对该选段进行赏析。

[①] 兰波. 地狱一季. 王道乾, 译. 广州: 花城出版社, 1991: 25.

2. 阐释诗歌《猫》的结构美学。

波德莱尔的诗集《恶之花》（*Les Fleurs du mal*）中三首题为《猫》的诗歌分别展现了他对猫这一神秘而优雅的生物的不同感受与联想。它们以细腻的语言和深邃的意象传达了诗人独特的情感和审美追求。

猫

I

有一只温柔、强壮、优美、
可爱的猫，在我头脑里
走来走去，像在它家里。
它叫起来，声音很轻微，

音色是那样柔和审慎；
可是当它念经或平息，
声音又总是丰富、深沉：
其中含有魅力和秘密。

这珠圆玉润美妙之声
渗进我最阴暗的心底，
像和谐的诗流遍全身，
像媚药一样使我欣喜。

它消除最残酷的痛苦，
它包含着一切的狂喜；
不需要任何片言只字，
可以表达深长的妙语。

没有任何琴弓，能紧扣
我的心，这完美的乐器，
触发它的震颤的弦丝，
使它豪迈地高歌，只有

你的声音,天使般的猫,
神秘的猫,珍奇的猫咪,
你的一切,就像那天使,
是那样和谐而又微妙!

II

从它金色、褐色毛皮上
发出甘美的香气,某夜,
我只将它抚摸了一次,
我就沾染上它的芳香。

它是家宅的守护精灵;
在它的王国中的万物
都受它裁判、统治、鼓舞;
它是个妖精?是个神灵?

当我的眼睛像被磁铁
引向我的爱猫的身上,
随后,安详地回转眼光,
眺望自己的内心之时,

我看到它苍白的瞳孔
冒出火焰,真令人惊奇,
这盏明灯,活的猫眼石,
在凝视着我,动也不动。

钱春绮 译[1]

? 请阅读以上段落,回答以下问题:

请运用罗曼·雅各布森的诗学分析方法揭示《猫》中蕴含的结构美学与深层诗意。

---

[1] 波德莱尔. 恶之花 巴黎的忧郁. 钱春绮, 译. 北京: 人民文学出版社, 1991: 116-117.

3. 分析格林童话《狼与狐狸》。

格林童话中的《狼与狐狸》通过智慧与贪婪的对比传递了深刻的道德教训。

狼与狐狸

狼那里住着一只狐狸,狼要他干啥,狐狸就得干啥,因为狐狸的气力比较小。狐狸很想摆脱他的主人。

据说有一回,他们一起穿过一个森林,这时狼说:"赤狐,你给我弄点儿东西吃,要不,我就吃你。"

狐狸回答说:"我知道一个农家院落,那里有几只小羊羔;要是你有兴趣,那么我们去弄一只来。"

狼表示同意,他们就前往农家院落,狐狸偷了一只羊羔拿给狼,自己却跑掉了。

狼把羊羔吃完,觉得还不满足,还想弄一只吃,便自己去偷。但狼的动作笨拙,被母羊发现了,母羊咩咩地大叫起来,叫个不停,弄得许多农夫都跑拢来。他们把狼痛打一顿,打得他一瘸一拐地号叫着回到狐狸那里。

"你把我骗得够苦了,"狼说,"我想去抓另一只羊羔,给农夫当场逮住,痛揍了一顿。"

狐狸回答说:"你干吗老是吃不够呢。"

下一天他们又到田间,贪婪成性的狼又一次说:"赤狐,给我弄点儿东西吃,要不,我就吃你。"

狐狸回答说:"我知道一幢农家屋子,农妇今晚上要做油煎饼,我们去偷几只。"

他们去了。狐狸在屋子四周悄悄地走了一圈,东张张,西嗅嗅,好一阵子,直到找到了盛油煎饼的碗,然后拿起六只油煎饼,送去给狼。

"你有得吃了,"他对狼说,然后自顾走了。

狼把六只油煎饼一下子吃光,说:"油煎饼太好吃了,我还想吃。"

于是,狼自己去偷,他把整碗油煎饼一扯,碗掉到地上,摔得粉碎,发出很大的响声。

农妇听见了急忙起来,看见了狼,大声呼喊,人们匆忙赶来打狼,结果狼拖着两条跛腿,尖叫着逃回森林。

"你骗得我好苦!"他叫道,"农夫把我逮住,狠狠揍我。"

可狐狸回答说:"你干吗总是吃不够。"

第三天,他们一起在外边玩,狼吃力地一瘸一拐走着。狼又说:"赤狐,给我弄点儿东西吃,要不,我就吃你。"

狐狸回答道:"我知道一个人,他宰了猪,把肉腌了,放在地窖里的一个桶里,我们去拿一些来吧。"

狼说:"不过我想和你一起去,如果我跑不掉,你好帮我忙。"

"我同意,"狐狸说,他教给狼诡计,指给狼看偏僻的道路,他们就沿着这条路走,终于到达了地窖。那儿的肉堆得满满的,狼马上大吃起来,并且想道:"我还要吃好多时间才吃饱呢。"

狐狸也津津有味地吃起来,同时向四周张望,并且不时奔到他们来这儿时必须穿越的洞口,试着自己的肚子是不是大得还能够通得过。

于是狼说:"亲爱的狐狸,告诉我,你干吗这样奔来奔去,钻进钻出?"

"我得看看,是不是有人来这儿,"狡猾的狐狸回答说,"你可别吃得太多。"

狼随即问道:"桶里的肉没有吃光以前,我是不会离开的。"

正在这时,听见狐狸东蹦西跳声音的农夫赶到地窖里来了。狐狸一见农夫,一下子就蹿出了洞外;狼想跟着蹿出去,可肚子吃得太大,再也没法从洞里出去了。狼的身子卡在洞口,不进不出。这时农夫带了棍子前来,把他活活打死。而狐狸却已逃进森林,还暗自庆幸自己终于摆脱了这个永远吃不饱的贪婪的老家伙。

施种 译[①]

请阅读以上段落,回答以下问题:

请分别根据时空、信息、语法对《狼与狐狸》的故事进行切分,并总结《狼与狐狸》的叙事程序,绘制编程图示。

[①] 格林兄弟. 格林童话. 施种, 等, 译. 上海: 上海译文出版社, 2011: 304-308.

第二讲

文学研究中的语言学方法（二）
话段语言学、话语语言学与语料库语言学

扫码阅读本讲课件

2.1 话段语言学与文学分析

话段语言学是建立在对索绪尔提出的"语言的语言学"的批判的基础上的。前面我们提到过这一批判可以追溯至查尔斯·巴利。巴利在结束对情感表达的研究后，将研究兴趣转向对句子的研究，更确切地说是转向了对说话人在话语活动中的参与的研究。巴利指出句子是交流思想的最简单形式，所有的话段都包含两个层次：我们意欲表达的和我们表达的。但直至 20 世纪 60 年代，随着埃米尔·本维尼斯特（Émile Benveniste）的《普通语言学问题》（*Problème de linguistique générale*）的问世，话段理论才得以在语言学领域被系统性地研究。本维尼斯特也因而被誉为"话段理论之父"。

从话段理论出发，凯尔布拉-欧雷科雷奥尼（Catherine Kerbrat-Orecchioni）重新整理了雅各布森的交际图示（如图 2-1 所示）。

话段语言学将被生成语言学忽视的言说主体（sujet parlant）置于研究的中心，认为语言的真正内容不是抽象的语言形式结构，也不是孤立的独白。真正的语言应该是由话段实现的社会现象和口语互动。①

本维尼斯特对于话段的最初定义是："话段是由个人使用形成的语言运用。"②但本维尼斯特的话段是局限于句子的，是语法视角下的话段。在本维尼斯特之后，文本和话语领域的语言学家，又对话段的概念进行了扩展。例如，多米尼克·曼格诺（Dominique Maingueneau）对话段的总结和思考。曼格诺指出，话段是语言与世界的枢纽。话段不是局限于一个说话者的，它实际上应该是交互的。话段不应该被认为是对语

---

① Bakhtine, Mikhaïl. *Le Marxisme et la philosophie du langage*. Paris: Minuit, 1997: 136.
② Benveniste, Émile. *Problèmes de linguistique générale*. Paris: Gallimard, 1974: 80.

言系统的个人化适应，说话者其实受到多种限制（如图 2-1 所示）[1]。

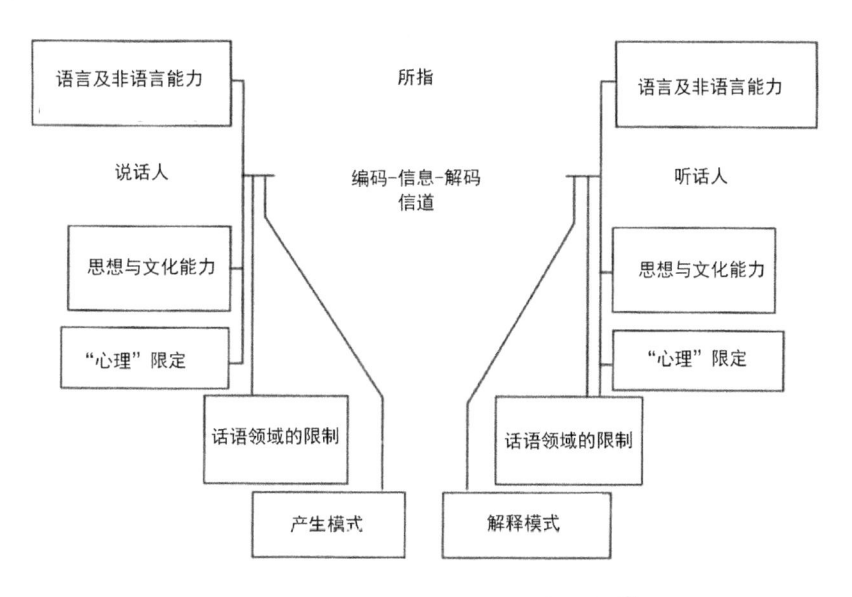

```
语言及非语言能力        所指          语言及非语言能力
    说话人      编码-信息-解码      听话人
                   信道
    思想与文化能力                   思想与文化能力
    "心理"限定                     "心理"限定
    话语领域的限制                  话语领域的限制
    产生模式                        解释模式
```

图 2-1　凯尔布拉-欧雷科雷奥尼的交际图示[2]

接下来我们来了解一下话段理论中几个比较重要的概念。

2.1.1　话段情景

话段情景（situation d'énonciation）是由交际中的所有参数构成的，包括：说话者、对话者、地点、时间。这些参数由直指（deixis）切入语言中。deixis 源于希腊语，意为"指示"。直指词（déictique，或雅各布森引入的术语 embrayeur）是能够直接指出话段生成时人物、时间、地点等情景的词汇。比如现在/过去，我/你，这/那……

本维尼斯特指出第一、二人称与第三人称在话段情景中地位不同。第一人称和第二人称是可以指示话段情景的。在法语中，第三人称（il）可以是无人称的。第一人称"我"指此时正在说话的且话语里含有"我"这个词的人。第二人称"你"指此时话语里含有"你"的说话人的对话者。如果不确定话段情景，句子"我来找你"中的"我"和"你"所指的人物是不能够被确定的。同样，时间和地点的直指词也需要放在话段情景中。比如，"明天这个时候，我会来这里"，如果没有话段情景，句子中的时间和地点是无法确定的。

曼格诺发展了本维尼斯特的理论，提出直指话段（énonciation embrayée）和无直指话段（énonciation non embrayée）的对立，并就此对文学体裁与话段之间的关系给出了以下图解（如图 2-2 所示）[3]。

---

[1] Maingueneau, Dominique. *Les termes clés de l'analyse du discours*. Paris: Seuil, 1996: 36.
[2] 图片来自：Kerbrat-Orecchioni, Catherine. *L'Énonciation, De la subjectivité dans le langage*. Paris: Colin, 1980: 19.
[3] Maingueneau, Dominique. *Les termes clés de l'analyse du discours*. Paris: Seuil, 1996: 79.

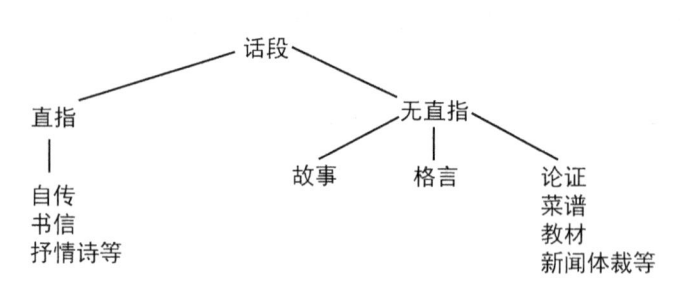

```
                        话段
        ┌────────────────┴────────────────┐
       直指                              无直指
        │                    ┌────────────┼────────────┐
       自传                 故事         格言          论证
       书信                                           菜谱
       抒情诗等                                        教材
                                                     新闻体裁等
```

图 2-2 曼格诺的文体与话段图解

2.1.2 话段情态

情态（modalité）是一种无直指的话段标志。情态其实是可以上溯至中世纪的一个古老的概念，最早由巴利将此概念引入语言学。巴利使用拉丁语词汇 modus 指"说的方式"，dictum 来指"说的内容"。广义的话段情态（modalité d'énonciation）指说话人和听话人之间的主观关系，常见的有：肯定，疑问，感叹，命令。狭义的话段情态（modalité d'énoncé）指说话人对话段内容的态度。其中包括逻辑情态和评价情态。

逻辑情态包含：
- 真值情态，即关于必要性和可能性的情态；
- 时间情态，即有关于过去和未来的表述的情态；
- 规范情态，即提出准许和必要的情态；
- 意志情态，即表达遗憾和愿望；
- 认识情态，即有关知识和信仰的情态等。

评价情态可以让说话人用无直指的方式表达自己的主观性。比如在使用形容词时，我们可以区分表达客观性和主观性的词汇（如图 2-3 所示）。

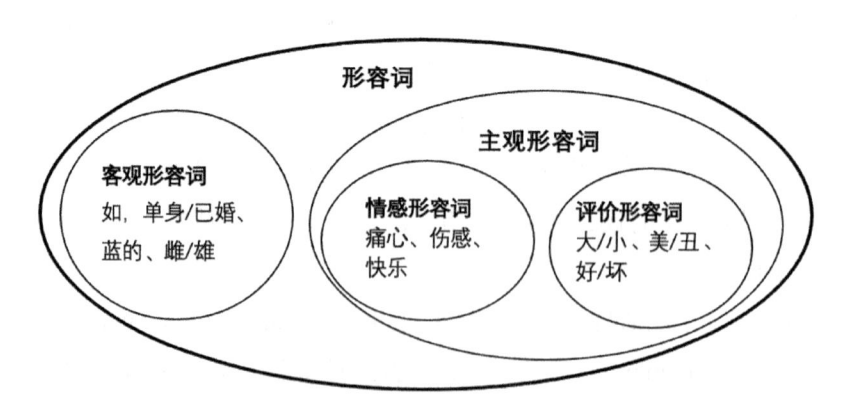

```
            形容词
   ┌─────────────────────────────────┐
   │                  主观形容词       │
   │ 客观形容词    ┌──────────┬──────┐│
   │ 如，单身/已婚 │情感形容词│评价形容词││
   │ 蓝的、雌/雄  │痛心、伤感│大/小、美/丑││
   │             │快乐      │好/坏    ││
   │             └──────────┴──────┘│
   └─────────────────────────────────┘
```

图 2-3 形容词的评价情态

? 评价情态只存在于形容词中吗？名词、动词、副词等可以表达以上评价吗？

2.1.3 话段的复调

话段的复调（polyphonie énonciative）是说话人话段中表达的不同声音。最先引入这个概念的是米哈伊尔·巴赫金（Mikhaïl Bakhtin）和奥斯瓦尔德·杜克罗。巴赫金的话段的复调是在他研究间接引语时引入的。巴赫金指出，说话人可以在同一话段中插入人物的声音[①]。杜克罗的复调则更多强调话段中可解读的不同声音[②]。

话段的复调经常用来分析反讽这一修辞。使用杜克罗的理论，反讽即说话人使听话人听到了另外一种与说话人观点不同的声音，一种说话人认为毫无逻辑、滑稽可笑的话语。说话人的反讽需要听话人的解读。对内涵和语境的不完全掌握，可能会导致解读的失败。

2.2 话语语言学与文学分析

话语语言学涵盖篇章语言学（linguistique textuelle）、话语分析（analyse du discours）、语篇语义学（sémantique des textes）等。

2.2.1 篇章语言学

篇章语言学（linguistique textuelle）将句子以上的语言单位，即超句单位（unité transphrastique）作为研究对象。篇章语言学起源于美国。在传统语法与乔姆斯基生成语法学的影响下，美国语言学领域的研究重心更多停留在句子层面。20 世纪 50 年代，美国语言学家泽里格·哈里斯（Zellig Harris）对超句进行了研究。他认为文本中存在连续的部分，每个部分相互区别。这些部分在主文本中可以是段落、章节、子文本的形式。[③]哈里斯的研究很快在美国和欧洲产生影响。韩礼德（M.A.K. Halliday）和哈桑（Ruqaiya Hasan）从功能语言学角度出发，发展哈里斯的超句理论，在《英语的衔接》（*Cohesion in English*）一书中，他们指出说话人具有辨别无关联句群与超句结构之间的区别的能力。韩礼德和哈桑提出的超句衔接（cohésion transphrastique）是一个重要的概念。超句衔接指的是使句子相连形成文本的语言现象。句子之间的关系由词组或结构标记。韩礼德和哈桑提出的衔接关系如表 2-1 所示。

[①] Bakhtïne, Mikhail. *La Poétique de Dostoïevski. Traduit par Isabelle Kolitcheff*. Paris: Seuil, 1970.
[②] Ducrot, Oswald. *Dire et ne pas dire*. Paris: Minuit, 1972.
[③] Harris, Zellig Sabbetaï. Discours Analysis. *Language*, 1952, 28(1): 1-30.

表 2-1　韩礼德&哈桑衔接关系类型与体现①

衔接关系的类型	语义系统	语汇语法系统（典型）
连接	增补，反义性，因果和时间关系；外部与内部	话语副词：副词词组　介词词组
指称	识别：言语角色　临近　特指（唯一）　指称点	人称代词　指示代词　定冠词　比较级用词
词汇衔接	搭配（词汇语境的相似）复现（词汇指称的一致）	相同或相关的词汇项目　相同的词汇项目：同义词、上义词、概括词
替代	潜在指称的一致（类别意义）在实际（实例）的指称非一致的语境中	动词性的，名词性的或小句的代替形式　动词性的、名词性的或小句的省略形式

瑞士语言学家亚当（Jean-Michel Adam）也在篇章语言学领域提出了全面而有建设性的思想。亚当的篇章（texte）与话语（discours）公式，简明地展示了两者的区别：

$$话语 = 篇章 + 发生环境$$
$$篇章 = 话语 - 发生环境②$$

也就是说，话语是在有参与者、时间、地点等因素的条件下产生的。而篇章则是抽象的，与环境相分离的纯语言的产物。

亚当还对不同篇章类型（包括叙述、描写、议论、解释、对话）的模型进行了研究，引入了段落（séquence）以及段落结构（structure séquentielle）的概念。并从段落的角度，对篇章进行了新的定义：

篇章由若干相同或不同类别的段落组成具有复杂等级的结构。
[#篇章#[若干段落 [宏分句 *[若干分句]]]]
*宏分句是由多个分句构成的结构。③

亚当同时还将篇章语言学与语用学结合。随着研究的深入，语言学家们发现，很难将篇章研究限定在单纯的语言研究中。篇章的构成过程不能够脱离交际和认知方面的影响。

---

① 韩礼德，哈桑. 英语的衔接. 张德禄，等译. 北京：外语教学与研究出版社，2007: 292.
② Adam, Jean-Michel. Éléments de linguistique textuelle. Bruxelles: Mardaga, 1990: 23.
③ Adam, Jean-Michel. Textes: types et prototypes. Paris: Nathan, 1992: 30-34.

篇章语言学的另一个产生背景是源自德国试图将语法研究扩展到文本级别（Textgrammatik）的篇章语言学（Textlinguistik）的研究传统。荷兰语言学家范戴克（Teun van Dijk）继承德国和北欧的研究传统，从认知角度探索人们对于有连贯性的句群和无关联的多个句子的辨别能力，及其组织生成篇章的能力。范戴克将篇章结构分为三个层次：

- 微观结构：具有意义的言语行为[①]。
- 宏观结构：是指整体的含义，表现为题目或主题等。如范戴克所说，宏观结构是压缩的存储于记忆中的结构，用以帮助处理之后的话段[②]。
- 超结构：是约定俗成的结构，帮助说话者或受话者根据文本体裁来创作或解读话语。

2.2.2　话语分析

我们这里讲的话语分析（analyse du discours）是法国的话语分析。它是在法国对经典的解读与诠释的传统、法国学校教育中对文本的分析方式以及法国的结构语言学理论的影响下产生的。如果我们将这个术语按字面意思翻译成英语，即"discourse analysis"。但是，要注意的是，discourse analysis源于哈里斯的学说，其所指基本上与前文所述的语篇语言学一致。而法国的话语分析与英美传统中的对话（conversation）分析更为接近。法国的话语分析始于20世纪60年代，但话语分析的源头难以追溯。它和语言学之间的关系也纷繁复杂。随着话语分析领域的理论成果的逐渐丰富，话语分析似乎已经开始脱离语言学，成为一门独立的学科。

曼格诺在福柯（Michel Foucault）对话语的哲学探究的基础上，对话语分析进行了思考与研究，在《话语的起源》（*Genèse du discours*）一书中给出了话语的概念，提出了七个话语分析的假说，并用一个章节的篇幅对每一个假说分别进行论述。

2.2.2.1　话语的概念

首先要区分两个对立的概念，

（1）话语形成（formation discursive）：正确的语义所形成的约束下的系统。

（2）话语外表（surface discursive）：符合这个系统形成的所有话段。

话段外表大体与福柯提出的"话语"概念相当。但需注意，曼格诺的"话语"指连接话语形成与话语外表的关系。

2.2.2.2　曼格诺的七个假说

假说一：话语分析的研究对象与其说是话语，不如说是话语之间的相互关系。

假说二：话语之间语义的交互是一个相互理解的翻译过程。没有一个话语是纯粹的、个人的表达。

[①] 言语行为即说话人根据情况组织语言，用以告知、询问、说服、承诺……受话者。
[②] Van Dijk, T. *The Network Society, Social Aspects of the New Media*. London: Thousand Oaks, 1999: 9.

假说三：话语中有隐含或明显属于某种话语形成的标志。比如，政治话语中含有某些特殊的词汇、中性的比喻等。

假说四：说话人经常在不自觉的情况下调动自己的交互话语能力，这种能力取决于他们的阶层、教育等。

假说五：话语不是抽象的、脱离情景的，而是社会、文化、技术等的实践。

假说六：话语是调动多种符号的实践。话语中经常融入比如音乐、绘画等其他领域的符号。

假说七：话语是建立在社会及历史的基础上的。

2.2.3 语篇语义学

在语义学家弗朗索瓦·拉斯捷（François Rastier）的诸多语义学研究中，创立于20世纪80年代的语篇语义学（sémantique des textes）与文学分析的关系理论不容忽视。拉斯捷针对当时在语言学领域只研究语篇的非固有属性的现象进行批判，并对语篇进行了重新定义：语篇是经验证实的语言序列，它在一定的社会实践中产生，并固定在任意载体上[①]。

拉斯捷的语篇语义学是建立在语义成分分析的基础上的。他通过围绕语义场相关概念，比如对义素的研究，展开对语篇的解读。每个语篇的产生受多种条件影响。对此，拉斯捷提出，受语言本身结构、社会准则、个人用法三大编码规则影响，形成语篇及不同语篇形式（如表2-2所示）。

表2-2 拉斯捷语言编码规则与显示现象

编码的内在规则			显示现象
功能结构	社会准则	个人用法	语篇
"语言"	社会习惯语	个人习惯语	书面、口语或其他

2.3 话段语言学与话语语言学方法

从前面格雷马斯的符号语言学方法中，我们可以看到关于文本、话语的研究，经常交叉使用话段语言学知识。类似的现象也出现在话语语言学研究中。法国语言学家曼格诺创立的话语分析区别于语言学的对语篇本身的研究或社会语言学、心理语言学对于创作背景、语境等的分析。曼格诺提出，话语分析是试图连接话段和某社会场合的学科。话语分析是对不同社会空间（如咖啡厅、学校……）或不同话语领域（政治、学术……）的不同种类的话语的研究。[②] 正像曼格诺在《话语语言学方法入门》（*Initiation aux méthodes de l'analyse du discours*）中所指出的，语用学与话段语言学日渐混同，同

---

① Rastier, François. *Sémantique interprétative*. Paris: PUF, 2001: 21.
② Maingueneau, Dominique. *Les termes clés de l'analyse du discours*. Paris: Seuil, 1996.

样地，话段语言学与话语语言学之间的界限也逐渐模糊。因为我们难以区分话段语言学中的属于话段情景中的"地点"和话语语言学"社会空间"①。

在话段语言学与话语语言学方法交叉运用下，曼格诺进行了对文学文本分析方法的尝试。他编写的诸多教材是目前法国在文学领域使用语言学理论方法分析文学作品的较新成果。我们此处节选、概括曼格诺的《文学语篇语言学练习》(*Exercices de linguistique pour les texte littéraire*) 的部分例文及分析，使大家对话段语言学与话语语言学的研究对象，以及话段语言学与话语语言学在文学分析中的应用有一个更为具体的认识。

2.3.1 话段情景研究

我们以抒情诗《时光流溢》为例（图 2-4 为该诗手稿），展示曼格诺话段情景研究对象与方法。

一九四六年十一月二十八日	Vingt-huit novembre mil neuf cent quarante-six
我们不会白头偕老。 这便是	Nous ne vieillirons pas ensemble. Voici le jour
多余的日子：时光流溢。	En trop : le temps déborde.
我这十分轻松的爱情却重如酷刑。 李玉民 译②	Mon amour si léger prend le poids d'un supplice. Paul Éluard

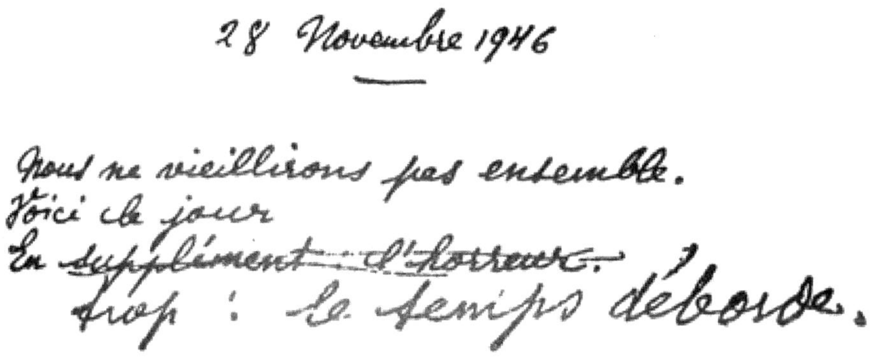

图 2-4　保尔·艾吕雅《时光流溢》的手稿

---

① Maingueneau, Dominique. *Initiation aux méthodes de l'analyse du discours*. Paris: Hachette, 1976.
② 艾吕雅. 保尔·艾吕雅诗选. 李玉民，译. 石家庄：河北出版社，2003: 311.

在话段情景分析中，我们经常对人物、地点、时间三要素进行着重分析，即我们常说的"我、这里、现在"（je, ici, maintenant）。这一口诀，可以帮助我们更好地记忆话段情景分析要素。由这"三要素"，我们不难想到，在话段情景分析中，人称代词、地点副词、指示词等都是需要特别留心思考的对象。

针对《时光流溢》这首诗，首先我们来分析构成本诗话段情景的时间要素。诗的第一行透露了一个时间点，1946年11月28日。这是一个无需通过话段或上下文推算的绝对时间标记。与之相呼应的是诗中使用的一般现在时和简单将来时两个时态。

另外本话段情景还包含了人物要素，体现在"我们"和"我"两个人称代词上。"我们"指诗人及其伴侣，"我"指代诗人。因而"我"既是话段阐述者，又是沉浸在失去伴侣痛苦中的人。

从时间要素与人物要素的分析来看，诗中定位的时间是一个个别时间，不与集体时间重合。同时，诗中的人物也是个别人物。诗中记录的是一个个别时间点的个人情感故事。

诗人的时间轴不建立在"伴侣之死"的事件上，而是建立在该事件和诗歌阐述的关系上。通过"这"这个直指词，将两个事件在时间上重合相连。诗歌阐述者和艾吕雅本人相重合。事实上，艾吕雅的诗很可能不是在1946年11月28日这一天所创作的。但通过诗歌叙事将两者在艺术中重合。

2.3.2 话语层面研究

曼格诺的话语语言学研究也围绕研究文学作品中的人物及叙事者的话语展开。此处我们以巴尔扎克（Honoré de Balzac）《幻灭》（*Illusions Perdues*）片段为例，展示曼格诺的相关研究方法。

> 吕西安又快活又轻松地回去，做着功成名就的好梦。他忘了在维大和包熏的账桌上听到的可怕的话，只道至少有一千二百法郎到手。一千二百法郎能在巴黎住一年，让他准备新作品。他从这个希望出发，定下不知多少计划！发愤用功的生活引起他不知多少甜蜜的幻想！他把屋子安排了一下，整理了一下，差点儿没置办东西。他在布洛斯阅览室成天看书，耐着性子等回音。过了两天，道格罗对于吕西安在第一部作品中表现的风格感到惊异，赏识他的人物写得夸张，那在故事发生的时代也说得过去；也注意到他的想象力非常奔放，青年作家勾勒近景的时候往往有这种气魄；道格罗居然不拿架子，亲自上旅馆访问他未来的华尔特·司各特。他决意花一千法郎买下《查理九世的弓箭手》的版权，另外订一份合同要吕西安再写几部。一看见旅馆，老狐狸马上改变主意。——"住这种地方的年轻人欲望不大，一定是个用功的读书人；给他八百法郎就行了。"旅馆老板娘听道格罗问吕西安·特·吕庞泼莱，回答说："五楼！"道格罗仰起头来，看见五楼

以上就是天空,心上想:"这个年轻人长得漂亮,简直是个美男子,钱太多了,就会心猿意马,不用功的,为了咱们的共同利益,给他六百法郎吧,不过是现金,不是期票。"他爬上楼去,在吕西安的房门上敲了三下,吕西安开了门。屋子里空无所有。桌上摆着一碗牛奶,一小块两个铜子的面包。天才的穷苦使道格罗老头看了心中一动。

  他思忖道:"这种朴素的习惯,菲薄的饮食,简单的欲望,但愿他保持下去。"随即对吕西安说:"看到你我很高兴。先生,你同约翰-雅各有好几点相像,他便是过的这样的生活。天才在这等地方爆出火花,写出好作品来。文人的生活正该如此,万万不能再进咖啡馆,上饭店,大吃大喝,糟蹋他们的光阴和才具,浪费我们的金钱。"说着他坐下了。

傅雷 译①

  曼格诺针对话语层面的研究主要探究文本话语可能的说话者,从而挖掘对文本话语多种解读的可能性。

  首先,曼格诺对本选段的直接引语进行思考。本选段中的直接引语主要涉及心理活动和人物对话。

  本选段中的"心理活动"相关的直接引语包括:

  (1) 老狐狸马上改变主意。——"住这种地方……"

  (2) 心上想:"这个年轻人长得漂亮,简直是个美男子……"

  (3) 他思忖道:"这种朴素的习惯……"

  本选段中"人物对话"相关直接引语有:

  (1) 回答说:"五楼!"

  (2) 吕西安说:"看到你我很高兴……"

  如果我们阅读以上两种直接引语的法文原文,会发现巴尔扎克在书写这两种不同的直接引语时,都将其放在了简单过去时的动词之后。也就是说,从表面形式上,这两种直接引语之间没有区别。巴尔扎克的这种写作手法,使我们想到古典戏剧中人物独白与对话的写作手法,因为在古典戏剧中独白与对话亦没有区别。

  在本选段中,曼格诺还对"一千二百法郎能在巴黎住一年,让他准备新作品"这一话语的说话者提出了疑问。曼格诺认为这里既可能是作者对吕西安的心理活动的描写,也可能是间接引语。因为在这句话中动词"准备"的法文原文是préparerait,该形式对应的时态既可能是条件式现在时也可以理解为过去将来时。如果是条件式现在时,此处即为间接引语。如果是过去将来时,此处即为心理活动描写。由此可见,话段说话者时而具有不确定性。

---

① 巴尔扎克.幻灭.傅雷,译.北京:人民文学出版社,1978: 186-187.

在本选段中，话段说话者的不确定性还体现在"道格罗居然不拿架子"一句上。曼格诺提出此处究竟是间接引语还是叙事者插入的疑问。他认为此处既可能是叙事者对于道格罗的评价，也可能是道格罗内心对自己的评价，更可能是叙事者转述的道格罗的心理活动。因为此话段本身没有任何标记可以表明话段是间接引语。而根据上下文也难以推敲其说话者身份。

在本选段中，曼格诺根据话段语义确定一处话段为叙事者插入。该话段为"他从这个希望出发，定下不知多少计划！发奋用功的生活引起他不知多少甜蜜的幻想！"（其原文为：Combien de projets bâtis sur cette espérance ? Combien de douces rêveries en voyant sa vie assise sur le travail?）曼格诺提出，两句感叹性质的疑问句暗含了一种主观性，因而不是客观描写。这两句感叹是一种从外在视角观察人物的描写，因而可以排除是人物内心思想或间接引语。

上述关于话段说话者的分析，集中体现了话语语言学理论在文学文本解读中的特色。

2.3.3 内在话语研究

内在话语是心理层面的。从话段语言学角度来看，内在话语是特殊的。因为说话人同时也是听话人。曼格诺主要区分三种内在话语：口语形式下的话语、书面形式下的话语以及纯心理形式下的话语。

关于内在话语研究，我们以萨特（Jean-Paul Sartre）的《心灵之死》（*La Mort dans l'ame*）为例，简要讲解其探究方法与角度。

> 马蒂厄睁开眼睛，望见天空，珠灰色的，没有云彩，没有底色，一派空蒙。早晨缓缓来临，阳光一点一滴地洒落大地，渐渐满地金光。德国人占领巴黎，我们输了这场战争。一天开始，一个早晨。新世界的第一个早晨，如同所有的早晨，一切有待去完成，全部的未来写在天上。他从被窝里伸出一只手，搔搔耳朵：未来是属于别人的。在巴黎，德国人举目遥望天空，望见天上写着他们的胜利及其结果。我，没有前途了。晨风吹拂他的脸颊，轻柔凉爽，但他腰部右侧感到尼佩尔的热气，而左腿感到夏尔洛的热气。还有几年要活，还有几年要熬。这个刚开始的凯旋日叫人不得不一分钟一分钟地熬过去，尽管白杨树林里晨风伴着金霞，尽管麦浪上日轮当午，尽管傍晚热腾腾的大地散发芳香，入夜后，德国人照样俘获我们。嗡嗡声越来越响，他看见旭日升处出现飞机。
>
> 沈志明 译[①]

本选段包含大量对人物的心理活动描写，因而本选段是曼格诺所说的"内在话语"的经典例子。与格雷马斯研究方法相似，曼格诺也以时态为标志，将本段心理活动描写

---

① 萨特.萨特文集 小说卷 IV.北京：人民文学出版社，2000: 41.

划分为以下两个层次：第一层次的叙事使用简单过去时，包含"马蒂厄睁开眼睛"等话语；第二层次的叙事使用未完成过去时，包含"早晨缓缓来临"等话语。两个层次交替并行。

在大量使用简单过去时和未完成过去时的内在话语中，偶尔出现使用一般现在时的话语，如"德国人占领巴黎""未来是属于别人的"等。它们区分于其他心理活动叙事。曼格诺认为这些一般现在时的话语实则应理解为间接引语。

曼格诺认为，本选段中心理叙事与间接引语间的交替，展现了人物早晨刚刚苏醒时的"半意识"状态。

2.4 语料库语言学与文学分析

数字化、网络化、智能化的信息时代背景下，语言学与文学交叉研究的新进展尤其体现在语料库研究方法（méthode d'analyse du corpus）在文学分析中的应用。

文学研究者对corpus这一术语并不陌生。corpus最早源自拉丁语：corpus iuris，这是一部罗马法律集的名字。在文学研究中，我们经常使用corpus一词指代"同一作家或同一主题的文学作品或文学选段等"[①]。法国人查尔斯·德·维勒（Charles de Villers）出版于1809年的《德国古代文学与历史研究现状一瞥》（*Coup d'œil sur l'état actuel de la littérature ancienne et de l'histoire en Allemagne*）是目前所知最早的将德语中的Korpus一词引入法国文学研究的著作。这里的Korpus指"为科学研究而收集的某一类（特别是文字的）资料"[②]。这也是在成为语言学术语之前，corpus在法语中最为常用的意义。

在很多语言（如英语、法语、西班牙语、葡萄牙语等）的词典中，corpus词条下都有专属语言学学科类目的释义。在语言学中，corpus指为实现某一语言研究而收集的、同质的话语集合，即我们汉语所说的"语料"。语料根据其收集的语言单位的不同，可以分为词汇语料、句子语料和篇章语料。20世纪中叶，结构主义语言学理论（如美国的分布主义语言学、法国的功能主义语言学等）的发展，促使人们重视真实语言数据的采集。

在结构主义语言学家，特别是查尔斯·卡朋特·弗里斯（Charles Carpenter Fries）和泽里格·哈里斯等的理论基础之上，20世纪80到90年代，随着电子信息技术的进步与普及，语言学研究者们可以创建与使用大规模可机器读写的语料库，语料库语言学才得以开始快速发展至今日我们所熟知的模样。区别于其他语言学分支，语料库语言学并不针对某一语言或某一语言现象进行研究。语料库语言学更多的是对语言研究方法的探

[①] Baldick, Chris. *Oxford Concise Dictionary of Literary Terms*. Oxford: Oxford University Press, 2001: 52.
[②] *Trésor de la Langue Française Informatisé* (TLFi), Nancy, CNRS, ATILF (Analyse et traitement informatique de la langue française), UMR CNRS-Université Nancy 2. http://atilf.atilf.fr/frantext.htm.

索。(对此语料库语言学内部的观点并不统一,比如新弗斯派认为最纯粹的理论隐藏在语料中[1],语料本身具有理论地位[2]。)

语料库作为一种研究方法为语言实证分析提供了技术手段,不仅被广泛应用于语言学各领域的研究中,更被诸多人文学科采纳。将语料库方法运用到文学研究中最先开始于已有的语言学与文学交叉领域(后文我们将详细介绍其中的一些交叉研究方法)。而后,随着语料库方法在文学研究中的应用与推进,其涉及的研究领域进一步扩展,出现了语料库叙事学、语料库文学史、语料库文学教学等研究方向。依托语料库方法,一方面,可以实现大规模文学语料研究,并可以展现文本中某些微妙之处,使人工和人类直觉很难或不能完成的任务得以实现;另一方面,可以深化文学研究的客观性、系统性与科学性,完善文学研究中定量与定性研究的结合。

2.4.1 语料库文体学

语料库方法应用于文学研究后,在文体学领域率先取得了广泛影响与丰富研究成果,并由此产生了语料库文体学(corpus stylistics)。文体学的研究关注文本中的语言形式与含义,研究语言手段及其形成的文学表达风格。因而,文体学与重视研究语言形式与意义的语料库语言学产生了交叉领域,促成了语料库语言学方法在文体学研究中的应用。与文体学研究一样,语料库文体学建立在结构主义语言学"语言的形式与意义存在关联"的基本假说之上。运用语料库手段考察语言特征重复出现的频次及频率,对所研究文本与其他文本进行量化比较,可以实现对该文本风格的分析。语料库文体学兴盛于21世纪初,是目前文体学研究的重要研究方法之一。语料库文体学的主要研究内容包括:文学语料库的标注、作家风格、作品归属、作品主题、人物塑造、语言风格等。费舍尔·斯塔克(Bettina Fischer-Starcke)[3]、麦克拉·迈尔伯格(Michaela Mahlberg)[4]、巴勃罗·鲁阿诺·圣塞贡多(Pablo Ruano San Segundo)[5]等贡献了使用语料库文体学研究方法分析文学作品的代表性研究成果。由于篇幅限制,我们接下来将通过对费舍尔·斯塔克在《文学分析中的语料库语言学》一书中所应用的研究方法的简要介绍,使大家对语料库文体学的研究对象、方法与路径有一个初步的认识。

在《文学分析中的语料库语言学》中,费舍尔·斯塔克以简·奥斯汀的《诺桑觉寺》

---

[1] Sinclair, J. *Trust the Text: Language, Corpus and Discourse*. London: Routledge, 2004: 30-35.
[2] Tognini-Bonelli, E. *Corpus Linguistics at Work*. Amsterdam: John Benjamins, 2001: 84.
[3] Fischer-Starcke, B. Keywords and frequent phrases of Jane Austen's *Pride and Predice*. *International Journal of Corpus Linguistics*, 2009, 14(4): 492-523.
Fischer-Starcke, B. *Corpus Linguistics in Literary Analysis: Jane Austen and Her Contemporaries*. New York: Bloomsbury Publishing, 2010.
[4] Mahlberg, M. *Corpus Stylistics and Dickens's Fiction*. London, New York: Routledge, 2013.
Mahlberg, M. Corpus stylistics. In Burke, M. (éd.). *Routledge Handbook of Stylistics*. London: Routledge, 2015: 378-392.
[5] Ruano San Segundo, P. A corpus-stylistic approach to Dicken's use of speech verbs: Beyond mere reporting, *Language and Literature*, 2016, 25(2): 113-129.

等六部小说为主要研究对象,通过语料库语言学分析方法,对不同语言层次(词、短语、篇章)的语言模式展开分析,展现了语料库方法在文学文本中的作用,开发出适用于文学文本分析的语料库技术手段。语料库文体学研究具有可复制性与结论可证伪性等特点,且很多研究中的数据资源与软件是开放的,大家可以参照费舍尔·斯塔克的研究,重复其研究步骤,了解并掌握相关技术,从而熟悉并灵活运用语料库方法对其他文本进行创新研究。

为研究《诺桑觉寺》的文体特征,费舍尔·斯塔克在其研究中主要搭建和选择了以下语料库。

(1)奥斯汀语料库(Austen):包含奥斯汀的六部小说,分别是《爱玛》《曼斯菲尔德庄园》《诺桑觉寺》《劝导》《傲慢与偏见》《理智与情感》;

(2)奥斯汀5语料库(Austen 5):包含奥斯汀的五部小说,分别是《爱玛》《曼斯菲尔德庄园》《劝导》《傲慢与偏见》《理智与情感》;

(3)英国国家语料库(BNC);

(4)ContempLit语料库:包含1740—1859年出版的部分文学文本;

(5)哥特语料库(Gothic):包含《诺桑觉寺》中提到的哥特小说;

(6)诺桑觉寺语料库(NA):包含《诺桑觉寺》全文;

其中(1)(2)(4)(6)的数据可在古腾堡计划官网(www.gutenberg.net)下载,搭建语料库(5)的数据可在万维网上查找。英国国家语料库可免费使用。

接下来,费舍尔·斯塔克分别从以下三个角度对《诺桑觉寺》进行语料库文体学分析。

2.4.1.1 关键词

在传统文体学研究中,如在英国的约翰·鲁伯特·弗斯(John Rupert Firth)[1]、雷蒙德·威廉姆斯(Raymond Williams)[2]、法国的埃米尔·本维尼斯特[3]等的研究中,关键词是研究者通过直觉在文本中识别的,可以代表重要社会文化概念的词。随着技术的发展,一些软件(如AntConc和WordSmith Tools等)可以通过统计计算,自动提取关键词。在这一技术背景下,关键词在本研究(及很多语料库文体学研究)中指在语料库中出现频率显著高于其他参考语料库的词。语料库文体学认为这些词的出现频率与所研究文学文本的内容与结构相关,可以指示文学文本的主题与结构,从而与文本意义相连。

费舍尔·斯塔克在其研究中使用了WordSmith Tools对第(1)(2)(4)(5)(6)语

---

[1] Firth, J. R. The technique of semantics. *Transactions of the Philological Society*, 1935: 36-72.
[2] Williams, R. *Keywords*. London: Fontana, 1983.
[3] Benveniste, E. Civilisation: Contribution d'un mot. Hommage à Lucien Febvre. In É. Benveniste. *Problèmes de Linguistique Générale*. Paris: Gallimard, 1966: 336-345.

料自动提取关键词。费舍尔·斯塔克的研究性专著中，省略了关键词提取方法。为完成这一操作，请先在 https://www.lexically.net/wordsmith/ 网站下载并安装 WordSmith Tools 软件。打开软件，并准备好研究语料及相关对照文本语料的 txt. 格式文件，使用"关键词"功能（如图 2-5 软件界面截图，单击"KeyWords"按钮）获取研究文本与对照文本的对比关键词。①

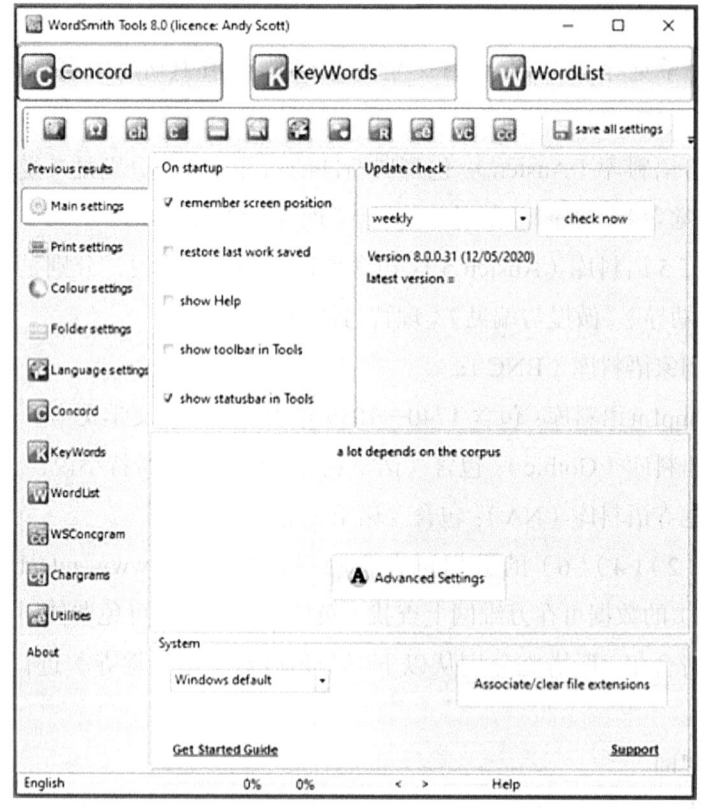

图 2-5　WordSmith Tools 8.0 界面

通过分别将诺桑觉寺语料库和奥斯汀语料库、奥斯汀 5 语料库、哥特语料库以及 ContempLit 语料库一一对比，获取关键词列表，作者发现表达情感的词汇出现在后两种比较中，如图 2-6 所示。

NA – Austen	NA – Austen5	NA – Gothic	NA – ContempLit
		feelings, engagement	feelings, engagement, attentions, admiration

图 2-6　"情感"关键词对比②

---

① 详细的操作方法，请参照 WordSmith Tools 中"关键词"功能的使用说明视频：https://lexically.net/wordsmith/support/KeyWords_video.html.
② Fischer-Starcke, B. *Corpus Linguistics in Literary Analysis: Jane Austen and Her Contemporaries*. New York: Bloomsbury Publishing, 2010: 71.

这一比较显示，在奥斯汀的所有作品中，"情感"作为主题与词汇都有所出现。与哥特文学和与其同时代的文学作品相比，情感主题是奥斯汀作品的特点。由表格第三列的关键词数少于第四列可以得出结论：与奥斯汀同时代的文学作品相比，情感在哥特小说中占比更高。

在对关键词列表的比较中，作者还发现"文本性"是《诺桑觉寺》中的一个常见的语义场，如图 2-7 所示。

NA – Austen	NA – Austen5	NA – Gothic	NA – ContempLit
udolpho, heroine	udolpho, heroine, novels, journal, manuscript, novel	heroine, read, journal, novels, theatre, novel	udolpho, heroine, heroine's, novels

图 2-7 "文本性"关键词对比[①]

图中第一列与第二列相比，出现的相关关键词数量较少。这说明诺桑觉寺语料库与奥斯汀语料库近六分之一内容相同这一因素，对关键词对比结果产生了强烈的影响。除奥斯汀语料库之外，其他语料库中不含有《诺桑觉寺》文本。因而，第二、三、四列的数据，可以更好地展现《诺桑觉寺》的特征："文本性"是《诺桑觉寺》的词汇与主题特征之一。

通过对以上两个语义场相关关键词的研究，可以看到"情感"与"文本性"是《诺桑觉寺》中两个重要的主题。这与此前传统文学研究对《诺桑觉寺》作品主题（即"情感小说""哥特小说"与"阅读"）的探讨结论是一致的。

而后，作者还使用了以上关键词研究方法，并考察了关键词所在的索引行，对《诺桑觉寺》作者与叙述者的角色关系以及《诺桑觉寺》中的反讽手法进行了语料库文体学方法的研究（见本讲"拓展阅读与思考"第 3 题），分析了奥斯汀语料库的关键词与索引行所体现的奥斯汀作品的词语与主题特征。

2.4.1.2 熟语单位

费舍尔·斯塔克接下来利用 KfNgram 软件对奥斯汀文学作品的熟语单位进行了研究[②]，以便更好地了解其作品的语篇结构与文本内容。

作者主要研究了 N 元模型（n-grams）和 P 元构造程式（p-frames）两种结构的熟语单位。N 元模型指 N 个连续词语构成的词组。P 元构造程式指由 P 个连续词语构成的组合，其中的一个词语可以改变。比如在《诺桑觉寺》语料库中，费舍尔·斯塔克指出，出现频率最高的四元模型（4-grams）是 i am sure i，四元构造程式（4-frames）是 the *

[①] Fischer-Starcke, B. *Corpus Linguistics in Literary Analysis: Jane Austen and Her Contemporaries*. New York: Bloomsbury Publishing, 2010: 72.
[②] KfNgram 可在 https://www.kwicfinder.com/kfNgram/kfNgramHelp.html 网站下载。这款软件使用方法非常简单，使用说明参见 https://www.kwicfinder.com/kfNgram/kfNgramHelp.html。

of the。n-grams 对了解文本内容具有重要作用，p-frames 对探查文本的语法与话语构成具有参考价值。

费舍尔·斯塔克的熟语单位研究主要通过以下步骤完成：（1）提取 NA 语料库中的 4-grams 和 4-frames，并分析其词汇与语法模式；（2）由此对《诺桑觉寺》的话语结构与信息编码形式提出假设；（3）通过对 NA 语料库中出现最多的 4-frames 进行进一步分析以验证提出的假设；（4）对奥斯汀语料库和 ContempLit 语料库也进行相同的 4-grams 和 4-frames 分析；（5）将从这两个语料库取得的结果与 NA 的结果进行比较研究。

费舍尔·斯塔克分别提取出 25 个 4-grams 和 26 个 4-frames。（如图 2-8 和图 2-9 所示）以下费舍尔·斯塔克的数据中，圆括号中的数字记录对应该结构出现的绝对次数，方括号中的数字代表其在每一百万字中出现的平均次数。

1. i am sure i	(13)	[169]
2. i do not know	(12)	[156]
3. in the course of	(10)	[130]
4. a great deal of	(9)	[117]
5. i would not have	(9)	[117]
6. the rest of the	(9)	[117]
7. at the end of	(8)	[104]
8. i am sure he	(7)	[91]
9. i do not think	(7)	[91]
10. mr and mrs allen	(7)	[91]
11. all the rest of	(6)	[78]
12. for all the world	(6)	[78]
13. i am sure it	(6)	[78]
14. i dare say he	(6)	[78]
15. mr and mrs morland	(6)	[78]
16. quarter of an hour	(6)	[78]
17. a quarter of an	(5)	[65]
18. as well as she	(5)	[65]
19. but i am sure	(5)	[65]
20. for the first time	(5)	[65]
21. it seemed as if	(5)	[65]
22. the pleasure of seeing	(5)	[65]
23. was not to be	(5)	[65]
24. what do you mean	(5)	[65]
25. what do you think	(5)	[65]

图 2-8　NA 中最常出现的 4-grams[①]

---

① Fischer-Starcke, B. *Corpus Linguistics in Literary Analysis: Jane Austen and Her Contemporaries*. New York: Bloomsbury Publishing, 2010: 115.

```
 1. the * of the      (133) [1729]
 2. the * of her      (72)  [936]
 3. in the * of       (61)  [793]
 4. the * of a        (61)  [793]
 5. * i am sure       (56)  [728]
 6. i am sure *       (56)  [728]
 7. * i do not        (46)  [598]
 8. i do not *        (46)  [598]
 9. in the world *    (41)  [533]
10. * in the world    (41)  [533]
11. for the * of      (41)  [533]
12. the * of his      (40)  [520]
13. by the * of       (40)  [520]
14. of the * and      (37)  [481]
15. to the * of       (33)  [429]
16. and the * of      (29)  [377]
17. on the * of       (29)  [377]
18. she could not *   (28)  [364]
19. * she could not   (28)  [364]
20. at the * of       (27)  [351]
21. it would be *     (27)  [351]
22. * it would be     (27)  [351]
23. i would not *     (26)  [338]
24. * i would not     (26)  [338]
25. * i dare say      (26)  [338]
26. i dare say *      (26)  [338]
```

图 2-9　NA中最常出现的4-frames[①]

可以看到4-frames中存在着大量的重复结构，即原本一个完整的3-grams，由于其前后搭配的词汇不同，被软件自动提取为不同的4-frames，比如she could not *和* she could not。研究中应尊重原始研究参数，上述的两个结构应被视为两个不同的4-frames，否则会影响最终研究与比对成果。

另外，通过对比NA中出现频率最高的4-grams和4-frames，我们也能发现，这些4-grams和4-frames存在着大量的重合，这一重合不仅是形式上的，同时也是语义与语法上的，这些重合被作者总结，如图2-10、图2-11和图2-12所示。

---

① Fischer-Starcke, B. *Corpus Linguistics in Literary Analysis: Jane Austen and Her Contemporaries*. New York: Bloomsbury Publishing, 2010:116.

4-grams NA	4-frames NA
i am sure i	*i am sure* *
i am sure he	
i am sure it	
i do not know	*i do not* *
i do not think	
in the course of	*in the* * *of*
i would not have	*i would not* *
the rest of the	*the* * *of the*
at the end of	*at the* * *of*
i dare say he	*i dare say* *
but i am sure	* *i am sure*

图 2-10　4-grams和4-frames的重合[1]

Pattern	Realizations in the data
Eight 4-grams express temporal, spatial and/or quantitative/qualitative relationships, four of which make temporal relationships explicit	in the course of, a great deal of, the rest of the, at the end of, all the rest of, quarter of an hour, a quarter of an, for the first time
Seven 4-grams conform to the pattern *i* ** *and* * *i* **, another four 4-grams include the personal pronouns *she, it* and *you* with the *it* being impersonal	i am sure i, i would not have, i am sure he, i do not think, i am sure it, i dare say he, as well as she, but i am sure, it seemed as if, what do you mean, what do you think
Seven 4-grams include a verb, adjective or noun describing a perception or a mental process	sure, think, say, seemed, pleasure
Four 4-grams include the grammatical negation *not*	i do not know, i would not know, i do not think, was not to be
Two 4-grams include question words	what do you mean, what do you think

图 2-11　4-grams的5种类型及其在文本中的完成形式[2]

---

[1] Fischer-Starcke, B. *Corpus Linguistics in Literary Analysis: Jane Austen and Her Contemporaries*. New York: Bloomsbury Publishing, 2010: 117.

[2] Fischer-Starcke, B. *Corpus Linguistics in Literary Analysis: Jane Austen and Her Contemporaries*. New York: Bloomsbury Publishing, 2010: 118.

Pattern	Realizations in the data
Fourteen 4-frames express temporal, spatial and/ or quantitative/qualitative relationships	the * of the, the* of her, in the * of, the * of a , * in the world, in the world *, for the * of, the * of his, by the * of, of the * and, to the * of, and the * of, on the * of, at the * of
Eight 4-frames follow the pattern *i *** and *i **, another two 4-frames following the pattern * she ** and she ***	* i am sure, i am sure *, * i do not, i do not *, she could not *, * she could not, i would not *, * i would not, * i dare say, i dare say *
Six 4-frames include a modal verb	could and would
Six 4-frames include the grammatical negation not	* i do not, i do not *, she could not *, * she could not, i would not *, * i would not
Four 4-frames include a verb or an adjective describing a perception or a mental process	say and sure

图 2-12　4-frames的5种类型及其在文本中的完成形式[1]

通过考察以上重合情况并结合词索引行的研究，作者总结提出：（1）时间、空间以及定量/定性的短语经常在NA文本中充当介词功能，其词汇意义是次要的，其主要作用是功能的；（2）表示时间关系的短语在NA文本中占主导地位，说明对时间的描写是NA为代表的小说文本叙事的特征之一；（3）代表人称短语的高频出现，与小说人物描写有关，代表小说中主要角色之间的互动，大量的I（"我"），也体现了《诺桑觉寺》的口语性。作者接着通过回归文本，详细讨论几个出现频次高的短语，以验证以上普遍结论。

费舍尔·斯塔克接下来用相同的方法，对奥斯汀语料库的4-grams和4-frames进行了提取，并与诺桑觉寺语料库的4-grams和4-frames对比，分析总结如图2-13所示。

Austen 4-grams	NA 4-grams
Fourteen phrases include personal pronouns, seven of them include *I*	Ten phrases include personal pronouns, eight of them include *I*
Eleven phrases express temporal, spatial and/ or quantitative/qualitative relationships	Nine phrases express temporal, spatial and/ or quantitative/qualitative relationships
Six phrases include a verb of perception, five phrases include *sure*	Five phrases include a verb of perception, five phrases include *sure*
Six phrases include *not*	Four phrases include *not*
Five phrases include the 3-gram *i am sure*	Four phrases include the 3-gram *i am sure*

图 2-13　奥斯汀语料库与诺桑觉寺语料库的4-grams所在索引行对比[2]

---

[1] Fischer-Starcke, B. *Corpus Linguistics in Literary Analysis: Jane Austen and Her Contemporaries*. New York: Bloomsbury Publishing, 2010: 118.

[2] Fischer-Starcke, B. *Corpus Linguistics in Literary Analysis: Jane Austen and Her Contemporaries*. New York: Bloomsbury Publishing, 2010: 136.

Austen 4-frames	NA 4-frames
Fifteen frames express temporal, spatial and/or quantitative/qualitative relationships	Twelve frames express temporal, spatial and/or quantitative/qualitative relationships
Ten frames include personal pronouns, three of them are female, *I* occurs four times	Fourteen frames include personal pronouns, three of them are female, *I* occurs eight times
Nine frames include *the * of*	Eleven frames include *the * of*
Four frames include *not*	Six frames include *not*
Two frames include *sure*	Two frames include *sure*

图 2-14　奥斯汀语料库与诺桑觉寺语料库的4-frames对比[①]

费舍尔·斯塔克经统计得出，两个语料库的4-grams重合率近50%，4-frames的重合率大致在80%。由此可见，两个语料库所含文本在语言与熟语使用特点上的相似性。另外，与诺桑觉寺语料库一样，从奥斯汀语料库中也提取出很多表达空间以及表达定量/定性的短语；另外还提取出很多人称代词、心理感知词汇，这些也体现了小说对人与人、人与事之间关系的描写；女性人称代词的反复出现，表明奥斯汀作品中女性人物的主导地位。通过以上比较，费舍尔·斯塔克得出结论：两组语料库数据显示，相关文本在内容和话语结构上没有明显差异，奥斯汀语料库是一个同质语料库。

费舍尔·斯塔克最后又将诺桑觉寺语料库、奥斯汀语料库与ContempLit语料库做4-grams和4-frames对比分析。表2-3展示了部分数据[②]。

表2-3　诺桑觉寺语料库、奥斯汀语料库与ContempLit语料库的4-grams和4-frames分析结果对比

ContempLit 语料库与诺桑觉寺语料库		ContempLit 语料库与奥斯汀语料库	
4-grams	4-frames	4-grams	4-frames
i am sure i, in the course of, a great deal of, the rest of the, at the end of, for the first time	the * of the, the * of her, in the * of, the * of a, for the * of, the * of his, by the * of, of the * and, to the * of, and the * of, on the * of, at the * of	i am sure i, the rest of the, a great deal of, in the course of, at the same time, for the sake of, at the end of, out of the room	the * of the, in the * of, the * of her, the * of a, the * of his, to the * of, of the * and, for the * of, and the * of, by the * of

表中展示了从语料库中提取到的相同的4-grams和4-frames。通过比较三个语料库提取出的熟语，斯塔克提出以下结论：两个4-grams栏中都大量出现了具有话语标记作用的短语，表明标记话语是奥斯汀时代的典型语言特征。与奥斯汀作品中常出现女性人称代词不同，同时代作品中更多的是表示男性或中性的人称代词。可见，对女性人物的

[①] Fischer-Starcke, B. *Corpus Linguistics in Literary Analysis: Jane Austen and Her Contemporaries.* New York: Bloomsbury Publishing, 2010: 136.
[②] Fischer-Starcke, B. *Corpus Linguistics in Literary Analysis: Jane Austen and Her Contemporaries.* New York: Bloomsbury Publishing, 2010: 140.

关注是奥斯汀作品的特色。另外，奥斯汀语料库的另一个特征是语法否定的高频使用，这并不是同时代小说的普遍特征。最后，ContempLit语料库中提取出远多于其他两个语料中出现的用作介词的、与文本主题无关的短语，这表明ContempLit语料库与其他两个语料库相比有着性质的区别。ContempLit语料库中，作者不同且所涉及的作品主题也不同，是异质的；诺桑觉寺语料库和奥斯汀语料库是同质的。

2.4.1.3 分布分析

费舍尔·斯塔克的分布分析研究的实现手段是文本分割（text segmentation），其基础是韩礼德和哈桑提出的理论：语篇的衔接是由贯穿全篇的语义连接实现的。[1]哈桑随后进一步完善了该研究，提出了词汇衔接（lexical cohesion）的相关理论（如图2-15所示）。

```
Categories of lexical cohesion

A    General
     i.    repetition    leave, leaving, left
     ii.   synonymy      leave, depart
     iii.  antonymy      leave, arrive
     iv.   hyponymy      travel, leave (including co-hyponyms, leave, arrive)
     v.    meronymy      hand, finger (including co-meronyms, finger, thumb)

B    Instantial
     i.    equivalence   the sailor was their daddy; you be the patient, I'll be the doctor
     ii.   naming        the dog was called Toto; they named the dog Fluffy
     iii.  semblance     the deck was like a pool; all my pleasures are like yesterdays
```

图 2-15　哈桑的词汇衔接[2]

费舍尔·斯塔克在总结前人研究[3]的基础上指出：文本由不同的部分组成，这些不同的部分通过衔接实现。语义上相关的词汇在文本中的出现，在文本中会产生衔接，这是识别文本组成部分的方式。这些词汇在文本中的突然消失，会导致文本衔接的中断。这些中断部分被认为是文本中的过渡点。因而，费舍尔·斯塔克根据特定词汇的出现或消失来识别文本的不同部分。[4]

提取这些特定词汇需运用到前面关键词部分的研究方法。利用WordSmith Tools软

---

[1] Halliday, M. A. K., Hasan, R. *Cohesion in English*. London: Longman, 1976.
[2] Hasan, R. Coherence and cohesive harmony. In J. Flood (ed.). *Understanding Reading Comprehension*. Delaware: International Reading Association, 1984: 181-219.
[3] Hoey, M. *Lexical Priming. A New Theory of Words and Language*. London, New York: Routledge, 1991; Baayen, R. H. *Word Frequency Distributions*. Dordrecht, Boston and London: Kluwer, 2001; Hearst, M. A. TextTiling: segmenting text into multi-paragraph subtopic passages. *Computational Linguistics*, 1997, 23(1): 33-64; Jobbins, A. and Evett, L. Text segmentation using reiteration and Collocation, *COLING-ACL*, 1998: 614-618; Phillips, M. *Lexical Structure of Text*. Birmingham: University of Birmingham Press, 1989; Phillips, M. *Aspects of Text Structure: An Investigation of the Lexical Organization of Text*. Amsterdam: North Holland, 1985.
[4] Fischer-Starcke, B. *Corpus Linguistics in Literary Analysis: Jane Austen and Her Contemporaries*. New York: Bloomsbury Publishing, 2010: 148.

件，与其他语料库对比，费舍尔·斯塔克共提取了"地理位置""文本性"和"情感"三个语义场的相关关键词。根据"出现在一个以上对比关键词列表的词具有更多合理性"的原则，同时排除街道名称等词汇，上述三个语义场在诺桑觉寺语料库分别与奥斯汀语料库、奥斯汀5语料库、哥特语料库、ContempLit语料库、英国国家语料库对比提取到的关键词及其交集结果如图2-16所示。

Semantic field/ reference corpus	place names	textuality	(romantic) emotions
BNC	northanger, bath, fullerton, woodston, abbey (excluding street names)	udolpho, heroine, heroine's, read, novels	feelings, heart, engagement, affection, admiration, affectionate, attentions, engaged, beloved, tenderness, attachment, felt, loved, love
Austen	bath, northanger, fullerton, abbey, woodston (excluding street names)	udolpho, heroine	
Austen5	northanger, fullerton, bath, woodston, abbey	udolpho, heroine, novels, journal, manuscripts, novel	
Gothic	bath, northanger, fullerton, woodston, clifton, abbey, oxford, blaize (excluding street names)	heroine, read, journal, novels, theatre, novel	feelings, engagement
ContempLit	bath, northanger, fullerton, woodston, abby, cestershire, oxford, clifton, landsdown (excluding street names)	udolpho, heroine, heroine's novels	feelings, engagement, attentions, admiration
Keywords that are identified by comparisons with all reference corpora (for *emotions*, except of in *Austen* and *Austen5*)	northanger, bath, fullerton, abbey, woodston	heroine	feelings, engagement

图 2-16 对比关键词列表及交集①

费舍尔·斯塔克使用Word-Distribution软件，得出"地理位置""文本性"和"情感"这三个语义场在各关键词列表中的交集词汇在文本中的定位数据。将数据导入Microsoft Excel中，生成词汇分布的可视化图表。费舍尔·斯塔克接着还采取了以下两

---

① Fischer-Starcke, B. *Corpus Linguistics in Literary Analysis: Jane Austen and Her Contemporaries*. New York: Bloomsbury Publishing, 2010: 150.

个方法来验证与讨论以上文本分割的结果：（1）使用另一个软件Vocabulary Management Profiles验证分割结果；（2）使用关键词分析方法，将诺桑觉寺语料库被划分的三个部分分别与英国国家语料库进行对比研究，以验证诺桑觉寺语料库被划分的三个部分是否不同。

我们在本节中对费舍尔·斯塔克2010年出版的《基于语料库的文体学研究》的介绍是非常简略的，是对该研究的部分节选。大家可以根据个人的兴趣与研究方向，查阅并完整阅读更多的语料库文体学文献。

通过这一节的简要介绍，我们仍然能够感受到，在目前的语料库文体学分析中，研究者们所使用的分析方法仍然是以语言学方法为主，更多地关注文本的语言现象并解释其含义。同时也可以看到，语料库文体学，区别于传统的文学研究，具有自己的理论基础与研究方法，语料库文体学研究方法是对文学研究的重要补充。

2.4.2　基于语料库的话语分析

法国在利用语料库方法研究文学文本的领域具有自己的研究历史与研究特色。与英美国家的基于语料库方法处理大规模文学文本的研究趋势不同，法国研究者在借助语料库研究文本的研究领域中，更多的是将语料库方法与法国特色的话语分析研究（参见本讲2.2节）相结合，换句话说，就是法国的话语分析借助现代信息技术开展研究。相较于我们前一节学习的基于语料库方法的文体学研究，基于语料库的法国话语分析侧重于研究文本产生的情境以及参与话语的说话者的影响。因而，该研究对话语如何构建意义的阐释建立在对语言形式与上述外部因素（情境、说话人）之间相互作用的考察的基础上。

此处我们以艾米丽·尼（Émilie Née）的研究《〈世界报〉中"不安全感"与总统选举》[1]为例，简要展示话语分析的语料库方法，更确切地说是法国的文本计量（textométrique）对历时文本语料库的分析方法。作者艾米丽·尼注意到在2001—2002年法国总统选举过程中，insécurité（不安全，不安全感）一词在选举的政治辩论中起着结构性作用，并对这一词的使用进行了研究。为此，她首先收集2001年7月1日到2002年7月1日《世界报》（Le Monde）中包含insécurité一词的所有文章（相关文本收集可以使用Europresse数据库或《世界报》官网的"Les archives du Monde"功能），建立《世界报》/不安全感语料库[2]，并将该语料库按照月份分为13个部分。接下来，她将

---

[1] Née, Émilie. Insécurité et élections présidentielles dans le journal Le Monde. Lexicometrica [revue en ligne], Numéro spécial: Explorations textométriques, 2019(1): 35-53.
[2] 网页信息抽取建库应注意去除冗余信息（nettoyage des scories）并注意文本编码，相关方法请参见Notepad++、EditPlus等软件使用方法。

语料信息导入 Lexico 3 进行语料数据分析。①

使用 Lexico 3 的相关功能，作者得到若干数据，以下我们仅展示其中一部分重要图表。使用 Lexico 3 对 insécurité 的绝对频次与相对频次统计功能，艾米丽·尼得出图 2-17 和图 2-18。

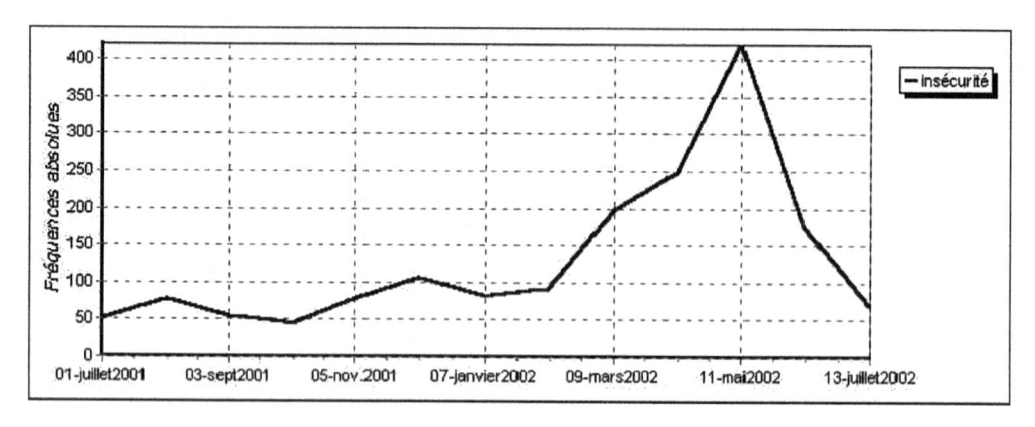

图 2-17 insécurité 出现的绝对频次②

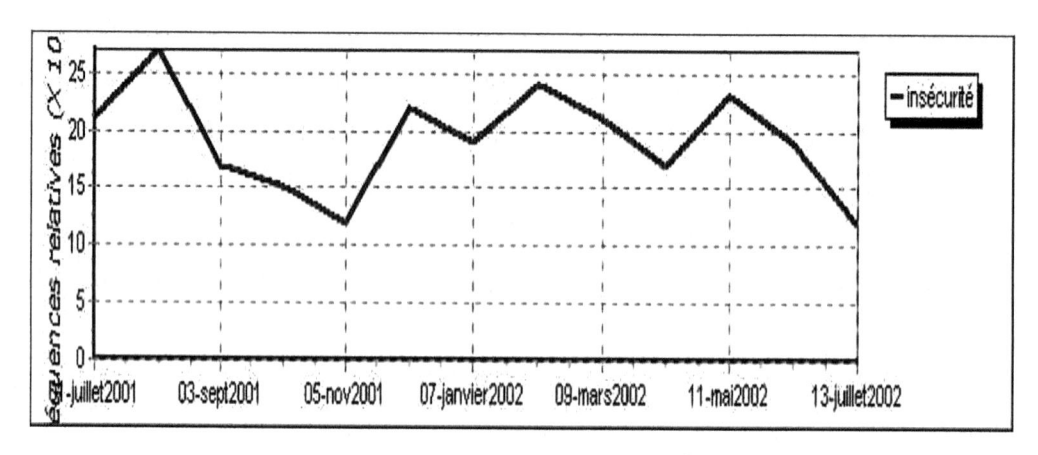

图 2-18 insécurité 出现的相对频次③

通过统计结果，我们看到该词汇的绝对频次在 2002 年 5 月到达了一个高峰，而相对频次的高峰在 2001 年 8 月。由此，艾米丽·尼提出两个假设：（1）在同一篇文章中多次出现该词汇；（2）在多篇文章中使用了该词汇。

为验证这两个假设，她接下来又探查了 insécurité 一词的分布（ventilation），结果如图 2-19 所示。

---

① Lexico 3 下载与使用方法，请访问 http://lexi-co.com/Produits.html 并观看使用教程 http://lexi-co.com/Clip.L3.6.mp4.
② Née, Émilie. Insécurité et élections présidentielles dans le journal *Le Monde*. *Lexicometrica* [revue en ligne], Numéro spécial: Explorations textométriques, 2019(1): 36.
③ Née, Émilie. Insécurité et élections présidentielles dans le journal *Le Monde*. *Lexicometrica* [revue en ligne], Numéro spécial: Explorations textométriques, 2019(1): 37.

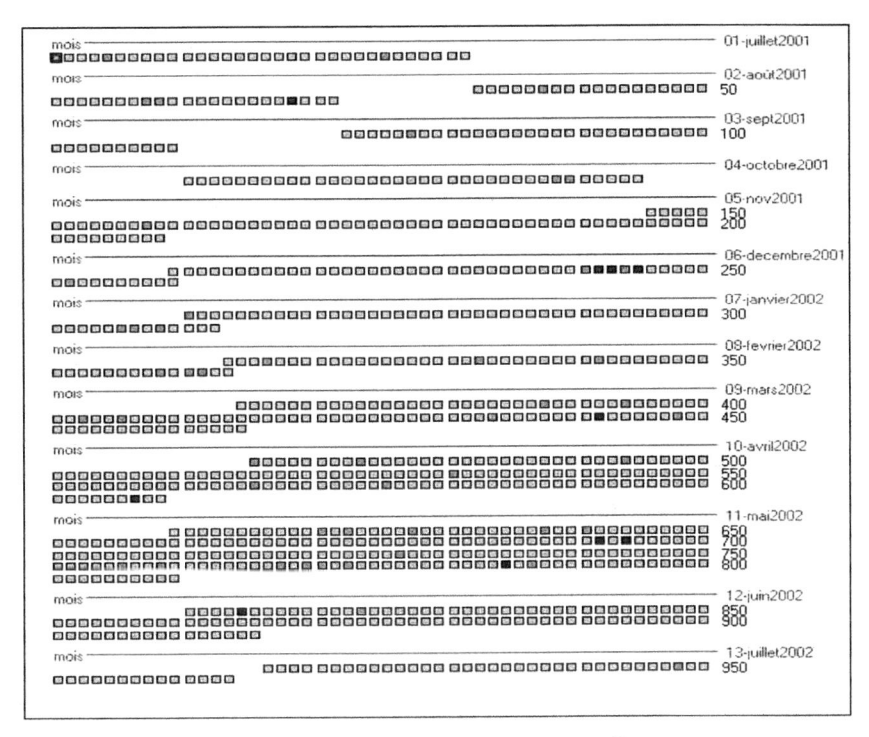

图 2-19 insécurité在语料库中的分布[①]

图中的方框代表出现insécurité一词的文章。我们可以看到，2001年8月，出现insécurité一词的文章数目较少，因而，8月的相对频次[②]的峰值是由在同一文章中多次使用该词汇产生的。而2002年4月则正好相反，出现该词汇的文章数目相对较多，但是相对频次低，说明每篇文章中该词汇的出现次数少。最后，作者认为2002年5月时，该词汇不仅出现在多篇文章中，且在每篇文章中出现的次数较多。

作者接下来整理了所涉时间段内的社会背景。

2001年7月6日：若斯潘总理建立旨在开发"衡量不安全水平的新统计工具"的研究团队。

2001年7月14日：希拉克总统就不安全问题发表攻击总理讲话。

2001年7月18日：勒庞参加竞选。

2001年8月1—2日：官方轻罪统计数据公布（2001年第一学期）。

2001年8月28日：若斯潘在电视上露面（2001年8月28日）回应总统对不安全管理问题的攻击。

2001年11月15日：议会通过"日常安全"法。

[①] Née, Émilie. Insécurité et élections présidentielles dans le journal *Le Monde*. *Lexicometrica* [revue en ligne], Numéro spécial: Explorations textométriques, 2019(1): 38.

[②] 相对频次即出现次数与篇幅长度之比。

2002年2月11日：希拉克成为总统竞选的正式候选人。讨论的第一个议题是安全/不安全问题。
2002年2月20日：若斯潘成为总统竞选的正式候选人。
2002年3月27日：引发政治争议的"南泰尔之死"。
2002年4月21日：第一轮总统选举。希拉克拔得头筹，勒庞排名第二。
2002年5月5日：第二轮总统选举，希拉克连任总统。
2002年5月15日：基于政令设立"内部安全委员会"。
2002年6月16日：选举新议会。[①]

这从侧面印证了以上数据与社会背景之间的联系，但是并不能直接证明《世界报》的报道与上述背景的关系。因而，作者又进一步对insécurité在《世界报》的各专栏的分布进行研究，结果如图2-20所示。

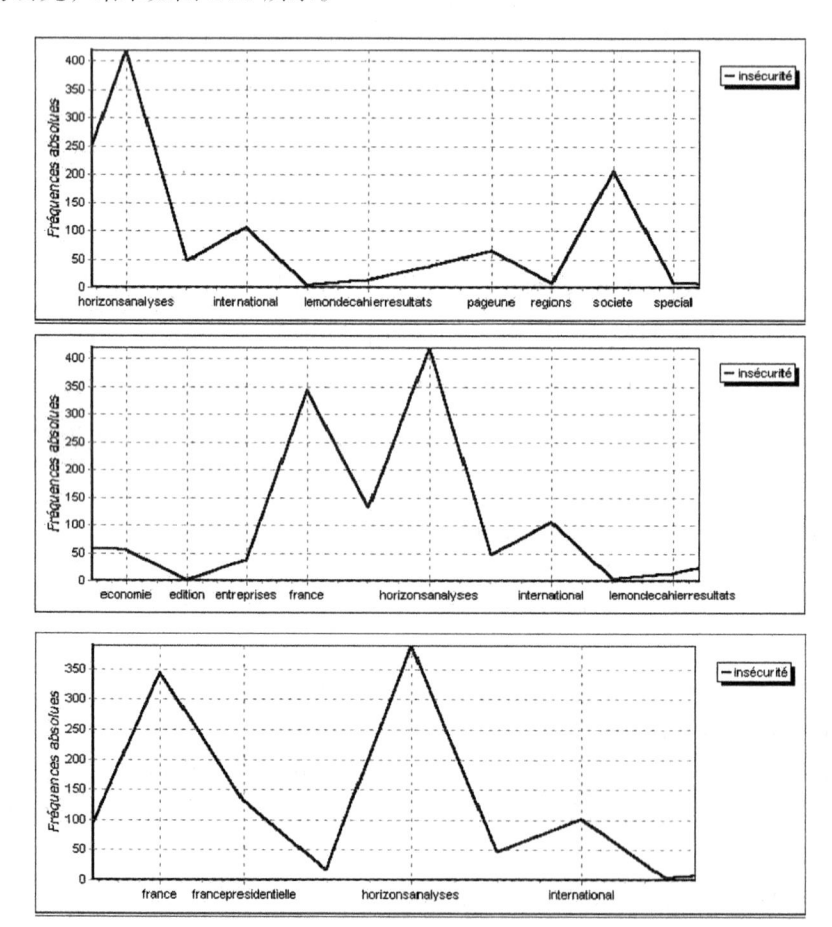

图2-20 insécurité在《世界报》各专栏的分布[②]

[①] Née, Émilie. Insécurité et élections présidentielles dans le journal *Le Monde*. *Lexicometrica* [revue en ligne], Numéro spécial: Explorations textométriques, 2019(1): 44.

[②] Née, Émilie. Insécurité et élections présidentielles dans le journal *Le Monde*. *Lexicometrica* [revue en ligne], Numéro spécial: Explorations textométriques, 2019(1): 45-46.

由图 2-20 可见，insécurité 一词大量出现在《法国》《视野分析》《社会》《法国 - 总统》几个专栏中。而在《国际》等专栏中，该词的出现频率很低。

作者接着对语料库词频进行统计，从而进一步说明 insécurité 一词的出现与法国本国社会事件的紧密关联。作者统计了与 insécurité 一词共同出现的词汇并按频次排序如表 2-4 所示。

表 2-4　与insécurité相关的词汇频次统计表[①]

相关词汇		出现次数
Le Pen	勒庞	995
l'insécurité	不安全	1256
la France	法国	719
Jacques Chirac	雅克·希拉克	706
Lionel Jospin	利昂内尔·若斯潘	640
la gauche	左派	592
la sécurité	安全	551
la droite	右派	458
la délinquance	轻罪	420
la république	共和国	409
la campagne	运动	401
la police	警察	391
le gouvernement	政府	387
extrême droite	极右	383
élection présidentielle	总统选举	362

语料库文学文本研究是社会人文科学定量研究与数字人文背景下的研究方法与趋势。我们看到，目前语料库文学研究具有自己独特的理论与方法，是自成一家的研究范式。基于语料库的文学研究与传统文学研究相互补充，为量化文学研究提供了重要的解决方案。但是，基于语料库的文学研究与传统文学研究有一定的割裂性且具有自身的局限性，因而饱受质疑。尽管如此，我们应看到其重要的研究意义与价值。在跨学科研究背景下，我们有理由期待年轻的复合型人才能够突破人文与技术的壁垒，更好地将信息技术运用到文学研究中去。

[①] Née, Émilie. Insécurité et élections présidentielles dans le journal *Le Monde*. *Lexicometrica* [revue en ligne], Numéro spécial: Explorations textométriques, 2019(1): 48.

拓展阅读与思考

1. 分析皮埃尔·德·龙萨（Pierre de Ronsard）《悼玛丽》（*Déploration sur Marie*）中的话段情景。

《悼玛丽》是法国文艺复兴时期诗人龙萨悼念爱人玛丽的经典抒情诗，诗中通过细腻的语言和丰富的意象表达了诗人深切的哀悼与怀念之情。

悼玛丽[①]

皮埃尔·德·龙萨

大地啊，向我敞开你的怀抱吧，让我带回
我的宝藏，我的命运女神就藏在你的身下：
如若不能，噢！大地啊，请将我一同接纳
与她那美丽的骨灰同寝厮守。
杀死她的那一击应该也让我的身体
倒向你的怀抱，好结束我的苦楚：
更何况，她的死令我万念俱灰，
我再也活不下去，恼怒地等待着死亡。
尘世间，在我活着的时候，我曾幸福地
见过她的明眸，照亮我，
我的灵魂被那眸子里的光芒攫住。
现在我已经死了：死神已离去
住进了她的双眸，临走时曾召唤我，
让我如行尸走肉般度日。

吴水燕 译

请阅读以上段落，回答以下问题：

请分析诗歌中的话段情景，探讨诗歌情感表达与艺术构建。

[①] De Ronsard, Pierre. *Œuvres de P. de Ronsard, gentilhomme vandomois.* Tome 1. Paris: Alphonse Lemerre, 1584: 215-216.

2. 分析《巴马修道院》选段①。

司汤达的《巴马修道院》通过直接引语展现了人物的心理活动与语言交流，为故事的叙述提供了深层次的情感与叙事张力。

> 厮杀似乎慢下来，刀剑舞得不那么快了。这时法布里斯想："脸好疼，他一定把我破相了。"想到这里，他不禁怒气冲天，挺起猎刀，朝着吉莱蒂一跃而上。刀尖从吉莱蒂的右胸插入，直刺穿他的左肩。同时，吉莱蒂的剑也刺中法布里斯的上臂，整个剑身都划过去，好在仅仅穿透了表皮，伤势不重。
>
> 吉莱蒂歪倒了。法布里斯挨上前去，眼睛却盯着他左手的刀，只见那只手机械地松开，刀子落了出来。
>
> "恶棍死了。"法布里斯暗道。他朝吉莱蒂脸上望去，鲜血从吉莱蒂的嘴里往外涌。他向马车跑去。
>
> "你有镜子没有？"他对玛丽埃塔嚷道。玛丽埃塔脸色惨白，只是望着他，没有答话。老太太却很镇定地打开一个绿色的针线包，递给法布里斯一面带柄的小镜子，有手掌大小。法布里斯摸着脸，往镜子里瞅自己。"眼睛没事。"他自言自语，"谢天谢地。"他瞧瞧牙，牙没有碎。"那我感到这么疼是怎么回事？"他嘟嘟囔囔地说。
>
> 老太太回答他："那是因为吉莱蒂的剑把儿砸到你的脸上，底下偏偏有骨头垫着。你的脸发青，肿得厉害。赶紧找几条蚂蟥放在上面，就不碍事了。"
>
> 罗芃 译

？请阅读以上段落，回答以下问题：

（1）请在选段中识别所有直接引语，并依据内容将其区分为心理描写和语言描写。

（2）请分别对心理描写和语言描写进行基于话段语言学与话语语言学方法的文学文本分析。

---

① 司汤达.巴马修道院.罗芃，译.南京：译林出版社，2005: 173-174.

3. 结合本选段中的研究方法完成分析。

费舍尔·斯塔克在其《文学分析中的语料库语言学》中通过语料库语言学的方法探讨文学文本的语言特征，为分析文学中的作者与叙述者角色提供了有效路径。

5.2.4.2 《诺桑觉寺》中的反讽：作者和叙述者的角色[①]

阅读小说时，读者们很容易发现叙述者在《诺桑觉寺》的突出作用。她评论情节并发表个人意见，比如她"为小说辩护"的部分（24f.）。这些评论模糊了叙述者和小说作者之间的界限，因为叙述者声称她也是文本的作者。她的评论中隐含着这个意思，例如，她"意识到构图规则禁止我引入与我的故事无关的角色"（235）。由于小说中作者和叙述者之间的界限并不明确，以下分析针对的是《诺桑觉寺》的作者/叙述者，尽管这与文学批评的惯例背道而驰。但是，作者/叙述者这个术语是适合此小说分析的，因为它将两个实体紧密地联系在一起，且这一联结是明确的。由于小说的作者是女性，所以我将作者/叙述者称为"她"。事实上，《诺桑觉寺》是奥斯汀唯一一部直接对话读者群的小说（Auerbach 2004: 73），这使小说的叙述者非常明确。

作者/叙述者在《诺桑觉寺》中的重要地位体现在 HEROINE *(24) 一词的索引行中。在以下八种情况中，该词目的左侧并列着所有格代词 my(5) 和 our(3)，占其出现频次的三分之一。

```
long visit at Northanger, by  which  my  heroine was involved in one of her most
r is widely different; I bring back  my  heroine to her home in solitude and dis
harmless delight in being fine;  and  our  heroine's entree into life could not ta
ess. Every young lady may feel for  my  heroine in this critical moment, for eve
an myself." And now I may dismiss  my  heroine to the sleepless couch, which is
e presumed that, whatever might be  our  heroine's opinion of him, his admiration
usion to disconcert their measures,  my  heroine was most unnaturally able to fu
ere fortune was more favourable to  our  heroine. The master of the ceremonies
```

　　　　　长住诺桑觉岛期间，**我的**女主角被卷入了她最重要的事情之一
　　　　　差异很大；我独自把**我的**女主角带回她的家并且
　　　　　对美好无害的喜悦；而**我们的**女主角进入生活无法
　　　　　每个年轻女士都可能在这危急时刻心疼**我的**女主角，
　　　　　我自己。"现在我可以让**我的**女主角躺在难以入睡的沙发上，这是
　　　　　推测，无论**我们的**女主角对他的看法如何，他的钦佩之情
　　　　　为了扰乱他们的措施，**我的**女主角最不自然地能够

[①] 节选自：Fischer-Starcke, B. *Corpus Linguistics in Literary Analysis: Jane Austen and Her Contemporaries.* New York: Bloomsbury Publishing, 2010: 85-90.

财富对**我们的女主角**更有利。司仪

  这些索引表明，权威的、无所不知的作者/叙述者对小说中的事件发表了评论。她脱离了角色，称自己是角色的创造者和凯瑟琳的精神主人。heroine*和所有格代词之间的关联展现了这种所有权，heroine*指的是上面引用的所有索引行中的凯瑟琳。关联意味着凯瑟琳是作者/叙述者创造的一个人造对象，只存在于文本中。事实上这是真的，但这样的事实很少在小说文本中被明确表达。

  主人公与作者/叙述者之间的这种密切关系表明了角色对作者/叙述者的依赖，并打破了独立、坚强的女主角形象。它强化了凯瑟琳的非正统女主角形象。此外，凯瑟琳与作者/叙述者之间的占有关系使读者与主人公之间产生距离，从而使读者几乎不可能将自己代入凯瑟琳（这一点的讨论见本节后面）。

  读者也参与了这种占有关系：HEROINE*与our的结合表明读者与作者/叙述者分享了作为文本及其人物的创造者和所有者的优越地位。然而，这并不能反映小说创作和接受的真实情况。事实上，读者阅读的是作者简·奥斯汀所写的作品。our与HEROINE*的结合并没有反映出这一点。

  通过使用our，作者/叙述者在读者、作者/叙述者和小说情节之间建立了情感纽带。这将读者的立场从独立、超然转变为参与小说创作并俯瞰小说情节。这是第二种语言手法，使读者难以在角色中代入自我。

  但是作者/叙述者在对她的读者(7)进行一般的称呼或讲话时也使用所有格代词，以便

  1.告知他们应该评估情况，例如，"我把它留给智慧的读者"（231）

  2.向他们提供信息，例如，"为了给读者提供更确定的信息"（5）

  3.描述读者的情绪，例如，"担心，在我的读者的心中"（234）。

  通过使用这些手法，作者/叙述者在语言上将她的读者和人物变成了她的创作和产物，他们的判断、评价和认知水平受到她的影响。因此，她将读者和人物置于同一语言层面。以下索引行揭示了这点：

on, our foes are almost as many as **our readers**. And while the abilities of th
es have been seen. **I leave it to my reader's sagacity to determine** how much
nce in Bath, **it may be stated, for the reader's more certain information**, lest
y have now passed **in review before the reader**; the events of each day, its hop
dly extend, **I fear, to the bosom of my readers, who will see** in the tell-tale c
me description of Mrs. Allen, **that the reader may be able to judge** in what mann
re perfectly well qualified **to torment readers** of the most advanced reason and

我们的敌人几乎和我们的读者一样多。虽然能力
已经看到了。我把它留给智慧的读者来确定多少
在巴斯，为了给读者提供更确定的信息，可以说，以免
你现在已经通过了读者的审查；每一天的事件，
我担心，在我的读者的心中，他们会在泄密的故事中看到
我对艾伦夫人的描述，以便读者能够判断
他们完全有能力折磨最理智的读者，

这些索引行表明，在语言上，读者与作者/叙述者并不平等，读者依赖文本特征来解释文本。这抵消了作者/叙述者在小说中给予读者的高地位，后者正是上面讨论的 HEROINE* 与 our 的搭配所展现的。

《诺桑觉寺》中所有格代词与 HEROINE 的组合没有均匀分布，它主要集中在小说的开头和结尾。这使得作者/叙述者能够首先向读者介绍这种不寻常的接受情况，并在小说结尾提醒读者他/她可以自由评价小说故事。这种评价的自由实际上受到了作者的限制，她创作了小说并插入了自己的评价，这种限制并没有被提到。这为读者创造了一个反映小说主题文本性的小说。

如果说文学作品中大多数事件的认知都遵循链条：

读者 → 事件

《诺桑觉寺》中的链条是：

读者 → 作者/叙述者 → 事件

读者并不直接认知事件，而是从作者/叙述者的角度来看待它们。这在文学中很常见，因为文本总是由一位或多位对事件带有特定观点的作者所写。然而，文学文本经常制造一种错觉，即读者是事件的独立判断者和观察者。在《诺桑觉寺》中，对作者/叙述者的语言强调使读者难以保持这种独立感。此外，它使读者无法

代入主人公。

由于文学文本的读者会代入认知链（见上面的链条）中的后一个元素，因此在《诺桑觉寺》中，读者会代入作者/叙述者，而不是小说中的事件或主角。这种读者和主人公之间的距离让读者认识到《诺桑觉寺》并不遵循感伤小说和哥特小说的套路。此外，作者/叙述者不等同于叙述者，叙述者似乎独立于作者和读者。这表明许多文学惯例在《诺桑觉寺》中被打破，这一事实强调了小说及其主人公的虚构性，从而反映并支撑了《诺桑觉寺》中的主题文本性。

作者/叙述者在小说中的显现在《诺桑觉寺》中创建了两个文学层次，分别是：1.主角凯瑟琳扮演主要角色的情节层次，以及2.作者/叙述者提醒读者，她作为小说创作者和叙述者的双重角色的作者层次。该层次融合了作者和叙述者的角色，因为叙述者明确提到了她作为小说作者的身份。

除了这两个文学层次，读者还可以在小说中读到不同层次的现实：

读者作为一个真实的人阅读

小说

由一个真实的作者写作

和一个虚构的叙述者讲述

虚构人物

谈论文学和戏剧，以及

真实的文学作品

被他们阅读。

作为小说的一部分。

这种现实和虚构在四个层面上交织在一起的结构使得穆尼厄姆(1988:1)将《诺桑觉寺》描述为"就像一个中国的虚构盒子，虚构里面有虚构"。现实与虚构的界限模糊，读者与小说主人公之间的情感距离，如上所述，进一步强调了文本的虚构性。

读者参与情节并评价小说，这不仅是对文学被接受为真实的放弃，也是对文学惯例的摒弃，因此也是对读者对文本的模式化期望的放弃。根据上述认知代入链，读者通常会代入文本的主人公。按照反讽理论，放弃这些惯例意味着惯例被反讽，因为它们在逻辑上被否定了。此外，它是对叙述者履行传统功能的小说的互文指称。事实是（1）叙述者明确表示她也是小说的作者，（2）作者/叙述者在语言上声称读者与她处于同等水平创造了对文学惯例的双重反讽，即对作者和叙述者在文学文本中的角色的嘲讽，以及对遵循这些惯例的小说的嘲讽。

读者所谓的提升到作者/叙述者的水平也是对有意识或无意识地相信这种提升的读者的反讽。事实上，是作者/叙述者预先决定了情节和主人公的性格，读者与她并不平等。因此，这种错觉放弃了读者作为文学文本接受者的地位的规范，并在逻辑上否认了它。由此，读者被反讽地对待并作为：（1）这一文学惯用手法的主体，即施动者，以及随后基于惯例识别的反讽对象；（2）其客体是小说事件表面上的创造者。

《诺桑觉寺》中对读者和真实书籍的讽刺为反讽创造了互文和外部的参照。此外，文学惯例也是小说的外在参照。这些不同的参照是这里讨论的反讽的重要组成部分。

目前的分析表明，放弃文学惯例和读者的期望有三个作用：

1. 对读者、文学惯例和符合这些惯例的小说进行反讽的一种手段。
2. 是对其他小说的互文参照。
3. 它是对小说之外的现实的外在参照，即参照文学惯例、《诺桑觉寺》中提到的真实小说、真实小说创造的模式化期待，以及读者。

反讽得以识别的一个重要特征是认知距离，存在于读者与主角之间，也存在于读者与事件之间（读者对小说中文学事件的认知链见上文）。正是这种距离使得识别互文和外部参考成为可能。同时，对反讽的认识使读者无法进一步代入主人公。这意味着《诺桑觉寺》中的反讽是循环的，它的产生和识别都取决于三个连续的步骤：

1. 读者从互文和外部参照中产生的模式化期待在逻辑上被否定了。
2. 这种否定使读者无法代入主人公或文学情境。
3. 这使得反讽被识别。

如果其中一个条件不被满足，反讽就无法被读者识别，反讽本身就变得不可能，因为读者的期待以及从语法、词汇或逻辑层面上对这些期待的否定都是反讽的重要组成部分。

钟晨露 译

请阅读以上段落，回答以下问题：

请结合本选段中的研究方法，探讨奥斯汀语料库与 ContempLit 语料库中的作者与叙述者角色。

第三讲

文学与新闻（一）
文学与新闻关系研究概论

3.1 作家/记者双重身份研究

在文学和新闻的关系研究中，对作家和记者的双重身份研究占据了很大比重。该领域既有对作家/记者生平经历的研究，也有着眼于文本层面的风格研究。除这些相对传统的研究主题外，近年来出现了以性别研究为依托的女性作家/记者研究和运用大数据方法进行的统计研究。本讲将从三个层面介绍作家/记者研究中的主要成果：作家/记者双重身份对文体风格的影响、女性作家/记者研究、对作家/记者群体基于大数据的社会学研究。

3.1.1 作家/记者双重身份对文体风格的影响

西方学界对英美和法国的作家/记者双重身份研究主要着眼于19世纪报业大发展时期，现实主义、自然主义、浪漫主义等流派的著名作家，如雨果（Victor Hugo）、巴尔扎克、乔治·桑（Georges Sand）、杰克·伦敦（Jack London）等，与报纸的合作，以及20世纪上半叶，尤其是围绕两次世界大战涌现的一些知名作家和记者，如海明威（Ernest Miller Hemingway）、阿尔伯特·伦敦（Albert Londres）、凯赛尔（Joseph Kessel）等。文学研究者们更偏向于探讨新闻报道中的文学性因素，即作家的身份如何影响新闻报道的撰写，也有部分研究者会进行逆向研究，探讨新闻报道的风格如何锻造作家的语言。接下来就以海明威、杰克·伦敦和阿尔伯特·伦敦三者为例，分析双重身份如何互相影响。

在《从伦敦到伦敦》一文中，威廉·多（William Dow）等三位作者分别介绍了美国作家杰克·伦敦和法国记者阿尔伯特·伦敦各自的作家/记者之路。作者重点介绍了他们在新闻报道中是如何运用文学手段的。杰克·伦敦是英语世界中的短篇小说之王，是最受大众欢迎的美国作家之一，他在文学创作和新闻报道两个领域中均享有盛誉。作者在文中揭示了杰克·伦敦的文学性新闻报道是如何动摇现实主义美学的，"在言说真相的同时和同时代的客观派新闻报道和非虚构写作区分开来"①。在杰克·伦敦的文学性新闻报道中，他用文学写作的方式见证某个社会问题，"作家将其主观性推到前台，并运用虚构写作中经典的修辞手法。文学性新闻报道同时包含了作家作为中间人的权利和义务，揭示他所叙述的事件中最有意义的社会政治因素"②。杰克·伦敦参与并报道了诸多社会历史事件，比如日俄战争、墨西哥革命，揭露了美国资本主义的弊端。他在报道中用到的文学手段有：（1）作者自我形象的构造，例如内心独白、印象主义式的速写、白描等，旨在进行"有意识的自我推销"，揭示"藏在表象下的神秘的自我"③。（2）运用神话或寓言。杰克·伦敦构筑了一个象征性的世界来隐喻我们所身处的世界。（3）对身体的书写。杰克·伦敦在报道中运用自传体的写作方式，呈现了一个健康、有力的男性身体，作为探索社会和见证历史的工具。（4）塑造典型人物形象。杰克·伦敦塑造了探险者、劳动者、知识分子、战争英雄等典型形象，揭露了社会和政治等级。（5）夸张、省略等修辞手法的运用。杰克·伦敦运用这些文学手段体现了新闻报道中的人性化因素，强调了个人化的知觉和体验在新闻报道中的重要性。④

阿尔伯特·伦敦是20世纪初法国著名记者，他为同时代最重要的几家法国报社撰过稿。他的足迹遍及东欧、中东、非洲、俄罗斯、印度、南美，甚至到过中国的上海。阿尔伯特·伦敦是所谓法国式的"大报道"（即报告文学）的代表人物，"大报道"和现实主义文学一样以观察和发掘现实为己任，并在两次世界大战期间达到顶峰。法国著名作家马尔罗（André Malraux）、桑德拉（Blaise Cendrars）等均为"大报道"的代表人物。阿尔伯特·伦敦是一位积极介入政治的记者，他在自己撰写的文学性报道中注入了很多自传性质的书写，将他所亲身经历的事件融入他对时代和社会的见解中。阿尔伯特·伦敦细致入微地观察社会机器的运转，并深入个人生活，研究社会风俗。读者很容易辨认出他的风格："带有反讽的抒情气息，充满对话，关键句子的重复，具有戏剧性的结构，凸显的主观性。"⑤除此之外，他还运用了其他文学手段，比如运用"浓缩或延伸"的手法塑造人物，将他所遇到的诸多现实中的人物进行浓缩、再创造，塑造出一

---

① Dow, W. & Bak, J. S. & Meuret, I. De London à Londres: le journalisme littéraire de Jack et d'Albert, In Boucharenc, M. (ed.). *Roman et reportage, rencontres croisées*. Limoges: PULIM, 2015: 42.
② Dow, W. & Bak, J. S. & Meuret, I. De London à Londres: le journalisme littéraire de Jack et d'Albert, In Boucharenc, M. (ed.). *Roman et reportage, rencontres croisées*. Limoges: PULIM, 2015: 43.
③ Dow, W. & Bak, J. S. & Meuret, I. De London à Londres: le journalisme littéraire de Jack et d'Albert, In Boucharenc, M. (ed.). *Roman et reportage, rencontres croisées*. Limoges: PULIM, 2015: 45.
④ 以上内容出自：Dow, W. & Bak, J. S. & Meuret, I. De London à Londres: le journalisme littéraire de Jack et d'Albert, In Boucharenc, M. (ed.). *Roman et reportage, rencontres croisées*. Limoges: PULIM, 2015: 45-47.
⑤ Dow, W. & Bak, J. S. & Meuret, I. De London à Londres: le journalisme littéraire de Jack et d'Albert, In Boucharenc, M. (ed.). *Roman et reportage, rencontres croisées*. Limoges: PULIM, 2015: 48.

个具有一定虚构性质的典型人物形象。他还会用到一些特定的叙事手法，比如不交代背景，直接进入故事的核心事件，再运用倒叙的方法回溯；叙事中插入叙事；渲染域外旅行中的异国情调；强调犯罪和侦破中的悬疑气氛；以历险小说的形式增加故事的传奇性；塑造虚构的读者形象并与之对话。① 虽然阿尔伯特·伦敦认为文学性报道究其本质仍然属于新闻报道，但我们在他的新闻报道中发现了小说的所有维度，唯一的区别也许只是在于意图：现实主义作家旨在制造现实的幻觉，而记者运用文学手段是为了吸引更多读者阅读新闻报道，所以阿尔伯特·伦敦会在文中有意识地展现文学手段的虚构本质。

不光文学手段可以应用于新闻报道中，新闻体风格也可以被作家借鉴，成为独特的文学写作风格。朱丽叶特·维翁-杜丽（Juliette Vion-Dury）在《海明威和个人化的报道》一文中指出了文学和新闻互相作用的结果。海明威既是著名作家，也是战地记者，他的很多文学作品都直接取材于他的记者经历。"对于海明威来说，新闻报道是一种练习，一份职业，一个借口。一种写作练习，一份谋生的职业，一个旅行和上前线的借口。"② 他将新闻报道当作锻造个人风格的前奏，新闻既是谋生的需要，也是文学创作的工场。"作为作家，他发明了另一种被新闻的素材、形式和伦理所锻造的美国文学。"③ 海明威将新闻报道体风格引入文学创作中，他"使用短句，短段落；使用有力的英文。使用肯定句，而不用否定句"，"他使语言变得精练，直至最细微的连接处"。④ 他不仅在语言上吸取了新闻写作风格，而且在主题上频繁使用新闻素材。比如，他的小说《太阳照常升起》中的主人公杰克·巴恩斯便是一名记者。海明威还会使用他自己写过的新闻报道素材，甚至将它们原封不动地放入小说集中。比如他在《明星报》发表的一些文章就被收入了他的作品集《在我们的时代里》中。有时，他也会使用别人的新闻报道创作故事。比如他的短篇小说《五万美元》灵感来自报刊上关于拳击赛的新闻。海明威还吸收了新闻报道的视角。他的小说运用一种近乎行为主义的写作方式，不直接描写人物的情感，而是通过人物的行动展现内心世界，"他通过一个外部迹象，一种痕迹，一个细节或一处未明言的表示，那些欲说未说的词来透露情感"⑤。虽然海明威借用了新闻报道中的外视角的客观叙述方式，但他并不认为文学创作和新闻一样以塑造现实为己任，相反，如果文学创作过于贴近生活，便失去了文学和现实应有的张力。"应该对生活进

---

① 参见：Desmoulin, S. Albert Londres, romancier du reportage ?. In Boucharenc, M. (ed.). *Roman et reportage, rencontres croisées*. Limoges: Pulim, 2015: 67-80.
② Vion-Dury, J. Hemingway et le reportage personnel. In Boucharenc, M. & Deluche, J. (eds.). *Littérature et reportage*. Limoges : PULIM, 2001: 47.
③ Vion-Dury, J. Hemingway et le reportage personnel. In Boucharenc, M. & Deluche, J. (eds.). *Littérature et reportage*. Limoges: PULIM, 2001: 47.
④ Vion-Dury, J. Hemingway et le reportage personnel. In Boucharenc, M. & Deluche, J. (eds.). *Littérature et reportage*. Limoges: PULIM, 2001: 52.
⑤ Vion-Dury, J. Hemingway et le reportage personnel. In Boucharenc, M. & Deluche, J. (eds.). *Littérature et reportage*. Limoges: PULIM, 2001: 52.

行消化","唯一有效的写作是经过创作和想象的写作,是它使事物变得真实"。[①]海明威既没有把自己定义为纯粹创作型的写作者,也不是从现实中截取素材的拿来者,他更多是一个"发现者"[②]。

3.1.2 作家/记者的性别研究

女性作家/记者研究也一直是作家/记者双重身份研究中被广泛关注的一个方面,大概是因为在西方新闻发展过程中,女性解放运动之前,女性记者的数量很少,职业认同不强,标本的稀少使作为研究对象的她们显得更为珍贵。研究者对女性作家/记者研究大致有三种:女性作家/记者群体研究、女性作家/记者个案研究、女性杂志和女性作家/记者关系研究。

瓦妮莎·杰米(Vanessa Gemis)在《性别问题:1880—1940年女性作家/记者》[③]一文中对1880—1940年的比利时女性作家/记者进行了群体研究。她指出,1830—1880年,比利时女性作家人数只有30来位,到二战前夕已经有200多位,同样的发展趋势在女记者人数的增长上也得到了印证。但在对这一时期女记者人数进行统计的过程中,作者碰到了不少问题,也正是这些问题反映出女性作家/记者在职业身份认定上遇到的特殊困难。作者的数据主要来自三个方面:CIEL数据库的统计、从报刊中逐一寻找女性作家/记者的名字、学界对这一主题已有的成果。对女性作家/记者人数的判定会遇到以下几个问题。第一,如果以作者姓名来判定是否为女性作家/记者,会遇到笔名难以辨认作者性别的问题。第二,如果以受教育程度(尤其是新闻写作教育)来判定是否为职业记者,会面临以下问题:1920年以前从事新闻记者工作,文凭并不是重要依据,而且女性的受教育权要到19世纪末才被承认。第三,如果以收入来判断记者身份,则会发现很多女性作家/记者并不以记者为主业,她们往往有其他职业(如教师)或其他收入(租金等)。第四,作者所研究的时段的女性典范仍然以家庭妇女为主,女性很少公然宣称自己是记者,在记者行业协会中注册的女性更是少之又少。从女性作家/记者在报刊中开辟的专栏的特殊性来看,作者认为人们更倾向于将女性分配在一些"女性专栏"中。作者认为,这一方面说明了女性读者的人数在增长,也有利于女性作家/记者的发展,有利于女性表达自己的声音;但另一方面,这也将女性作家/记者降格到这些边缘的专栏中,不利于女性获得和男性同样的声望和报酬。

瓦妮莎·杰米从数据统计和类型分析的方法出发,以某种社会学研究方法研究了

[①] Vion-Dury, J. Hemingway et le reportage personnel. In Boucharenc M. & Deluche, J.(eds.). *Littérature et reportage*. Limoges: PULIM, 2001: 53.

[②] Vion-Dury, J. Hemingway et le reportage personnel. In Boucharenc M. & Deluche, J.(eds.). *Littérature et reportage*. Limoges: PULIM, 2001: 52.

[③] 参见:Gemis, V. Femmes écrivains-journalistes (1880—1940): questions de genre(s). *Textyles*, 2010(39): 39-50.

某个历史阶段女性作家/记者的整体状况，戴尔斐·布依（Delphine Bouit）和玛丽-约瑟·普罗泰（Marie-José Protais）则从语言风格的角度对女性记者群体进行了研究。她们首先指出，从总体上而言，女性的话语特点是偏爱"主体间性、与其他女性的关系，双方的关系，具体的环境，现在时或将来时"；相反，男人偏爱"主客关系，创造他们的世界，忽视既有的现实，对工具的应用（手、工具、语言、任何形式的中介），一个人和不确指的众多人之间的关系（人们、其他人、人民、民族……），通过抽象的无生命体呈现世界（社会公正、人类……），思想（真理、美……），事件（罗马条约、1968……），理想或生活的前景（机会公平、在社会上获得成功……），过去时多于现在时和将来时"。① 之后，她们分析了男记者和女记者的报道特点。首先，她们发现那些给予女性更多话语权的文章大多出自女记者之手，而只有四分之一的男记者会在文章中引用女性的言论。其次，男性主编选择的主题往往是政治争斗、足球比赛等，"他们的目的是想知道谁是领导、谁是胜者"②。而女性则认为，一份理想的报纸应该有"更多关于公正性的报道，对他人的友爱，亲身经历的活生生的见证，更加正面的时事，女性的介入［……］"③。最后，她们发现在对话和访谈中，女性比男性更喜欢对被访谈者的话语进行断句，在对方不知如何表达时适时给予帮助，而这些特点尤其有利于不习惯表达自我的女性受访者进行表达。④

两位作者对部分女性作家/记者的研究证实了她们对女记者群体的结论。以杜拉斯为例，杜拉斯（Marguerite Duras）是法国当代著名作家，她同时也将自己视为一名女记者，她从新闻时事中获取灵感，滋养自己的小说创作。比如《英国情人》一书便是取材自一则社会新闻。她尤其看重记者的道德，认为新闻不可能不隐含道德，所以记者在记录的同时还要判断，纯粹的客观性不应当是新闻记者追求的终极目标。她谈到自己为报刊写文章时会感到一种不可遏制的冲动想要揭露不公正的现象。除了女性对公正、正义的强烈冲动外，杜拉斯还提到了"爱"的冲动，她认为"爱"存在于任何复杂的人际关系中，是广义上的友爱。这或许证明了女性作家/记者对情感性（affectivité）的追求。

柯莱特（Sidonie-Gabrielle Colette）是另一位被广为研究的法国女作家/记者，她是法国最负盛名的女作家之一，她的小说《克罗蒂娜》《田间的麦穗》《吉吉》等有很高的艺术价值。柯莱特同时还是一位涉足领域很广的女记者和编辑。她曾在多家报刊开设专

---

① Bout, D.& Protais, M.-J. Le reportage au féminin: faits et intentionnalité. In Boucharenc, M. & Deluche, J. (eds.). *Littérature et reportage*. Limoges: PULIM, 2001: 78.
② Bout, D.& Protais, M.-J. Le reportage au féminin: faits et intentionnalité. In Boucharenc, M. & Deluche, J. (eds.). *Littérature et reportage*. Limoges: PULIM, 2001: 80.
③ Bout, D.& Protais, M.-J. Le reportage au féminin: faits et intentionnalité. In Boucharenc, M. & Deluche, J. (eds.). *Littérature et reportage*. Limoges: PULIM, 2001: 80.
④ Bout, D.& Protais, M.-J. Le reportage au féminin: faits et intentionnalité. In Boucharenc, M. & Deluche, J. (eds.). *Littérature et reportage*. Limoges: PULIM, 2001: 81.

栏，撰写戏剧评论，从业经历长达三十多年。记者生涯不仅是她获得经济独立的重要支柱，也是她的文采得以展现的舞台。菲利普·古德（Philippe Goudey）在《柯莱特：新闻报道写作》一文中通过细读的方式得出了柯莱特"善于抓住情感和人群的反应，体现了不同寻常的抒情色彩"①的结论。柯莱特的报道风格和她的文学作品一样，具有"感性和诗意"，懂得选择"微妙的比喻"，具有"音乐性"。她具有"精确的观察"和"敏感的描述"，善于"捕捉脸部的感觉、色彩和气味"，"似乎始终都在记录生活"。②《柯莱特：刑事法庭中的小说家》一文侧重指出了柯莱特在刑事案件报道中展露的人性的关怀。她善于描写罪犯的外形和精神面貌，试图找出"怪物"身上存留的人性的部分。她用自己细腻的感受去体会罪犯的情感，找出他们行为的隐秘的原因，通过某种共情进入罪犯的内心世界，做出具有深度的分析。强调视觉和本能的一面成为柯莱特报道刑事案件的特征。她尤其关注罪犯犯罪的外部情势，找出罪犯犯罪的动机，以此对当时的社会进行批判。她在报道中批评社会的惩罚过于严苛，司法制度过于冗赘，公众具有不健康的窥私欲等。从对杜拉斯和柯莱特两位作家的分析看，女性作家/记者似乎确实更加关注社会正义，更加注重对人性的体恤，行文上更具有充沛的情感、抒情和诗意。

3.1.3 对作家/记者群体基于大数据的社会学研究

另一种研究作家/记者群体的方法是基于数据统计对这一群体的概貌做出分析。比如比约恩·奥拉佛-多佐（Björn Olav-Dozo）的《1918到1960年间比利时法语区作家/记者的数据分析》③一文便是运用大数据的方式对某一时段内某一地区的作家/记者身份、写作类型、发表途径、职业配比等进行研究。此类研究的前提是准确的数据来源以及对研究对象做出精确的定义，保证数据的有效性。因为记者职业的不稳定性，会有相当一部分记者只在短期内从事该工作，所以在数据库中搜索"记者"不见得是可行的选择，约恩·奥拉佛-多佐将记者这一职业扩大到"信息、艺术和舞台"行业，以确保数据具有广泛的代表性。作者运用CIEL数据库，从中找到669位作家（至少发表过一部作品），其中522位从事过2253种职业，当中638种职业属于"信息、艺术和舞台"行业。522位作家中有225位从事过"信息、艺术和舞台"行业，可见有将近一半的作家从事过记者这个职业。数据显示，作家们的第一职业往往是教师、公务员、职员等，记者是他们的第二职业，作为对第一职业的补充，这与我们惯常想象的专职记者有所区别。至于作家/记者的社团化程度，数据表明，有39位属于比利时皇家语言文学院院士，97位属于比利时作协成员，他们所属的社团覆盖了第一次世界大战后比利时法语区所有的文学

---

① Goudey, P. Colette, l'écriture du reportage. In Boucharenc, M. (ed.). *Roman et reportage, rencontres croisées*. Limoges: Pulim, 2015: 63.
② Goudey, P. Colette, l'écriture du reportage. In Boucharenc, M. (ed.). *Roman et reportage, rencontres croisées*. Limoges: Pulim, 2015: 67.
③ 参见：Dozo, B.-O. Portrait statistique de l'écrivain journaliste en Belgique francophone entre 1918 et 1960. *Les écrivains-journalistes*, 2010(39): 123-143.

社团。这些作家几乎对所有的文学类型都有所涉猎，其中小说和随笔是占据主导地位的两种类型，诗歌和短篇小说较少。见证文学虽然引起了作家/记者的兴趣，但在创作数量上并无优势。综上，522位比利时法语区作家中有225位属于作家/记者，占总数的43%，他们的图书出版量占到作家总出版量的48%，高于平均出版量。至于他们所选择的出版社，1570本书在布鲁塞尔出版，1386本书在巴黎出版，1155本在其他地方出版。对于没有从事过记者职业的作家来说，3494本书在布鲁塞尔出版，1999本书在巴黎出版，这个数据表明拥有作家、记者双重身份的写作者更倾向于在巴黎出版。最后，该文章对作家/记者发表的刊物进行了统计。在比利时报刊中，《晚报》的发表数量最多，其次是《比利时民族报》《莫滋省报》《民族报》等。在法国报刊中，依次为《世界报》《费加罗报》《费加罗文学报》《文学半月刊》《人道报》《快报》。这类数据分析不仅可以使我们对作家/记者群体的全貌有直观的认识，也可以帮助我们在对个别作家/记者进行分析的时候有一个基本值可供对比。

3.2　文学新闻化与新闻文学化

《日常化的文学：19世纪的新闻文学》（*La littérature au quotidien, poétiques journalistiques aux XIXe siècle*）一书是法国学者玛丽-爱娃·特朗提（Marie-Ève Thérenty）的力作之一，她在该书中就19世纪法国的文学和新闻之间的关系进行了详尽的论述，尤其对文学新闻化和新闻文学化两种倾向有独特的认识。虽然她选取的例子来自19世纪的法国，但文学和新闻互相影响的总体方式未曾有大的改变，仍然能为现代文学的研究提供框架作用。玛丽-爱娃·特朗提在一开始就提出，1930年以前法国未曾出现新闻学校之类的记者培训机构，新闻记者大多由文人和政客担当。1918年，出现了第一家记者工会，1930年左右开始出现新闻写作需要习得的理念。19世纪的作家们或多或少都参与过新闻写作，比如巴尔扎克、奈瓦尔、司汤达、乔治·桑、高缇耶等文人都在报刊上写过专栏，甚至创办过报纸。所以从一开始新闻和文学之间就有着千丝万缕的联系，这使得探讨文学和新闻之间的关系成为可能。

3.2.1　文学新闻化[①]

首先我们从新闻的特性出发探讨其对文学样式的影响。玛丽-爱娃·特朗提谈到新闻的四个特性：周期性、集体性、专栏性、时事性。报刊的周期性体现在报刊的发行周期上，从第二帝国开始，日报和晚报的发行就紧跟着法国人的生活节奏，"发行节奏的

[①] 参见：Thérenty, M.-E. *La littérature au quotidien, poétiques journalistiques aux XIXe siècle* (coll. « poétique »). Paris: Seuil, 2007. chapitre I « La matrice médiatique ».

增快引入了一个有趣的连续体，报纸渐渐和生活节奏同一了"①。报纸不仅遵从生活的节奏，而且试图锻造生活的节奏，"报纸和火车时刻表、工场规则的完善、越来越规则的邮件分发频率一起参与塑造了整个国家的时间"②。报纸参与了日常节奏的塑造，带给人颇为安心的持续性，而报纸所报道的"事件"则打断了日常性，是持续时间中的断裂，于是报纸成为一个混合着日常性和特殊事件的混合体，代表了被重复性瞻念所困扰的资产阶级时代的象征。③

周期性改变了作家的地位。如前所述，很多作家在报刊中开专栏，甚至在报刊中发表连载小说，他们需要适应报刊的出版节奏，在规定时间内完成创作。作家们更像是一个领薪水的职员，一个靠写作为生的工人。报纸的周期性还改变了文学的形态。报刊连载的形式打破了文学作品的连贯性，比如一些作家在报刊上连载游记，然而他们的旅行不得不因为报刊的需要被切割成很多片段，比如高缇耶的很多游记混合着两种节奏：一种是持续向前的进行中的旅行，一种是不断回顾的有目的的旅行，后者显然是出于报刊连载的需要，因为高缇耶在旅行途中不得不定期撰稿寄回报社。此外，一些文学样式得到重视，比如日记体。雨果在《每日学习日记》中坚持记录每日动态，他说："我发现几乎没有哪一天我们没有学到之前所不知道的知识，尤其是不知道的事情。"④他记录下每日发生的杂闻趣事、政治幕后新闻、笑话趣谈、格言警句、俏皮语、双关语等。日常性也成为小说家们热衷呈现的主题之一，"实际上，19世纪所有的小说从各个角度呈现日常性：日常时间、寻常和平庸、报纸。因为报纸是典型的周期性产物，当现实主义小说需要提及重复的社会节奏时便会提及报纸"⑤。可见，报刊的兴盛从作家的地位、文学的形态和作品主题三个方面影响了文学创作。

报刊的集体性对外体现在它是连接和呈现社会各个层面的载体，因而天然具有一种社交属性，对内体现在报刊本身所表现的内容涉及社会生活的方方面面，是所有社会话语互相呼应的舞台。比如从第二帝国以来，"林荫大道报纸"搜集了很多路人的观点和声音，另一些报纸如《费加罗报》也收录了在路上听到的有趣的对话。19世纪的报纸不遗余力地呈现不同社会阶层的话语，以至于被视为探索真相和真理的优先途径："一份报纸中刊登的不同文章给了适合我们每个人的观点，同时因为一份报纸包含了我们对生活的所有观点，是最接近真相的一种形式。"⑥

报刊的"社交性"和话语的多元性给了文学以活力，创造了巴赫金意义上的"复调

---

① Thérenty, M-E. *La littérature au quotidien, poétiques journalistiques aux XIXe siècle* (coll. « poétique »). Paris: Seuil, 2007: 49.
② Thérenty, M-E. *La littérature au quotidien, poétiques journalistiques aux XIXe siècle* (coll. « poétique »). Paris: Seuil, 2007: 49.
③ Thérenty, M-E. Montres molles et journaux fous. *COnTEXTES*. (2012-05-17). http://contextes.revues.org/5407.
④ Thérenty, M-E. *La littérature au quotidien, poétiques journalistiques aux XIXe siècle* (coll. « poétique »). Paris: Seuil, 2007: 59.
⑤ Thérenty, M-E. Montres molles et journaux fous. *COnTEXTES*. (2012-05-17). http://contextes.revues.org/5407.
⑥ Thérenty, M-E. *La littérature au quotidien, poétiques journalistiques aux XIXe siècle* (coll. « poétique »). Paris: Seuil, 2007: 63.

文学"。比如出现了集体创作的文学，最为典型的例子是《报纸》上刊登的一部书信体小说。这部小说由四个作家共同完成，每人承担一个角色，"这部集体创作的小说是最接近报纸结构的小说，因为这种合作并不旨在声音的融合，而是突出每个记者的个人风格和创作能力，人为制造的书信体形式使每个作家都能承担一个声音"[1]。在戏剧领域也频频出现集体创作的作品，一些情节剧和歌舞剧创作者共同合作创作了一批适合"即刻消费"的戏剧作品。在王朝复辟时期，出现了合作创作小说的工场，巴尔扎克便是小说工场的参与者之一，还有龚古尔兄弟联合写作的方式也让人们想到报业对文学的影响。"报纸像17世纪的沙龙一样成为协同创作小说的熔炉，[……]报纸成为小说写作的灵感、方式和模型。"[2]

报纸的第三个特点是专栏的形式。报纸包罗万象，试图穷尽日常生活中的方方面面，这也带来如何编排信息的问题。专栏的设立是报纸编排信息的方式，所谓专栏，指"日报内部特辟的一块空间，周期性地发表某种类型的新闻或写作类型"；"专栏体现了比转瞬即逝的日常性更加恒久的时间性：一期一期体现了阅读的连续性，它们制造了一个框架，在这个框架内，日常性变得可见。专栏是报纸中的不变量，体现了意识形态和美学上的立场：它们通过自己的恒定性与注定是不稳定的信息形成对立"。[3]专栏对文学产生的影响首先是形式上的，因为专栏篇幅有限，且受到报刊总体排版的限制，对文章的长短和形式有一定要求，有时会形成意想不到的版式。乔治·桑从中获得灵感，在她的诗体小说《切割》中尝试了一种崭新的形式，她将小说分割成长短相同的诗节，并标上号码，发表在《两个世界》杂志上。玛丽-爱娃·特朗提甚至将巴尔扎克的《人间喜剧》视为对报刊专栏的模仿。比如《人间喜剧》中的不同标题对应了不同的专栏内容："私人生活场景""巴黎生活场景""农村生活场景""外省生活场景""政治生活场景"等。巴尔扎克在《人间喜剧》的不同版本中会对不同的场景进行再融合，改变它们之间的比例，玛丽-爱娃·特朗提认为这正像报刊内部不同专栏之间的整合。巴尔扎克像一个报纸编辑一样对他的小说进行缩减、移动、重组，以获得结构上的平衡。"分割、流动、重组"[4]，这是《人间喜剧》倚借的报刊信息处理和制作上的三个主要手段。

报刊的时效性指报刊所报道的新闻往往是当下发生的，或新近发生的，再或是即将发生的。报刊的时效性和整个社会的媒体普及率有关，也和交通和通信技术的发达程度有关。时效性并非只有一种，有"重复性时效性"，即周期性重复出现的新闻，比如假期开始、新学期开始、春天来临等等；还有一种时效性可被称为"恒定性时效性"，即

---

[1] Thérenty, M-E. *La littérature au quotidien, poétiques journalistiques aux XIXe siècle* (coll. « poétique »). Paris: Seuil, 2007: 63.
[2] Thérenty, M-E. *La littérature au quotidien, poétiques journalistiques aux XIXe siècle* (coll. « poétique »). Paris: Seuil, 2007: 75.
[3] Thérenty, M-E. *La littérature au quotidien, poétiques journalistiques aux XIXe siècle* (coll. « poétique »). Paris: Seuil, 2007: 78.
[4] Thérenty, M-E. *La littérature au quotidien, poétiques journalistiques aux XIXe siècle* (coll. « poétique »). Paris: Seuil, 2007: 89.

长期占据公众视野的话题，比如一直经久不衰的经济危机、妇女解放、郊区安全问题等话题。另外，时效性也与报刊的方针有关，一份时政类报纸所看重的时效性和一份社会新闻类的报纸的时效性定然有所区别。

时效性对文学的影响首先体现在时事为文学提供了新鲜的主题，尤其是为连载小说提供了素材。19世纪出现了一种文学体裁叫作"时事短篇小说"，成为报刊争相刊发的体裁。时事短篇小说的优势并不在于将新近发生的事情照搬进小说中，而是通过新闻和文学的融合探讨现实与虚构的关系。很快，对于时事的兴趣延伸到篇幅更长的文学类型中，出现了时事长篇小说，"时事长篇小说不仅呈现重大政治事件，也可以以社会新闻为背景，为众多人共有的鲜活的记忆提供了标尺。甚至是一个小细节还存活在读者的记忆里，它会使人瞬间恢复鲜活的记忆"[①]。时事长篇小说的封面会特意提及它的特性，比如小标题会注明"当代史""现代史""当代小说"或"时事小说"等。时事小说还会借鉴报刊词汇和现实主义的写作方式。

除玛丽-爱娃·特朗提所提到的这几种类型之外，文学也可以从形式上借鉴新闻文体，这一点在现代主义文学流派中尤为常见，尤其是诗歌创作中。巴特利克·苏特尔（Patrick Suter）专门研究文学和新闻之间的互相影响，他探讨了新闻的形式是如何如其所是地被搬用到现代文学中，成为文学革新的主要手段之一。[②]他从象征主义派的马拉美讲起，一直到20世纪下半叶的"拼装书"，试图证明现代文学一直孜孜不倦地从新闻体中获取灵感，或者将报纸作为文学的模型加以应用，或者在报纸和书籍两种形式之间寻找妥协，创造最佳文学形式。在说到马拉美的时候，巴特利克·苏特尔指出，19世纪的报纸就是一个文学工场，既是新闻调试与文学关系的场地，也是文学通过别的形式更新自身的契机。对马拉美来说同样如此，他的大多数文章首先在报刊上发表，之后再经过整理、调试、更改，变成图书出版。因而他的作品总会呈现出一种片段化的杂乱的面目。此外，马拉美在诗作《骰子一掷，不会改变偶然》中试验了报刊的各种印刷字体。之后的未来主义者也热衷于借用报纸的形式。未来主义者不仅将报纸当作宣传他们的文学主张的工具，更对其形式加以借鉴。未来主义的代表者马里内蒂（Filippo Tommaso Marinetti）将不同的页面拼接成一本书，每个页面呈现完全不同的内容，每页就像报纸的一个版面，拼接在一起就成为报刊集。"作品变成了连续的、爆炸性的页面。"[③]之后出现的超现实主义流派虽然对报刊持不屑的态度，认为报刊巩固了现实主义美学，但还是会运用报刊作为宣传自己的工具。超现实主义者布列东在诗歌创作中吸取

---

① Thérenty, M-E. *La littérature au quotidien, poétiques journalistiques aux XIXe siècle* (coll. « poétique »). Paris: Seuil, 2007: 113.
② 参见：Suter, P. De la presse comme modèle de l'œuvre à la presse dans l'œuvre – et à l'œuvre comme modèle de la presse. *COnTEXTES*. (2012-05-16). http://contextes.revues.org/5322.
③ Suter, P. De la presse comme modèle de l'œuvre à la presse dans l'œuvre – et à l'œuvre comme modèle de la presse. *COnTEXTES*. (2012-05-16) .http://contextes.revues.org/5322.

了报刊各栏目的排版方式，将不同的栏目并置在同一页面，把从杂志上截取的文章进行拼贴，标志着20世纪后半叶拼贴文学的产生。克洛德·西蒙（Claude Simon）也曾将报刊文章贴在作品中，报刊和文学作品所产生的反差是他寻求的效果。

3.2.2 新闻文学化[①]

玛丽-爱娃·特朗提在她书中提到四种新闻文学化的方式：虚构化、反讽、会话风格和自传体写作。在法国七月王朝和第二帝国时期，报刊掀起了虚构化浪潮，专栏、游记、趣闻推动了虚构化的趋势。随着报刊向纯信息化转型，虚构化浪潮慢慢偃旗息鼓。18世纪时盛行趣闻逸事，这股潮流一直延伸到19世纪，一些以纯粹娱乐为目的的小故事出现在各种报刊中，甚至一度出现在严肃报刊的头版。另一种从19世纪延伸而来的虚构体是政治寓言，政治寓言通过虚构言说现实，比如像《费加罗报》等在当时被视为文学小报的报纸擅长运用这类寓言体，让读者自行猜测虚构背后的政治现实。19世纪最为重要的报刊文学虚构类型无疑是连载小说。比如巴尔扎克的《老姑娘》、乔治·桑的《写给马尔西的信》等。玛丽-爱娃·特朗提指出，并非报刊的所有版面都会有虚构化，有些版面坚持纯粹以事实说话，拒绝任何虚构的手段，比如时政金融版面等，而另一些版面则更加文学化，比如专栏、报道、访谈等，甚至是一些启事和广告也会用到虚构手法。所谓专栏指"报刊上刊登的当日发生的新闻逸事[……]每日一记[……]是每时每刻发生的日常生活的反映"[②]；专栏作家"用轻快幽默，时而低沉，总是鲜活、机警、考究的语言蜻蜓点水般涉及所有话题又不深入。他们轻轻触及问题，尽可能聪明有趣地就任何话题闲扯，如车祸或耸人听闻的犯罪事件，死亡或出生，离婚或结婚，舞会或决斗[……]"[③]。一些专栏作家援引虚构手法增加专栏写作的趣味性，比如细节描写、对情感和思想的描述、巴尔扎克式的评论、对文本本身发表的评论等。通讯报道的前身是游记，它从游记中发展而来，又和游记有所不同，游记关注的是恒定的风土人情，而通讯报道更注重时效性和大事件；游记更多面向精英阶层，而通讯报道面向大众；游记是对别处的探索和历险，通讯报道需要及时给出精确的信息。即使目的和载体不同，在法国的新闻传统中，通讯报道始终和文学性联系在一起。即便是在最为激烈的战争报道中，记者仍然不会放弃文学家的姿态。比如莫泊桑曾作为《高卢人报》的特派记者前往阿尔及利亚，他在通讯报道中运用了很多小说创作的手法。访谈这一种类乍一看与虚构无关，但在法国新闻传统中的访谈不仅记载被采访者的言论，也描绘人物肖像。访谈者会运用小说描写的手法描述相遇的情境、背景、被访谈者的言行神态等。访

[①] 参见：Thérenty, M-E. *La littérature au quotidien, poétiques journalistiques aux XIXe siècle* (coll. « poétique »). Paris: Seuil, 2007. chapitre II « La matrice littéraire de la presse ».
[②] Thérenty, M-E. *La littérature au quotidien, poétiques journalistiques aux XIXe siècle* (coll. « poétique »). Paris: Seuil, 2007: 236.
[③] Thérenty, M-E. *La littérature au quotidien, poétiques journalistiques aux XIXe siècle* (coll. « poétique »). Paris: Seuil, 2007: 236-237.

谈者努力"将一个本来只是枯燥的记录变成了一幅活灵活现的图画"①。总之,19世纪法国报刊中出现的虚构化浪潮逐渐走向更为纪实的趋势,公然的虚构慢慢消失了,转而变成一种更加隐蔽的虚构,比如作家们借用现实主义和自然主义的文学手法,或者运用互文手段来制造虚构。

新闻文学化的第二个手段是反讽,反讽指具有讥讽性质的反语,起到间离语言的作用,因为它在语言和语义之间制造了距离,形成表象意义和深层含义之间的差别。反讽将发话主体推到话语的前台,呈现了一个故意玩弄语词、故作玄虚的发话者形象。这种具有很大主观色彩,表达发话者立场和情感的手法很少用在标榜客观和中立的新闻媒介上,除非是一些讽刺类的报纸杂志。玛丽-爱娃·特朗提指出,19世纪王朝复辟时期存在两种类型的报纸,一种是严肃的政治类报纸,一种是讽刺类小报,后者充满了各种警句和俏皮语。②小报尤其嘲笑报刊的固化话语。1836年开始,很多曾为小报撰稿的著名作家,如巴尔扎克,纷纷为严肃的大型报刊撰稿,造成了大报话语内部的分裂。反讽似乎更属于文学,而非报刊。因此当报刊记者越来越专业化,作家不再是为报刊供稿的主力军时,反讽的基调也逐渐减少。同时,当报刊的受众越来越泛化,从最初的知识阶层扩大到大众阶层时,反讽也越来越少,除了微观层面上的一些小笑话和有趣的故事,反讽很少能够撼动整个报刊话语体系。反讽主要出现在报刊的几个特定栏目中,比如"连环小说"和"趣谈"(la nouvelle)。作者把从第一帝国以来连环小说所秉承的精神称为"巴黎精神",作为对严肃话语的对冲。"通过价值的完全逆转,巴黎精神突出小事件或细节,忽视当日的重大事件。事件的叙述受奇思妙想和荒诞的引领,或者被不可控制的隐喻的力量牵引,脱离了逻辑。与巴黎头条(premier-Paris)③相比,巴黎精神忘记了与现实的关系,或者以矛盾的方式去呈现现实。"④"趣谈"是19世纪报刊中很常见的一种类型,是记者在街边或咖啡店搜集到的一些有趣的对话或俏皮语,它使报刊充满了生动的口语,"报纸成为街边话语的回声,奇怪的是,在成为一种新的口语文化的助力器的同时,它又属于蓬勃发展的书面文学"⑤。

"趣谈"的出现展示了19世纪报刊中口语文化的发展。18世纪是沙龙文化盛行的时期,文化交流基本依靠交谈和口头表达。这一文化在19世纪依然得到传承。然而,报刊中的口语文化和18世纪的沙龙文化并不完全一样,报刊中的口语文化更多是一种街边的交谈,而非沙龙文化所呈现出来的建立在智力和知识之上的智慧。正如"趣谈"

---

① Thérenty, M-E. *La littérature au quotidien, poétiques journalistiques aux XIXe siècle* (coll. « poétique »). Paris: Seuil, 2007: 332.
② 参见:Thérenty, M-E. *La littérature au quotidien, poétiques journalistiques aux XIXe siècle* (coll. « poétique »). Paris: Seuil, 2007. chapitre II « la matrice littéraire de la presse », chapitre 3 « le mode conversationnel ».
③ 巴黎头条指19世纪法国报刊中的头条,有固定的格式和修辞,体现了一家报刊的政治立场。
④ Thérenty, M-E. *La littérature au quotidien, poétiques journalistiques aux XIXe siècle* (coll. « poétique »). Paris: Seuil, 2007: 156.
⑤ Thérenty, M-E. *La littérature au quotidien, poétiques journalistiques aux XIXe siècle* (coll. « poétique »). Paris: Seuil, 2007: 166.

一样，报刊的口头文化更多来自街边的咖啡馆，而非贵族们的沙龙，街边对话被直接搬进报刊中，给整个报刊的基调带来了街坊气。这种更加富有生活气息的口语文化拉近了报刊和读者的关系，体现了更为平等的精神。"读者不再是沉默的公众，站在台下听演说者言说，他成为完完全全的对话者，也需要承担报纸建构和发展的责任，记者用默契的语调与他谈话，说些亲密的悄悄话，或是讲些笑话。"①正如玛丽-爱娃·特朗提所说，报刊的出现并不意味着口头文化的消失，相反，报刊呈现了另一种口头文化，报刊不仅是公共观点形成的酵母，也为口语文化抵抗书面文化提供了一方舞台，是口语文化建构现代文学类型和诗学特征的同盟军。②

新闻文学化的最后一种形式是报刊中自传体书写的盛行。19世纪的报刊热衷以连载的形式发表名人传记、回忆录，比如夏多布里昂（François-René de Chateaubriand）、乔治·桑、大仲马（Alexandre Oumas）等人的自传。即便有些作家并不发表严格意义上的自传，他们也会在报刊撰文中穿插一些对自己生平的影射。19世纪有一种较为特殊的自传文学类型叫"日志"（agenda），在其中可以连续记录一天的活动，人们还可以在上面记述各种各样的内容，除了约会、活动，甚至还有菜谱、每日的开销等。乔治·桑为报刊撰写过大量文章，一开始她会运用传统的日记体，但有时因为事务繁忙，没有充足的时间详细记载，她便会转而运用"日志"体，简单描述当日的生活，发表在报刊上，冠名以《印象和回忆》。"对很多记者来说，日记体并不是一种离题的形式，而是通过自我重新为世界找到中心，这是19世纪共和政体下表达个体和民族关系的一种书写经验。"③

3.2.3 美国的"新新闻主义"

说到新闻文学化浪潮就不得不提到20世纪下半叶在美国出现的"新新闻主义"（New Journalism），以及由此而产生的"非虚构化小说"(non fiction novel)。一般认为，在英美的新闻传统中，客观中立是新闻的书写标准，"新新闻主义"可以被视为对传统新闻写作的变革。但伊莎贝尔·莫雷（Isabelle Meuret）认为，"文学化新闻"（literary journalisme）其实在美国由来已久，他们从英国作家狄更斯（Charles John Huffam Dickens）、奥威尔（George Orwell）、笛福（Daniel Defoe）或美国作家马克·吐温（Mark Twain）等人身上获取灵感。此外，"文学新闻"一词也更多出现在英美的新闻传统中，国内也有学者将此翻译为"新闻文学"："广义的新闻文学其基点还是文学，只不过这种文学具有纪实性，其素材是真实存在的，是作家采用记者的方法捕捉现实；而

---

① Thérenty, M-E. *La littérature au quotidien, poétiques journalistiques aux XIXe siècle* (coll. « poétique »). Paris: Seuil, 2007: 179.
② Thérenty, M-E. *La littérature au quotidien, poétiques journalistiques aux XIXe siècle* (coll. « poétique »). Paris: Seuil, 2007: 183.
③ Thérenty, M-E. *La littérature au quotidien, poétiques journalistiques aux XIXe siècle* (coll. « poétique »). Paris: Seuil, 2007: 203.

狭义上的新闻文学其基点是新闻，只不过这种新闻是借助文学方法呈现的，是记者借鉴作家的方法对事实进行整合并进行报道，它更强调新闻的可读性。"①笔者更偏向于"文学新闻"的说法，也就是运用文学的手法报道新闻，"新新闻主义"便是新闻文学化的典型代表。

"新新闻主义"出现于20世纪60年代，与当时美国的社会状况密不可分。克洛德·格里马勒（Claude Grimal）在《新新闻主义和非虚构小说》②一文中指出，在当时的背景下，整个社会的思潮在发生变化：黑人平权运动，女性解放运动，年轻人的各种反传统运动……传统的纪实类新闻显然已经不能适应这些新情况。"新新闻主义"的倡导者是这些社会新运动的支持者，他们在新闻写作中引入了新主题，如毒品问题、嬉皮士运动、反战运动等，大胆探讨这些在当时的社会看来仍然属于离经叛道的行为和思想。用伊莎贝尔·莫雷的话来说，"文学新闻""反映了美国的整部文化史"，是"美洲大陆的镜子，映照出它痛苦的时刻，它的诸多缺陷，但更多的是真相和希望"。③

"新新闻主义"的理论家是托马斯·沃尔夫（Thomas Kennerly Wolfe Jr.），他的著作《新新闻主义》一书具体阐述了他的新闻主张。这一流派的主要参与者有诺曼·梅乐（Norman Mailer）、杜鲁门·卡波特（Truman Garcia Capote）等。参与到浪潮中的报刊有《纽约客》《乡村之声报》《滚石杂志》《国际先驱论坛报》《时尚先生》等。报刊为了适应新浪潮的需要，专门雇用了一批记者，寻找适合的主题，改变报刊的版面，鼓励记者们运用新的写作方式。"新新闻主义"用到的文学类手法有以下几种：首先，扩大文章篇幅，有时一期甚至只有一篇文章。有些文章之后以书籍的形式出版。其次，记者们出现在自己的报道中，他们更倾向于具有主观色彩的报道，以个人化的方式发表对事件的看法。这使得记者们更像是作家，读者很容易从他们的文风中认出他们。最后，记者们并不避讳一些所谓"失败的文字"出现在报道中。比如，沃尔夫曾在加利福尼亚采访赛车比赛时来不及将笔记整理成完整的文章，编辑在收到他的笔记后并没有急于加工，而是将笔记直接发表在刊物上，从而形成了某种不完美的、即刻的、自发的风格，受到读者的追捧。这让人想到由美国记者亨特·S. 汤普森（Hunter Stockton Thompson）开创的gongzo风格，包括不完整的文章、随手涂鸦的笔记、没有整理过的访谈等。"gongzo成为一个品牌，一个标志，具有这个标签的作品有些疯狂，具有争议性，语言不符合常规，运用俚语，甚至是粗鄙的语言。"④方延明在《新闻文学化与文学新闻化的异化现象

---

① 周大勇，王秀艳. 新闻文学的历史嬗变——基于"新闻文学化"与"文学新闻化"之思考. 作家杂志, 2013(7): 148.
② 参见：Grimal, C. Le 'new journalism' et le 'non fiction novel': un débat littéraire et journalistique aux Etats-Unis. In Boucharenc, M. (ed.). *Roman et reportage, rencontres croisées*. Limoges: Pulim, 2015:15-27.
③ Meuret, I. Le Journalisme littéraire à l'aube du xxie siècle: regards croisés entre mondes anglophone et francophone. *COnTEXTES*. (2012-05-16). http://contextes.revues.org/5376.
④ Meuret, I. Le Journalisme littéraire à l'aube du xxie siècle: regards croisés entre mondes anglophone et francophone. *COnTEXTES*. (2012-05-16). http://contextes.revues.org/5376.

研究》一文中记录了沃尔夫对"新新闻主义"中的小说手段的详细描写：（1）逐个构思场景，通过场景转换来讲故事，尽可能不去诉诸纯粹的历史叙述；（2）记录日常的举手投足、风俗习惯、家具式样、衣着服饰以及其他象征人们社会地位的细节；（3）涉及读者的、比任何单一手法更全面的现实对话；（4）透过一个特定人物的双眼为读者呈现每一个场景、向读者传递人物内心的情感和对场景的现实经验的技巧。[1]

与新闻文学化同时的还有文学新闻化。沃尔夫认为，当代小说迷失在小说技巧的实验中，忘记了小说的天然职责，那就是现实主义。"在他看来，现实主义不是小说的一种策略，而是唯一策略，在狄更斯和巴尔扎克的小说中达到了顶峰。"[2]他认为小说应该从新闻报道中汲取灵感，借用新闻手法再现现实。"新新闻主义"的实践者之一楚门·卡珀帝既是记者，又是小说家，他运用新闻纪实的风格创作的一部以社会新闻为背景的小说《冷血》，大获成功。《冷血》无论从主题还是风格上来看都是新闻体小说，采用了现实主义的手法。卡珀帝将自己的小说称为"非虚构小说"，并认为"新闻报道可以成为一种新的艺术形式"[3]。新新闻主义的拥趸们甚至将非虚构小说视为比其他小说优越的小说类型，因为它言说真实，传达真实，因而是"真实的"文学。那么应当如何传达真实呢？沃尔夫认为，应该在文中变换视角。通过不断转换叙事视角，可以进入不同人物的内心，因而能够给予更加真实、更加全面的现实图景。相反，梅乐则认为，变换并累积不同视角并不能真正进入现实，因为没有哪个人的视角是保证可靠的，所有人的视角相加也不能呈现一个完整的现实。梅乐在他的新闻报道中更多展现的是视角的冲突，即不同人就同一事实给出的不同版本，甚或是在一个版本内部出现的事实冲突。

---

[1] 方延明. 新闻文学化与文学新闻化的异化现象研究. 山东大学学报（哲学社会科学版），2009(4): 139.
[2] Grimal, C. Le 'new journalism' et le ' non fiction novel': un débat littéraire et journalistique aux Etats-Unis. In Boucharenc, M. (ed.). *Roman et reportage, rencontres croisées*. Limoges: Pulim, 2015: 21.
[3] Grimal, C. Le 'new journalism' et le ' non fiction novel': un débat littéraire et journalistique aux Etats-Unis. In Boucharenc, M. (ed.). *Roman et reportage, rencontres croisées*. Limoges: Pulim, 2015: 21.

拓展阅读与思考

1. 新闻文体中的文学手法。

下文是法国作家于斯曼的人物访谈节选，发表于报刊中。

> 内政部大楼内有一间僻静的办公室。一间被布置成绿色的办公室，一张大办公桌，一两张纸，大量的闲暇时间，显然是无事可做。敞开的窗户，稀疏的绿枝，一个寂静的四月午后。
>
> 一个身材矮小的男人坐在办公桌前。他双腿交叠，胡乱摆弄着一把尺子。他那短而尖的灰白山羊胡须被修得一丝不苟，灰白的头发被打理得好像法式几何形花园那样整齐。他的脑袋亮得发光，他的眼睛相当敏锐，有着松鼠般的眼神。
>
> 不是个温和、好相处的人。一个愿意说话，但不知道接下来该说什么的耳语者。不客套，也不热情，没有架子。大多数时候，他用尺子刮着桌子，就像学校里不用功学习的淘气鬼。
>
> [……]
>
> 或许于斯曼先生认为，既然叙述了高康大的传奇经历的拉伯雷都加入了本笃会，那么我这个只叙述了德泽森特生活的人没有理由不能加入。
>
> 吴水燕 译

请阅读以上段落，回答以下问题：

请指出上文运用了哪些文学手法。

2. 文学作品中的新闻文体。

下文是对海明威作品中新闻报道风格的分析。

> 然而，在他的作品中，新闻报道和文学不可分割地相融合。例如，他的一个重要人物杰克·巴恩斯，即《太阳照常升起》中的叙述者，是一名记者。海明威有时还会根据别人的新闻报道来创作他的故事。例如，他的短篇小说《五万美元》就是根据1922年11月的一个拳击比赛新闻创作的，当时他并不在比赛现场。他的新闻报道和他的文学作品常常使用同样的素材。他把原先发表在杂志和报纸上的文本——有时是原封不动地——收录进自己的文集中，穿插在短篇小说之间，或甚至嵌入短篇小说内。例如，他为《明星报》撰写的一些文章出现在了文集《在我们的时代里》中。为《新共和》周刊撰写的报道"意大利，1927年"后来被改编成了《第五列和前四十九个故事》中的短篇小说。1944年，他以三种不同的方式运用了

他作为战地记者的经验：在一则虚构的现实主义短篇小说《十字路口的蟑螂》中，在小说《在河边，在树下》的几页中，以及在报告文学《通往胜利之路》中。

[……]

在海明威的作品中，新闻报道和文学之间的关系使二者相互转化，这进一步增加了含混性。文学的写作改变了新闻的撰写。事实上，他在当战地记者时撰写的文章更关注人物和地点，而不是那些他身处其中的事件，他将这些元素紧密结合，直至真相在他的感受中得以揭示。[……]

[……]

反之，新闻的撰写也改变了文学的写作。[……]

海明威既不能被定义为故事的制造者（小说作者），也不能被定义为故事的接收者（记者），而是被故事所吸引的作者。他像记者那样写故事，正如他在《星报》学到的，并在他的文学高标准中继续践行的那样："在《在我们的时代里》生硬紧凑的小故事中，他几乎是独创了一种形式。"他的新闻风格令每个句子"犹如孤岛一般"彼此隔绝；他只写面对事件时的情绪，但不作任何直接描述；他对这些情绪进行暗示，有点像T. S.艾略特提出的"客观对应物"，或像受行为主义启发的作者的写作方式。他通过一个外部迹象、一种痕迹、一个细节，或一处未言明的表示，那些欲说未说的词来透露情感。他把自己的文本比作冰山。

吴水燕 译

? 请阅读以上段落，回答以下问题：

请归纳海明威的作品中文学与新闻之间如何互相渗透。

📖 讨论题

党的二十大报告指出，要"巩固壮大奋进新时代的主流思想舆论""加快构建中国特色哲学社会科学学科体系、学术体系、话语体系""加强全媒体传播体系建设，塑造主流舆论新格局。健全网络综合治理体系，推动形成良好网络生态"，并进一步提出要"加强国际传播能力建设，全面提升国际传播效能，形成同我国综合国力和国际地位相匹配的国际话语权"。

结合文学和新闻的关系，探讨文学在引导舆论、塑造价值观和对外传播中所起到的作用。

第四讲

文学与新闻（二）
文学与社会新闻

4.1 社会新闻的定义及其特点

研究社会新闻和当代文学之间的关系是国外学界的一个重要话题。文学和社会新闻之间的关系研究具有多重维度，法国学者约佩克（Sylvie Jopeck）的《文学中的社会新闻》和弗朗克·爱夫拉克（Franck Évrard）的《社会新闻和文学》均对此话题有过全面的介绍。本讲选取三个角度对此进行论述：如何用文学的方法研究社会新闻写作、社会新闻和文学类型的关系、新闻伦理和文学伦理的异同。文学对社会新闻的改编已被广泛探讨，从19世纪报业大发展开始，司汤达、巴尔扎克等经典作家便已频繁从社会新闻中获取灵感创作小说，改编是熟悉的研究路径，不纳入本讲的研究范围。

在研究文学和社会新闻的关系之前，我们需要对社会新闻进行定义。社会新闻是新闻之一种，但它的界限并不像政治新闻、经济新闻、体育新闻那样容易界定。在对社会新闻进行定义的过程中，我们碰到的困难是它的无限延展性，正如法国的《19世纪拉鲁斯大辞典》对社会新闻的定义：

在这个报刊专栏里，报刊以精巧的方式周期性地刊登世界各地各式各样的新闻：小的丑闻、车祸、恐怖的犯罪、殉情、失足从高楼跌落的人、持械抢劫、蝗灾或蛤蟆灾、海难、火灾、水灾、奇特的遭遇、神秘的绑架、死刑、怕水、吃人、梦游、嗜睡。[①]

从这个定义中我们可以看出社会新闻涵盖了社会生活的方方面面，我们很难从事件的种类出发对其进行定义，这也是为什么社会新闻在法语中被称为"杂闻"（fait divers）。但我们可以从《19世纪拉鲁斯大词典》的定义中归纳出社会新闻的几个特点。

首先，社会新闻反映的是私人领域的事件，它更关乎寻常百姓的日常生活，而非像

---

① Évrard, F. *Fait divers et littérature* (coll. « lettres 128 »). Paris: Editions Nathan Université, 1997: 12.

其他新闻那样旨在呈现公共领域发生的影响深远、意义重大的大事件。刘志筠在《新闻学论集》第三辑中对社会新闻的描述便强调了其个人性的一面："这类新闻往往带有个人行为、个人生活境遇的色彩，它所涉及的范围几乎囊括了社会学、伦理学的研究对象（如人口、就业、婚姻、家庭、犯罪以及人们的道德行为准则……）。"[1] 法国学者撰写的《社会新闻》一书则将社会新闻的私域特点和其日常性联系在一起，也就是说社会新闻通常展现普通人的生活，也可以展现名人的生活，但必须是名人的私生活，他们在日常生活中展现出来的不被人所知的一面，以区别于公共生活中的名人形象："显而易见，社会新闻展现的是日常生活中以私人名义出现的人。从本质上说，这是一种近距离的新闻，关注小事件和寻常人的遭遇。"[2]

由此，我们得出社会新闻的另一个特点：日常性。日常性有时会成为无足轻重、鸡毛蒜皮的同义词，使社会新闻沦为茶余饭后的谈资，难登大雅之堂。社会新闻与政治经济文化类大事件相比，是可以被忽略的"无意义"的事件。正如爱夫拉克在《社会新闻和文学》（*Fait divers et littérature*）一书中所说，政治新闻和社会新闻形成了"意义"和"无意义"的对立："有意义的事件可以进入具有连续性的历史中，与此相比，社会新闻是无意义且具有偶然性的事件[……]对社会的运转并无关键的影响。"[3]

然而，并非所有的日常事件都能进入社会新闻的视野，从《19世纪拉鲁斯大辞典》列举的事件来看，社会新闻关注的事件必须奇特，爱夫拉克将此归纳为"稀罕"和"重复"两个类型，"稀罕"指很少见，"重复"则指寻常的事件不断发生也会产生奇特的效果（如一个人中一次彩也许不足以构成新闻，但几天内连续中彩则可以成为新闻）。阿妮克·杜比和马克·李则用"奇异"或"日常性的短路"（le court-circuit du quotidien）来解释社会新闻中日常性和奇特性相交的现象："日常性的短路一词指出了这类文章中惊讶、不可预见、感人和好奇相混合的特点。"[4] 奇特可以指奇特的自然或生物现象，也指社会事件中奇特的人伦现象。日常性和奇特性的融合使得社会新闻呈现出既保守又背离常规的矛盾特性，正如米歇尔·马菲索里（Michel Maffesoli）所说："社会新闻是这样一种模糊性的清晰表达，它同时表现了保守性和对保守性的嘲弄；它展现了社会生活结构中的双面性。"[5]

奇特一词点出了社会新闻中很重要的一个维度：违背常情。也有理论家将此称为"僭越"："它总是破坏一个规则，违背了对他人生命和财产的尊重，打破了日常生活的规律，违反了社会和家庭道德，在安全的自然环境中引入混乱，形成了一种断裂或例

---

[1] 顾理平. 社会新闻采写艺术. 北京：中国广播电视出版社，2002: 6.
[2] Dubied, A.& Lits, M. *Le fait divers* (coll. « Que sais-je »). Paris: Presses universitaires de France, 1999: 54.
[3] Évrard, F. *Fait divers et littérature* (coll. « lettres 128 »). Paris: Editions Nathan Université, 1997:11.
[4] Dubied, A.& Lits, M. *Le fait divers* (coll. « Que sais-je »). Paris: Presses universitaires de France, 1999: 65.
[5] Dubied, A.& Lits, M. *Le fait divers* (coll. « Que sais-je »). Paris: Presses universitaires de France, 1999: 55.

外。"①爱夫拉克归纳了三种"僭越"的类型：（1）对道德和社会秩序的僭越。主要是犯罪事件，这类事件既能激起人们对安全的恐惧，又混合着对僭越的崇拜心理。（2）对自然秩序的僭越。比如自然灾害，体现了人们对野蛮的大自然的担心。（3）作为绝对僭越的死亡。社会新闻中的死亡均为非正常死亡，比如犯罪、车祸、自杀等，具有非理性的色彩。爱夫拉克将秩序的恢复也归为僭越的一种，比如见义勇为的行为体现了秩序被破坏后恢复秩序的努力，体现了积极、正面的情绪。

最后，社会新闻具有一定的道德劝诫意义，正因为它反映了社会百态、伦理常情，因此更能从具有僭越意味的事件中获取道德教训。社会新闻不仅有"娱乐和教育"的功能，还有"说服"的作用。所谓说服，即"避免任何先见的道德说教。[……]故事本身是一种启示，不是说教"②。也就是说，道德的启示要蕴含在故事中，以潜移默化的方式影响公众，而不是在文中以生硬的方式强行说教。社会新闻之所以能吸引大众，就在于它关乎每个人的生活，发生在别人身上的奇异事件也有可能发生在每个读者身上，这种贴近自身的劝诫作用是其他新闻种类很难达到的，也使社会新闻成为有效的警示和劝诫工具。

4.2 社会新闻发展简史及其与文学的关系——以法国为例

以下将以法国社会新闻发展史为例，简单呈现社会新闻发展历程，以及在此过程中新闻和文学之间的关系。

即便16、17世纪时社会新闻这个词并未出现，甚至连新闻都谈不上，但与后来的社会新闻内容相仿，以真人真事为背景的坊间传闻类印刷品已经开始出现。这类读物被称为"临时小报"（occasionnelle），属于"货郎文学"（littérature de colportage）的一种，即由货郎流动售卖的民间文学。虽然"临时小报"属于带插图的印刷品，但它更多是通过口头叙述的方式讲述给百姓听，因此最早的社会新闻传承了口头文学传统。"临时小报"主要向听众传达"乡间战争的形势、君主的事迹和战功、最新官方协议的条款"③。"临时小报"代表了最早的新闻民主化的趋势，之前因为印刷费用昂贵，印刷品只限于能够承担费用的阶级享用。让-皮埃尔·瑟甘认为第一批"临时小报"大约于1529年出现，他用了"鸭鸣报"（canard）一词来指称具有轰动性的杂闻，以和传统的"临时小报"区分开来。鉴于以"鸭鸣报"为名的报刊要到19世纪才真正出现，作者权且将那个时期的小报称为"原始小报"④。原始小报有以下特点：运用非常戏剧化的词，如"神

---

① Évrard, F. *Fait divers et littérature* (coll. « lettres 128 »). Paris: Editions Nathan Université, 1997: 13.
② Dubied, A.& Lits, M. *Le fait divers* (coll. « Que sais-je »). Paris: Presses universitaires de France, 1999: 69.
③ Dubied, A.& Lits, M. *Le fait divers* (coll. « Que sais-je »). Paris: Presses universitaires de France, 1999: 7.
④ 以上均出自：Dubied, A.& Lits, M. *Le fait divers* (coll. « Que sais-je »). Paris: Presses universitaires de France, 1999: 7-8.

奇""恐怖"等；强调细节描写；主题以"乱力鬼神""超自然现象"为主；对鬼神现象的描述同时伴有道德劝诫意味①。我们可以看到，最早的杂闻小报已经具备了当代社会新闻的种种主题和风格，同时带有很强的民间文学色彩。

1631年的《法国公报》(*La Gazette*)是法国第一份真正意义上的期刊。《法国公报》的读者是有识阶层，与此前的"临时小报"和"鸭鸣报"的读者区分开来。后者是不会读写的文盲，通过图像和口头文学获取信息，前者则以资产阶级为主，具有更加个人化的阅读方式。《法国公报》会出版一些专刊刊登社会新闻，以满足有识阶层对社会新闻的好奇心。"活页报"(feuilles volantes)和"趣闻"(nouvelles à la main)在18世纪达到顶峰，并出现了讲述路匪和大盗传奇生活的作品。这些具有传记色彩的传闻很接近于骑士小说和强盗小说。

19世纪，出现了真正以"鸭鸣报"来命名的小报。从1830年开始，社会新闻呈现爆炸性的发展趋势，迎合了那个时代犯罪事件叙述迅猛增长的势头。那个时候的"鸭鸣报"分成两种，一种是给农民看的小报，仍然以"货郎文学"的形式传播，以恐怖、神秘的题材为主。一种是给市民阶层看的，比如司汤达的《红与黑》便直接取材自这类小报。与农民的"鸭鸣报"相比，市民的"鸭鸣报"版式更大，图像更精美，以犯罪题材为主，展现了黑暗残酷的一面。②此时的"鸭鸣报"分成两部分，一部分是奇特的传闻，另一部分以悲歌(complainte)的形式讲述了罪犯临刑前的心理。货郎会以悲哀的语调念出诗歌，以博取听众对罪犯的同情，激发听众对刑罚的恐惧③。

从1830年开始，社会新闻有了爆炸性的发展，甚至在一些大型的报刊上，社会新闻的数量也呈现出上升的趋势。这一方面和19世纪整个报业的发展有关，也和19世纪独特的对犯罪文学的偏爱有关。"报业真正的民主化出现在19世纪中期。人人都有钱买得起报纸，人们受教育程度也足够可以识字，并且报纸的传播也足够广阔。"④1863年的《小报》(*Le petit journal*)是第一份真正意义上的大众日报。这份报纸辟了一个专栏，讲述"奇特的新闻"，报纸用了"杂闻"一词来指称这类新闻。现代报业的诞生给了社会新闻新的发展，传统的"鸭鸣报"渐渐消失了，取而代之的是主流报刊上的社会新闻专栏。"到1860年末期，连环小说也呈现出被社会新闻取代的趋势[……]这些具有传奇色彩的信息被认为比小说优越，因为它们更具真实性。"⑤除报业的发展外，19世纪对犯罪文学的偏爱也给予社会新闻发展的土壤。爱夫拉克认为这和王朝复辟时期人们被底层社会的野蛮形象所吸引有关，由此犯罪成为民间文学热衷的主题。"发表取材自刑事法

---

① 参见：Dubied, A.& Lits, M. *Le fait divers* (coll. « Que sais-je »). Paris: Presses universitaires de France, 1999: 9.
② 参见：Dubied, A.& Lits, M. *Le fait divers* (coll. « Que sais-je »). Paris: Presses universitaires de France, 1999: 16-18.
③ 参见：Évrard, F. *Fait divers et littérature* (coll. « lettres 128 »). Paris: Editions Nathan Université, 1997: 27.
④ Dubied, A.& Lits, M. *Le fait divers* (coll. « Que sais-je »). Paris: Presses universitaires de France, 1999: 20.
⑤ Évrard, F. *Fait divers et littérature* (coll. « lettres 128 »). Paris: Editions Nathan Université, 1997: 32.

庭给出的判决报告和司法裁决的叙事体现了人们对神秘的犯罪类社会新闻的兴趣。"①19世纪很多作家也从社会新闻中获取创作小说的灵感，比如司汤达的《红与黑》取材自铁匠之子贝尔特的杀人事件。

20世纪上半叶出现了很多社会新闻专题类报刊，比如《侦探》周刊（*Détective*）、《警界杂志》（*Police magazine*）、《杂闻》（*Fait divers*）、《悲剧故事》（*Drames*）等。20世纪下半叶，社会新闻俨然成为新闻报道的趋势，甚至成为一种文化现象。社会新闻在新闻报道中占据越来越大的比重，甚至一些重大新闻报道都会套用社会新闻的模式。社会新闻的逻辑也浸染到大众文化领域，如电视娱乐节目、商业电影、社交游戏、大众文学读物等。阿妮克特别提到了视听领域中的真人秀节目。"以司法为基础，建立在案情重现和证人见证之上的真人秀节目在过去几年中成为特殊的潮流。"②真人秀节目以现实题材为背景，加入侦破、悬疑等叙事手段，推动了犯罪类社会新闻在视听领域中的发展。在纯文学领域，当代法国作家也频频借用社会新闻来虚构故事。如已读出版社出版了"犯罪与侦破"系列丛书，格拉赛出版社也出版了一系列以社会新闻为题材的作品。不仅有杜拉斯、热内（Jean Genet）、罗伯-格里耶（Alain Robbe-Grillet）、勒克莱齐奥（Jean-Marie Gustave Le Clézio）等经典作家创作了以社会新闻为题材的作品，还有像卡雷尔（Emmanuel Carrère）、佛朗斯瓦·邦（François Bon）、菲利普·贝松（Philippe Besson）等新一代作家也对社会新闻题材显示出浓厚的兴趣。

4.3 以文学的方法研究社会新闻的结构

社会新闻在主题和风格上相近于文学创作，因此有很多文学研究者从文学的角度对社会新闻写作进行过研究。影响较大的有罗兰·巴特在其《批评随笔集》中发表的一篇文章——《社会新闻的结构》。

罗兰·巴特在文章一开始就将政治谋杀和社会新闻类犯罪事件区分开来。他认为，在政治谋杀中，"犯罪事件必然与一个延展的情境相关，这个情境在事件之外，先于事件，并围绕着事件发生"③。政治谋杀案必然牵涉到现实世界中的情境，需要读者具备文本之外的丰富的知识，对此类叙事的理解不能脱离文本外因素。反之，社会新闻类犯罪事件是一个"完整的信息""内在于自身""其自身已包含了所有信息"。④巴特并不否认社会新闻类犯罪事件与文本外因素有关，因为社会新闻必须建立在现实基础上，否则它就成了纯粹的虚构。但巴特认为，文本外的信息已经经过写作者的转换，成为本文内

---

① Évrard, F. *Fait divers et littérature* (coll. « lettres 128 »). Paris: Editions Nathan Université, 1997: 33.
② Dubied, A.& Lits, M. *Le fait divers* (coll. « Que sais-je »). Paris: Presses universitaires de France, 1999: 35.
③ Barthes, R. Structure du fait divers. In Barthes, R. *Essais critiques*. Paris: Editions du Seuil,1964: 188.
④ Barthes, R. Structure du fait divers. In Barthes, R. *Essais critiques*. Paris: Editions du Seuil,1964: 189.

的抽象的信息："有关于这个世界的知识仅只是智力层面上的、分析性的、经过社会新闻写作者第二手处理[……]"①从阅读者的角度来说，社会新闻中已经给出了所有与事件相关的信息，所以信息上是完整的。

由此，巴特得出结论：社会新闻的结构是一个"封闭的结构"。在此结构内起作用的是结构内部两个或多个元素之间的关系。巴特这一思想显然深受结构主义语言学的影响，社会新闻的结构为文本的自足性提供了佐证，也证明了社会新闻写作和文学写作的相似性。"司法宫刚被打扫。已经有近一百年没有打扫了。"在这个例子中，前一句话并不能构成社会新闻，但第二句话的出现使整个语段成为一则社会新闻。这两句话构成了一种关系，"这种关系构成的问题将形成社会新闻"②。再如，"秘鲁有五千人死亡？"这个标题本身就构成了一则社会新闻，它在"五千"和"死亡"之间建立了一种奇特的关系，解释这两者之间的关系构成了本则社会新闻的要点。显然，社会新闻不在于篇幅长短，甚至无须澄清事件的关键点，重要的是在两个或两个元素之间建立联系，或形成因果联系，或提出一个问题。

就因果联系而言，巴特认为，社会新闻所提供的因果解释属于"略显荒唐的因果关系"，或者叫"因果关系失调"："[……]不断重申的因果关系中已经包含了失调的种子[……]"③社会新闻中的因果失调有以下两大类：第一类是"不可解释的因果关系"，或者叫因果关系缺失；第二类是"不成比例的因果关系"。第一类可以分为两个小类：奇迹和犯罪。比如像外星人的传闻属于奇迹。不可解释的犯罪事件则属于"被推延的因果关系"④。侦探小说便建立在因果关系推延所形成的悬念上，从这个意义上说，社会新闻中破案的过程使其和侦探小说有天然的相似，都体现了人类"狂乱地想要堵住因果缺口"的深层愿望。第二类"不成比例的因果关系"也可以分成两类，一类叫"小原因，大结果"，也就是一个很小的原因可以导致一个严重的后果。比如"一个女人砍死了自己的情人，因为他们政治意见不同""女佣绑架了雇主的孩子，因为她喜欢这个孩子"。巴特认为此类因果关系会造成对迹象（indice）的恐慌，因为任何一个迹象，不管它有多小，都有可能决定事情走向。原因无处不在，"社会新闻说明人始终和另一个事物联系在一起，自然界充满了回响"，另一方面因果关系"不断被不知名的力量破坏[……]原因像是先天被另一种叫偶然性的奇怪的力量占据着"⑤。

另一类"不成比例的因果关系"正是建立在"巧合"的基础上。巴特提到了"重复"和"对立"两种关系。"同一家珠宝店被偷窃三次"与"一个酒店员工每次买彩票

---

① Barthes, R. Structure du fait divers. In Barthes, R. *Essais critiques*. Paris: Editions du Seuil,1964: 189.
② Barthes, R. Structure du fait divers. In Barthes, R. *Essais critiques*. Paris: Editions du Seuil,1964: 190. 文中例子均出自巴特的文章。
③ Barthes, R. Structure du fait divers. In Barthes, R. *Essais critiques*. Paris: Editions du Seuil,1964: 191.
④ Barthes, R. Structure du fait divers. In Barthes, R. *Essais critiques*. Paris: Editions du Seuil,1964: 192.
⑤ Barthes, R. Structure du fait divers. In Barthes, R. *Essais critiques*. Paris: Editions du Seuil,1964: 193-194.

必中",这两个例子表明了在每个单次的事实背后有一种隐秘的联系。即便重复只是建立在巧合的基础上,但仍然揭示了巧合中包含的不为人所知的神秘力量。"对立"则将两个相去甚远的事实作为因果并列,比如"一个女人制服了四名匪徒""冰岛的渔民钓上来一头奶牛"。对立引入了不同寻常的因果关系,对立通过打破深入人心的因果关系从而建立不同寻常的因果关系。比如第一个例子中,惯常的思维是女性在体力上比男性弱,但这个例子扭转了惯常的因果,因而使惊讶的效果更加强烈。巴特将其与戏剧联系起来,也让人想到文学中的命运反讽。命运反讽有两种走向,一种是悲剧性的,即一个命不该如此的人在不知情的情况下从命运的高潮跌落到命运的低谷(俄狄浦斯),一种是喜剧性的,即一个人弄巧成拙反害了自己(搬起石头砸自己的脚,偷鸡不成蚀把米……)。两种情况都与社会新闻中的因果对立有相同的结构。巴特认为,巧合中所包含的无法洞穿的因果显示了命运一般的力量的存在:"所有的相反都属于一个被故意建构的世界:隐藏在社会新闻背后的上帝。"① 巴特将此称为"有智慧的但无法被人洞穿的命定性"②。

社会新闻体现了偶然性和必然性、文明和自然之间交互的含混关系。它似乎体现了一种明确的因果关系,然而奇异的因果关系又被巧合所支配;在看似有违常理的因果巧合中,又能让人感受到命运的统合力量。"随意的因果关系或是有秩序的巧合,正是这两种力量的结合产生了社会新闻。"③ 由此,我们进入一个表意系统,社会新闻不是一个意义(sens)的世界,而是一个表意(signification)的世界,所有组成叙事的事件并不形成一个明晰的稳定的意义,符号之间的流动组合构成了不断生成意义的表意运动。巴特说表意是文学的领域,"在形式的秩序中,意义既被提出,又被否定"④。

4.4 用语言学和叙事学的方法研究社会新闻的话语

安德列·波提让(André Petitjean)在《法语语言》杂志上发表的关于社会新闻话语的文章为文学研究者研究社会新闻话语提供了启示。他从"发话"角度出发研究社会新闻中的发话主体。他指出社会新闻中的"发话者"或"叙事者"可以分成两类:一类是"单声"(monophonique)叙事,一类是"复调"(polyphonique)叙事。"单声"指只有一个叙事者,通常是记者;"复调"指有多个叙事者,其中自然有记者,但也有其他人物。波提让借用了热奈特(Gérard Genette)在《辞书三》中对叙事者的分类⑤,将

---

① Barthes, R. Structure du fait divers. In Barthes, R. *Essais critiques*. Paris: Editions du Seuil,1964: 196.
② Barthes, R. Structure du fait divers. In Barthes, R. *Essais critiques*. Paris: Editions du Seuil,1964: 196.
③ Barthes, R. Structure du fait divers. In Barthes, R. *Essais critiques*. Paris: Editions du Seuil,1964: 196.
④ Barthes, R. Structure du fait divers. In Barthes, R. *Essais critiques*. Paris: Editions du Seuil,1964: 196.
⑤ 热奈特将置身故事外的叙事者称为"故事外叙事者"(extradiégétique),将故事内进行叙事的人物称为"故事内叙事者"(diégétique)。Genette, G. *Figure III*. Paris: Seuil, 1972: 238.

记者称为"故事外发话者"（hétéro-énonciateur），将人物称为"故事内发话者"（homo-énonciateur），比如见证人、受害人的角色。他在此基础上还加入了"边缘发话者"（para-énonciateur）这一类型，即处于事件边缘的人物，如警察、医生等，他们"更多起解释的作用，而非讲述的作用"①。

我们可以看到，波提让对社会新闻中的发话现象的分类与文学作品中的叙事者分类非常相似，他借用叙事学中的某些概念来解释社会新闻的发话现象。波提让认为，作为社会新闻记录者的记者是一个"隐身叙事者"，他很少在文中用第一人称称呼自己，报纸在提到他的时候最多用"本报特派记者"等称呼来指代。因此，从文学的角度来说，这是一个透明的叙事者，他的功能仅限于观察、记录，很少直接表达情感或意见。如果我们借用热奈特的叙事学概念，可以将这个故事外叙事者的视角看作"外视角"②，即叙事者像一架摄影机一样忠实记录事件，他并不深入人物内心，不比人物知道得更多，甚至知道得还要少。为了保持新闻报道的客观性，记者尽可能引用权威人物的见解，少发表自己的见解。顾理平在《社会新闻采写艺术》中也表示，社会新闻"一般以交代事实为主，不必多发议论，要将作者对事件的评论，不动声色地隐藏在对事件描述之中"③。

当故事外叙事者在自己的叙事中呈现人物的直接引语时，我们从故事外叙事者进入到故事内叙事者。像所有的直接引语一样，人物话语被圈定在引号内，由表示发话的动词引入。当人物的直接引语中再次引入另一人物的话语时，就形成了复调现象，即引语套引语。"[复调]用来制造一种真相的效果，给读者以补充信息的印象。"④波提让认为，记者故意在文章中制造复调效果，可以起到两个作用：第一、通过制造更多的对话，给了读者身临其境之感；第二、通过援引其他人的话语，避免自己在信息上的误导。如此，记者需要混淆被援引对象和自身话语之间的界限，有三种手法：并不给出被援引话语准确的时空信息，被援引话语因为失去时空坐标而融化在记者的话语中；记者将直接引语转化为间接引语，因为相较于直接引语，间接引语糅杂了叙事者的声音和被转述的声音⑤；记者频繁借用"on"这个法语中的泛指代词，"on"并不特指哪个人，它可以指"我""你""我们""你们""他""他们"等，也可以指匿名的公众。⑥记者可以将自己的声音巧妙地融进"on"这个不确指的称呼中。

发话现象中还有一个重要方面，即时间，体现在法语中就是时态。本维尼斯特在区分叙述（récit）和话语（discours）两个不同的发话类型时指出，现在时、复合过去时、

---

① Petitjean, A. Les faits divers: polyphonie énonciative et hétérogénéité textuelle. *Langue française*, 1987(74): 74.
② Genette, G. *Figure III*. Paris: Seuil, 1972: 207.
③ 顾理平. 社会新闻采写艺术. 北京：中国广播电视出版社，2002: 270.
④ Petitjean, A. Les faits divers: polyphonie énonciative et hétérogénéité textuelle. *Langue française*, 1987(74): 76.
⑤ 参见：Pierrot, A. H. *Stylistique de la prose*. Paris: Belin, 1993. chapitre « discours rapporté et la polyphonie ».
⑥ 参见：Pierrot, A. H. *Stylistique de la prose*. Paris: Belin, 1993. chapitre « on ».

将来时属于话语层面，是和发话人说话当下相关的时态。一般过去时属于叙述时态，用来讲述一个和说话人并不相关的故事。未完成过去时同时属于两个发话类型。社会新闻在开篇的时候通常会用复合过去时，用来表示案件的侦破和审判过程才刚过去，甚至还在进行中。故事的主干部分时态选择较多，有复合过去时、历史现在时（以身临其境的方式描述过去发生的事件）、简单过去时（事件完全属于过去，与现在并无太大关系）。记者可以根据想要达到的效果选择时态的运用。故事的结尾一般也以复合过去时终结，用来表示事件所留下的影响和后果或仍然还在延续的案件。我们可以看到，社会新闻写作中的时态运用和文学作品相比较为单一，这与它的现实相关性有关。但和更为严格的写作类型相比，它又表现出更多时态上的灵活性，是一种介于虚构作品和纪实文体之间的写作类型。

本维尼斯特的发话理论中第三个方面是"态"的概念，他将"态"分为"发话态"（mode d'énonciation）和"话语态"（mode d'énoncé）。前者主要包括句式，比如肯定句、否定句、疑问句、感叹句等。后者包括表示情态的副词和形容词，或者用来对事情表示主观判断的词，如真假、好坏、可能、必要等形容词。波提让发现社会新闻写作中，频繁出现两种"态"的应用，它们和其他的修饰语一同制造了戏剧化的效果[①]。

波提让用语言学中的"发话理论"和文本诗学中的叙事学理论来分析社会新闻中的发话现象，他所提到的复调现象、时态与语态的分布、词的选择揭示了社会新闻写作并非单纯的固化语言，记者动用丰富的话语技巧铺陈叙事、渲染情绪、传递观点。社会新闻成为某种类文学写作，这使得两种文体之间的互相借鉴和比较具有研究的价值。

4.5 社会新闻与文学类型

社会新闻在写作手法和主题上与某些文学类型相似，而一些文学类型在某些历史阶段也喜欢从社会新闻中获取灵感。接下来将以诗歌、戏剧、中短篇小说和侦探小说为例来简单论说社会新闻和文学类型之间的关系。

一般来讲，我们很难想象社会新闻和诗歌之间的嫁接，诗歌独有的抒情性和对意象的强调与社会新闻的叙事性矛盾。然而，19世纪末以来，诗歌形式的革新使得部分诗歌越来越向散文类的文学类型靠近，诗人们试图寻找诗歌未曾实践过的主题和形式。"诗歌在社会新闻中找到了新的气息。社会新闻使诗歌根植于一种被阿波利奈尔（Guillaume Apolinaire）称为'惊讶美学'的新型美学中。"[②]约佩克在《社会新闻和文学》一书中提到好几个例子，我们将以魏尔伦（Paul Verlaine）和桑德拉的两首诗为例

[①] Pierrot, A. H. *Stylistique de la prose*. Paris: Belin, 1993: 82.
[②] Jopeck, S. *Le fait divers dans la littérature*. Paris: Gallimard Education, 2009: 29.

进行阐释。

魏尔伦在《加斯巴·豪斯》一诗中讲述了一个真实的故事，一个被称为"欧洲的孤儿"的名为加斯巴·豪斯的年轻人，他自小被抛弃，十几岁时被人发现，不会说话，不会写字。有消息称他出生于一个贵族家庭，因为遗产继承问题被抛弃。被军队收留的他开始学会读书写字，但屡屡遭受暗杀，最终死于一个陌生人之手。到死他的身世都是一个谜。魏尔伦以此为背景创作了一首诗。他在诗中写道："我来了，一个安静的孤儿/宁静的双眼是我唯一的珍宝/我走向大城市的人群/他们并不觉得我机灵。/我二十岁时得了一种新病/爱之火焰让我爱上漂亮女人/她们并未觉得我英俊。/我既无国家也无君主/不甚勇猛却又向往勇猛/我想捐躯沙场/死神却不愿收留。/我是否生不逢时/此时我该做些什么/你们这些人儿啊，我的痛苦如此之深/请为可怜的加斯巴祈祷！"①在这首诗中，魏尔伦以第一人称的形式讲述了年轻人加斯巴对于自己生不逢时、不被理解的悲叹，诗中既融入了现实中加斯巴的生平遭遇，又加入了魏尔伦自己在彼时入狱的感叹，弱化了社会新闻中戏剧性的一面，维持了诗歌的抒情色彩。

桑德拉在《二十九首有弹性的诗歌》中分别收集了诸多社会新闻事件，他有意识地让诗歌语言散文化，在他诗歌中，"社会新闻带来了直接的、新的诗歌节奏"②。如以下这首："最后一刻/欧克拉荷马，1914年1月20日/三个囚犯获得手枪杀死狱监/夺取监狱的钥匙/他们冲出监狱/杀死庭院中的四个护卫/然后劫持年轻的打字员/上了一辆候在门外的汽车/他们快速逃离/守卫在枪中上膛/朝逃犯的方向射击[……]"③这首诗歌的抒情性完全让位于叙事性，以简单有节奏的语言讲述了一个越狱的故事，诗人并不试图超越社会新闻的框架上升到普遍人性的高度，他借用社会新闻的壳实践一种纯粹的以叙事为目标的诗歌语言。

社会新闻和戏剧的关系也非常紧密。首先社会新闻本身就包含了戏剧性。奇异和惊讶的效果作为社会新闻的特征之一也是戏剧所要呈现给观众的效果之一。因而在效果或结构上两者是相似的。罗兰·巴特在《社会新闻的结构》一文中所说的失衡的因果关系同样存在于戏剧中，比如古典悲剧中常见的命运反讽，或喜剧中常用的"小原因大结果"和"搬起石头砸自己的脚"的倒错效果。社会新闻是所有新闻类型中最具有戏剧性的新闻，而戏剧舞台也频繁借用社会新闻来增加舞台的戏剧张力。比如法国当代剧作家米歇尔·维纳威尔（Michel Vinaver）的作品《寻常》讲述了飞机失事后机上成员坠落在荒僻的山上，不得不依靠互相蚕食得以生存。维纳威尔将一个残酷的现实情境搬到戏剧舞台上，使之成为一个封闭空间中的极端情境，展现生存欲望下人的煎熬和决绝。

---

① Jopeck, S. *Le fait divers dans la littérature*. Paris: Gallimard Education, 2009: 29-30.
② Jopeck, S. *Le fait divers dans la littérature*. Paris: Gallimard Education, 2009: 34.
③ Jopeck, S. *Le fait divers dans la littérature*. Paris: Gallimard Education, 2009: 34-35.

爱夫拉克在提到两者的关系时，还特意提到了社会新闻中的戏剧性，即"在某些犯罪题材的社会新闻中，犯罪场景被精心布置成阴惨的画面，社会新闻的作者出于出名的深切愿望，很具有广告意识，善于激发公众的情绪"①。记者动用一些具有舞台效果的手段，通过对细节的夸大描写和对情绪的渲染，煽动读者恐惧、厌恶或害怕的情感。比如记者会运用类似于"读者，请看这恐怖的画面""这是一幅真正的罪犯肖像"等具有视觉引导作用的词汇，用文字模拟视觉效果。"通过具有戏剧效果的修辞，吸引注意力，刺激紧张的情绪，激发想象力。"②戏剧性不光是视觉在文字中的呈现，它还预设了与观众的交流："戏剧性来自于这样一个事实，一个发布者（演员、罪犯）向一个接收者（观众、受害人、证人、记者等）通过姿势、言语、听觉和视觉方式传达信息。"③凶犯在作案过程中会为假想的观众精心布置作案场景，而记者在报道时也会考虑到受众的期待而有意夸大。在任何一个隐含了收发两方的交流过程中，只要发出方出于夸大的目的通过外部标识对信息进行处理，就有可能产生戏剧性的效果。

在众多文学类型中，在形式上与社会新闻最为接近的应当是中短篇小说。爱夫拉克指出法语中的"nouvelle"一词既可以指中短篇小说，又可以指新闻，这个词的双重含义表明新闻和中短篇小说之间的亲缘关系。首先，它们在篇幅上相近，篇幅短的社会新闻的长度与短篇小说接近，篇幅较长接近报告文学的社会新闻的长度与中篇小说接近。其次，它们在情节和结构上也颇为相似。相较于长篇小说，中短篇小说情节集中、人物少、关系简单，这点和社会新闻相似。爱夫拉克认为，罗兰·巴特在《社会新闻的结构》一文中指出的结构的封闭性在中短篇小说来说尤为明显。"两者都构成一个连贯的统一体，不隶属于之前的任一片段，结局不可逆转，彻底终止行动。"④费内隆（Félix Fénelon）曾写过《三行体短篇小说集》，每个短篇小说均由一至三行组成，用几句话陈述一个故事，内容上戏仿了社会新闻叙事。比如："她落水了。他跳下水。两人消失了。""伏尔泰大街126号。一场大火。一个下士受伤。两个中尉头部负伤，一个被梁砸伤，一个被消防员击伤。"⑤费内隆的戏仿表明，不管是中短篇小说或是社会新闻，都可以用简单的语言将浓缩的情节解释清楚，体现了它们在结构上的自足性。用巴特的话来说，当两个句子，甚至是一个句子中的两个成分构成一种背离常情的关系时，就可以构

---

① Évrard, F. *Fait divers et littérature* (coll. « lettres 128 »). Paris: Editions Nathan Université, 1997: 45.
② Chales-Courtine, S. La construction de figures criminelles dans les faits divers du XIXe et XXe siècles. In *Médias et culture* (n° « fictions et figures du monstre »). Paris: L'Harmattan, 2008: 51.
③ Chales-Courtine, S. La construction de figures criminelles dans les faits divers du XIXe et XXe siècles. In *Médias et culture* (n° « fictions et figures du monstre »). Paris: L'Harmattan, 2008: 45.
④ Chales-Courtine, S. La construction de figures criminelles dans les faits divers du XIXe et XXe siècles. In *Médias et culture* (n° « fictions et figures du monstre »). Paris: L'Harmattan, 2008: 42.
⑤ Félix Fénelon, *Nouvelles en trois lignes*, 出自：Chales-Courtine, S. La construction de figures criminelles dans les faits divers du XIXe et XXe siècles. In *Médias et culture* (n° « fictions et figures du monstre »). Paris: L'Harmattan, 2008: 27-28.

成社会新闻的基本结构。

最后，社会新闻和中短篇小说在题材上也有相似之处。比如勒克莱齐奥的短篇小说集《巡回和其他杂闻》便以社会新闻为背景，在每个短篇小说中他都选取了一个现实中的真实事件，其中包括车祸、失踪、离家出走等。他一贯关注边缘人物的卑微生命，比如移民、失业者、妇女等。另一个法国当代作家达恩尼克斯记者出身，他根据自己在采访过程中碰到的真实事件创作了一系列小说，其中中篇小说集《社会新闻的赞歌》以作家本人在报刊上阅读到的社会新闻为灵感，讲述了特殊年代下被时代和命运摧残的人，比如为了争取独立而惨遭杀害的殖民地人民；犯罪肆虐横行、草菅人命的郊区；迫于生计偷窃的外国移民等。作家在该书前言中说："社会新闻是为纪念受害者而建立的第一座纪念碑。"[1] 社会新闻给了小说家关注现实的契机，但他们的视角和新闻记者的视角不尽相同，与其说作家们想要获得耸人听闻的效果，不如说他们想从耸人听闻中找出被社会所忽视的人群和事实，让他们发声。

在所有文学类型中，与社会新闻基调最像的应该是侦探小说。可以说，侦探小说和社会新闻的兴起有着同样的社会基础。在伊夫·赫特（Yves Reuter）看来，侦探小说与工业社会的发展和城市化进程有密切关系。19世纪，工业化进程造成社会阶层贫富差距加大，贫穷导致罪恶，因而公众对于城市的犯罪率颇为担心。犯罪小说、侦探小说和随着报业大发展而来的社会新闻均将目光投向城市中黑暗不可知的角落。而人民受教育程度和识字率的提高、科技的发展、理性精神的发扬、对私人生活的兴趣都有助于培育一批忠实的读者。[2] 显然，19世纪侦探小说兴盛的原因同样可以解释公众对社会新闻的兴趣。无论从主题还是结构上来说，两者都有相似之处。两者都将目光投向城市中离奇的事件，尤其是犯罪事件，社会新闻为侦探小说提供了素材，而侦探小说则将破案的过程带入到社会新闻的写作中，强化了社会新闻中原本就有的神秘因素。

托多洛夫在《侦探小说的类型》中将侦探小说分成三种类型：谜团小说（roman à énigme）、黑色小说（roman noir）、悬疑小说（roman à suspense）。他将侦探小说拆解为双重结构：犯罪过程和侦破过程。在谜团小说中，犯罪过程隐而不显，侦破过程成为主线，叙事就是侦探追根溯源、寻找真相的过程。在黑色小说中，犯罪过程取代了侦破过程，读者更感兴趣的是组织犯罪的过程以及最后将去向何处，黑色小说"没有终点，叙事者并不对过去的事件进行总结性回顾，我们也不知道他是否将活到最后。预见代替了回顾"[3]。在悬疑小说中，犯罪过程和侦破过程合二为一，罪犯的行动还在进行中，侦探的侦破过程与此并肩进行，"它保留了谜团小说中的神秘因素和过去、现在两条故事

---

[1] Daeninckx, D. *Petit éloge des faits divers* (coll. « Folio »). Paris: Gallimard, 2008: 13.
[2] Reuter, Y. *Le roman policier*. Paris: Armand Colin, 2005: 12-13.
[3] Todorov, T. Typologie du roman policier. In Todorov, T. *Poétique de la prose (choix) suivi de Nouvelles recherches sur le récit*. Paris: Seuil, 1971: 14.

线的结构；但它拒绝将第二个故事缩减为一个简单的寻找真相的过程"①。侦破故事作为对犯罪过程有所影响的一个主要因素被融入犯罪故事中。

在犯罪题材的社会新闻中，同样有犯罪和侦破两个过程，但重点往往落在犯罪过程上。社会新闻强调的是人性中非理性的一面，或是事物因果联系中背离常情的一面，因而它将重点放在对犯罪事件本身的渲染上，在这方面它和托多洛夫所说的黑色小说较为接近。"智力和认知上的游戏让位于情绪和认同[……]知识和历险与人物比起来是次要的[……]知识为戏剧性服务[……]暴力和行动处于主要地位[……]人物是形象化的：他们有心理活动，有血有肉，能够引起读者的认同感，激发读者的情绪。"②赫特对黑色小说的描述和社会新闻的叙事特征完全吻合，可见社会新闻更强调侦探小说中的犯罪过程。但随着侦破小说越发兴盛，当代社会侦破手段日益发达，公众对侦破过程愈发感兴趣，以至于当代社会中社会新闻的写作和拍摄越来越强调侦破过程。社会新闻中的侦破过程可以由警方或司法权威完成，也可以由记者本人通过对证人等的采访进行推断，但必须严格建立在遵照事实的基础上。在由社会新闻改编的小说中，作家往往会采用犯罪和侦破两条线并行的叙事方式，并由人物或叙事者自己充当侦探的角色，将社会新闻中煽情、戏剧性的一面与侦破小说的唯智倾向结合起来，制造扣人心弦的叙事效果。

4.6 社会新闻及由社会新闻改编的文学作品的社会功能和伦理价值

社会新闻及由社会新闻改编的文学作品具有一定社会功能，因其面向社会公众，通俗易懂，能够引起绝大多数人的兴趣，有较强的道德指向，能够对普通读者产生作用，因而探讨两者的社会功能有一定的意义。然而，社会新闻和文学作品具有不同的载体，面向的读者群并不尽然相同，作者的目的也不尽相同，所以在伦理指向上有差异。我们首先将探讨两者共同的社会功能和伦理价值，在此基础上，区分文学作品和新闻在写作手法和伦理道德上的分野。

首先，社会新闻及由社会新闻改编的文学作品都是工业化和都市化的产物，即便它们不以批判社会为指向，也能反映一定的社会现实。正如拉克洛瓦（Alexandre Lacroix）在《罪犯的救赎》一书中说的那样："首先，在工业化社会中，杀人事件的数量比在传统社会和农业社会中要多。暴力指数上升当然可以被解释为文明的变迁，道德和宗教价值的式微，群体感的消逝，社会混乱增加。[……]仅就大城市而言，就已经是犯罪滋生的环境。密集的人群，不平等增加了矛盾；匿名性有利于罪犯。军火和汽车同样应当被视为因素之一。其次，罪犯不再是均质的一群人，受害人也不再专属于某个阶层。[……]

---

① Todorov, T. Typologie du roman policier. In Todorov, T. *Poétique de la prose (choix) suivi de Nouvelles recherches sur le récit*. Paris: Seuil, 1971: 17.
② Reuter, Y. *Le roman policier*. Paris: Armand Colin, 2005: 56-60.

第三，娱乐社会物质丰足，被生活所迫而犯罪[……]很少见。除了出于利益的犯罪和激情犯罪外，还应该考虑到一系列动机不明、出于绝望或迷失而导致的犯罪。"① 可见，社会新闻和犯罪文学的兴起，尤其是在当代社会中的兴盛确实与城市化进程有关系，它们不仅可以反映不同社会阶层和利益团体之间的斗争，还折射了都市文化下个体与环境、个体与他人关系的变化。犯罪动机、手段、角色分配的变化从侧面反映了社会的变化。尤其是犯罪事件可以反映出整个社会机体运行中失控的部分，它们"利用某个社会机制中的缺陷，体现了机制的失调"，它们"产生于整个体系的角落和间隙中"②。比如西方当代犯罪小说反映的正是资本主义制度下唯利是图、伦理失衡的社会顽疾："[……]资本主义的逻辑便是经济利益高于伦理顾虑。为了获得财富可以不择手段，除非是被法律严厉禁止的行为。[……]另外，体系内部并不缺乏有钱阶层和犯罪团伙之间的勾结。"③ 社会新闻及其文学在血腥暴力的表象下残酷地揭开了社会的阴暗、虚伪、非人性的一面，用波伏娃的话来说，"粉碎了家庭和心灵伪装的面具"④。进一步而言，甚至罪犯的犯罪手段也可以成为其所在社会的缩影。比如拉克洛瓦认为，当代犯罪小说中连环杀手形象的频繁出现与资本主义发展阶段不无关系，连环杀手展现了资本主义晚期的一些特征："杀手聪明、独立、毫无顾虑和同情心，试图在每一个行动中最大程度实现效率。通过他，谋杀从手工业时代突然过渡到自由职业时代。"⑤ 正如观众或读者所喜爱的侦探形象在发生变化，他们对某一犯罪形象的痴迷也能够体现社会组织运行方式的变化。

社会新闻从其伦理导向上来说除尽量客观地陈述事件的原貌外，还肩负着教化公众道德的责任。"在西方，公正和正义同义。公正性报道原则不仅是指同样的事情同样对待的处理方式，也包括强调报道的正义性，这种正义性主要体现在有利于国家和人民，以及对人类美好理想的追求。"⑥ 因而，报刊在追求真实性和客观性的同时，需要小心翼翼地维持最基本的公共道德，既不能过度偏袒，也不能走向极端，从某种意义上说，媒体既是公众道德的引导者，也受制于约定俗成的社会道德。社会新闻和侦探小说的目标均为"社会规则的违反和侵蚀"，反映了"某些个体和法律之间的关系，即一个社会用来定义自身、保护自身、赖以生存的规则"⑦。社会新闻和侦探小说以社会规则的破坏为起点，以规则的还原为终点，即便在某些社会新闻中，结局是敞开的，凶手悬而未决，但它所引起的恐慌、悬念、不安在读者心中激起了对安全和秩序的渴望。因此，社会新闻和侦探小说中的犯罪事件虽然"破坏了道德和秩序"，对"每个人在日常秩序和社会

---

① Lacroix, A. *La grâce du criminel*. Paris: PUF, 2005: 19.
② Lacroix, A. *La grâce du criminel*. Paris: PUF, 2005: 54.
③ Lacroix, A. *La grâce du criminel*. Paris: PUF, 2005: 61.
④ Dubied, A.& Lits, M. *Le fait divers* (coll. « Que sais-je »). Paris: Presses universitaires de France, 1999: 86.
⑤ Lacroix, A. *La grâce du criminel*. Paris: PUF, 2005: 160.
⑥ 黄晓红. 迷思为何存在——当代媒体伦理研究. 北京：金城出版社，2011: 28.
⑦ Esquenazi, J-P. Eléments de sociologie du mal. In *Médias et culture*, (n° « fictions et figures du monstre »). Paris: L'Harmattan, 2008: 15.

秩序中的位置提出了疑问"①，但疑问决不能只停留在疑问的阶段，必须要迅速过渡到终决阶段，"通过惩罚，它呼唤回归到最令人安心的秩序中去。如此，整个社会机体战胜恐怖，对僭越的力量作出回复。"②社会新闻和侦探小说像一面镜子，将法律运转的机制展示给个体，告诉大家僭越的后果将是惩罚，并通过不断强化这种印象，起到惩戒的目的。

社会新闻的惩戒作用不仅依靠反复强化的惩罚获得，而且还具有戏剧中所说的净化效果。它之所以不断诉诸情绪性的描写，也是想以此激发读者和观众心中隐藏的动物性，逼迫我们直视动物性的毁灭作用，从而更好地疏导和规训可能破坏社会秩序的不良冲动。社会新闻及其文学擅长强化犯罪的恐怖形象，以此提醒读者警惕存在于他人和自身的可怖的兽性。"所有人都是潜在罪犯的想法应运而生"③，"我们每个人身上都有一只狼人在沉睡，连环杀手现象揭示了一个陷于迷茫、缺失和绝望中的社会如何寻找坐标和价值"④。从某种意义上说，社会新闻中的嗜血场景取代了过去的断头台，成为公众可以直接观看和参与的公共场景，但又减弱了断头台的暴力程度，使之成为私密性、个人性、美学化了的"净化"手段。有学者指出，社会新闻和犯罪小说的兴起之时也正是刽子手和断头台从公共场景中日渐消失之时，可见社会新闻具有情感发泄和规训人性的社会功能。"社会新闻通过将想象投射到现实事件中，通过在日常生活的微叙事中实现欲望，实施了压抑机制（le travail de dénégation）。想象中被压抑的内容进入到意识中，但被否定，被判刑。"⑤这也可以解释为什么公众在面对犯罪新闻的时候同时表现出对罪犯的憎恶和吸引，他们既痴迷于僭越的行为所带来的自由，又对残忍的行为造成的破坏感到害怕。

除了社会新闻的规训作用外，爱夫拉克在《社会新闻和文学》一书中提到了社会新闻有可能引起的种种不良社会效应或被某些政治团体利用的可能性。比如，过分扩大和宣扬犯罪事件有可能会败坏普通民众的道德，甚至引起社会暴乱。另有学者如布迪厄（Pierre Bourdieu）对大众传媒的消遣性质表示担忧，认为社会新闻作为一种茶余饭后的谈资只会分散人们对重大社会事件的关注。另外，过度渲染犯罪事件会增加人们的不安全感，人们会更加倾向于当局采取更为严苛的安全措施，甚至被某些政治党派利用，作为攻击边缘群体的借口。⑥

以上提到的反映城市化进程中的问题，通过不断强化的惩罚维持社会秩序，以诉诸

---

① Évrard, F. *Fait divers et littérature* (coll. « lettres 128 »). Paris: Editions Nathan Université, 1997: 21.
② Jopeck, S. *Le fait divers dans la littérature*. Paris: Gallimard Education, 2009: 101.
③ Chales-Courtine, S. La construction de figures criminelles dans les faits divers du XIXe et XXe siècles. In *Médias et culture* (n° « fictions et figures du monstre »). Paris: L'Harmattan, 2008: 55.
④ Dubied, A.& Lits, M. *Le fait divers* (coll. « Que sais-je »). Paris: Presses universitaires de France, 1999: 81.
⑤ Évrard, F. *Fait divers et littérature* (coll. « lettres 128 »). Paris: Editions Nathan Université, 1997: 22.
⑥ Évrard, F. *Fait divers et littérature* (coll. « lettres 128 »). Paris: Editions Nathan Université, 1997: 22-23.

感官的场景疏导公众潜意识中的破坏冲动均为社会新闻和以社会新闻改编的文学作品共有的社会功能。但文学作品毕竟不能等同于新闻，社会新闻原则上面向所有大众，需要顾及受众的道德底线和倾向性。同时，新闻记者需要遵循客观性原则，"超然不掺入自己的偏见，在报道中做到正反互陈，意见和事实分开"[1]。但"纯粹客观公正，完全平衡中立的传媒仅仅是一种道德虚构"[2]，不仅因为新闻写作依附于常规写作手段，具有特定的形式，不可能做到完全客观，而且在现实操作中新闻媒体出于政治和商业的考虑，牺牲客观性原则。社会新闻写作者被诟病为"为了发行者私利而办报，一味迎合'读者没有区别的欲望'"，"报纸上所选择的事实，都是好奇性的、具有争斗性和关于性方面等等能刺激本能的事实"。[3]所以社会新闻记者在伦理导向上会出现自相矛盾的倾向，一方面他们需要顾及公众道德，另一方面为了发行量和收视率，他们又不惜破坏客观性和隐私权，在选题、用词和气氛营造上极力制造轰动效应，煽动公众的感官体验。

作家在利用社会新闻进行写作的过程中可以较少顾及公众道德的普遍倾向，也没有纯粹的客观性的要求，因而在伦理选择上更为个人化。作家虽然也需要考虑公众的接受程度和作品的社会效应，但他所肩负的社会责任与其说是维持既定的伦理秩序，不如说是对现有的伦理提出反思。他们可以在现实和虚构交叠的场域中实践一种极端的伦理或是理想化的伦理。我们在谈到社会新闻话语的时候，提到"单声"和"复调"两种话语，或者记者自始至终承担了叙事者的角色，或者记者援引其他人的话语，将叙事功能转移到他人身上。即便是复调话语，社会新闻记者仍然要作为话语采集者将不同话语呈现在自身话语内部，其目的或是推卸话语的责任，追求客观效果，或是为了将自己的观点融化在他人的话语中，间接影响读者的判断。作家在写作过程中往往会借用复调话语，他们会将自己的声音有意呈现在文本中，发表自己的见解；也会大量援引司法机构、新闻媒体、社会大众的多方话语呈现纷繁复杂的话语场，但其目的并非推卸话语责任，而是让各方伦理进行碰撞，形成复杂的伦理网络。作家运用的复调是一种复杂的文学现象，它取消了不同话语背后的统一布局者，采用"去中心化"的视角，视角频繁切换，造成一种"事件意义和自我意义的爆裂"[4]，即真理不知在何处的茫然。有时，作家也会采用内视角的方式叙事，站在人物的角度（往往是罪犯），表现他们的情感和忧虑。这种叙述方式是社会新闻中极少见的，社会新闻将罪犯定性为恶魔，而作家则"关注悲剧中未被言说的、人性的背景"[5]，尤其是当罪犯所处的社会风俗和法律有欠公允，罪犯不得不走向犯罪道路时。

---

[1] 黄晓红. 迷思为何存在——当代媒体伦理研究. 北京：金城出版社，2011: 60.
[2] 黄晓红. 迷思为何存在——当代媒体伦理研究. 北京：金城出版社，2011: 28-29.
[3] 成鸿昌，赵娟萍. 漫谈社会新闻. 北京：新华出版社，1994: 33.
[4] Évrard, F. *Fait divers et littérature* (coll. « lettres 128 »). Paris: Editions Nathan Université, 1997: 116.
[5] Lacroix, A. *La grâce du criminel*. Paris: PUF, 2005: 124.

拓展阅读与思考

1. 对社会新闻的戏仿。

下文为法国作家费内隆创作的"三句话短篇小说"的节选,是对社会新闻文体的戏仿。

> 她落水了。他跳下水。两人消失了。
>
> 富尼耶先生、瓦赞先生、塞普特伊先生上吊自杀了:神经衰弱、癌症、失业。
>
> 佩卡维女士被一台脱粒机绞住。大家拆卸它去解救她。死了。
>
> 来自凡尔登的曼金在一副棺材后面走着。那天他没能走到墓地。死亡在半道上突至。
>
> 在苏塞存放直接税的金库里,除了175000法郎之外,什么也没有。
>
> 奥兰普·弗雷斯夫人说,在博尔德扎克的森林里(加尔省),一位猎艳之人在66岁时遭受到了残酷的暴行。
>
> 正是在玩滚木球时,75岁来自勒瓦卢瓦的安德烈先生中风了。他的球还在滚着,他已经不在了。
>
> 伏尔泰大街126号。一场大火。一个下士受伤。两个中尉头部负伤,一个被梁砸伤,一个被消防员击伤。
>
> 来自拉费泰苏茹阿尔的德塞尔先生和来自南锡的福坦先生因故身亡,一个从卡车上跌下,另一个从窗户坠落。
>
> 吴水燕 译[①]

? 请阅读以上段落,回答以下问题:

请分析每则故事中各句子之间的关系,指出它们如何制造了社会新闻体的效果。

2. 小说和社会新闻的区别。

下文为法国哲学家梅洛-庞第关于社会新闻的论述,指出了小说和社会新闻之间的区别。

> 真实的小事情不是生活的碎片,而是符号、象征、召唤。
>
> 小说只能和这些真实的小事情相比较。小说以它们为素材,像它们那样表述,哪怕它在虚构,也是虚构一些"小事情":玛蒂尔德剪下一大撮头发扔给窗下的于

[①] 节选自:Jopeck, S. *Le fait divers dans la littérature*. Paris: Gallimard Education, 2009.

连；丐民收容所所长吩咐囚犯安静点，因为他们哼唱的曲子会打扰他用餐。只不过，小说会对这些真实的小事情进行扩充或删减。它编排当下的动作或话语，并对其发表评论。作者让人物发声，让我们进入人物的内心独白。小说给出了背景，但社会新闻却令人猝不及防，因为对于那些不了解这些新闻的人来说，社会新闻是一种对生活的入侵。社会新闻以名称来形容事物，小说只通过人物的感受来形容事物。司汤达并未道出奥克塔夫的秘密，他在写给梅里美的信中说："要很多个世纪之后，我们才能用黑色或白色作画。"奥克塔夫的痛苦因而就成了不可能之事的痛苦——比他真正的痛苦更无可救药，也更和缓。如果说小说更真实，那是因为它设定了一个基调，可以用那些完全真实的细节编造谎言。如果说社会新闻更真实，那是因为它令人不适，也不美好。二者只能在最伟大的作家笔下交汇，诚如人们所说，这些作家发掘了"真实的诗意"。

吴水燕 译[①]

请阅读以上段落，回答以下问题：

请指出社会新闻写作和小说写作对于"真实"的理解有何不同。

3. 社会新闻改编的小说的伦理。

法国作家卡雷尔的小说《对手》取材自社会新闻。卡雷尔在现实生活中与人物原型有过书信往来。他在《对手》中呈现了他给人物原型写的其中一封信，在这封信中他间接地表达了文学的伦理立场。

巴黎，1993 年 8 月 30 日。

先生：

我的做法也许会冒犯到您。但我仍想尝试一下。

我是一名作家，迄今已写了七本书，现将最新出版的一本寄送给您。自从我在报纸上读到您作为犯案人和唯一幸存者的那场悲剧，我就一直在想着它。我想尽可能地尝试了解所发生的事情，并就此写一本书——当然，此书只能在您的审判后出版。

在这样做之前，您的看法于我而言很重要。您是感兴趣、怀有敌意，还是无所谓？我向您承诺，如果是第二种情况，我会放弃这个计划。但如果是第一种情况，我希望您能给我回信，并且如果条件允许，希望您能同意我来探视。

[①] 节选自：Merleau-Ponty, M. *Signes*. Paris: Gallimard, 1960.

> 我想向您阐明，这不是出于病态的好奇心或是对轰动事件的兴趣。在我看来，您的所为并不是一个普通罪犯或疯子的行为，而是一个被无法控制的力量推到极限的人的行为。我想在书中呈现的正是这些可怕的力量。[……]
>
> 埃马纽埃尔·卡雷尔
吴水燕 译①

请阅读以上段落，回答以下问题：

请指出与司法伦理和新闻伦理相比，该小说中文学伦理的特殊性是什么？

---

① 节选自：Carrère, E. *L'Adversaire*. Paris: P.O.L éditeur, 2000.

第五讲

文学与地理学

扫码阅读本讲课件

西方地理学家对文学的广泛关注肇始于20世纪70年代。在此之前，零星的地理学家论及过文学与地理学的关系。如1904年，法国现代地理学鼻祖维达尔（P. Vidal de La Blache）就研究过《奥德赛》中的地理。20世纪20年代，英国人莱特（J. K. Wright）指出地理学可以借鉴文学的素材。部分地理学家将文学视为区域地理学研究的补充。但60年代对"科学性"的过度追求使地理学家对文学不置可否，对文学的借鉴相应减少。70年代初，人文地理学开始崛起，连同马克思主义批评一起，构成对地理学计量方法的反冲。人文地理学对文学的召唤是出于"现象学的目的，旨在重新将主体、意义和价值这些被弃之一边的概念放回到地理学的中心"[①]。此时的文学地理学研究更多是将文学视为对历史和社会的见证，文学中的地理指涉为某一地区的地理学研究提供了文献。必须指出的是，60年代盛行的结构主义方法助推了人们对语言的关注，文学作为一种语言艺术获得了格外的关注。

法国地理学家对文学的研究起步比英国晚。将地理学和哲学融合起来的地理学家达尔戴勒（Eric Dardel）在20世纪50年代研究过诗歌中的地理情感，区域地理学研究者朱亚尔（Etienne Juillard）分析了司汤达小说中的国土治理问题。70年代，此类研究日益增多，如行为地理学专家韩贝尔（Sylvie Rimbert）和巴依（Antoine Bailly）分别探讨过文学中的城市感知问题。80年代初，文学地理学出现蓬勃之势，地理学家对福楼拜（Gustave Flaubert）、凡尔纳（Jules Verne）、克拉格（Julien Gracq）等作家的地理书写以及法国乡土文学进行了研究。法国地理学家对文学的关注围绕着"生活空间"（espace vécu）这个概念，即人们"感知到或经验到"的空间，关注"人和地点间的心理关系"[②]。地理学家更多是从本学科出发，将文学作为印证学科观点的手段；文学和现

---

① Brosseau, M. *Des romans-géographes*. Paris: L'Harmattan, 1996: 18.
② Frémont, A. Recherche sur l'espace vécu. *L'espace géographique*, 1974(3): 231.

实之间的关系、文学的见证功能是此类研究的出发点。这一时期的文学地理学研究以地理学家的视角为主导，启发了后来以文学研究者为主导的"地理批评"（géocritique）和"地理诗学"（géopoétique）等批评流派。

本讲以法国地理学家对文学的研究为例，探讨文学在地理学研究中的价值。首先探讨文学作品作为一种地理文献是否可行，从而分析文学与地理现实之间的多维关系。然后从语言和叙事的角度分析地理学家对文学话语独特性的研究。最后探讨地理话语中的"文学性"以及地理学对自身的反思。

5.1 文学的见证功能

文学之于地理学研究的价值首先是其见证功能。地理学家什瓦利埃（Michel Chevalier）在《地理学与文学》一文开篇便提到文学作品的文献价值。他借用地理学家弗雷蒙（Armand Frémont）之口，认为诗人、小说家和艺术家比地理学家"能更好唤起人类生活的场景"[①]。地理学家把文学当作反映地理风貌、记载历史和社会现实的文献。他们关注文学对一个地区的地理现象、社会结构和社会变迁的再现能力。什瓦利埃通过回顾19世纪和20世纪的法国乡土文学、城市文学、工人文学和游记，指出文学对地理现实的描写可以为地理学研究提供支撑，比如乔治·桑的小说《笛师》呈现了布瓦肖地区的田地、饮食、服装、农业技术等；法国普罗旺斯地域文学具有一定史料价值，再现了今日已经消失的风俗；农民文学的代表勒茹瓦（Eugène Le Roy）在其代表作《雅克的起义》中精确再现了19世纪上半叶的农民生活……

然而，地理学家对文学见证的可靠性持保留态度。且不说文学是想象、灵感、情感的产物，作家也并非专业的地理学家，他们拥有的地理知识有限，"在大多数情况下，一个作家对高山乡村生活的复杂性或对一个大港口的社会和职业结构缺乏清晰的认识"[②]。此外，文学作品中还存在置换、篡改、故弄玄虚等常见的文学手法。比如《红与黑》中的佛朗克-孔岱地区其实是以司汤达的故乡多菲内为原型。以巴尔扎克和左拉为代表的现实主义或自然主义作家，即便他们标榜自己在写作之前查阅了大量资料，但他们对资料的掌握程度也并不完全可信。比如左拉因其记者的职业特点，在资料搜集的过程中显示出仓促、浅显的特征。一战以后乡土文学的史料价值日趋减少，小说家们并不关心现代农村正在发生的变化，他们更多通过描写乡村来表达怀旧之情。城市文学和工人文学的见证价值也是有限的，因为大多数工人文学的作家并非无产阶级出身，他们体现的是精英的视角，他们所描写的无产阶级或带有理想主义色彩，或单纯强调其悲惨的

---

① Chevalier, M. Géographie et paragéographie. *L'espace géographique*, 1989(1): 13.
② Chevalier, M. Géographie et littérature. In Chevalier, M. (ed.). *La littérture dans tous ses espaces*. Paris: CNRS Editions, 1993: 14.

一面。两次世界大战中涌现的大量无产阶级作家，他们受教育程度有限，作品文学价值不高，"地域的特色和城市的特性被抹去了"[1]。因此，此类文学并不能真正揭示一个地方的社会结构。什瓦利埃总结道，"求助于文学作品总是棘手的，需要对见证进行小心翼翼的批判"[2]。

什瓦利埃虽然对文学的忠实再现有所怀疑，但他仍肯定了文学的价值。他认为真正的地理学必然是区域地理学，而文学在"一个地区或一个省份形象的形成[……]及地域意识的产生"[3]中发挥了重要作用。几年后，布洛索重拾这一话题，也认同作家忠实再现一个地区的能力应被置换为他是否能"把握住一个地区的'个性'"[4]的能力：他是否能对所呈现的地方和人们的生活有一个统合的视角，并能穿透表象，深入机理，描述不可见的结构。因此，文学之于地理学研究的第二个价值便是把握和揭示一个地方的个性和深层结构的能力。福楼拜擅长用寥寥几笔，简洁准确地展现诺曼底地区的地理面貌。但福楼拜的价值不只是对诺曼底地区的地理学描写，他"揭示了任何剖面图都不能复原的东西：人、社会关系、在这个小小的地区中整个的社会"[5]，"福楼拜向他所熟知的地区投向锐利的目光，他把握住了该地区的基本结构，该结构一直延续到今天"[6]。福楼拜准确呈现了诺曼底地区的经济结构和收入来源，揭示了资产阶级、农民阶级和渔民各自的特点：小城市资产阶级故步自封，工商业缺乏创新精神；农民阶层和土地所有者一样爱好享受，缺乏投资的动力；渔民虽然更有进取之心，但年轻一代选择远离故土，奔赴工业发达之地谋生。通过对这三个阶层的分析，福楼拜敏锐抓住了诺曼底地区衰败的趋向。虽然这样一部社会地理学的见证是通过文中人物的主观视角，但并没有减弱福楼拜对该地区社会关系特点的全局把握。弗雷蒙认为，任何地理学家的分析都无法和福楼拜的叙事比肩。文学能在对日常生活的描写中把握社会和文化的机制，在此意义上，"对文学素材的应用能够带来真正的人文深度"[7]。

文学不能仅对现实进行呈现和分析，它还应当具有批判现实的能力。布洛索在论及文学和地理学的关系时，专门提到了"批判现实和主流意识形态"[8]"与'既定现实的垄断'形成对立"[9]的功能。20世纪60年代开始兴起的马克思主义地理学回归对意义的叩问，关注社会不平等现象。地理学赋予自身新的使命：地理学"不仅要描述和解释世

---

[1] Chevalier, M. Géographie et littérature. In Chevalier, M. (ed.). *La littérture dans tous ses espaces*. Paris: CNRS Editions, 1993: 51.
[2] Chevalier, M. Géographie et littérature. In Chevalier, M. (ed.). *La littérture dans tous ses espaces*. Paris: CNRS Editions, 1993: 15.
[3] Chevalier, M. Géographie et littérature. In Chevalier, M. (ed.). *La littérture dans tous ses espaces*. Paris: CNRS Editions, 1993: 11.
[4] Brosseau, M. *Des romans-géographes*. Paris: L'Harmattan, 1996: 29.
[5] Frémont A. Flaubert géographe, à propos d'Un Coeur Simple. *Études Normandes*, 1981(1): 58.
[6] Frémont A. Flaubert géographe, à propos d'Un Coeur Simple. *Études Normandes*, 1981(1): 63.
[7] Chevalier, M. Géographie et littérature. In Chevalier, M. (ed.). *La littérture dans tous ses espaces*. Paris: CNRS Editions, 1993: 63.
[8] Brosseau, M. *Des romans-géographes*. Paris: L'Harmattan, 1996: 42.
[9] Brosseau, M. *Des romans-géographes*. Paris: L'Harmattan, 1996: 43.

界，厘清社会和空间的关系，也要对现状进行批评"[1]。马克思主义地理学家利用文学反对社会弊病，追求社会公正，他们对文学的研究体现了女性主义、地域主义、反法西斯主义、生态主义等的诉求。因此，文学之于地理学的第三个价值是其社会批判的功能。例如，地理学家贝达尔（Mario Bédard）以科幻小说为例，指出了文学和人文地理学共同的价值追求。科幻小说描述人类借助科学实现的扩张野心，部分小说揭露了现代化发展过程中人类扩张的失控所导致的末世危机。它们"共同揭露了对科学的无序利用，超速发展形成了文化、经济、政治、社会层面的霸权，人们对时间的理解被破坏，对空间徒劳的纯粹象征性的占领，一切都导向人群的异化"[2]。科幻小说从现象学和东方哲学中获取灵感，致力于恢复对周期性时间的感知，强调多元文化以及人和自然间的和谐共处。科幻小说可以帮助建立一种新的地理学实践，恢复地理学对未知的预见和对思想的敏感。文学在此视角下是人文地理学展示自己价值宣言的一种工具。

　　无论是对地域个性的把握还是对现实的批判功能，文学始终被视为对现实世界的反射。有些地理学家认识到，文学不仅反映物质性的世界，它还可以通过高度象征性的符号反映人类的精神结构，并通过分析精神结构，揭示人和环境的关系。文化地理学家克拉瓦勒充分肯定了文学揭示精神结构的功能："文学最充分地揭示了书面文化中对世界的呈现的复杂结构，从这个意义上我认为对文学素材的运用[对地理学来说]是最具有前景的。"[3]行为地理学家韩贝尔也认为，地理学家"不能局限于自然主义的描写视角中，如果想要更好地理解人，他就需要通过投射在社会空间中的精神结构"[4]。文学是社会空间中的精神产物之一种，这种形象化的精神产物中又高度凝缩了某种文化中普遍的精神结构。比如，"新小说"派作家罗伯-格里耶笔下城市的迷宫形象既符合心理学上的某些普遍原型（如母亲子宫的结构），又反映了现代城市中个体特有的感受。迷宫形象是一种主观感受，但它比任何一种客观描述都更有力地揭示出现代城市的特点。巴依说："主体所偏爱的最具有唤起作用和最令人安心的符号[……]能够让我们抓住城市环境的特点。"[5]地理学家充分认识到想象不是局限，在想象和梦幻中深层的心理结构才会浮现，借由这些象征符号，我们才能更有效地理解环境。因而，文学之于地理学的另一个功能便是探查一个环境中人的精神结构，进而揭示这个环境的特点。

　　地理学家从最初研究文学作品的现实主义意义过渡到对主体的感知的关注。后起的"地理批评"学派承继了对文学和现实关系的思考，并进一步提出文学对客观世界的能

---

[1] Brosseau, M. *Des romans-géographes*. Paris: L'Harmattan, 1996: 42.
[2] Bédard, M. Plaidoyer de l'imaginaire pour une géographie humaniste. *Cahiers de géographie du Québec*, 1987(82): 31.
[3] Claval, P. La géographie et les chronotopes. *La littérture dans tous ses espaces*. In Chevalier, M. (ed.). Paris: CNRS Editions, 1993: 121.
[4] Rimbert, Sylvie. *Les paysages urbains*. Paris : Armand Colin, 1973 : 69.
[5] Bailly, A. S. *La perception de l'espace urbain, les concepts, les méthodes d'étude, leur utilisation dans la recherche urbanistique*. Paris: Edition du Centre de Recherche d'Urbanisme, 1977: 13-14.

动性。"地理批评"学派创始人韦斯特法尔（Bertrand Westphal）提出，"地理批评"要回答的问题是："被文学再现的空间是否脱离了外部世界[……]还是与其进行互动？"① 他认为，文学不是单纯的再现，外部世界和文学空间具有复杂的关系，甚至互相生成。文学通过对现实空间进行观念和逻辑上的重构，将外部世界从混沌的状态中拉出来，给予其形貌，挖掘其可能性。"文学将[人类空间]引入互文性的网络中，给予其一个本质性的想象的维度。"② 文学和现实的关系发生了彻底的转换，不是文学因为重现现实而获得现实主义的品格，相反，是现实因为文学而获得想象的维度。作家通过虚构改变人们对一个现实空间的认知，从这个意义上，"描写重塑了被命名的地点"③。文学对地理学而言不再仅只是具有回顾性质的见证或对现状的揭示，文学对空间具有"创建性"④。文学不再只是被动地再现现实中的地理，虚构和现实之间具有双向的互动关系。

5.2 对文学话语的研究：文学话语的地理特性

布洛索认为，将文学视为单纯的文献，这种工具论导致了"语言可能的媒介作用和它的抵抗被遗忘"⑤，文学独立于外部指涉的内在话语没有得到地理学的充分关注，文学的空间叙事研究似乎更多是文学研究者的任务。但地理学家们也并非完全忽略文学话语，部分地理学家以及后来的"地理诗学"派研究者关注地理空间如何塑造文学的叙事和语言，即文学叙事和语言如何获得地理特性。

文学叙事可以和所呈现的地理互为镜像，尤其体现在文本的结构上。布洛索在研究美国作家约翰·多斯·帕索斯（John Dos Passos）的《中转曼哈顿》时，揭示了"话语的形态和城市再现之间的关系"⑥。该小说可分为三个均等的部分，每个部分内部又分为五个小部分。小说采用了蒙太奇的手法，将断裂的时空并置在一起，不同的场景依次呈现，展现了纽约日常生活的方方面面。帕索斯善用省略的手法，在时间中制造空白，读者需要通过反复阅读才能将时间线拼凑出来。作家希望通过断片式的叙事反映城市生活断裂的特性。地理空间不只是叙事发生的背景，叙事从形式上"再现"了与其对应的现实空间的结构。断裂的空间因为人物的移动互相产生联系，人物在大都市中的相遇、在不同空间中的穿梭、在同一空间中的反复出现让不同的故事线得以交叉。人物如同一个功能性的叙事因子，串联起不同时空，将无序的断裂整合为有节奏感的流动，纽约的整

---

① Westphal, B. *La géocritique, réel, fiction, espace*. Paris: Minuit, 2007: 162.
② Westphal, B. Pour une approche géocritique des textes, esquisse. In Westphal, B.(ed.) *La géocritique, mode d'emploi*. Limoges: PULIM, 2000: 21.
③ Roudaut, J. *Les villes imaginaires*. Paris: Hatier, 1990: 57.
④ Collot, M. *Pour une géographie littéraire*. Paris: Corti, 2014: 29.
⑤ Brosseau, M. *Des romans-géographes*. Paris: L'Harmattan, 1996: 36.
⑥ Brosseau, M. *Des romans-géographes*. Paris: L'Harmattan, 1996: 131.

体形象通过"一系列众多、丰富、断裂的个人命运"①被唤起。布洛索试图通过文学自身的多维话语来揭示帕索斯小说中的纽约形象，而这正是小说相较于其他文献所不能替代的地方："在一个高度结构化的形式内部表现偶然和非因果关系的能力。"②除文本结构外，叙事视角也可以体现某种地理性。布洛索在分析法国作家克拉格的作品时，援引克拉格本人的话："思想更多是可以被模仿，而不是被表达的东西。"③他以克拉格作品中"无人称"的叙事视角为例，指出人和地理的融合这一生态地理思想在克拉格的小说中不是通过逻辑语言被表述，而是浸润在叙事视角中。小说在描写风景时，虽然从人物的眼睛看出，但却用了一种"无人称"的视角，说明主观性消融在环境中，个体的视角被风景自我的铺展代替。

  文学语言也可以和地理呈现相同的形态。语言本身就具有空间性。结构主义语言学认为所指依照其在系统中的位置、与其他所指的差别和关系而获得自身的意义。"结构""系统""竖轴""横轴"这些概念本身就借用了空间类比，将语言系统类比为空间系统，体现了结构主义语言学对语言空间性的意识，"索绪尔及其后继者强调了语言所特有的应该说是空间性的存在方式"④。书写语言在空间的铺陈形式强化了语言的空间特性，热奈特认为，"书写的这种明显的空间性可被视为语言深层空间性的象征"⑤。今日的文学主要是书面文学，因而文学的空间性大部分建立在书面语言铺陈的形式结构上。现代主义文学的实验，尤其是马拉美、阿波利奈尔等法国诗人在诗歌视觉形式上的探索挖掘了文学的图像潜力，他们使我们更加关注"在我们所说的文本的同时性中符号、词、句子和话语的非时间性和可逆的编排"⑥。

  地理学家和后来的"地理诗学"派研究者秉承了语言具有空间特性这一想法，分别从语言的节奏和形态、地理词汇和地图的运用、修辞手法、诗歌对抽象空间的建构等多方面深入分析了文学语言的地理性。

  首先，语言的节奏和形态可以模拟自然的节奏和形态。"地理诗学"的创始人、法语诗人怀特在论及辛格利亚（Charles-Albert Cingria）的诗歌时指出，辛格利亚的诗歌节奏具有土地的节奏，我们能够听到潺潺溪流在石间流动的声音，或是秋叶在风中飘落发出的音乐般的律动。⑦法语诗人格里桑（Edouard Glissant）在谈到安的列斯地区的诗歌传统时也指出，热带地区单一的季节如何赋予当地的诗歌以单一的节奏，如丧歌一般

---

① Brosseau, M. *Des romans-géographes*. Paris: L'Harmattan, 1996: 130.
② Brosseau, M. *Des romans-géographes*. Paris: L'Harmattan, 1996: 147.
③ Gracq, J. *André Breton. Quelques aspects de l'écrivain*. Paris: José Corti, 1989: 180-181.
④ Genette, G. *Figure II*. Paris: Seuil, 1969: 45.
⑤ Genette, G. *Figure II*. Paris: Seuil, 1969: 45.
⑥ Genette, G. *Figure II*. Paris: Seuil, 1969: 45.
⑦ Collot, M. *Pour une géographie littéraire*. Paris: Corti, 2014: 119.

的单调而尖锐的吟唱"建立了一种新的表达结构"①。布洛索依然以克拉格为例，说明有些思想不易通过语义表述，但可以借助语言的形态模拟。比如，"短"（bref）这个词既在语义上表示短，又通过词形的短直观地揭示了短的含义。我们可以用同样的方式解释语言形态对地理的模仿。如克拉格惯用长句，但又在不经意处对句式进行中断，有如克拉格小说中常有的山的意象，绵延曲折、突兀嶙峋。

其次，在词汇运用层面，一个受过地理学训练的作家不自觉地会在作品中大量运用地理学词汇。比如克拉格在大学期间学的是地理学，经典地理学对优美文风的追求在克拉格身上打下了烙印。他的小说语言是优美的文学语言和训练有素的地理学家的专业语言的结合。地理学家提斯耶（Jean-Louis Tissier）在多篇文章中研究了克拉格的地理文风，指出他如何熟练运用沙丘地带、冰原石山等地形学专业词汇。而且，克拉格会在作品中频繁提及地图。比如他的人物在观察风景的时候，会有意识地注意到风景和风景之间的边界，以及每片风景的特殊属性。他们尤其偏爱地图，时常在地图中定位他们在现实中观测到的风景的界限。这些无疑是作家的地理学专业训练在创作中打下的烙印②。

再次，修辞手法也可被视为对地理的模拟。热奈特早在1969年便指出修辞手法的空间特性："表达并不总是单义的，它不停地在分裂，比如一个词可以同时有两个意思，修辞学把一个称为本义，一个称为转义，在表面意义和真实意义之间挖掘出语义空间，一下子取消了线性话语。"③修辞学中的"转喻辞格"（trope）（如隐喻、提喻、寓言、象征等）最能体现这种语义空间的延展性，它在字词的表面意义之外建立了另一个意义，当真实意义和表面意义之间的距离越远，语义空间就越广阔。不光是转喻辞格，任何修辞在热奈特看来都包含了意义的分裂，只要有风格存在，就有意义的分层，哪怕是表面上最透明的字词在文学语境中也可以是多义的。随后，地理学家们对修辞的空间特性进行了细化。比如，布洛索指出，《中转曼哈顿》中运用的修辞手法可以对应于人物的空间实践：转移法（paratopisme）对应于步行路线的突然变化，省略连词（asyndete）对应于路线的不连贯，多义的手法对应于路径的分岔。"地理诗学"的代表人怀特的诗歌中运用了大量的列举和首语重复法（anaphore），罗列自然的物象，形成句式上的反复，以此形成视觉和语义层面的空间感。

最后，诗歌语言的地理特性还体现在诗歌语言如何在抽象意义上拓展了世界的疆域。"地理诗学"派的另一位代表人物法国哲学家德吉（Michel Deguy）认为诗歌与生态主义具有相同的旨归。生态主义不是单纯的保护环境，它旨在将人类从直接的、即刻的环境中脱离出来，在此时此地之外找到人类赖以诗意栖居的彼处。诗歌的意义正是在

---

① Glissant, E. *Le discours antillais*. Paris: Gallimard, 1997: 344.
② 参见：Tissier, J-L. De l'esprit géographique dans l'oeuvre de Julien Gracq. *Espace géographique*, 1981(1): 50-59.
③ Genette, G. *Figure II*. Paris: Seuil, 1969: 47.

于收集大地之美，它具有土地的属性，强调物质性、身体性和形象化，通过类比的思维，在物和物之间建立联系，从而形成一种空间结构。但这种强调此时此地的物质性的空间结构具有无限的延展功能，人类能够在诗歌中打开存在的向度，向永恒敞开。[①]诗歌语言和地理的同构体现了人类希望赋予地理空间以超越的意义，以及在美学中建构人类的居所的愿望。诗意的栖居之地是地理意义上的空间，也是语言所创造的多维度的存在空间。

文本和地理的同构既体现在文本中，也被阅读行为所建构。不光是叙事和语言，阅读行为也时常被类比为地理实践。布洛索指出，阅读时目光在纸面上的移动类似于人物在城市空间中的移动，尤其是像《中转曼哈顿》这样断裂的文本需要读者反复阅读，才能拼凑出整本书的全貌，正如城市空间实践者需要通过不断的漫游，穿梭于城市大街小巷，才能获得城市的全貌。阅读与地理实践间的镜像关系得到"地理诗学"派的弘扬，怀特在对汉学家谢阁兰（Victor Segalen）的解读中说："首先，要快速阅读文本；其次，认真地读，包括脚注；再次，只读脚注；最后，再通读一遍全文。阅读的四个步骤使我们能够通向书的中心，我们就能在精神上完成一次中国之旅。"[②]怀特将阅读比作精神上的旅行，这并不是一个俗套的比喻，而是指出了阅读和漫游两者切实的相似性。反复阅读以求不断逼近文本中心的行为很像怀特所倡导的流浪式的地理实践，通过反复漫游某地来体悟该地的特性。流浪式的阅读用不同的方法反复阅读一个文本，将阅读行为视为动态探索的过程，强调移动性和开放性。"居住于一个文本中，就是不断穿梭其间，沉浸于一个由于阐释而不断发生变化的符号空间中。"[③]伴随阅读而产生的阐释行为是对文本意义的不断重组，正如在每一次漫游中人们都能发现熟悉之地的不同面貌。

5.3　地理学的"文学性"及地理学的自我反思

1872年到1939年之间是法国地理学的"诞生时期"和"直觉时期"[④]，地理学家在维达尔的带领下，专注于区域研究，研究地域的个性和人们的生活方式，注重自然和人文的联系。提斯耶提到，20世纪30年代法国的地理学"被打上了经典人文科学的烙印"[⑤]。经典地理学和文学之间是相容的，它们都注重具象的事物，并试图拥有一个综合的视野。而且彼时的地理学家以拥有优美的文风和细致的描写能力为荣。"地理学家是一个拥有众多能力和独特好奇心的人文学者。他将他的方法用于观察这个世界。他是实

[①] 参见：Deguy, M. *La fin dans le monde*. Paris: Hermann, 2009.
[②] White, K. *Segalen. Théorie et pratique du voyage*. Khaï, M. T. V. (trans.). Lausanne: Alfred Eibel, 1979: 7.
[③] Bouvet, R. *Vers une approche géopoétique*. Québec: Presses de l'Université de Québec, 2015: 135.
[④] 梅尼埃. 法国地理学思想史. 蔡宗夏, 译. 北京：商务印书馆，1999: 1.
[⑤] Tissier, J.-L. De l'esprit géographique dans l'oeuvre de Julien Gracq. *Espace géographique*, 1981(1): 56.

战者而非空想家。他的文化和经典文化互相渗透。地理学和其他人文学科互相影响，甚至地形学家都很难拒绝美学的召唤。"①

50年代开始，地理学家们开始对传统地理学的方法不满，认为它是一门解释性的学科，未形成通则性的法则，缺乏预测能力，无法适应新的需求。二战后，控制机械学、计算机和遥感探测技术的发展，统计和数学工具的应用以及逻辑新实证主义的出现使地理学的研究方法现代化。新地理学派认为"好的统计方法和练达的数据处理足以解决任何问题"②。

60年代，出于对城市不平等和日益凸显的生态问题的认识，地理学家们开始意识到新地理学缺乏社会内涵。激进地理学（即马克思主义地理学）、人文主义地理学在英美获得了发展，"意义开始被认为如同解释及因果机制一样重要的一个面向"③，人本主义革命虽然未在法国如火如荼地发生，但法国地理学家从未放弃对意义问题的追寻，社会和政治地理学、历史地理学、文化地理学注重文化的取向，生活空间地理学注重知觉的研究。地理学再次诉诸文学传统，反对系统的思想，强调感知的重要性；借助于现象学，倡导想象力和隐喻在地理研究中的作用。通过文学，"想象能够成为地理学的新方法，使之从日常生活中汲取更多养分"④。法国地理学家将目光投向自身的语言，探讨地理学的"文学性"，并借此对地理学科的发展进行反思。文学不再是被动地研究客体，而是用自己的话语积极作用于其他学科。

地理学的"文学性"首先体现在文学手法在地理描述中的运用，我们以描写和隐喻为例。法国著名地理学家斯庸（Jules Sion）曾对其老师维达尔的语言进行分析，他认为维达尔对一个地方的描写穿透表象，"让人感受到这个地方深层的生命，以及塑造这个地方形貌的力量"⑤。他的论述兼具科学性和文学色彩。当他描写风景时，并非精确细致地描述其形貌，而是具有"唤起"的功能，即风景的描述能够激发读者的感受。他对风景的描写更多诉诸想象和回忆，而非理性。在作者看来，只有通过无意识的力量，才能抵达"一个地方真实的情感"⑥。我们可以想象维达尔在法国乡间孤身漫步，沉浸于风景中，感受一个地方独特的个性，在漫游遐思中把握这个地方的灵魂，并将直觉与感受诉诸笔端。这不正是文学写作的经历吗？就语言风格而言，维达尔力图在科学和文学之间找到平衡。他的风景描写简短、朴素，很少使用形容词或具有强烈个人色彩的用语，使

---

① Tissier, J-L. De l'esprit géographique dans l'oeuvre de Julien Gracq. *Espace géographique*, 1981(1): 59.
② 克拉瓦尔. 地理学思想史. 郑胜华, 刘德美, 刘清华, 等, 译. 北京：北京大学出版社, 2015: 166.
③ 克拉瓦尔. 地理学思想史. 郑胜华, 刘德美, 刘清华, 等, 译. 北京：北京大学出版社, 2015: 168.
④ Bédard, M. Plaidoyer de l'imaginaire pour une géographie humaniste. *Cahiers de géographie du Québec*, 1987(82): 26.
⑤ Sion, Jules. L'art de la description chez Vidal de la Blanche, *Mélanges de philosophie, d'histoire et de littérature offerts à Joseph Vianey*. Paris: les Presses Françaises, 1933: 480.
⑥ Sion, Jules. L'art de la description chez Vidal de la Blanche, *Mélanges de philosophie, d'histoire et de littérature offerts à Joseph Vianey*. Paris: les Presses Françaises, 1933: 486.

描写有机融入于整体的学术语言中。同时，他也小心回避过于学术化的语言或是地理学的专用词汇，以免出现风格上的断裂。他的句子具有音乐性和节奏感，比如：

> 从熠熠发光的草原到绿荫丛丛的穹丘，绿色交响曲在阳光灿烂的日子里一直延伸到蓝灰色的天空中。风景所散发出的深沉的魅力无法掩盖土地天然的贫瘠。①

在这个例子中，具有诗意的语言很自然地过渡到对风景地理特性的分析。斯庸说："维达尔的艺术是古典的，有着思想和表达惯有的精确和节制，以及对法式风景的热爱，目光足以把握这些清晰和谐的线条。我们很乐意称之为雅典式风格，因为它清晰和神经质般的简洁，相较于华丽，更偏爱贵族式的利落。"②

除描写外，隐喻在地理学中也有重要作用："隐喻能够为还未成型的思想提供素材，使思想在观察、实验和阐释中穿梭，如此，学者可以表达他的直觉，迈出对所研究对象进行可能的重新概念化的第一步。[……]思想通过隐喻建立，把科学和诗歌创作联系在一起。"③地理学中的常用隐喻之一是"有机论"，即把地理现象类比为生物机体，有机论在19世纪地理学中占有主导地位。有机隐喻将地理现象视为业已形成的整体，地理学家用分解生物体的方式分解地理整体，比如将社群这个最小单位比作细胞，将整个地表比作生物体，每个地理层级内部遵循生物体的组织原则。有机体正常运行的标准之一是有机体和环境之间的和谐。同样，地理学有机体的正常运行的标准是人和环境之间的融洽。"没有与土地有根一般的联系，就没有健康的地理机体。"④地理学家白什蒙（Philippe Bachimon）以此为依据，指责资本主义发轫时期，工人背井离乡，与土地失去联系，处于失根状态。有机隐喻的引入体现了地理学的人文关怀和地理学家们对社会机制失衡的敏感。有机隐喻体现了"科学和意义问题结合的愿望"⑤，它是生态主义的萌芽，因为人和其他单位一样被视为地理有机体的组成部分，"组织、和谐、整体、发展"⑥成为人类社会发展的原则。在作家罗曼·罗兰（Romain Rolland）眼里，因为有机隐喻，地理学甚至成为一首"泛神论诗歌"⑦，整个地球如上帝一般成为整体，所有存在都是整体中的一部分，并和整体融为一体。通过有机隐喻的例子，我们看到文学思维使地理学成为一门将直觉和逻辑结合的科学，甚至具备了哲学的高度。正如地理学家达尔戴勒认为的那样，哲学和现象学能够给予地理学以高度，地理学同样可以思考："人类

---

① Sion, Jules. L'art de la description chez Vidal de la Blanche, *Mélanges de philosophie, d'histoire et de littérature offerts à Joseph Vianey*. Paris: les Presses Françaises, 1933: 486.
② Sion, Jules. L'art de la description chez Vidal de la Blanche, *Mélanges de philosophie, d'histoire et de littérature offerts à Joseph Vianey*. Paris: les Presses Françaises, 1933: 487.
③ Berdoulay, V. La métaphore organiciste: contribution à l'étude du langage des géographes, *Annales de Géographie*, 1982(507): 577-578.
④ Bachimon, P. Physiologie d'un langage. L'organicisme aux débuts de la géographie humaine, *Espaces Temps*, 1979(13): 88.
⑤ Berdoulay, V. La métaphore organiciste: contribution à l'étude du langage des géographes, *Annales de Géographie*, 1982(507): 582.
⑥ Berdoulay, V. La métaphore organiciste: contribution à l'étude du langage des géographes, *Annales de Géographie*, 1982(507): 582.
⑦ Berdoulay, V. La métaphore organiciste: contribution à l'étude du langage des géographes, *Annales de Géographie*, 1982(507): 585.

在这个世界上存在的意义是什么？他们如何达成给予他们存在的意义？"①

法国当代地理学面临的另一问题是与大众的脱离。在历史学科中，学院派历史学和科普历史之间并未有绝对的分隔。年鉴学派知道如何利用大众媒体宣传历史学科，历史学家们习惯于投身历史科普，因而很多大众历史读物兼具文学性和专业性。地理学家将自己束缚于象牙塔中，不愿屈尊进行大众地理科普，而大众地理读物（即边缘地理学）因为缺乏专业的指导沦为"作为景观的地理学"："当涉及美国的时候，我们喜欢展现人类壮举和壮美风景组成的景观，当涉及异国情调的国家时，我们喜欢展现民族情调和人类学视角。"②在什瓦利埃看来，地理学和大众的分隔在法国具有特殊性，因为在传统的学科设置中，文学院和地理学系的关系并不紧密，作为后来者的地理学在其他人文学科面前显得有些战战兢兢。地理学被局限于学科内部，缺乏社会政治层面的交集。1965年后，地理学走向新实证主义，为了维护自身的科学性，地理学家们彻底放弃了"区域描写的艺术"③。

如果要重新恢复和大众的联系，让更多人喜欢地理学，诉诸"文学性"是一个有效手段。其实在地理学发展过程中，曾出现过一些具有文学性的地理读物，很好地弥合了和大众的鸿沟。比如在20世纪60年代时，出现过一批旅游手册，描述一地的历史风土人情，这是"混杂的类型，既接近经典旅游文学，也具有高等教育用书的质量"④。另一种具有文学性的边缘地理学类型是"专注于描写"的地理学作品，是"对某一地区内人类生活的阐释"⑤。但令人遗憾的是，此种边缘地理学更多是作家、记者和其他人文社科学者在写作。贝杜雷（Vincent Berdoulay）也同样认为，具备文学性的地理话语类型能使地理学拥有更多受众，文学类型对地理话语的最大作用在于扩大"[地理]学科的社会影响力"⑥。地理话语类型除"区域地理学""土地治理"等外，也包括一些传统意义上的文学类型，比如游记和以史诗《奥德赛》为代表的"诗歌神话"类型，后者在诗歌的形式中包含了地理知识。地理学将文学类型纳入到自己的话语框架中，既体现了地理学走出狭隘的"科学性"和学院视角的决心，也说明地理学家对语言之于思想表达的重要性的认识，因为文学类型不尽然只是外部形式，形式决定了思想如何被表达。

本讲探讨了肇始于20世纪60年代末70年代初，于80年代达到顶峰的法国地理学对文学的研究。这一时段构成了法国文学地理学研究的开端，它应和了同一时期西方学界的"空间转向"，如列斐伏尔（Henri Lefebvre）、布迪厄的马克思主义空间研究，巴

---

① 克拉瓦尔. 地理学思想史. 郑胜华, 刘德美, 刘清华, 等, 译. 北京：北京大学出版社, 2015: 217.
② Chevalier, M. Géographie et paragéographie. *L'Espace géographique*, 1989(1): 10.
③ Chevalier, M. Géographie et paragéographie. *L'Espace géographique*, 1989(1): 17.
④ Chevalier, M. Géographie et paragéographie. *L'Espace géographique*, 1989(1): 11.
⑤ Chevalier, M. Géographie et paragéographie. *L'Espace géographique*, 1989(1): 14.
⑥ Berdoulay, V. Géographie: lieux de discours. *Cahiers de géographie du Québec*, 1988(87): 249.

什拉（Gaston Bachelard）等的空间主题批评研究，叙事学和符号学领域的空间研究一同构成了二战后法国学派的空间研究的主流。法国地理学家对文学的兴趣也和彼时地理学科研究方法的转变有关，新的计量方法不再能够满足地理学对意义和社会问题的叩问，地理学家试图在文学作品中找到对科学性的反冲。文学在地理学研究中的价值首先是它的见证功能，地理学家将文学和报刊、广告、电影等其他符号系统视为同等重要的文献资料。作家的地理描绘、对一个区域社会结构的认识为地理学家提供了丰富的文献。法国地理学具有区域描写的传统，对文学作为文献的价值也集中在作家是否能够深入揭示一个地方的个性的能力判断上。虚构作品虽无法完全准确地再现一个地区的地理面貌和风土人情，但作家可以透过表象，把握一个地区的深层结构。法国地理学家对知觉研究的兴趣也使他们关注文学中的城市知觉问题，对个体的主观感受、心理原型和精神结构的关注取代了对作品再现能力的关注。法国地理学家认识到，文学不仅是再现的工具，也是被组织的话语，同一时期法国结构主义者在叙事学和符号学领域所做的文学空间研究为地理学家的研究提供了启示。地理学家将目光投向文学话语的独特性，探讨地理如何被编织在文本机理中，他们尤其关注文学叙事和语言的地理特性，即文学如何通过自身的形式模拟所呈现的地理形貌。反之，他们也探讨地理学科的文学性，即地理学如何借用文学手段，为想象在地理学研究中的价值正名，并弥合了地理学和大众的鸿沟。文学话语和地理话语之间互相渗透，互相生成，文学超越了单纯的工具论，成为和地理可以双向影响的、具有能动性的话语。90年代后开始兴盛的"地理批评"派深化了文学和现实空间的复杂关系的研究，"地理诗学"进一步探讨了文学语言和地理间的关系，他们秉承并推进了文学地理学的先驱们所提出的基本命题。

拓展阅读与思考

1. 文学作品对地理学的借鉴。

下文是地理学家对法国作家克拉格作品的地理品格的分析选段。

> 克拉格的人物和他保持着多种关系的环境密不可分。这种环境首先是一种自然环境，克拉格曾多次谴责战后法国文学侧重于描写社会关系，在某种程度上剔除了人物。人物"神奇地与自然力量相协调"，重塑了"人与世界的破碎关系"。
>
> [……]
>
> 这些人物是强大的"接收器"，对颜色、气味和声音都很敏感，他们直接或间接地揭示了环境的其他属性。其中包括地质特征（片岩、花岗岩、砂岩、凝灰白垩岩、石灰岩、沙子），地形特征（斜坡、高原、山谷、平原、蜿蜒），大气和植被特征（灌木丛、森林、荒地、草坪、草原等）。人物与环境之间的经常性交流体现在一些动词上，这些词强调了人物的极度敏感性：感觉、感知、出现、看来是等。这种将人物与环境"连接"起来的特殊写法会导向一种真正的敏感性倒置[……]
>
> 吴水燕 译[①]

请阅读以上段落，回答以下问题：

请指出法国作家克拉格作品中人物和地理的关系是怎样的。

2. 虚构空间和真实空间的关系。

下文是法国地理批评派代表韦斯特·法尔的文论选段。

> 毕竟，我的论题就是围绕该个简单却难以探讨的问题展开：文学作品中所表现的空间是与外部事物相隔绝的（如结构主义者所辩护的那样），还是与之相互作用的？如果是后者，那么"真实"的空间和虚构的空间便是通过一个共同的参照对象而共存。此外，还需注意的是，文学可以作用于现实，因而创作文学的人身负一种伦理责任。因此，尽管对世界的模态深具吸引力，但我认为，不加区分地采用这个模态是不合适的，因为在这个模态中，现实世界通常与虚构世界在同一层面。这尤其体现在大卫·刘易斯的观点中，他是模态实在论的提出者，主张多个可能世界的无差别化。但是，即使这一原则受到了批判，它仍是受形式主义启发产

---

① 节选自：Tissier, J.-L. De l'esprit géographique dans l'oeuvre de Julien Gracq. *Espace géographique*, 1981(1): 50-59.

生的模态实在论的重要基石，仍在继续单独看待并强化虚构的世界。在我看来，一个单一世界的模态或许足以在一定程度上澄清现实空间和虚构空间之间的关系，但这个单一世界本身必须是异质的。这就涉及了在真实和虚构之间建立联系的问题，二者既不完全分离，也不完全混淆。

吴水燕 译①

请阅读以上段落，回答以下问题：

请指出文段中所指出的文学和现实空间之间的关系，并表达你自己的看法。

3. 文学与生态主义。

下文是法国地理诗学派代表米歇尔·德吉对生态主义的阐释。

如果按照词源学以及一般概述（synopsis）来看这些词，我们可以说：生态学和诗歌不仅相互契合，而且它们的内容和目标是"一致的"。生态学是一种逻辑，一种对"地球"（Oikos）的思考，即对人类在大地和尘世的居所——他们的"可居住部分"的思考。至于诗歌，倘使我们认可荷尔德林所说，它曾经是（现在还是吗？）人的一种栖居方式："人诗意地栖居在大地上"。诗人、艺术家（Dichter）"汇聚了大地之美"（Andenken）。

［……］

"生态"思想很难一窥，因为"环境"一词已经给一切都蒙上了方便的面纱。但此"环境"非彼"环境"，它不是德国人和动物生态学所说的umwelt（周围世界）。对周围世界（umwelt）确定的、不可逾越的（"本能的"）归属感是动物性的特征。对Welt（世界）的敞开性则是人类的特征，这个"世界"和"周围世界"以及所有已知和已有研究的那些"周围世界"有着本质的不同。这是哲学自始至终的观点。现代现象学中经常出现的"在世存在"的说法就表明了这一点。海德格尔说，人在世是丰富的：不仅是在世间，而且是在世界（Welt）中。对于智人来说，从他自己的周围世界（umwelt）"转向"别的周围世界（umwelt），然后（或同时）通过语言进入世界（Welt），是一种（拟人的）生成。迄今为止，没有任何实验性的科学再现可以追溯这种生成的"真正起源"。

［……］

---

① 节选自：Westphal, B. *La géocritique, réel, fiction, espace*. Paris: Minuit, 2007.

> "世界"是一个"无限"的概念，它不是"周围世界"的扩展。"敞开"（里尔克；海德格尔）不是动物的居所，也不是人类的"某处"居所。区别恰恰在于——例如——莱奥帕尔迪的著名诗篇中所呈现出的无限。引用海德格尔的著名说法，正是在诗歌中，也即在艺术中才能感受到无限所形成的差异，对敞开性的感知和抽身而出通往（为了）"存在的林中空地"。这就是让人类转向无限，重新向存在的宏大或"开放性"敞开。
>
> 吴水燕 译[①]

请阅读以上段落，回答以下问题：

（1）生态主义是单纯的环境保护吗？

（2）从何种意义上说诗歌和生态主义的目的是一致的？

讨论题

习近平总书记强调："自然是生命之母""生态是统一的自然系统，是相互依存、紧密联系的有机链条""人的命脉在田，田的命脉在水，水的命脉在山，山的命脉在土，土的命脉在林和草，这个生命共同体是人类生存发展的物质基础"。[②]

请结合当代文学中的"生态主义"，谈一谈文学如何能够增强生态意识和促进生态建设。

[①] 节选自：Deguy, M. *La fin dans le monde.* Paris: Hermann, 2009.
[②] 人民网.人民日报整版阐释习近平生态文明思想.（2022-07-18）[2024-12-10].http://opinion.people.com.cn/n1/2022/0718/c1003-32477554.html.

第六讲

文学与电影（一）
从文学到电影：改编的理论与概述

扫码阅读本讲课件

文学与电影之间始终存在着一种若即若离、既有联系又有矛盾的关系。从电影诞生之日起，改编就是文学和电影之间关系的直观体现，为我们提供了切入问题的视角。首先，我们将尝试对西方主流文学改编电影理论进行概括和梳理，然后再来看不同文学类型，主要是小说和戏剧的改编。

6.1 小说的电影改编

安德烈·巴赞（André Bazin）在《〈乡村牧师日记〉和布列松风格》一文中提出过三种改编类型，即对等改编（adaptation par équivalences）、自由改编（adaptation libre）和扩展式改编（adaptation qui multiplie le roman）[①]。

经典名著小说始终是电影改编关注的对象。从最初"零度的改编"[也包括后来以教育目的为主的电视电影（téléfilm）]，力图在大银幕上还原文学作品，尽力忠实于原著，到后来融入了更多导演个性和风格的自由改编，甚至是戏仿式改编，给文学与电影的嫁接提供了多种可能。当今，畅销小说的电影改编几乎已经形成了一种固定模式，成为一种社会文化现象。

让·米特里（Jean Mitry）曾比较过小说改编电影和戏剧改编电影，一语道破小说改编电影的实际操作过程，他认为：

> 改编一部小说，就是选择最有象征意义或最有视觉效果的片段，像排演戏剧一样把它们演出来，并把这些片段用解释性字幕前后连缀。也就是说，拍摄一部电影，从某种意义上说就是把小说改编成一出戏剧。[②]

[①] Bazin, A. Les adaptations cinématographiques des romans. *Cahiers de l'association internationale des études françaises*. 2013, 65(5): 163.

[②] Mitry, J. *Esthétique et psychologie du cinéma*. Paris: les Éditions du Cerf, 2001: 384.

而爱森斯坦（Sergei Eisenstein）作为一位伟大的电影导演，从电影的角度出发来解释文学史上著名的大作家们的作品经常被改编成电影搬上银幕的现象。他认为："这些小说的写作具有电影性，他将之称为'电影文学'，是'巨大的文化遗产'，是电影的起源之一。"[①] 可见小说、戏剧、电影之间互为借鉴，彼此给予灵感，无论从内容、形式、核心思想等诸多方面来看，都有着深刻的渊源。

6.1.1 小说改编电影的理论概述

从历史上第一部关于电影改编的专著《从小说到电影》开始，电影改编的研究随着时间推移，有过几次重要的观念改革。从最初的形式主义批评，到巴赞提出的电影作者论，再到以巴赫金"复调"和对话理论为基础的电影改编的互文性理论，电影改编理论突破了"忠实与背叛"的简单提法，发展出一种全新的语言来对两种艺术之间的关系进行描述。为文学与电影关系研究的理论深化与转向提供了可能。

电影自诞生以来就一直面临为自己正名的任务。当电影触及文学，对文学作品进行改编和诠释的时候，评论界、理论界最初的反应是自然而然地将其放在一个较低的位置上，对文学进行仰视，简单地用忠诚度去衡量一部改编电影较之文学原著的好坏，并对电影时有贬低。纽约大学的电影理论家斯塔姆（Robert Stam）在著作中写道："评价批评电影改编的措辞常常是极端道德化的，满口是不忠、背叛、歪曲、玷污、庸俗化、亵渎等字眼儿，每个指控都携带着具体的愤愤不平的负面能量。"[②] 作家们对电影的看法也同样带有一种偏见，伍尔夫就曾指出："与其他艺术形式相比，电影更简单，更低等：比如一个吻就代表了爱，咧开嘴笑就代表了快乐。"[③] 在她看来，没有什么比把小说改编成电影更简单更容易的事了。小说家安东尼·波杰斯（Anthony Burgess）也在《纽约时报》上撰写了文章《好书无望拍出好电影》（"On the Hopelessness of Turning Good Books into Films"），表达了对改编作品的焦虑之情，他认为电影在等级秩序上不如文学，文学高于其他艺术。改编电影的自身特点和性质，决定了它与文学原著间存在着"原创"和"复制"的关系，套用本雅明（Walter Benjamin）机械复制导致原初"光晕"消散的概念，决定了原创和复制之间的等级秩序。原创（文学原著）和复制（电影改编）之间的关系被放大成了一种主从关系，从而有了文学原著的价值大于改编电影的判断。正如琳达·凯尔（Linda Cahir）的总结："基于文学文本的电影总被认为是从属的工作，因此，其价值也是次要的。总的来说，文学拥有更有特权的地位。"[④] 以至于《完全

[①] Eisenstein, S. *Film Forum: Essays in Film Theory*. New York: Harcourt, Brace, and World, 1949: 213.
[②] Stam, R. Beyond Fidelity: The Dialogics of Adaptation. In Naremore, J. (ed.). *Film Adaptation*. London: The Athlone Press, 2000: 57.
[③] Woolf, V. *The Essays of Virginia Woolf*, Volume 4, 1925—1928. London: Hogarth, 1994: 265.
[④] Cahir, L. C. *Literature into Film: Theory and Practical Approaches*. NC: McFarland & Company, 2006: 13.

电影字典》中说道:"伟大的小说总是抗拒改编的。"①

关于"忠实性"的研究一直伴随电影改编研究史的发展,但不同研究领域的学者对改编这一跨学科现象的研究为我们提供了不同的视角和更为深入的思考。

乔治·布鲁斯东(George Bluestone)在专著《从小说到电影》中借鉴了莱辛在《拉奥孔》中使用的方法,将小说和电影视为不同的艺术类别,认为它们分别代表不同的美学类属:小说是语言的、象征的、激发思维形象的,以时间为构成原则;而电影是知觉的、视觉的、表象的,以空间为构成原则。布鲁斯东认为:"小说和电影是两种完全不同的'看'的方式,而'视觉形象的视像和思想形象的概念'造成了两种媒介的'根本差异'。"②这种将两种艺术区别对待的视角客观上逐渐拉平了两种艺术的地位。改编成为一种对文本的"阅读"和重新"阐释",每个人都能从文本的阅读中获得无限的意义。改编,犹如翻译工作,是把相同的内容放入不同的载体,用不同的符号表达出来。译作不是单纯的模仿、再现,而是再创作,是"戴着镣铐"成就的舞蹈,是原著"持续生命的舞台"。改编是从语言媒介到视觉媒体的转换。布鲁斯东认为:"当电影抛弃了语言媒体而转向视觉媒体时,破坏性是不可避免的。"③因此,改编电影对原著的取舍和重置安排成为电影创作者的一大挑战,如理查逊在《文学和电影》中所说:"我们都知道,但还是值得再次重申的是,好的电影不意味着好的小说,同样,好的小说不一定改编出好的电影。"④

电影创作者对电影艺术价值形成的重要性便是电影作者论理论的核心。以巴赞思想为主导的电影作者论将电影视为与其他艺术一样的独立艺术,导演就是艺术创作的核心,是使用图像语言进行表达的作者。法国导演亚历山大·阿斯楚克(Alexandre Astruc)随后在《新先锋派的诞生:摄影机笔》一文中提出,摄像机就是导演手中的创作之笔(摄影机笔,caméra stylo)。特吕弗(François Truffaut)在《法国电影的某种倾向》一文中正式提出"电影作者论"(Politique des auteurs),认为电影的艺术价值很大程度上取决于导演,之后巴赞在《论作者论》一文中将其归结为导演将个人化元素持续不断地贯彻到不同的作品中去,改编电影一如原创电影。电影作者论从电影制作者在改编过程中的艺术选择出发,为改编理论提供了崭新的视角,并认为导演是电影美学和艺术手法的成就者。此流派的积极意义在于它将电影提升到与其他艺术一样的高度,宣告了电影艺术的独立性,终结了电影理论之于文学艺术理论的模仿追随。

而在接下来兴起的"互文性"研究是文学改编电影发展到新阶段的又一理论研究方

---

① Konigsberg, I. *The Complete Film Dictionnary*. New York: New American Library, 1987: 6.
② Bluestone, G. *Novels into Film*. CA: University of California Press, 1957: 1.
③ Bluestone, G. *Novels into Film*. CA: University of California Press, 1957: 62-63.
④ Richardson, R. *Literature and Film*. Bloomington and London: Indiana University Press, 1969: 16.

向。从小说到电影的转换涉及文字文本到视觉文本的转换，差异不可避免。这种转换具有双重意义：既是一个产品，也是一个过程。互文性的概念源自巴赫金的"复调"和对话理论。他强调对话的必然性，认为语言、思想、艺术的本质都是对话的，提倡一种文本的互动理解。法国批评家克里斯蒂娃（Julia Kristeva）在巴赫金的对话理论基础上首次提出了"互文性"这一概念，指出任何文本都不是自足的，都是其他文本的吸收和转化。热拉尔·热奈特将"互文性"扩展为更广义的"跨文本性"（transtextualité）。斯塔姆把"互文性"理论引入电影改编的研究，他认为："电影改编就是从一个存在的前文本中派生出的承文本，已经经过了筛选、丰富、具体化和现实化的转换。"[①]改编因此是不间断的对话过程。小说作者和电影作者展开巴赫金意义上的言语交际，改编者对原著作者进行着积极应答。如庞红梅在《论文学与电影》中给出的总结和评价："互文本理论忠实文本间无尽的排列而不是后文本与前文本的忠实性，由此颠覆了电影改编理论中关于'忠实性'的评判。"[②]辛亚德甚全说，改编本质上就是"一种文学批评活动"。他认为："最佳的改编并不是对完整小说的图像化，而更像一篇评论。它强调它所认可的主题，如同一篇评论。改编选择一些片段，删除一些片段，提出更好的选择。它强调特定的部分，扩展或压缩细节，对一些角色有一些想象性的分析。在此过程中，如同最好的评论一样，它给原文提供一些新的视角。"[③]解构主义的理论也被斯塔姆引入电影改编研究。德里达（Jacques Derrida）否定了文本意义的稳定性，作者的原创性也同时被解构。因为文本没有中心，意义处于无限延宕的状态。德里达的解构主义因此颠覆了"原创"和"复制"的等级秩序。改编这种"复制品"未必低于原创作品的艺术价值。斯塔姆眼中的改编是一种"阅读"，这种阅读必然是部分的、个人的、综合的，因为对文学文本的理解差异，任何一部小说都会生成无限的改编。改编，作为一种流动的文本，不仅是对小说中故事语境的回应，同时也是对小说写作时代，更是对改编时代的回应。改编影片会给小说带来新的生命，在创造出自己的意义的同时也提高了自身的价值。互文性理论把改编从与原著一对一的线性关系中解放出来，成了一个复杂的、多元的、对原文本进行概念化致敬的过程。

以上几种研究视域主要集中在作品本身和创作者的作用，但在现实生活中，文本和电影的创作和接收与历史和社会语境息息相关。理论家们逐渐意识到文学改编电影研究应该放入历史文化语境中进行。因而改编电影研究出现了社会学转向。巴赞和麦茨（Christian Metz）开始将社会和历史学的维度引入改编电影研究。巴赞指出，改编是对经济、意识形态和艺术的反应，电影改编常与商业化、工业现代化、民主联系在一起，

---

① Stam, R. Beyond Fidelity: The Dialogics of Adaptation. In Naremore, J. (ed.). *Film Adaptation*. London: The Athlone Press, 2000: 66.
② 庞红梅. 论文学与电影. 北京：人民日报出版社，2016: 16.
③ Sinyard, N. *Film Literature: The Art of Screen Adaptation*. London: Croom Helm, 1986: 117.

且电影比小说更具公众性，文学作品的改编是为公众进行的改编。麦茨也认为经典电影能起到经典小说的作用，对公众产生影响。巴特的"作者已死"概念指文本是独立于作者而存在的，文本的最终意义在于读者，而不在于作者。因此，改编研究无法忽视受众的重要性。

巴赫金认为："文学文本的意义存在于其历史进程中。重读指的是经典化进程中，每一个年代都以自己的方式阅读、诠释过去的作品。经典作品的历史生命事实上存在于它们的社会和意识形态不间断的重读过程。"① 电影因为其自身的特性（产业性、消费性）与当下社会的意识形态关系更加密切，改编电影是协同合作的产物，是互文本的重新书写，更是一种对社会文化语境的回应。改编的影片既是原小说的产物，又是改编社会语境的产物。改编时涉及历史文本和原小说文本的不同参与程度，同时还要兼顾现代观影者的需求。正如庞红梅在《论文学与电影》中的总结："从形式上看，电影改编是一种具有反映性的再现和记录。从媒介手段上看，电影改编又是一种创造性的再加工和转换。从小说到电影的改编始终处于再现与创造、继承与断裂、艺术与商业以及高雅文化与大众文化的竞争张力之中。"②

改编在揭示世界的同时也在构建世界，因此文学改编电影研究必须继续保持开放性，以多种视角对其进行层次丰富的研究。

6.1.2 法国小说改编电影简史

小说改编成电影的作品整体数量浩瀚，这里我们仅以法国小说为例，对小说到电影的改编做简单梳理。自电影诞生以来，法国小说的电影改编呈现出以下特点。

6.1.2.1 经典名著小说拥有众多改编版本

19世纪法兰西伟大的经典作家们的作品始终被频繁改编。维克多·雨果的小说到目前为止总共被世界各国的导演改编过100多次，其中《悲惨世界》被改编得最多（40多次），《巴黎圣母院》紧随其后。在这些改编电影中，有大量的传统改编，即巴赞所说的对等改编，但也不乏许多有创意的自由改编。雨果作品让文化背景不同的各国导演都能找到共鸣：印度影片《巴德沙·丹帕蒂》（*Badshah Dampati*，1954）就是自由改编自《巴黎圣母院》，日本影片《巨人传》（1938）则把《悲惨世界》的故事背景改换到了明治时代。除了文化背景上的跨国改编，在影片类型上也有创新。2012年，美国导演汤姆·霍珀（Tom Hooper）改编《悲惨世界》，将其拍成了一部音乐片，并凭借此片拿下了第70届金球奖电影类最佳音乐/喜剧片，美国女演员安妮·海瑟薇（Anne

---

① Bakhtin, M. M. *The Dialogic Imagination: Four Essays by M. M. Bakhtin.* Holiquist, M. (ed.). Emerson, C. & Holiquist, M. (trans.). Austin: University of Texas Press, 1981: 421.
② 庞红梅. 论文学与电影. 北京：人民日报出版社，2016: 184.

Hathaway）也同时获得电影类最佳女配角。现实主义大师巴尔扎克的作品也深受电影创作者们青睐，目前他的作品已被改编成 60 多部电影，其中同样包括大量出自美国、意大利、英国和德国的改编，其中，《欧也妮·葛朗台》被改编了 8 次，2021 年最新改编版本的结尾让欧也妮彻底摆脱婚姻，这是与时俱进的态度，也是经典历久弥新的证明。大仲马的作品自 1921 年到 2006 年也被改编出 40 多部电影，《玛戈皇后》被四度搬上大银幕，其中法国导演帕特里斯·夏侯（Patrice Chéreau）拍摄于 1994 年的版本荣获 1994 年戛纳电影节最佳女演员（维尔娜·丽丝）和评审团大奖以及 1995 年凯撒电影节最佳女主角、最佳女配角、最佳男配角和最佳服装设计等多项大奖。《三个火枪手》被包括俄罗斯、美国在内的多国导演进行了 20 多次改编，甚至被迪士尼制作成了米奇、高飞、唐老鸭三剑客。另外，小仲马（Alexandre Dumas fils）、福楼拜、莫泊桑、左拉等作家的作品也纷纷被多次翻拍。《茶花女》被改编了 18 次，其中包括莎拉·伯恩哈特（Sarah Bernhardt）主演的经典版本，以及好莱坞"改编大师"乔治·库克（George Cukor）执导，葛丽泰·嘉宝（Greta Garbo）主演的版本。福楼拜的《包法利夫人》被改编了 14 次，其中包括 1991 年夏布洛尔（Claude Chabrol）执导，伊莎贝尔·于佩尔（Isabelle Huppert）主演的经典版本。《情感教育》也留有 1962 年亚历山大·阿斯楚克改编的版本。莫泊桑的作品总共被改编过将近百次，其中《漂亮朋友》有 4 个不同版本。左拉的《萌芽》被改编过 6 次，其中最近的版本是 1993 年克洛德·贝里（Claude Berri）执导，由德帕迪约（Gérard Depardieu）主演的版本。

6.1.2.2 新小说与新电影代表艺术创作的实验性与先锋性

20 世纪五六十年代兴盛的新小说流派与电影有着密切的关联。新小说的几位主要代表人物事实上同时也是新电影的先锋探索者。尤其是 60 年代，新浪潮运动风起云涌，电影对文学的影响（或者说冲击），无论在理论上还是实践中都与过去大不相同。巴赞的"作者电影"理论更为电影作为一种独立的艺术表达方式奠定了基础，艺术家们对文学和电影之间简单的改编关系产生了疑问，开始尝试用写作和拍摄的双重实践进行思考，尝试建立两种独立艺术之间的新型关系。他们写小说、拍电影，拒绝用"改编"的提法来描述自己作品的拍摄，罗伯-格里耶甚至提出"电影小说"（ciné-roman）一词来指称自己写完后又被拍成电影的小说。

《去年在马里昂巴德》（*L'Année dernière à Marienbad*, 1961）、《不朽的女人》（*L'Immortelle*, 1963）、《欲念浮动》（*Glissements progressifs du plaisir*, 1974）、《格拉迪瓦的召唤》（*C'est Gradiva qui vous appelle*, 2002）就是罗伯-格里耶所说的电影小说，他自己亲自拍摄了其中的 3 部，《不朽的女人》和《欲念浮动》于同年拍完，《格拉迪瓦的召唤》于 2007 年上映。只有《去年在马里昂巴德》的拍摄交给了阿兰·雷奈（Alain

Resnais），作家自己只担任了编剧工作。当然，作家的名作《橡皮》(Les Gommes)、《嫉妒》(La Jalousie) 也被其他导演搬上了大银幕。

玛格丽特·杜拉斯也在文学和电影两个领域进行创作探索。她亲自对《毁灭，她说》(Détruire, dit-elle)、《黄色，太阳》(Jaune, le soleil)、《树上的岁月》(Des journées entières dans les arbres)、《孩子们》(Les Enfants) 4 部小说进行了改编。而她获得龚古尔奖的小说《情人》(L'amant)，她的早期作品《抵挡太平洋的堤坝》(Barrage contre le Pacifique)，以及《琴声如诉》(Moderato cantabile)、《夏夜十点半》(Dix heures et demie du soir en été) 等都被其他导演改编成电影。其中《抵挡太平洋的堤坝》被改编 2 次，2008 年的版本由于佩尔主演，堪称经典。

6.1.2.3 侦探小说和科幻小说备受改编青睐，畅销小说改编迅速

乔治·西默农（Georges Simenon）是法语写作侦探小说的代表作家，他塑造的侦探麦格雷（Jules Maigret）的形象可以比肩英语世界的福尔摩斯、波罗、马普尔小姐。西默农的小说被改编成 90 多部电影，包括让·德拉努瓦（Jean Delannoy）导演的《巧设陷阱》(Maigret tend un piège, 1958)，他曾成功改编过《巴黎圣母院》《寡妇库德尔》(La Veuve Couderc, 1971)，还有超过 500 小时的电视剧集。在法国、英国、意大利、美国都曾拍摄过讲述侦探麦格雷故事的系列电视连续剧。

儒勒·凡尔纳毫无疑问是科幻小说改编界的泰斗。自 20 世纪初以来，他的作品被改编成电影和电视多达 300 多次，其中好莱坞出品的就有 100 多部，改编次数仅次于莎士比亚（William Shakespeare）、狄更斯和柯南·道尔（Arthur Conan Doyle）。乔治·梅里爱（Georges Méliès）就从他的作品中取得灵感，拍成电影，其中的《月球旅行记》(Le Voyage dans la Lune, 1902) 广为人知。对凡尔纳作品的改编从默片时代就已经开始，1907 年梅里爱版本和 1916 年美国版的《海底两万里》(Vingt mille lieues sous les mers) 都以默片形式存在。1954 年的美国版才是有声电影。在众多的改编者中，捷克动画电影导演卡尔·齐曼（Karel Zeman）最为特殊，他以版画风格的真人动画将凡尔纳的 4 部作品《史前探险记》(Voyage dans la Préhistoire, 1955)、《毁灭的发明》(L'Invention diabolique ou Les Aventures fantastiques, 1958)、《被盗的飞船》(Le Dirigeable volé, 1968)、《乘坐彗星》(L'Arche de monsieur Servadac, 1970) 改编成动画长片。他延续了梅里爱的风格，以自己的方式对凡尔纳的科幻故事进行畅想。好莱坞更是惯常地从凡尔纳作品中汲取灵感，2004 年成龙参演的《环游地球八十天》是该小说的第二个长片改编版本。

侦探小说和科幻小说因为有固定的读者群、风格稳定便于获得商业上的成功，已经得到市场的肯定，因而容易成为被改编的对象。如果说文学经典的改编更多考虑了文

学艺术价值和一些价值观的传递，那么侦探科幻小说的改编则有着更多的商业考量。如今，电影日益产业化，电影制作和资方对优秀文学作品的反应极快，畅销书往往被迅速识别，搬上大荧幕。如阿梅丽·诺冬（Amélie Nothomb）的小说改编的电影《战战兢兢》(*Stupeur et tremblements*, 2003)、《东京婚约》(*Tokyo fiancée*, 2014)等，安娜·嘉瓦尔达（Anna Gavalda）的小说改编的电影《只要在一起》(*Ensemble, c'est tout*, 2007)、《我曾经爱过》(*Je l'aimais*, 2009)，还有妙莉叶·芭贝里（Muriel Barbery）的小说《刺猬的优雅》(*L'Élégance du hérisson*, 2009)改编的同名电影等。

总之，小说改编电影已成为目前电影市场上一股不可忽视的力量，在文学中寻找灵感，已成为电影人们的一种创作途径，看一部小说改编电影也成了观众们的习惯。

6.1.3 雨果小说改编电影中的叙述者

雨果的小说代表着法国长篇小说的巅峰，是无可争议的经典作品，在作品结构、叙事方法和作品价值上都是具有代表性的经典之作。从改编电影的角度来看，他也是法国被改编最多的作家之一，不同国籍的导演以不同的方式理解和诠释着雨果的小说。从互文性的角度来说，电影改编也大大丰富了原著文本的内涵。

这里我们就叙事角度这一点对雨果小说改编电影进行大致分析。

小说的叙述者不是作者，而是作品叙述者，即说故事者。一般有两种情况：叙述者是"他"，叙述者是"我"。两者提供的视角不同，第三人称叙述是上帝的全知全能视角，而第一人称叙述，限制在"我"所见所知的范围内。因而这两种叙述方式的范围和力度不同，"他"在时间和空间层面的自由度更大。雨果的小说中常有大段环境描述、内心独白、回忆、思考等叙述者的表达，这在电影中很难通过人物对话或单纯的动作展现出来。因此，电影作者们根据自己的理解和擅长的方式方法做了相应的处理，主要有以下几种方法。

6.1.3.1 在形式上提示与书和作者相关

我们经常在电影的开头看到类似提示。常见的画面是一本打开的书，或者有一只手在缓慢翻动书页，表示阅读，或者一只手握着笔正在书写，同时配以画外音（voix off）进行叙述。电影《情人》的片头字幕部分就使用了这种方法：大特写的笔尖书写动作，摇动的镜头始终以大特写呈现字迹、纸张、叙事者（老年杜拉斯）的发丝、皮肤等细节，并配以画外音，以这种方式提示电影与作家、文学作品的关系。当然，有时画外音也会添加在一些描述场景、环境的画面上，跳脱人物间的关系和交流。让·德拉努瓦1956年拍摄的《巴黎圣母院》就用了类似方法。用一段画外音进行叙述，但画面展现给观众的是巴黎圣母院的建筑细节。

6.1.3.2 叙述者的原话转变形式成为人物的台词

影片开头的画外音和暗示原著的画面是比较常见的提示作品是改编电影的方法，在情节推进的过程中，我们也可以通过别的方式回归到叙述者的原话。比如在威廉·迪亚特尔（William Dieterle）拍摄的《巴黎圣母院的驼背人》（*Le bossu de Notre-Dame*, 1939）中，影片开头的第一个场景是路易十一、弗罗洛和一位印刷工人争论印刷术的利弊。这一幕正是对应着原著小说中作者书写的一大段关于印刷术这一发明的文字。关于宗教的评述；关于司法正义的言论；关于政治和军事的评论；人物的内心独白，如《悲惨世界》中冉阿让风暴般的内心挣扎……这些段落在雨果小说中很常见。电影改编者们常用的方法就是用嵌套的方式，将作者的言语由故事中的人物们说出，且配合情节的发展。

6.1.3.3 形式转化的多种方式

内心挣扎在改编电影中的表现可以说是多种多样的。1913 年卡佩拉尼（Albert Capellani）改编的《悲惨世界》中，人物内心的挣扎通过一些画面特效体现：冉阿让在壁炉前陷入沉思，他头脑中所想的一些画面在炉膛里出现。理查德·波列斯拉夫斯基（Richard Boleslawski）1935 年的《悲惨世界》中，柯赛特如梦如真的画外音唤醒了冉阿让内心的责任感。在雷蒙·贝尔纳（Raymond Bernard）1934 年的《悲惨世界》中，一张法国地图映照了冉阿让内心的波澜，去不同的地方做不同的事，摄像机在地图上游移，再通过蒙太奇表现他的决定和做法。

拍摄角度的选择、蒙太奇、画面的衔接和叠映等一系列技术手法都可以用来表达人物的内心世界，丰富的画面语言带着象征意味对文学的世界进行描绘，尽可能地靠近文学作品所描绘的世界，以成就符合原著的改编。

6.2 戏剧的电影改编

戏剧，不同于小说，除作为文本存在以外，舞台上的表演更是它作为艺术的重要一面。同一文本，可以有不同的诠释和舞台呈现形式。同为表演艺术，戏剧与电影有着更多的相同之处和"亲缘关系"。电影自诞生之日起就与戏剧有着割不断的联系。这种联系并非单纯存在于技术层面上，作为新生事物，电影需要借助一种观众已经熟悉了的艺术形式来被认可。戏剧与电影之间的关系演变史同时也可以看作是电影作为一门独立艺术的成长史。

6.2.1 戏剧改编电影的理论概述

讨论文学改编电影很大程度上是指小说改编电影，戏剧作为文学的一种较为特殊的形式（除文本外还有舞台呈现），构成了文学与电影关系的一个不同侧面。戏剧改编电影研究的发展历程在整体方向和阶段上，与小说改编电影有着诸多相似，因此不再赘述，本节提到的是几个戏剧改编电影研究中特有的节点。

最早的一种观念认为电影模仿学习戏剧，是一种不纯的艺术。这在一定时期内是主流思想，被众人接受和支持，包括安德烈·巴赞和阿兰·巴迪欧（Alain Badiou）。他们提出"不纯"一词，因为电影是宽容的艺术，吸收和学习其他艺术门类。巴迪欧认为：

> 它（电影）相对于其他六种艺术所添加的不在同一方面，它包含着它们，是其他六种艺术的加一。它源自它们，在它们的基础上进行操作，通过一种运动使它们与自己不同。[……] 电影是不纯的艺术。①

《电影艺术》的主编德尼·列维（Denis Lévy）也支持这种"不纯"性。他把这种不纯解释为"电影在其他艺术中找到了形式范例：小说、戏剧或音乐的样式"②。当电影根据已事先存在的模板进行工作时，也就是说在改编这种情况下，它的自由度更小。原著要求一定的忠诚度。在这种情况下，电影更难成为独立的艺术。另外，这也是一些人拒绝舞台戏剧片（théâtre filmé）③的原因，在他们看来，舞台戏剧片既不是电影也不是戏剧。因此，无论从形式上还是内容上，改编电影都不纯。法国作家、诗人、评论家菲利普·苏保尔（Philippe Soupault）相当严厉地批评了舞台戏剧片，因为"它（舞台戏剧片）缺少剧场的热情，大幕开启，真实现场演出的魅力。这样的电影满足于冒充戏剧，是一种自愿的残缺"④。苏保尔最讨厌戏剧改编电影，他认为这是把戏剧完全封闭在摄影棚里，他不喜欢《马里尤斯》（1931），因为导演亚历山大·科尔达（Alexandre Korda）不懂用风景稀释对话。在他看来，"无论悲剧或喜剧，一出戏剧的优点全都变成了一部电影的缺点"⑤。因为电影需要生活，也就自动毁灭一切带有戏剧面貌的东西。

这种"不纯"在电影诞生之初是一种必然。电影开始在其他艺术的基础上建立自己特有的表达。当时的人们也因此很难承认电影是一门独立的艺术。

之后第二种重要的观点认为，戏剧与电影互相丰富。这展示了电影为两种艺术带来的贡献。对于阿尔托（Antonin Artaud）来说，"电影让人再度思考戏剧"⑥；对于布列松（Robert Bresson）、戈达尔（Jean-Luc Godard）或李维特（Jacques Rivette）来说，"戏剧，无论是呈现还是否决，都是对电影的彰显"⑦。马塞尔·帕尼奥尔（Marcel Pagnol）的观点加入了历史的维度和发展的眼光。他认为：

---

① Badiou, A. *Petit Manuel d'inesthétique*. Paris: Seuil, 1998: 122-128.
② Lévy, D. Le Cinéma, art impur localement ou globalement. In Cugier, A. & Louguet, P. (eds.). *Impureté(s) cinématographique(s)*. Paris: L'Harmattan, 2007: 48.
③ théâtre filmé 一词的中文翻译沿用崔君衍《电影是什么？》中的译法。
④ Soupault, P. *Une Histoire du cinéma français*. Paris: Larousse, 2000: 60.
⑤ Soupault, P. *Une Histoire du cinéma français*. Paris: Larousse, 2000: 60.
⑥ Antonin Artaud, A. Entre théâtre et cinéma: recherches, inventions, expérimentations. *Théâtre/Public*. 2011, 204 (3): 5.
⑦ Antonin Artaud, A. Entre théâtre et cinéma: recherches, inventions, expérimentations. *Théâtre/Public*. 2011, 204 (3): 5.

> 戏剧艺术在另一种形式里复苏，并将会经历前所未有的繁荣，[……]一片新的领域在剧作家面前展开，我们将能够实现索福克勒斯、拉辛、莫里哀所无法实现的作品[……]有声电影定会再度发明戏剧。①

从某种程度上来说，帕尼奥尔想要宣告传统戏剧的死亡。"另一种形式"指的是电影，更确切地说是舞台戏剧片。这种观点很难被其他人接受，即使是电影导演。勒内·克莱尔（René Clair）觉得帕尼奥尔的观点很"可笑"。对于帕尼奥尔来说，电影通过改编戏剧拯救了戏剧，但在勒内·克莱尔看来，优质的戏剧有了很大的进步，电影应该是一门独立的艺术，而不是去模仿文学或戏剧。

萨特在1958年的一篇题为《戏剧与电影》的文章里写道："电影在现实世界里刻画人物并限制他们，戏剧，正相反[……]戏剧展示人的行为[……]通过行为，展示他生活其中的世界。"②他通过强调地点和环境的重要性来区分两种艺术。在电影中，人是环境的组成部分，而在戏剧中，我们通过人的行为来体察环境。

勒内·克莱尔抓住了另一关键点来对戏剧和电影的关系进行描述。他确认电影作者应懂技术，认为技术进步促进了电影的发展，依靠技术我们才能期待电影的创新。如果说戏剧能维持同一形式将近两千年，是因为无论形式如何，戏剧的原则不变：舞台和激情。但电影长期被看作眼睛或精神的娱乐，根据大众的喜好来判定自己的价值。

重要的是迎合大众。如安德烈·巴赞所说："戏剧和电影没有本质上的对立。所不同的是观众的心理。"③

6.2.2 法国戏剧改编电影简史

最初的电影一味模仿戏剧，甚至只是把戏剧拍摄下来再放映给观众看。虽说这样的电影不能叫作改编，客观上，我们却因此有幸能够看到20世纪初一些伟大戏剧演员的表演。比如1900年世博会上，人们观看的"录音电影戏"（Phono-Cinéma-Théâtre）中就有莎拉·伯恩哈特出演的《哈姆雷特的决斗》以及蕾让娜（Réjane）出演的《不拘礼节的夫人》。

第一次世界大战以后，有声电影诞生，大量的戏剧作品开始被搬上电影银幕，"舞台戏剧片"开始成为一种电影类型。许多戏剧界的名家纷纷投身于新兴的电影行业。其中最著名的两位就是戏剧世家出身的剧作家、戏剧演员萨沙·吉特里（Sasha Guitry）和小说家、剧作家、法兰西学院院士马塞尔·帕尼奥尔。萨沙·吉特里用电影来录制戏剧

---

① Clair, R. *Cinéma d'hier, cinéma d'aujourd'hui*. Paris: Gallimard, 1970: 222.
② « Théâtre et Cinéma » dans *Un Théâtre de Situations*, pp. 94-95, cité dans Foray, P. Théâtre et cinéma selon Sartre: esthétique de la liberté et esthétique du déterminisme. In Vray, J.-B. (ed.). *Littérature et cinéma Écrire l'image*. centre interdisciplinaire d'Études et de Recherches sur l'expression contemporaine travaux XCVII, publications de l'Université de Saint-Etienne, 1999: 76.
③ Bazin, A. *Qu'est-ce que le cinéma?*. Paris: les Éditions du Cerf, 1985: 156.

表演。但导演们，尤其是帕尼奥尔，很快超越了这种"副本"艺术。帕尼奥尔对有声电影十分着迷，想最大限度地利用好戏剧的对白，用灵活的电影语言（蒙太奇、摄像机的运动、构图……）拍出真正的电影。他们把自己的戏剧作品从戏剧舞台搬上了电影银幕，吉特里更是主演了自己所有的改编电影。电影除了记录功能外，渐渐地开始有了自己的表达方式和艺术特点。

20 世纪 30 年代，戏剧改编电影达到一个高峰，法国一年拍摄的电影总量的三分之二是戏剧改编电影。这段时间里，大量轻喜剧（vaudeville）剧目被翻拍成电影。乔治·费多（Georges Feydeau），乔治·古尔德林（Georges Courteline），爱德华·布戴（Edouard Boudet）等当时知名的轻喜剧作家的作品被不断翻拍成电影。法国著名电影导演让·雷诺阿（Jean Renoir）也在这一时期拍摄了 2 部戏剧改编电影：《给宝贝服泻药》（1931）和《布杜落水记》（1932）。就算到了第二次世界大战前夕的 1939 年，当年最卖座的几部影片之一就是戏剧改编电影作品《入室盗窃》（*Fric-Frac*）。

从第二次世界大战至今，戏剧改编电影一直是法国电影中不可缺少的一个类型。一方面法国有着深厚的戏剧传统，几乎所有的大文学家，都在戏剧领域有所建树。雨果、萨特、加缪、杜拉斯等人都有成功的戏剧作品。另一方面，法国的电影产业不同于美国的电影工业，在法国，各种类型的电影，各种实验性的尝试都能找到适合自己生长的土壤。许多著名的戏剧作品，作为文学名著被改编，比如莫里哀（Molière）的《吝啬鬼》、雨果的《吕依·布拉斯》、马里沃的《假随从》、罗斯坦的《大鼻子情圣的故事》……还有许多戏剧作品因为在戏剧舞台上取得了意想不到的成功，而迅速被改编成了电影，比如 2008 年的《博物馆喜剧》、2012 年的《起名风波》等。另外，许多导演对于戏剧作品的改编也是情有独钟。弗朗索瓦·奥宗（François Ozon）早在 2000 年就改编了法斯宾德（Rainer Werner Fassbinder）的戏剧处女作《干柴烈火》，之后又分别在 2002 年和 2010 年改编了《八美千娇》和《花瓶》。2012 年的《登堂入室》依然是一部戏剧改编作品，原著是一部西班牙剧作《坐在最后一排的男孩》。

6.2.3 戏剧改编电影的巅峰——吉特里与帕尼奥尔

20 世纪 30 年代可谓戏剧改编电影的巅峰时期。萨沙·吉特里和马塞尔·帕尼奥尔是那一时期最具代表性的由戏剧跨界到电影界的人物。

这一时期流行的一大理念"罐装戏剧"（théâtre en conserve）由吉特里提出，他认为"电影只是保存戏剧的工具，具有记录的价值[……]"[1]。与帕尼奥尔不同，吉特里在意的并不是作为独立艺术的电影本身，而认为它只是为自己的戏剧艺术服务的工具。他

---

[1] Baecque de, A. & Chevallier, P. (ed.). *Dictionnaire de la pensée du cinéma*. Paris: Quadrige/PUF, 2012: 332-334.

始终把戏剧创作置于自己艺术创作的中心，戏剧是永恒的。他在 1936 年发表在《巴黎晚报》上的题为《对电影的讽刺》的文章中指出，电影只是给予观众一定的距离，以过去式讲述故事而已。

因为秉持这种观念，吉特里在将自己撰写并主演的戏剧搬上大银幕时（电影往往也是他自导自演），会几乎完整地保留所有原剧对白，甚至那些冗长的独白也字句不差。在电影《欲望》（*Désiré*, 1937）的结尾中，男仆在离开女主人之前有一大段独白用以倾诉自己的爱慕之情，女主人公奥黛特只做简短的回应，如梦初醒。电影只是运用蒙太奇手法插入了刻画女主人公之美的若干画面，冗长的对白只字未改。吉特里的另一部电影《追梦人》（*Faisons un rêve*, 1936）也同样做了保留冗长独白的处理。原剧的第二幕从头到尾都是"他"的独白，"他"等待着"她"，焦虑、忧愁、自言自语，幻想着各种意外状况。电影作为"罐装的"戏剧并未使用诸如面部特写、手部特写等镜头语言，而只是以半身镜头追踪着"他"的一举一动，观众如同坐在剧场观看台上的演出，并未被赋予特殊的关注视角，未被提示别样的细节。法国著名喜剧导演弗朗西斯·韦伯（Francis Veber）在评论这段长达 17 分钟的独白时说自己没有一分钟走神，"吉特里的表演是这部电影的品质保证"①。虽说如此，在当代电影里很难再见到类似的电影语言处理。

阿兰·马松（Alain Masson）在《从文字到银幕：作家演员吉特里》一文中谈到吉特里的表演时也表达了同样的观点，但同时也强调吉特里作品的特殊效果是他"作家的激情和演员的狂热相互碰撞共同作用的结果"②。因此吉特里是一个特例，作为剧作家、喜剧演员、导演、电影演员，他了解自己的创作，对自己的文本有绝对的信心，知道这样的文本才是最适合他的，用这样的文本才能让他自己最大限度地挖掘自己的表演潜能。然而吉特里同时代的评论家并不欣赏他的做法，反倒是对戏剧持某种批判情绪的叛逆的新浪潮重新认可了吉特里的价值。巴赞认为他的电影是一种"比戏剧更加自由的讲述与演员密切相关的故事的方式"③。特吕弗给予吉特里中肯的评价并肯定了他对电影的认识："吉特里，他，看到了纪录的一面。电影，对于他，只是换了表达工具。他立即对电影提出了问题，并且先于所有人找到了答案。"④

因而我们可以说吉特里在改编电影中对文本的保留实际上是对表演的保留，对戏剧编排呈现的保留。吉特里还一并保留了他的整体风格。吉特里和他的文本不可分割。他之所以在电影中不可替代就是因为这种强烈的个人风格，他对文本的诠释也逐渐变成一

---

① L'entretien avec Francis Veber à propos de *Faison un rêve* dans les suppléments de DVD.
② Masson, A. De l'écrit à l'écran: Guitry auteur et acteur. numéro « Sacha Guitry et les acteurs », *Double jeu*. Caen: Presses universitaires de Caen, 2006(3): 31.
③ Tesson, C. Les trois font la paire: Sacha Gruitry, la critique et la nouvelle vague. In Giret, N. & Herpe, N. (éds.). *Sacha Guitry une vie d'artiste*. (coll. « Livre d'art »). Paris: Gallimard, 2007: 159.
④ Tesson, C. Les trois font la paire: Sacha Gruitry, la critique et la nouvelle vague. In Giret, N. & Herpe, N. (éds.). *Sacha Guitry une vie d'artiste*. (coll. « Livre d'art »). Paris: Gallimard, 2007: 159.

种经典，被代代传承。

不同于吉特里的清晰认知（觉得电影是将其戏剧艺术发扬光大的工具），帕尼奥尔带着迷影青年的热情直接投身到有声电影的世界中，他没有任何障碍：他可以放弃戏剧，完全专注于电影，即使是改编。对于他来说，电影的拍摄是独立的创作过程，因此我们在他身上看到了比较特殊的案例——先拍摄了电影，再将电影改编成戏剧[马赛三部曲中的《凯撒》（1936）和《面包师的老婆》（1938）]——这种情况并未发生在同时代的其他导演身上。帕尼奥尔不会完全照搬原剧台词，而是会为更好地适应电影的特点进行必要改动，使叙事变得更加简单直接。有时为了使情节更加紧凑，他会删减原剧的某些场景，或是更改串起情节的事件的先后顺序。比如在戏剧《马里尤斯》（*Marius*,1937）中，揭示马里尤斯梦想的对话被安排在第一幕的第一场，而同名电影的第一个桥段是马里尤斯和芬妮的对话，导演选择开门见山地把故事的核心——这对情侣推到观众面前。作为文学家和理论家，法兰西院士帕尼奥尔对戏剧和电影的关系提出过自己的见解："剧作家应该去除舞台上无法避免的戏剧程式，在新的表达方法中获得自由。"① 帕尼奥尔在实践中逐渐学习怎样像一个电影导演一样拍摄电影。路易斯·加斯纳（Louis Gasnier）作为改编过帕尼奥尔剧作《托巴兹》的导演之一曾评价道："在法国，我们受戏剧的影响还很深。[……]我读了他的原剧，非常喜欢。但我得拍出电影啊！我们不得不彼此做让步[……]。"② 帕尼奥尔还是删节了原剧的一些场景，比如托巴兹和帕尼克尔谈论教学方法的那一大段。整部电影改编后的对白更生动，更加生活化，富有感情色彩。

帕尼奥尔文本的另一特点在于方言（马赛方言）的运用。改编电影完全保留了原剧的方言要求，也因而帮助帕尼奥尔创造了一个特别的电影世界。

同吉特里一样，帕尼奥尔也会保留原剧中的台词，但方式方法却与之不同。帕尼奥尔的保留文本，完全服务于电影。对于他来说，电影从来也不是一件录像的工具，而是一种新型的艺术创作语言。最重要的永远是他的艺术。

6.2.4　忠于创造性——德菲奈斯对莫里哀《吝啬鬼》和雨果《吕依·布拉斯》的改编

路易·德菲奈斯（Louis de Funès）的职业生涯始于20世纪40年代，50年代加入了一个当时当红的喜剧剧团"傻瓜"（Branquignols），之后他们的喜剧被搬上大银幕，德菲奈斯也逐步接触电影，以极具个人风格的夸张表演塑造了一系列被法国人熟知的喜剧形象，他主演的《虎口脱险》（1966）保持票房第一的纪录长达42年。虽说他过于夸张的表演风格常被批评"无节制""粗俗"，但他的模仿能力、肢体语言和面部表情的表

---

① Beylie, C. *Marcel Pagnol ou le cinéma en liberté.* Paris: Éditions de Fallois, 1995: 220.
② Beylie, C. *Marcel Pagnol ou le cinéma en liberté.* Paris: Éditions de Fallois, 1995: 59.

达能力获得了观众的一致认可。

德菲奈斯的才华基于表演能力，同时富有创造力和想象力，他喜欢的工作方式是在剧本的基础上加入很多临场发挥（增加情节和台词），以求出人意料的喜剧效果，创造出很多神来之笔。而莫里哀的名著《吝啬鬼》（L'Avare）是他突破自己工作方式的一个特例。他几乎完全遵照了原剧文本，只在场景的创作和表演上添加了自己的色彩。

影片对原文的尊重甚至在形式上都有明显的体现。片头字幕过后，第一个镜头就是剧作文本的特写（如图6-1所示），瓦莱尔的台词作为画外音存在。观众可以读到一字不差的原文。

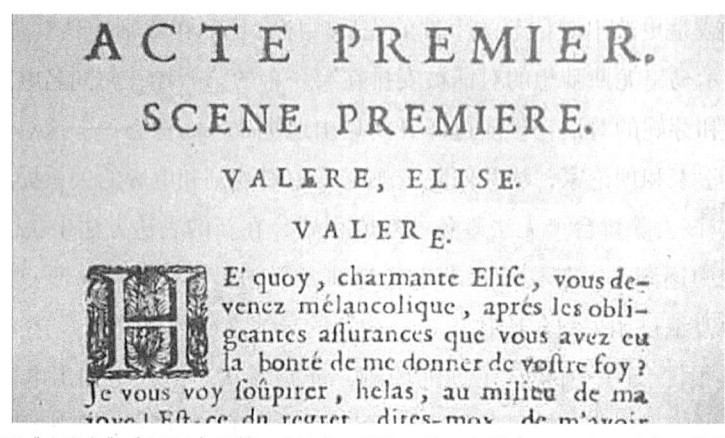

图6-1 电影《吝啬鬼》（1980）的第一个镜头，导演：让·吉罗（Jean Girault）、路易·德菲奈斯

图6-2 电影《吝啬鬼》(1980)，导演：让·吉罗、路易·德菲奈斯

紧接着的场景发生在艾莉丝房间里，我们可以清楚地看到，墙壁上是《吝啬鬼》的封面（如图6-2所示）。演员们在如此文学的布景前表演，明白表示该影片全然尊重原著文本。

除了对文本的尊重，对原著精神的尊重还体现在布景上。德菲奈斯坚持整部影片必须在同一个地方，且是室内进行拍摄。故事情节从头至尾在唯一的室内地点发生，本就是古典戏剧"三一律"中,"地点统一"这一理念的反映。电影的这一做法给了观众强烈的戏剧暗示。德菲奈斯认为这是最大限度尊重莫里哀原著精神的一种做法,他指出:"莫里哀想要在吝啬鬼与年轻人们发生冲突的过程中制造喜剧效果。不能增加拍摄地点冲淡喜剧效果。希区柯克将一出戏剧改编成电影时,十分强调封闭空间。我们也这么干。"① 于是拍摄在阿巴贡家里进行,就像在戏剧舞台上一样,所有物件都是刻意搭建的。安德烈·加尔迪(André Gardies)认为:"真实的效果并非来自空间场所本身的真实性,而在于电影中的艺术形象与想象中的参照空间的匹配度。[……]故事空间的表现不是靠'捕捉'真实物理空间,而是事关意义的工作:'意味着'某种参照空间。"② 因此《吝啬鬼》电影中的人工布景配合演员的表演风格以及整个场面的调度,并无突兀的违和感,而成为一种独特的风格,一种对经典的个性化诠释。

德菲奈斯作为主演诠释的另一部经典剧作是 1971 年杰拉尔·乌里(Gérard Oury)导演的《疯狂的贵族》(*La Folie des grandeurs*),根据维克多·雨果的名剧《吕依·布拉斯》(*Ruy Blas*)改编。这部改编作品与《吝啬鬼》的绝对尊重原著完全背道而驰,是一次自由改编的尝试,是对文学名著的戏仿。电影的片头字幕之后,紧接着出现:"片中人物与一出名剧的相似之处纯属巧合。感谢法兰西学院的维克多·雨果先生的精诚合作。"笔调戏谑的寥寥数语点明了该影片的灵感来源,但全片除了人物和故事的框架,几乎与原著没有相似之处。

雨果的《吕依·布拉斯》是具有先锋价值的一部戏剧作品,它打破了三一律,并融合了悲剧、喜剧两种色彩,在传统的感人的悲剧故事中插入了西班牙喜剧和意大利即兴喜剧(commedia dell'arte)的元素。如希尔凡·勒达(Sylvain Ledda)所说,雨果挖掘次要人物身上"粗俗的诗意"③。原著中仅有的喜剧成分主要集中在堂·凯撒(Don César)这个人物身上,第四幕第二场,堂·凯撒爬上屋顶,从烟囱进入屋内,肆意吃喝。剧中表演提示(didascalie)描述得非常仔细。人物体现出完全不同于传统正剧人物的特质,被描述得像个小混混。柏格森(Henri Bergson)在《笑》中指出,日常生活中的行动会使英雄人物显得可笑。堂·凯撒这个人物的喜剧特点和粗俗气质完全不符合古典戏剧中的人物类型,体现了雨果在戏剧类型上的创新。接下来的第三场,雨果用轻喜剧惯用的手法——误会(quiproquo)延续了喜剧性。

上面的两场与全剧的其他部分的笔调完全不同,轻轻一抹喜剧色彩正是雨果在当时开创非典型类型的创新。

---

① Leguèbe, E. *Louis de Funès: Roi du rire*. Paris: Dualpha éditions, 2002: 86.
② Gardies, A. *Le récit filmique*. Paris: Hachette, 1993: 73.
③ Ledda, S. Les personnages secondaires dans Hernani et dans Ruy Blas. In Wulf, J. (éd.). *Lectures du théâtre de Victor Hugo: Hernani, Ruy Blas*. Rennes: Presses Universitaires de Rennes, 2008: 127.

电影《疯狂的贵族》的戏仿式改编竭力扩大了雨果原著中粗俗喜剧的一面，拍出了一部彻彻底底的喜剧。且喜剧的重心在德菲奈斯饰演的堂·萨吕斯特身上，这个阴险狡诈的人物完全变了脸，成了德菲奈斯擅长扮演的小丑式人物，被赋予了所有夸张表演。这部影片让我们思考对文学经典，尤其是层次丰富的经典文学作品的改编。在电影的种种限制（时间、观众、艺术语言等）下，导演选定文学作品的某一个侧面进行挖掘和艺术创造，原著作品不再是要字句遵守的脚本，而是"灵感源泉"。若将戏剧和电影放入艺术史进行考量，自由改编自戏剧的影片证明了电影作为新生的第七艺术，迅速成长、成熟，开始追随自己的道路。

阿尔托认为："是电影促使人们重新思考戏剧。"[1]而布列松、戈达尔和里维特也曾说过："戏剧是电影的启发者。"[2]在戏剧和电影两个领域均有建树的马塞尔·帕尼奥尔的思考更为深入，他认为："戏剧艺术将要经历空前的繁荣，一个新的领域正向它缓缓打开，在有声电影的时代，我们将会实现莫里哀、拉辛都没办法创作出的戏剧。"[3]由此可见，戏剧与电影成了相辅相成的两种成熟的、独立的艺术。他们之间存在的交流和互动日益频繁，这为两者的发展提供了更大的空间。随着时间的推移，支持这种观点的人越来越多，我们也在舞台上和银幕上见证了两者关系的发展变化。越来越多的戏剧被改编成电影，很多电影也创造性地被搬上了戏剧舞台。技术的革新为两种艺术都带来了新的可能，时间和地点的限制被一再突破，叙事方式的多样性也被不断运用到作品中。

---

[1] Antonin Artaud, A. Entre théâtre et cinéma: recherches, inventions, expérimentations. *Théâtre/Public*. 2011, 204(3): 5.
[2] Antonin Artaud, A. Entre théâtre et cinéma: recherches, inventions, expérimentations. *Théâtre/Public*. 2011, 204(3): 5.
[3] Clair, R. *Cinéma d'hier, cinéma d'aujourd'hui*. Paris: Gallimard, 1970: 222.

拓展阅读与思考

1. 小说改编电影的要义。

安德烈·巴赞的电影理论被视为电影理论史上的里程碑。《电影是什么?》涉及诸多话题,其中不乏关于文学作品改编电影的讨论。巴赞重视艺术的创造性,强调文字与图像两种介质的不同,对改编进行了有力辩护。

> [……]我确实认为,电影利用文学财富的惯用方式令人沮丧,但是,这不仅出自对文学的尊重,还因为电影家如果忠于原著,他自己也会获益匪浅。小说更为先进,它面对的是文化素养比较高和比较苛刻的读者,它能为电影提供更复杂的人物,在形式与内容的关系上,小说更严谨,更精巧,银幕还不习惯做到这一点。显然,如果编剧和导演加工的素材在治理特质上原来就超出一般电影水平,那就会有两种处理方法:或者,把这种水平的差异和原著的艺术魅力仅仅当成影片的护身符、思想库和质量标签——影片《卡门》《帕尔马修道院》和《白痴》便属于这种情况;或者,电影编导诚心实意追求完整再现原著风貌,他们力图至少做到不再仅从原书中取材,任意改编,而是把原著如实转现到银幕上,譬如,《田园交响曲》《情魔》和《乡村牧师日记》就是这类影片。我们不必因为"造影家"在"改编"原著时做了简单化处理而指责他们。我们曾说,他们对原著的歪曲是相对的,文学不会因此受到任何损失。但是,为电影带来希望的显然是后一种改编方法。[……]当导演因条件恰好具备,能够自己规定更高的目标而对原著的处理不同于一般电影剧本时,电影整体便仿佛朝文学的方向提高一步。让·雷诺阿导演的《包法利夫人》或《郊游》就属此类。[……]既忠实原著,又特立独行,确是逆乎常理,不同凡响。然而,这是因为雷诺阿的天才显然与福楼拜和莫泊桑的天才旗鼓相当,所以才能胜任。我们遇到这个现象堪比波德莱尔翻译爱伦·坡的情况。
>
> [……]如果把忠于文学原著理解为必然消极顺从相异的美学原则,那也是错误的。当然,小说有其特有的表现手法,它的原材料是语言,而不是影像,它仿佛对离群独处的读者喁喁私语,这种感染力不同于影片对漆黑放映厅中的一群观众产生的感染力。但是,正由于这种审美结构的差异,如果导演希望做到两者近同的话,探索对等表现形式就更加棘手,它要求编导具有更丰富的独创性与想象力。在语言风格领域,电影的创造性与对原著的忠实性是成正比的。[……]布莱松的《乡村牧师日记》可能更具说服力:他的改编既尊重原著,又不断创新,达到了一种奇妙的忠实。阿贝尔·贝甘中肯指出,乔治·贝尔纳诺斯的富有特色的夸张笔调在文学作品中和在电影中绝不会有同样效果。银幕用惯了夸张手法,已经相当

乏味，这种手法既惹人恼火，又落入窠臼。因此，为了忠于原著的格调，就要求削弱原著的夸张。布莱松在分镜中采用的简略法和曲笔是与贝尔纳诺斯的夸张笔调真正相应的形式。

作品的文学特性愈重要和愈有决定意义，改编时就愈会打破原有的平衡，也就愈需要创造天才，以便按照新的平衡重新结构作品，新旧平衡不必完全相符，但需大致相当。因此，认为改编小说是懒惰的做法，而真正的所谓"纯电影"从中毫无所获的看法纯属批评的谬见，一切优秀的改编有力驳斥了这种看法。那些以所谓符合银幕要求为名而很少关心忠实原著的人，既歪曲了文学，也歪曲了电影。

崔君衍 译[①]

请阅读以上段落，回答以下问题：

（1）小说与电影作为独立的艺术，可有高下之分？它们各自的艺术特点是什么？

（2）小说名著一定能成就成功的电影吗？成功改编的关键在于什么？

（3）巴赞以布莱松的《乡村牧师日记》为例，谈到了"奇妙的忠实"。您是如何理解这种"奇妙的忠实"的？

2. 关于"空间"的讨论。

在《电影是什么？》中，巴赞以"戏剧与电影"为题探讨了两种艺术之间的关系，他从历史简况、台词、布景、表演等方面梳理、分析了两者的关系，尤其对于两种艺术之于空间的关系有着精彩论断。舞台上的"在场"与银幕所带来的空间真实性为我们展开了深入思索两者关系的维度。

[……]我记得让-保罗·萨特曾说，戏剧的戏剧性来自演员，电影的戏剧性从景物推及到人。戏剧性趋势的这种相逆性具有关键的意义，它涉及的正是场面调度的本质。

[……]摄影机使戏剧性不再囿于时间与空间的有限范围之内。[……]戏剧是以在场双方的相互自觉意识为基础的，所以需要与外部世界相对立，如同游戏与现实相对立、默契与冷眼旁观相对立、礼仪与实用习俗相对立一样。服装、面具或面部化妆、语言风格、舞台脚灯或多或少突显了这种区别，但是这种区别的最明显的标志就是舞台[……]

[①] 节选自：巴赞.电影是什么？.崔君衍，译.北京：文化艺术出版社，2008: 87-91.节选题目由编者自拟。文中的"布莱松"即"布列松"（Robert Bresson）的另一译法。

电影则不同，电影的原则是否定任何限制动作的界限。戏剧场所概念与银幕概念不仅是两码事，而且本质上是对立的。银幕不是一个画框，而是仅仅把事件的局部显露给观众的一个遮片（cache）。当人物走出摄影机的视野时，我们认为他只是离开我们的视野，而依然如故继续存在于背景中被遮住的另一个地方。银幕没有后台，它也不会有后台，不然就会破坏它的似幻若真的独特效果，这种效果可以让一支手枪或一张脸成为世界的中心。与舞台空间相反，银幕空间是离心的。

正因为戏剧所需要的不可能是无垠空间，所以它只能是人的灵魂空间。演员被这个封闭空间包围，同时又位于双重凹面镜的聚焦点上。来自大厅的观众意识的幽光和来自布景的舞台脚灯的灯光，汇聚在演员身上。但是，使演员通体发亮的光焰也是演员本人的激情和他的聚焦点发出的光芒；演员唤起每个观众的共鸣，犹如在他们心中燃起一团火。人类心灵中说不完道不尽的喜怒哀乐就在剧场四壁之内尽情抒发，宛若大海在贝壳中翻腾。所以说，这种剧作艺术具有属人的本性，人是戏剧的契机和主体。

[……]电影本质上是大自然的剧作，没有开放的空间结构也就不可能有电影，因为电影不是嵌入世界中，而是代替世界。

[……]将戏剧拍成纯粹的活动照相是一种幼稚的错误，[……]它造成既不属于戏剧也不属于电影的美学混态，即那种恰恰被当成违背电影精神的罪愆受到贬斥的舞台戏剧片。真正的解决办法已经初见端倪，它在于清醒认识到：关键不在于把戏剧作品的戏剧性元素转现于银幕上（戏剧性元素可以从一门艺术移至另一门艺术），而在于把戏剧特点保留在银幕上。改编的着眼点不是剧作的主题，而是具有舞台特性的剧作本身。

[……]电影愈忠实于原著台词，忠实于台词的戏剧要求，就愈应当深入开拓自己的语言。优秀的译作能表现出译者对两种语言特质的最深刻的理解和最娴熟的掌握。

我们至今仍把戏剧奉为一种美学的极致，认为电影也许能以令人满意的方式接近它，但充其量只是戏剧的谦卑仆从。但是，实际上已经湮没不闻的戏剧类型在滑稽喜剧片中复兴，譬如闹剧和意大利即兴喜剧。若干戏剧性情境，若干在艺术史上已经退化的戏剧技巧，先是通过电影重新汲取了赖以生存的社会学营养，更令人鼓舞的是，它们获得了全面发展自己的美学的条件，虽然银幕把人物的作

用赋予空间，但并不歪曲闹剧的旨趣，它只是赋予司卡潘①的棍子所表达的形而上含义以真实的维度，即天地万物的维度。[……]

[……]综上所述，不仅舞台戏剧片从此在美学上名正言顺，不仅我们已经认识到没有什么剧作不能被搬上银幕，不论其风格如何，只要我们善于开动脑筋，把舞台空间按照电影场面调度的要求加以处理——而且，极有可能的是，今后一些经典作品的现代化戏剧场面调度只能在电影中实现。[……]

崔君衍 译②

请阅读以上段落，回答以下问题：

（1）戏剧空间与电影空间的差别何在？

（2）在改编的过程中，导演应抓住的成功的关键是什么？

（3）如何理解萨特所说"戏剧的戏剧性来自演员，电影的戏剧性是从景物推及到人"？

---

① 司卡潘（Scapin）原为意大利喜剧中仆人形象，莫里哀把他引入法国喜剧，1671年编写了《司卡潘的诡计》。——原著注
② 节选自：巴赞. 电影是什么？. 崔君衍，译. 北京：文化艺术出版社，2008：148-168. 节选题目由编者自拟。

第七讲

文学与电影（二）
走向一种新的关系：文学书写中的"电影感"

扫码阅读本讲课件

  文学与电影的关系是否只能局限在"改编"与"被改编"的范畴内讨论？他们之间是否存在着更深层的互动？20世纪法国文学，尤其是自新小说以来，许多作家为电影着迷，仿佛这是一种写作游戏，把写小说当作拍电影。另一方面，新浪潮运动中，作者电影（film d'auteur）的概念开始盛行，摄像机变成了导演手中的笔，拍电影就像写小说。两种艺术在创作实践上的丰富互动使我们感受到一种文学在创作上与电影艺术融合的探索趋势。对于两者关系的讨论也已经跳脱了改编的忠实与否，而更多地聚焦在一种更加深入的相互关联和影响上。从创作理念，到艺术手法，电影的视角、语言渗透在文学中，逐渐形成了一种文学中的"电影感"（cinématographicité）[1]。

  这种新型的密切关系在新小说的创作中凸显出来。最有代表性的是罗伯-格里耶和杜拉斯，他们同时进行着文学与电影两种艺术的创作，无论何种艺术媒介，表达的都是艺术家们想要突破的尝试。这种突破边界的尝试使他们的作品更加多元。正如托马塞在评论新小说作家们的创作时提到的："新小说家们的一大特点就是他们使各类艺术之间的界限变得混乱而模糊，因为他们的写作实践是小说这个概念往往不能明确界定的，而且他们对其他表达方式也表现出一种有创作欲的兴趣。"[2] 罗伯-格里耶的文学作品中存在大量时空的跳接和事件的无序黏合。杜拉斯也擅长在小说中模糊时间界限，将大量往事的碎片重复、反射，加入当下的叙事。反观他们的电影创作，蒙太奇，声画不同步的实验，大量文学性的旁白，在加强电影文学性的同时更是一种模糊文学和电影边界的尝试。

  无论文学还是电影，艺术家们所进行的探索在很大程度上是在叙事层面的探索。

---

[1]　首次出现在巴黎十大2008年的戏剧与电影研讨会上，由蒂樊娜·卡尔桑帝（Tiphaine Karsenti）与玛格丽特·夏布洛尔（Marguerite Chabrol）两位学者首次提出，"电影感"用以形容戏剧中的电影感，与"电影中的戏剧性"概念相对应。
[2]　托马塞. 新小说·新电影. 李华，译. 天津：天津人民出版社，2003: 41.

法国文学在叙事层面的探索始于20世纪初的意识流小说，在新小说时期再现高潮。1970年4月在斯特拉斯堡文学研讨会上，法国作家、新小说理论家让·里卡杜（Jean Ricardou）在他的题为《创造理论纲要》一文中早已指出："所有将小说变成一种叙述的冒险的努力可以称之为现代。[……]阅读现代作品[……]是达到一种新的理解：理解它的创作规则，理解它的组织原则和生成原则。"① 罗伯-格里耶更是把小说中运用语言构成叙事称为"生成器"（générateur），直指叙事的随意性和游戏性，因而传统的线性叙事注定被消解。而德勒兹（Gilles Deleuze）在评价罗伯-格里耶的电影时，提出他的电影中没有前后相继的现在，而只有同时并存的过去的当下、现在的当下和未来的当下。他认为"这让时间难以被解释，是一种很强的时间-影像。它并没有废除叙事，而是给予叙事一种新的价值"②。

无论文学创作中碎片化的、马赛克式的叙事，还是电影创作中自由的画面切换，其实都基于对时间进行的操作。剪裁拼接时间，用以构建画面。文学与电影创作因为对时间这一基本哲学概念的全新认识和把握，有了更加密切的内在联系。正如罗伯-格里耶所说："在今天，电影与小说在时间结构上是走到了一起，它们在瞬间、时间间隔和持续的结构上，跟钟表及日历的时间结构是没有任何共同之处了。"③

因此在讨论文学与电影深层次的内在联系时，可以以时间为基础展开。对时间这一概念的哲学理解，为文学和电影的创作实践打下了基础。

7.1 基于德勒兹"时间-影像"理论的小说与电影

时间作为一个切入点，为文学与电影的融合提供了哲学基础。从某种意义上说，吉尔·德勒兹的"时间-影像"理论成了沟通文学与电影的桥梁。

《电影I：运动-影像》和《电影II：时间-影像》是他的两部重要的电影理论著作，其中表现记忆、梦幻、精神的时间-影像针对现代电影。时间与影像（image）的关系奠定了德勒兹现代电影理论的基础。德勒兹认为，运动和时间是电影理论中的两大基本问题，而现代电影中不以叙事为目的的影像把握着非时序性时间，以期表现思维的运动，引发观众思考。

时间是德勒兹影像理论的根源所在，同时也是小说分析的抓手。文学与电影对这个世界的重要基本元素之一的时间的理解和表达，成就了它们的内在关联。在将德勒兹的"时间-影像"理论运用到小说分析中之前，首先需要阐明几个重要概念。

---

① 转引自：徐真华，黄建华. 20世纪法国文学回顾——文学与哲学的双重品格. 上海：上海外语教育出版社，2008: 112.
② Deleuze, G. *Cinéma 2: L'image-temps*. Paris: Minuit, 1985: 133.
③ 罗伯-格里耶. 快照集　为了一种新小说. 长沙：湖南美术出版社，2001: 221.

记忆锥体

德勒兹主要继承了柏格森关于时间的论述，其中柏格森的记忆锥体（如图 7-1 所示）是一个重要模型，是理解其他概念的基础。柏格森的时间与记忆息息相关，没有记忆，就没有时间的存在。如下图所示，平面 P 代表当前，AB 平面表示的是过去，S 点与 P 平面接触。P 平面是无尽延伸的，S 点在其上不断运动。人的精神生活在 AB 与 S 间不断往返。SAB 存储了我们全部的记忆。柏格森观点的创造性在于：过去现在并非线性的前后相继的关系，而是并存的。我们的每一个当前，都受到所有过去的影响，整个过去都与现在共存。未来是未被我们知觉的部分，S 点在 P 面上未曾经历，但即将经历的部分。"事实上，我们知觉的只有过去，而纯粹的当前则是一种看不见的发展，是过去向未来的入侵。"①每一瞬间都是现在的，但同时也是已经过去的。没有当下的纯粹现实影像，"影像必须是现在的和过去的，同时又仍是现在的和已经过去的"②。

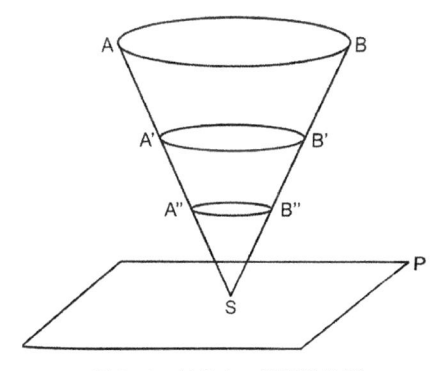

图 7-1 柏格森：记忆锥体图

潜在影像

"潜在影像"是德勒兹理论中的核心概念，是所有非现实影像的核心。时间锥体中的平面 AB 是纯粹的过去，代表回忆，它不断向现在 S 移动，以这种方式影响着我们当下的知觉。又因为过去和现在是同时存在的，如果说现在是现实影像，则其同时存在的过去就是潜在影像，一种非真实存在的却反映现实的镜像。因为时间锥体是不断运动着的，所以潜在影像在不断变成现实影像，现实影像也不断成为当下的过去，现实影像、潜在影像总在相互转换之中。潜在与现实形成的循环相交于一个几乎不可辨识的点，且相互影响、互为彼此。德勒兹以美国小说家赫尔曼·梅尔维尔（Herman Melville）小说中的轮船为模型，轮船航行海中，水上部分清晰可见，另一部分位于水下，阴暗不可见。水上部分发生的是乘客间日常生活的故事，而水下部分的锅炉舱内安排的是各种阴谋、争斗、复仇的情节。因而水下部分作为水上部分的潜在存在，上下两部分发生的所

---

① 柏格森. 物质与记忆. 姚晶晶, 译. 合肥: 安徽人民出版社, 2013: 166.
② 德勒兹. 电影 2: 时间 - 影像. 谢强, 蔡若明, 马月, 译. 长沙: 湖南美术出版社, 2004: 123.

有事情均彼此联系、相互影响、互为因果，以此形成现实影像和潜在影像的循环。潜在对应的是回忆，现实对应当前，而"回忆和当前知觉结合得如此之好，以至于我们不能分出知觉在何处中止，记忆又是在何处开始"①。这种"现实影像和潜在影像的交替和不可识辨性就是时间-影像的核心所在"②。因而潜在影像十分重要，也成为德勒兹回忆-影像，梦幻-影像，晶体-影像的核心所在。

晶体-影像

在柏格森时间锥体和潜在影像的基础之上，德勒兹发展出了晶体-影像概念。德勒兹把现实影像和潜在影像最小的循环称为晶体。现实影像和潜在影像的聚合就是晶体-影像。它的特点是"不可识辨"，潜在与现实互为前提，潜在不断变成现实，现实不断变成潜在。晶体-影像中的现实影像是关于走向未来的当前，而潜在影像则是过去。在晶体中，我们看到过去、现在、未来的并存，每一个当下都在走向未来，同时追溯过去。"晶体-时间本身不是时间，但我们在其中看到时间。"③

德勒兹在涉及晶体-影像的发展问题上提出了胚胎的概念，胚胎是一种比喻的说法，是正在形成中的晶体，是具有强大生命力的东西。它被放在具体环境中，吸收环境的力量而自我成长变为晶体。

柏格森在《物质与记忆》中提出的时间观念打通了精神和物质之间无法逾越的藩篱，物质通过记忆存蓄于思维层面，人类能够对外界的事物进行感知，形成一种知觉。他建构了时间锥体模型，以此说明时间并非线性发展，过去现在未来是并存的。这一三者并存的概念也是柏格森时间的核心。费里尼的一句话深得柏格森精神："我们由记忆组成，我们同时是孩子、少年、老人和成人。"④奥古斯丁也阐述过同样的概念："未来的当前，现在的当前，过去的当前，都包裹在同一事件中，因而三者同时发生，无法解释。"⑤

基于柏格森的时间理论，德勒兹发展出一系列处理时间与影像关系的概念。这种过去现在未来并存的非时序性时间是德勒兹时间-影像中，时间直接显现的基础。德勒兹得以进一步提出影像是记忆的和思维的。德勒兹认为，构建晶体-影像是对时间的最基本操作。这里的时间是非时序性时间，我们看到时间永恒的基础。

7.2 图森小说中的非线性时间

法国当代作家图森（Jean-Phillippe Toussaint）小说的"电影感"体现在他对经典小

---

① 柏格森.物质与记忆.姚晶晶，译.合肥：安徽人民出版社，2013: 109.
② 周冬莹.论德勒兹的回忆——影像及非时序性时间.当代电影，2015(5): 58-64.
③ Deleuze, G. *Cinéma 2: L'image-temps*. Paris: Minuit, 1985: 109.
④ Deleuze, G. *Cinéma 2: L'image-temps*. Paris: Minuit, 1985: 130.
⑤ Deleuze, G. *Cinéma 2: L'image-temps*. Paris: Minuit, 1985: 132.

说叙事的消解，体现在他对非时序性时间的把握和构建，以阅读时画面感的构建为读者带来观影感受。我们以图森的"玛丽系列"小说为例进行分析。这一系列小说给人以极其强烈的电影联想。

"玛丽系列"由四部小说构成①，玛丽与"我"的爱恨分合由4部小说铺陈在一年半的时间段里。第一部发生在冬季，以电影拍摄的方式来看，可以被视作一部正片，《逃跑》是之前的夏天，犹如前传，《玛丽的真相》发生在第二年的春夏，而《裸》锁定在第二年的秋冬，是故事的两部续集。除了把总体时间切分为四个段落，图森对具体事件的安排更显自由，两人共同经历的大小事件错落分布在一年半的时间里，呈现碎片化、无序化的特点，这恰好是一种片断诗学美感的体现："在形式上和内容上将完整的叙事分割成众多片断，没有清晰完整的情节，片断的组织并不遵循精确的秩序，它们的排列具有一定的随意性，段落之间用空白隔开。"②作者通过强烈的画面感和在时间轴上的任意跳跃的方式消解了线性叙事，读者需要通过作者截取出的一个个片段来最终梳理并拼凑出两人关系和整个故事的全貌。这种写作中的"马赛克"（mosaïque）③风格是图森小说的一大特点，小说中的各个片断被允许完全自由地运动、放置和移动。正如电影中的剪辑技术所带来的效果，在叙事层面给予作者极大的自由度，摆脱了线性叙事所带来的时间限制，通过营造各个叙事片段的画面（image），构建了故事与时间的新型关系。

7.2.1 同一时间段内的平行叙事

《玛丽的真相》开始于让-克里斯多夫死去的那一夜。作者先从玛丽的视角进行叙事：在玛丽维利耶尔路的公寓里，从午夜刚过，让-克里斯多夫发病倒地，玛丽打电话叫救护车，又打电话给"我"，直至凌晨三点。"我"凌晨两点多接到玛丽电话，两点半出门，三点来到玛丽的大门前，遇到了被抬出来的让-克里斯多夫。让-克里斯多夫被抬出来的瞬间成为时间和事件的交汇点，作者转为"我"的视角，开始讲述在同样的一段时间里（午夜到凌晨三点），"我"在自己的公寓里，与新女友玛丽（同名）所经历的事情，直至叙事交汇点。这里同样的一段时间被经历了两遍，呈现的是两个平行的时空在最后人物交汇的瞬间交汇。交汇当下的那个点，仿佛过去插入现在的焦点，因而分别带上了玛丽的一段过去和我的一段过去。"我们"的重聚（交汇），其实是潜在的记忆的交汇，把潜在的过去带到了现在。"我们"因为彼此刚刚经历的过去而交汇在了一起，过去影响着现在，而现在继续走向未来，"我们"重遇、交谈，"我们"的关系也因此再度起了波澜。图森的小说中出现对时间的电影式把控。过去、现在、未来在人物

---

① 组成"玛丽系列"的四部小说是：《做爱》（2002）、《逃跑》（2005）、《玛丽的真相》（2009）和《裸》（2013）。
② 赵佳. 让-菲利普·图森小说中的片断诗学. 外国文学, 2016(1): 143-152.
③ 法国文学理论家卢西安·达朗巴赫（Lucien Dällenbach）提出的概念，用以描述一种法国20世纪80年代的文学风格。参见：Dällenbach, L. *Mosaïque: un objet esthétique à rebondissement*. Paris: Editions du Seuil, 2001.

的当下并存，这使得作家可以自由地选择要呈现的时间截面，以及呈现的方式和顺序。读者在阅读时，重要的不再是事件发生的先后顺序，而是事件发生当下的画面，而这个画面本身源自过去，正走向未来。

7.2.2 过去–现在的频繁穿梭

作者对我和玛丽的故事的叙述开始于东京，"玛丽系列"的第一部小说的开头便交代玛丽和"我"纠缠、反复的关系：七年前"我们"在巴黎相识相爱，现在却身在东京面对着不知何去何从的感情和即将结束的关系。作者在叙述的过程中在过去的巴黎和现在的东京之间往返穿梭了三次，让读者反复读到巴黎的喜悦和东京的泪水。一方面介绍人物和故事背景，另一方面推进当下的情节。这种琐碎的反复有如电影中的蒙太奇，让画面在不同的时间背景下快速跳接，以快节奏的画面转换，冲击观众的视觉，让观众感受时间上的快速更替，让人分不清当下一刻是过去还是现在，有如过去和现在在当下的共存。过去是我们成为现在的原因，无法被割裂。七年前的玛丽和"我"是时间锥体的AB面，是纯粹的过去，东京的"我们"是现在的S点，小说的叙事在AB面和S点间多次往返，让读者感受到过去与现在并行存在，当下的我和玛丽带着我们全部的过去和回忆，七年前的情景作为潜在影像不断影响着我们的现在。我们的关系，不停变化、反复无常、无尽纠缠。

《裸》的第一部分基本都在讲述玛丽在东京的展览开幕的那个夜晚，回忆她和让-克里斯多夫相遇的那个夜晚"我"是怎样趴在屋顶迫切寻找玛丽的身影的。这场漫长回忆的起因是"我"推测玛丽是在那晚认识了让-克里斯多夫，而"我"要回到过去寻找答案。这种大面积的回忆打乱了线性时间，也同时打通了四部小说，让每一部小说仿佛都没有一个明确的开始或结束。时间永恒绵延，叙事跳跃其中。图森可以按照自己的意愿，回到任意一个过去的时间，重要的不再是故事中事件发生的顺序，而是某一个特定的当下，以画面的形式呈现，让人看到当时的人物以及他的所做所想。

《逃跑》中的回忆–影像以一种更古典的方式呈现，作者插叙了一段回忆，直接回闪到过去的某一时刻。"我"从中国回到法国，立即又去厄尔巴岛参加玛丽父亲的葬礼。船将靠岸的瞬间，"我"回忆起当年玛丽父亲来码头接"我们"的场景，清晰如昨。同样还是渡船的意象，在《玛丽的真相》中又给了一次回忆的机会。"我"在玛丽父亲去世一周年时，应玛丽邀请来到厄尔巴岛。渡船上，"我"先回顾起让-克里斯多夫死去的那一夜，快到岸的时候，又开始想起另一个夜晚——玛丽从日本回来的那个夜晚。小说中的渡船成为一个重要的意向和道具，摆渡记忆，摆渡时间，正如它作为船的泅渡功能。"我"在船上感知的是当下在渡河，也是头脑中正在回忆着的过去的某一瞬间，回忆因为"我"的感知而不断转化为当下，当下渡河的瞬间正在走向未来——将要到达的彼岸。就像电影中，船的出现时常带有穿越时空、记忆、游走、抽离的象征功能。中国青年导演毕赣的作品《路边野餐》中，女孩乘坐渡船从河这边的现在渡到河对岸的过去，空间的转换伴随着时间往过去的穿越。现代电影不再满足于只处理空间，而在时间的维度提出自己的创造性。同样图森的小说也是在时间与空间两个维度展开，并显示出很大的自由度和创造力。

我们能看到图森的"玛丽系列"小说对时间进行了大胆处理，就像在小说中使用了电影的蒙太奇手法，制造时间迷宫。在时空的展现方面做了突破性的尝试。一般来说，"小说趋向于时间的表达，电影有利于空间的展现"[1]。但这种以柏格森的非时序性时间的时空观为理论依据的对电影技巧的借鉴大大拓宽了小说的表现领域。抛弃了线性时间的叙事方式，任意地切换时间、对并置空间进行平行描述，让物理时间变得不再重要，而转为强调"心理时间"[2]，因而引发了文学的"内转"的倾向。

图森对这种非线性时间的把握和分析与柏格森和德勒兹对时间的定义呈现出惊人的一致。过去作为一种潜在，始终存在于我们身上，与当下并存，并成为我们理解当下、遥望未来的基础。在"玛丽系列"小说中，图森在最后一部《裸》中比较多地谈到了时间以及时间的哲学意义。除了从人物的感受出发，间接地来谈以外，还从人物背后走出来，直接阐释了时间的哲学意义：

> 当我们回忆过去，只要限定在空间范畴内，就不会与常理相抵触。当我们在时间中游走，我们感到同时存在于过去和当下——因为不同的瞬间在记忆中不再按顺序排列——我们感到思绪找不到校准的参照物，因为时间不再像一直以来那样，是前后相继的瞬间，而是同时进行的现在的重叠。[3]

"我"感觉到记忆中的时间不再具备前后相继的顺序，而是全部重叠在一起，过去的现在、现在和未来的现在重叠并存。这正是晶体-影像的核心概念。潜在与现在没有清晰的界线。"我"对于时间的感知体现在回忆的画面中，"我"的内在世界帮助"我"直达时间和生命的核心，正如柏格森所强调的，我们的心灵生活（记忆）比外部世界更为重要。图森十分明白：当"时辰变得空虚、缓慢、沉重，时间似乎停住了，在我的生命中，什么都不再发生"[4]。生命的意义存在于时间的流淌中，时间不断发展变化，处于运动的状态，当运动停滞，意义也不复存在。

图森"玛丽系列"小说对线性叙事的消解使时间变得看似随意、难以解释清楚，却拥有更加强大的内在联系。每一个当下的瞬间都成为包含过去、现在和未来的截面，以

---

[1] 杨令飞. 法国新小说发生学. 北京：人民文学出版社，2012：144.
[2] 杨令飞. 法国新小说发生学. 北京：人民文学出版社，2012：40.
[3] Toussaint, J-P. *Nue*. Paris: Les Éditions de Minuit, 2013: 51. 作者译.
[4] 图森. 逃跑. 余中先，译. 长沙：湖南文艺出版社，2014：110.

品体-影像的方式构建出一个个当下的画面供人阅读。这并不是说他取消了叙事,而是他赋予小说叙事以新的意义:他把所有前后相继的事件从时间中抽离出来,使之抽象化,这样就可以根据需要自由选取任意时间来进行呈现,增强了小说的画面感。图森巧妙地模糊了文字、画面和电影的界线,追求一种诗意的美感和视觉冲击力。正如他所说:"在我的艺术创作里面,想表达人性共有的跨越时空的东西:一个是爱,一个是死亡。我的作品是开放的作品,能带来什么在于观众的主动性。"[①]图森在叙事方式上的探索,体现了他在创作中对时间的重新定义,从而在小说中融入了电影的内在哲学和艺术语言:时间的失序与画面的营造。

7.3 莫迪亚诺小说中的"时间-影像"

7.3.1 莫迪亚诺小说中空间的时间隐喻

莫迪亚诺小说以捕捉、描摹记忆见长,为了对记忆进行描绘,作者在小说的叙事中常将叙事拉回到过去的某一时刻,进入回忆的过去,类似电影中"闪回"(flashback)的方法,让观众看到描述从前的画面。这种写作中的自由度得以实现源自作者对一种"融合了时间和空间的非线性时间体系"的构建和把握。莫迪亚诺基于回忆在时间和空间两个不同的维度进行拓展,且使它们交错、混合、难以分割。以立体的时空构建让读者有一种进入电影的感受。

莫迪亚诺的小说是带有"时间-影像"特质的小说,在莫迪亚诺的小说中,人物生活在不同的时间层面,依靠记忆,彼此勾连。作者"摆脱了线性叙事所带来的时间限制,通过营造各个叙事片段的画面,构建了故事与时间的新型关系"[②]。在其小说中拥有大量通过文字描绘而构成的回忆-影像符号。

那是莫迪亚诺的巴黎、莫迪亚诺的尼斯。一个街区、一条林荫大道、一座老屋、一间公寓……都是作者唤起回忆、拆解时间的工具。莫迪亚诺在解构时间上所做的探索不仅止于纯粹时间,而更多时候,是地点在起着唤起回忆的作用。每每身处某一特定的地点,因为有回忆的造访,"时间长河打开一个豁口"[③],回忆不再只是纯粹时间层面上的精神活动,而带上了空间的维度。在莫迪亚诺的表述中,用人物的眼睛看过去,酒店大堂里遇见的人可以是"相隔了数十年,他们凝结在过去"[④]。这种感觉的诞生完全是因为这一特定的地点,这种似曾相识(déjà vu),这种抽离现实的、对时间的感知就是萦绕在莫迪亚诺小说中独特的混沌氛围,因为空间与时间结合得密不可分。他曾用一种更具想

[①] 杨令飞.法国新小说发生学.北京:人民文学出版社,2012:372.图森与陈侗在广州的对话.
[②] 史烨婷.试论让-菲利普·图森"玛丽系列"小说中的时间-影像.外语教学,2017(5):105-109.
[③] 莫迪亚诺.夜的草.金龙格,译.合肥:黄山书社,2015:4.
[④] 莫迪亚诺.夜的草.金龙格,译.合肥:黄山书社,2015:64.

象力的间接的方式描述这种"奇怪的"并存：

> 在那个街区时，我向来都很警觉。[……]感觉奇怪的不是岁月去无痕，而是另外一个我，一个孪生兄弟依然在那里，在附近地区，没有垂垂老去，却依旧循着那些小得不能再小的生活细节，继续过着我从前在这里短暂度过的那种日子，直到时间的尽头。①

仿佛物理上平行宇宙的存在，薛定谔的猫是活着也是死了。在那个街区（蒙帕纳斯街区），莫迪亚诺的主人公与过去的自己和周围整个空间一起并存着。空间接受了时间的投射，变得虚幻不实。空间因而成了时间的隐喻。

当空间带上了时间的色彩，时间也变成了与空间相同的物质。作者将撕开回忆的缺口比作蚊虫的叮咬，"因为现在和过去之间只隔着一张薄膜，只需要蚊虫轻轻张开口就能够戳破这张薄膜"②。过去和现在仿佛被并排放置在空间中。时间的概念幻化成了一种抽象的空间。因此这种回忆是时间的，也是空间的。柏格森认为，时间有两种可能的概念，一种是纯粹的，没有杂物在内，一种则偷偷地引入了空间的观念。正因为我们把时间投入空间，我们的知觉或者说记忆③才有了绵延的广度④。绵延描述的是一种陆续出现，是"入侵将来和在前进中扩展的过去的持续推进"⑤，而广度是用来描述空间的，把陆续出现放到空间里，也就是同时发生里去，这观念在骨子里是一个自相矛盾的观念。

但正是这种矛盾的存在，才让莫迪亚诺小说中的时间有了多维度的表达，传达出更为抽象但更方便理解的意思。时间找到了空间的对应：过去对应着一座城、一个街区、一间公寓，而未来则是"地平线"。莫迪亚诺在小说《地平线》中少见地谈起了未来，当然是以他特有的方式去谈未来，一个深深根植于过去和回忆的未来。他的主人公如常地眷恋着一个街区，不愿离去，那是他的打字员所住的街区，他修改完自己的小说，还有整个晚上的时间。

> 他情愿待在这个街区。他感到自己走到一生中的一个十字路口，或者不如说是一个边界，他在那里可以冲向未来。他脑里第一次想到"未来"这个词，以及另一个词：地平线。那些晚上，这个街区的条条街道上空无一人，十分安静，这是一条条逃逸线，全都通向未来和地平线。⑥

---
① 莫迪亚诺.夜的草.金龙格,译.合肥：黄山书社,2015: 2.
② 莫迪亚诺.这样你就不会迷路.袁筱一,译.北京：人民文学出版社,2016: 24.
③ "知觉与记忆之间只剩下程度上的不同，此外没有其他任何差别，而主体也不会知道自己产生的究竟是知觉还是记忆。无论我们假定纯粹知觉有多么敏捷，其实它都要占据一定深度的绵延，因此，我们的连续知觉从来就不是事物的真实运动（像我们迄今所假设的那样），而是我们意识的一个个瞬间。"引自：柏格森.材料与记忆.肖聿,译.北京：华夏出版社,1999: 53-54. 转引自：周冬莹.日常时刻、身体与时间的晶体.当代电影,2016(4): 46-52.
④ 柏格森.时间与自由意志.吴士栋,译.北京：商务印书馆,2005: 75.
⑤ 柏格森.创造进化论.姜志辉,译.北京：商务印书馆,2004: 10.
⑥ 莫迪亚诺.地平线.徐和瑾,译.上海：上海译文出版社,2012: 73.

莫迪亚诺并置了"未来"和"地平线"两个词，一个代表时间，另一个代表空间。它们的相似之处在于遥远和未知，并因而闪烁着希望的微光，若有若无。唯一确定的是脚下的街道，安安静静、空无一人，从此时此地发出，指向地平线。莫迪亚诺说：

> 在我们二十岁时，这发亮的线条在我们面前展现出未来的种种许诺和希望，到了六十岁，地平线是那遥远而又幸福的过去，是失去的时间，但你会不断在头脑里摆弄它，如同在玩拼版游戏。①

莫迪亚诺的拼版游戏拼的是时间，是回忆。他把过去的希望拼成了现在的回忆。莫迪亚诺的时间是裹挟着时间和空间两种维度的时间，有着丰富的意向和富有诗意的表达，他的人物因而在回忆和现实的穿行中表现自如。

回忆还是现实、过去还是现在，一切都不再重要，因为我们已经超越了线性的时间，情感和知觉都活跃在内在世界。正像柏格森所认为的："时间就是心理生活的材料"②，因而生命是心理上的概念、意识，或者说是超意识，是生命之源。"生命冲动"（élan vital）与时间和空间都密切相关，其本质就是参与到滚滚向前的洪流中去的感受。闵可夫斯基（Eugène Minkowski）受柏格森影响，提出了"回响"（retentissement）的概念，这同样是一种浓缩了时间和空间的听觉隐喻。巴什拉（Gaston Bachelard）依据这"回响"让"诗歌形象获得一种存在的音色"③。莫迪亚诺在小说中，也因为结合了空间的时间体系，获得了自己的"回响"，记忆就是他的"回响"。

莫迪亚诺小说的丰富性在于他基于回忆在时间和空间两个不同的维度进行拓展，且使它们交错、混合、难以分割。青春、爱情、人性、命运这些宏大的命题在他独特的时间体系里得以被描摹、被展现，作为知觉或记忆存蓄于不同的时间平面，且不断流动穿梭，成为一种丰富的生命体验。

艺术的相通使得很多思想观念的演进在不同的艺术形式中有着极其近似的表达。好比王家卫的电影美学被《一代宗师》里梁朝伟饰演的叶问的一句台词体现得淋漓尽致："念念不忘，必有回响。"这是时间和空间的相互投射和呼应，是记忆穿越时空的诗意。就像莫迪亚诺小说中的时间，因为丰富的时间层次和空间概念，具有了一种诗意表达的效果。他作品中的时间是过去现在未来的混合，也是时间和空间的混合。时空的彼此投射和延伸使得人物在此间的往复具有一种矛盾、不真实的诗意："它们（白色霓虹灯光）究竟待了多少天？几个月？几年？就像那些在你看来如此漫长的梦，然而就在你突然

---

① 莫迪亚诺.地平线.徐和瑾，译.上海：上海译文出版社，2012：165.
② 柏格森.创造进化论.姜志辉，译.北京：商务印书馆，2004：10.
③ 巴什拉.空间的诗学.张逸婧，译.上海：上海译文出版社，2013：3.

醒来的那一瞬，你才倏然发觉，这些梦竟然只有几秒钟的时间？"① "第二天在房间里醒来，他意识到，穿过这条街需要十五年的时间。"②

乱了时间，乱了空间。"支离破碎、时空错乱的迷宫式回忆反而令小说如朦胧诗般意蕴无穷。"③ 最终这一切都只是作家为我们建造的一个虚幻的世界。哪年哪月哪一天都不再重要，只有生活依然真实，依然滚滚向前。

7.3.2 莫迪亚诺小说中的梦幻与错觉

莫迪亚诺在《八月的星期天》中描述过一个梦境："我脑子里一切都混淆模糊起来。往日的一幅幅画面在一片稀薄透明的糨糊中乱绞在一起，又渐渐分开，膨胀，变成彩虹色气球的形状，似乎处于破裂的边缘。"④ 此处的气球就是人物在做梦时脑中出现的影像，这是一种梦中的思维活动，即一种潜在影像。根据柏格森的理论，做梦时，睡着的人对内在或外在世界的感知依旧存在，但"只与过去时间面有着宽泛、模糊、变化性很强的关系"⑤。濒于爆裂的"彩虹色气球"使现实中的我"一下子惊醒了，心跳不止"⑥。这一意象所传达的是一种压迫、紧张的感觉，而气球则是将抽象感觉具象化的想象，是对人的紧张感所做出的创造性解读。如果说回忆-影像与现实是一一对应的，梦幻-影像与现实世界的关系更为复杂，它存在着发散性和创造性，气球与紧张感就是一种创造性的对应。另外，这一画面"混淆模糊""在一片糨糊中乱绞在一起，又分开"，这种梦中画面让人看不清楚，此现象被柏格森认定为大脑对记忆的操作，其过程如"相机调焦"⑦。在睡梦中，这种调焦是：模糊与清晰彼此不断变幻。"记忆焦点"的呈现处于无序、飘忽的状态。因而梦境所体现的是人对潜在世界的感知过程，依靠思维或者精神活动进行，使潜在影像和现实相联系。

另外一次，《地平线》中的主人公常去玛格丽特办公楼下等她下班。他做了两三次梦，梦见她随人流一起走出办公大楼。在另一个梦中，则梦见他们被楼梯上他们后面的那些人挤讨去，一直挤压到墙上。梦境所对应的现实有一部分非常真实，是主人公真正看见的场景，即下班时众人涌出大楼。另一个梦里受人挤压的场景却虚实混杂，对应了多重现实，一方面，梦对应了拥挤的感觉，主人公总要在涌出的人群中找到玛格丽特，的确有拥挤之感；另一方面，梦境与现实的关联更为发散，在那一时期，玛格丽特在写一本小说类的书，但是练习本上的字迹写得相当密集，令人透不过气来。密集的人群，

---

① 莫迪亚诺. 这样你就不会迷路. 袁筱一，译. 北京：人民文学出版社，2016: 130.
② 莫迪亚诺. 这样你就不会迷路. 袁筱一，译. 北京：人民文学出版社，2016: 128.
③ 刘海清. 论莫迪亚诺小说的诗性叙事. 当代外国文学，2016(3): 117-124.
④ 莫迪亚诺. 八月的星期天. 黄晓敏，译. 合肥：黄山书社，2015: 37.
⑤ Deleuze, G. *Cinéma 2: L'image-temps*. Paris: Minuit, 1985: 77.
⑥ 莫迪亚诺. 八月的星期天. 黄晓敏，译. 合肥：黄山书社，2015: 37.
⑦ Bergson, H. *Matière et mémoire: Essai sur la relation du corps à l'esprit*. Paris: Quadrige/PUF, 2012: 148.

因而对应了密集的字迹。再看更深层的思维层面，"那个时期，有这种感觉，会跟玛格丽特一起消失在人群之中"①。是那一时期主人公真实的想法：害怕失去，害怕在人群中失去玛格丽特，害怕自己也一同迷失。这种真切的心理带主人公进入梦境里有压迫感的、焦虑的画面。因而梦中的画面并非现实，却折射了现实生活中的多重真实因素和主人公的思维、情感。梦境与真实互相映照，梦境作为现实的潜在体现了人物的思维和感受，并将其准确传达给读者，让读者得以探知主人公内心世界的思维和情感，大大增强了人物的立体感。而梦境与现实也呈现出一对多的特点。

此外，莫迪亚诺常常有意模糊现实和梦境的界线，在小说中常有"这是现实还是梦境"的疑问。因为梦境是变了形的现实，是记忆和时间对现实的加工，是被允许不准确的，但却能在"一片迷雾"中反映人物真实的感受。有时，作者也借助梦境，直接在现实中描述人物感受，是梦是真并不说明：

> 一个梦吗？不如说当时感觉到的是日子在不知不觉中流逝，没有任何突出的时间让我们有所记忆。我们被滚动的地毯载着向前走，两旁的街道向后退去，我们已经弄不清楚到底是滚动的地毯拖着我们前进，还是我们根本没动，而周围的布景被那种叫作"淡出"的电影技巧推向后边。②

这种人不动物动的画面在梦中十分常见，梦境中人物的视觉和听觉反应被阻断，与动因失去了逻辑联系。因此人物在受到外界刺激时无法做出相应的正常世界中的反应，取而代之的是梦中的整个外在世界开始代替人物进行运动。梦境中的此类情形强调外在世界的运动，暗示人物丧失运动能力或被阻止运动。德勒兹也以类似的例子说明类似情况。比如在梦境中，受到惊吓的孩子无法挪动自己的身体了，在危险面前无力逃亡，这时整个外在世界裹挟着他开始逃亡，就像孩子踩着移动的地毯，虽然没有动，但也一路向前。

在梦境中，人物被外在世界裹挟产生运动，而莫迪亚诺以梦境写现实，刻意模糊虚实，让人物被一种紧张、迷失、惊吓的情感裹挟，想要被动逃离世界。依然在"潜在影像"这一层进行小说的叙事，让梦境以变形的方式折射现实世界。

梦幻作为脑中的一种潜在影像是记忆的一种特殊的存在形式，是"过去"时间面在脑中作为潜意识的一种存在。

而错觉则是清醒时的梦幻感受，与现实错位。错觉被加斯东·巴什拉解释为非现实性渗入原来的地点和时间。他以对家宅的带有错觉的回忆为例描述了这样一种感受："幻想有时深深地沉浸到一段不确定的过去，一段被剥夺了具体日期的过去，使得对出生家宅的清晰回忆似乎离我们而去。这些幻想使我们的梦想受到惊吓。我们由此开始怀

---

① 莫迪亚诺. 地平线. 徐和瑾, 译. 上海：上海译文出版社, 2012: 22.
② 莫迪亚诺. 八月的星期天. 黄晓敏, 译. 合肥：黄山书社, 2015: 87.

疑自己是否在那些曾经生活过的地方生活过。"①因而错觉往往存在于记忆中，也与过去相关。这样的错觉就是柏格森所谓的调焦中那模糊的阶段，对于现实，我们无法清晰确定，能握住的唯有一丝感觉。

莫迪亚诺的人物们常有关于季节的错觉。《八月的星期天》中，"我们在明媚的阳光下慢慢地走过西米叶大道。我脱掉大衣。我清楚地知道这时正是冬天，而且黑夜就要降临，但在一瞬间，我突然觉得好像在七月暑天"②。还有《地平线》中

> 两个季节混杂在一起。当时应该还是冬天，是玛格丽特刚结束在拉济维乌街的短期工作之后不久。然而，他们走到天文台大街旁的花园时，博斯曼斯却感到四十年前的那天晚上是在春天或夏天。③

这些关于季节的错觉描述的是人物对外界的感知。这种对于外界季节错位的感知可能是因为光线："那骄阳，那印在马路上、墙上的清晰无比的暗影……"④也可能是因为事件在记忆中发生的顺序倒错。总之，这种感知与现实的对应发生了错位，它所传达的并非现实的一事一物，而只是为描述感觉。在《这样你就不会迷路》中，作者描述的一笔错觉："印度式夏天的光线让巴黎的街道失去了时间的概念，带有一种温和的色彩，他似乎又感觉到自己漂浮在水面上。"⑤从光线到色彩再到漂浮感，看似相关度不大的跳跃描写，却精确传达出了当时的氛围和人物飘忽无着的感觉，抑或是一种纵身跳入空中，飘浮着的"失重的感觉"⑥。此类错觉表达的其实是人物对现实无可奈何的逃避，心生身不由己的感受。

德勒兹说："梦不是一个比喻，而是一系列失真的图像，描绘出一个巨大的循环。"⑦错觉也是如此。梦境与错觉作为潜在影像与现实聚合、形成循环，把更真切的感受、更完整的人物和小说世界呈现在我们眼前。

自新小说以来，文学就体现出一种追求差异，寄希望于"多元化"的发展趋势。文学创作经常借鉴绘画、摄影、电影等艺术形式，打破自己的纯文本模式，力求给读者更丰富的艺术体验和新的惊喜。图森和莫迪亚诺的小说继承了新小说的这一趋势，并把对其他艺术的借鉴推向更深的层面，开始触及诸如时间等哲学层面的基本问题，并以此出发改变着小说创作。把一种艺术的创作手法融入另一种艺术，是作家们深层次的创新和探索，为小说带来了"电影感"，使小说成为艺术语言上的"电影小说"。

---

① 巴什拉. 空间的诗学. 张逸婧, 译. 上海: 上海译文出版社, 2013: 61.
② 莫迪亚诺. 八月的星期天. 黄晓敏, 译. 合肥: 黄山书社, 2015: 86.
③ 莫迪亚诺. 地平线. 徐和瑾, 译. 上海: 上海译文出版社, 2012: 44.
④ 莫迪亚诺. 八月的星期天. 黄晓敏, 译. 合肥: 黄山书社, 2015: 86.
⑤ 莫迪亚诺. 这样你就不会迷路. 袁筱一, 译. 北京: 人民文学出版社, 2016: 66.
⑥ 莫迪亚诺. 青春咖啡馆. 金龙格, 译. 北京: 人民文学出版社, 2010: 82-83.
⑦ Deleuze, G. *Cinéma 2: L'image-temps*. Paris: Minuit, 1985: 78.

拓展阅读与思考

1. 书与电影。

玛格丽特·杜拉斯是20世纪最有影响力、最具个性的法国作家之一,同时也是一名以颠覆性影像实践著称的电影人。1980年6月,杜拉斯受《电影手册》编辑部邀请,参与其策划的特刊《绿眼睛》,随后编纂成书、正式出版。作为作家和导演,杜拉斯的文字和影像充满了"相爱相杀"的激烈碰撞。她电影中语词与图像的双线表达常使其作品难以捉摸,苛刻地挑选着它的观众。

[……]人们不需要通过学习来认识电影的句法。7岁的孩子就能透过电影的剪辑看懂一部电影。但不变的是:电影的观者创造了电影。书有预设的门槛,而电影没有。观影实践足以使人成为观影者。这就是电影与其他事物的主要区别所在。电影拥有为数众多——最多——的观者,也是最野生且未受规训的观者。

[……]在所有叙述方式中,电影可能是最后的选择。因为电影的门槛——由于其技术性——最高,离事件本身也最远。事实上,恰恰相反,电影是最适合重现事件冲击性影响的方式,如"早晨,天真蓝,有太阳"。电影也是最适合把对时间的感受传递给大量观众的方式。由沉默且不可见的句法联结起来的、近乎同时发生的两张影像和简简单单的几个字就能再现原先的感觉,且不需要只言片语。这为数最多的观众,是谁?来自哪里?

电影人针对电影所做的工作——我们不提由于技术设备问题给工作带来的麻烦和阻碍——与作家针对书所做的工作处于不同层面。在抵达电影层面之前,书是电影人的必经之路。虽然真实的写作不会发生,但在创作链中,书具有与写作同样的价值。电影人必须借助书给阅读定位,这也是观者的位置。好好看看这些电影:这些电影像书一样需要被阅读,书写的情节在其中一目了然。有意或无意掩蔽的写作过程都是可见的,书写的地位以及整个书写轨迹都是可见的。[……]

在创作层面,电影人的位置与作家相对于其作品的位置完全相反。我们能不能说在电影里书写是反向的呢?我觉得或许可以这么说。电影人只有在观者的位置上才能看他的电影,读他的电影。而作家始终在黑暗中书写,任何阅读都是不可能的,即便是主动接近文本的人,他所写的东西依然显得难以理解。电影人则位于作家所处的黑暗之后。写过一些书之后再拍电影,就是——相对于待做的事情而言——换了下位置:相对于未完成的书而言,我在书之前;相对于未完成的电影而言,我在电影之后。为什么?为什么我们觉得有必要换位置,并且放弃先前的位置呢?因为做电影,就是以书的创造者——作家——为对象进行破坏行为。做电影,就是使作家无效。

[……]事实上，所有作家都会被电影摧毁。但这并不妨碍作家的表达。作家被摧毁时留下的遗迹成为真正意义上的电影。作家想要表达的内容变得光滑，一如由影像铺设的道路。

[……]没写过书的人和电影人都没有触及我称之为"内部阴影"的东西。"内部阴影"存在于人体内。除了通过语言，"内部阴影"无法从体内流出。而作家却可以动用它。事实上，作家启用了全部的"内部阴影"，并还原了这种共有的、本质意义上的安静。所有阻碍作家进行还原的行为——如电影——都会导致被书写话语的倒退。电影的文字表达功能和语言是不一样的。电影使话语走向最原初的安静。一旦话语被电影摧毁，它就无法再次出现在任何地方、任何书写之中。在电影人那里，习惯性的话语毁灭已成为某种创作经验。

对我而言，电影的成功根植于写作的溃败。电影最主要的且具有决定性的魅力，就在于它对写作的屠杀。这场屠杀如桥梁一般，将我们引向阅读本身。甚至比读者所坐的位置来得更远：直至当今社会所有人必然要经历的"忍受者"的位置。我们可以换一种说法：无论出于有意还是本能，几乎所有的年轻人都会选择电影，他们的选择具有政治性。想要做电影，就是想要接近"忍受者"的位置：观众的位置。与此同时，他们绕开或摧毁了——被赋予特权的——书写阶段。

陆一琛 译[①]

? 请阅读以上段落，回答以下问题：

（1）杜拉斯作为一个文学作者和电影作者，认为文学和电影之间最大的区别是什么？两者各自的长处是什么？

（2）杜拉斯使用"话语被电影摧毁""电影的成功植根于写作的溃败""它（电影）对写作的屠杀"这些极端而激烈的表达是为了说明什么？

（3）在杜拉斯的写作实践和电影实践中，"话语流"和"图像流"常常平行出现，她是怎么做的？这样做的意义何在？

[①] 节选自：杜拉斯1973年1月发表于《新政治家周刊》（New Statesman）的文章《书与电影》。杜拉斯.绿眼睛：杜拉斯与电影.陆一琛，译.北京：民主与建设出版社，2021：98-101.

第八讲

文学与历史学（一）
小说和历史

扫码阅读本讲课件

在法语中，"histoire"一词有多种含义：在"L'histoire est prenante."（剧情扣人心弦。）中表示小说或电影的情节；在"Il m'a raconté des histoires."（他对我撒了谎。）中指谎言；在"Il m'est arrivé une drôle d'histoire."（我碰到了一件怪事。）中指令人惊讶的情形；在"J'aime les histoires drôles."（我喜欢有趣的故事。）或"Il raconte chaque soir une histoire à sa fille."（他每天晚上都给女儿讲一个故事。）中表示故事；等等。此外，"histoire"既指考据和讲述人类过去的知识，也指这一过去本身，这就增加了语言歧义的风险。因此，按照惯例，我们一般用"小写历史"（histoire）来表示那些旨在提供关于过去的知识的话语，而用"大写历史"（Histoire）来谈论这一过去本身。这种语言上的含混性在一些邻近的语言中并不存在。英语中有"history"和"story"之分，意大利语中有"istoria"和"storia"之分，前者指过去，后者指试图联系、理解和解释过去的叙事。在德语中，"geschichte"可以指代过去及其表现，但习惯上用"historie"来表示历史调查，这就避免了含混性，尽管通行的用法保留了这两个术语的互换性。

第八、九、十讲旨在研究文学——尤其是小说——与历史之间的关系。此处的历史既指过去，又指将过去作为调查对象的知识。第八讲将分析小说家和小说针对过去做了什么，说了什么，产出了什么；本讲还将分析小说家与学院派历史学家所做研究的联系。第九讲将研究历史学家如何利用文学作品来探究过去，将小说作为探索历史的来源。第十讲将讨论历史学家与小说家及其作品的关系。二者所涉及的是过去这同一领域，而且他们之间还存在着模仿、竞争和借鉴的关系。

8.1 四种专门关注过去的小说类型

过去是小说的重要主题之一。对这类小说体裁的界定并非易事，且这种界定总要人为进行，因其极具可塑性和多样性，以至于不同的类别会有重叠，特殊情况层出不穷。本讲将分析与过去直接强相关的四类小说，继而从四个方面反观小说对历史的作用和历史学家的写作。除下文所列举的四种类型外，还有出色地描写了各种过去的魔幻现实主义作品，以及在主要情节年代之下隐藏着对另一年代的兴趣的讽喻小说。但受篇幅所限，本讲不一一赘述。

8.1.1 历史小说

《历史小说》一书在《一个不确定的定义》这章中开门见山地写道："很难以绝对和严格的标准来定义小说。因此，人们会一致认为，定义历史小说绝非易事。"[1] 让我们试着确定历史小说的一些特点。

"历史小说"的概念何时在西方出现？众所周知，文学总会触及过去：《伊利亚特》讲述了特洛伊战争的故事；拉辛和莎士比亚借鉴了罗马历史；写于路易十四统治时期的《克莱芙王妃》则关联了120年前发生在亨利二世时代的一场宫廷私通……但直到19世纪初，历史小说才在一场双重运动的影响下出现。首先，法国大革命和拿破仑战争颠覆了欧洲，推动资产阶级成为主要阶层，与一心想重振雄风的贵族阶层相抗衡，增强了民族认同。面对这些骤变，人们将目光投向了过去：出于怀旧，也是为了寻找前因，理解这些被不同派别看作是一种进步或一种倒退的动荡局面。资产阶级与国王、贵族以及教士争夺对过去话语的垄断。一些历史学家开始努力记录人民的历史，而不再是限于王朝的历史。其次，自17世纪以来，小说因讲述想象的事件而声名鹊起，成为一种主要文学体裁。其现实主义的雄心和说教的意图符合人们对历史的浓烈兴趣。于是，现代意义上的历史小说出现了。

19世纪初，很多法国评论家不赞同"历史小说"的划分，而是将其描述为"半历史半寓言""作者以将真相本身隐藏在寓言之中为乐"，但也有评论家为"历史小说"辩护。[2] 沃尔特·司各特（Walter Scott）对历史小说的发展做出了重大贡献。《威弗莱》（1814）追溯了1745年的雅各布派叛乱。从《艾凡赫》（1819）开始，他的兴趣转向了更早的时期，尤其是中世纪，以及他祖国以外的地方。有时，为了使某些文学虚构站得住脚，叙事者会请教历史学家，但他并不会退居其次。叙事中包含着对背景或历史事实的考量。最重要的是，小说中的人物，无论是杜撰的还是经过考证的，无论是小人物还是大人物，业已成为历史典型，他们的性格和日常生活都得到了生动的再现。读者沉浸在一个连贯、合理的世界中，经历一场扣人心弦的冒险。这一切都是为了把握住某个遥远时代的特性，以一种正面的发展模式来娱乐读者，在这个模式下，好人占上风，分裂

---

[1] Gengembre, G. *Le roman historique*. Paris: Klincksieck, 2006: 87.
[2] Louichon, B. La critique des romans dans *La Décade et Le Mercure* (1794—1820). *Romantisme*, 2001(111): 18-19.

与不和减少。事实上，司各特的小说背景刻画了更有利于团结的敌对的消除，如资产阶级和新教对天主教贵族的敌对、苏格兰对大不列颠的敌对、1066 年征服并定居英格兰的诺曼人对撒克逊人的敌对。

这与古典时代的"历史原型小说"（proto-roman historique）[1]形成了鲜明的对比。在"从一开始就因过度的历史博学而受到批评"[2]的《克莱芙王妃》中，情感冲动和道德困境是主要动机，历史背景对人物命运的影响微乎其微。但在沃尔特·司各特的作品中，某个时代的历史、环境和形势却是叙事的核心所在。

司各特的作品自 1817 年开始被翻译成法语，启发了 19 世纪的众多小说家和历史学家，他们都致力于模仿、延伸、超越或反驳他。从司各特开始，"历史小说"便正式作为一种体裁而存在了。

"历史小说"这个概念很宽泛。当人们给这个概念下定义时，很难概括得面面俱到。塔迪埃（Jean-Yves Tadié）提出了"某些永恒的规律"："在已知的历史脉络中，有伟人，有社会，有政治和经济危机，有战争，历史小说引入了一些虽然在历史上是次要的，但在小说中却是主要的人物。反之，历史中的'伟人'则退居次席。"[3]但随后他又提到了《哈德良回忆录》，在书中，"尤瑟纳尔（Marguerite Yourcenar）展示了一个政治家是如何生活和思考的"，总之写的是一个"伟人"。[4]同样，大仲马的小说《红色狮身人面像》[5]以黎塞留为主角。因此，我们很难以小说中的某个或某些主要角色来界定历史小说，因为小说的主人公并不都是历史上的次要人物，也可以是历史名人。

规定严格的时间间隔是复杂的。塔迪埃认为："小说家应与他所书写的时期至少隔开一代人：讲述他父母的故事，而不是他自己青年时期的故事。他应该借助于调查，而非记忆。"[6]布丽吉特·克鲁利克（Brigitte Krulic）则提出，"一般来说，这一间隔以两代人的时间跨度为宜"[7]，之后她又明确表示，鉴于战争或革命大大改变了背景和时间观念，这一间隔可以缩短。《历史小说评论》（Historical Novels Reviews）的主编给出了他们所认可的时间跨度："我们认为，'历史小说'是以过去 50 年或更长时间为背景的小说，作者是依据研究而不是个人经验来写作的。"但她马上又补充道："有时我们也会破例。"[8]

---

[1] Couégnas, D., Peyrache-Leborgne, D. Introduction. In Couégnas, D. & Peyrache-Leborgne, D. (eds.). *Le Roman historique. Récit et histoire*. Nantes: Pleins Feux, 2000: 7.

[2] Pavel, T. *La pensée du roman*. Paris: Gallimard, 2003: 128.

[3] Tadié, J-Y. Le roman historique au XXe siècle. In Tadié, J-Y & Cerquiglini, B. *Le roman d'hier à demain*, Paris: Gallimard, 2012: 217.

[4] Tadié, J-Y. Le roman historique au XXe siècle. In Tadié, J-Y & Cerquiglini, B. *Le roman d'hier à demain*, Paris: Gallimard, 2012: 231.

[5] Dumas, A. *Le Sphinx rouge*. Paris: Le Cherche midi, 2018. 该小说于 1865 年在《新生报》上连载，在大仲马生前没有成册出版。

[6] Tadié, J-Y. Le roman historique au XXe siècle. In Tadié, J-Y & Cerquiglini, B. *Le roman d'hier à demain*, Paris: Gallimard, 2012: 219.

[7] Krulic, B. *Fascination du roman historique. Intrigues, héros et femmes fatales*. Paris: Autrement, 2007: 38.

[8] https://historicalnovelsociety.org/defining-the-genre-what-are-the-rules-for-historical-fiction/.

时间间隔对一些作家来说几乎不是限制。1867年，左拉（Émile Zola）以连载小说的形式发表了《马赛的秘密：当代历史小说》。这个故事可以追溯到大约15—20年前，书名是报社负责人选定的。起初，左拉不同意这个书名，他认为尽管自己已尽可能地贴近事实，但仍做了一个小说家的工作，也即进行了部分改编，例如杜撰了一些人物，以使故事具有吸引力。①不过，在该连载小说重印版的序言中，他还是试图证明副书名的合理性：他写的"一切都很真实，一切都是从现实中观察到的"，但首先是作为一名小说家，因为他"拒绝承担历史学家的重大责任，历史学家既不能混淆某个事实，也不能改变某个人，否则就会招致诽谤者的可怕诘难"。②

阿兰·塔塞尔（Alain Tassel）用"当代历史小说"来形容约瑟夫·凯塞尔（Joseph Kessel）的几部"小说"，这些小说"描写了掺杂着想象情节的真实事件"，是在事实发生2—5年后写的。③他这样形容的依据是马尔罗七星文库版的《征服者》，书中使用了这一说法④；以及一些评论家使用这一表述来探讨"人的境况、希望""关于人的境况、希望的书写遵循启发他们几个月或几年的真实片段"⑤。另有一些专家则以"历史小说"来指称与所描写时代相距很近的小说。例如，1942年完成的《法兰西组曲》⑥，讲述了1940年6月的溃败、逃亡和德国的占领⑦。有学者将出版于1945年、描写1938年9月慕尼黑危机的小说《缓期执行》也归为"历史小说"。但萨特认为，"历史小说讲述过去的事件，它以事后结果取代了'正在发生的过程'，因此它在追溯的逻辑下抹去了'现在的不确定性和风险'以及'我们时代的不可逆转性'"。他希望"在历史进程中把握历史""表达现在"，⑧因而"不是写一部历史小说（关于已发生的历史），而是写一部历史性的小说（或我们生活其中，正在发生的历史）"⑨。不过，让-弗朗索瓦·卢埃特（Jean-François Louette）认为，萨特所说的不过是"历史小说的一种特殊情况"⑩，它与该体裁的其他早期小说一样受到历史冲击的刺激，如它们一般假装对已发生之事一无所知，虚构出代表真实历史的人物。

因此，在时间间隔方面灵活限定，并通过查阅文献、对历史进行问题化处理来和历史保持距离，符合许多作家的实践。

---

① Ripoll, R. La publication en feuilleton des Mystères de Marseille. *Cahiers naturalistes*, 1969(37): 21-23.
② Zola, É. *Les mystères de Marseille: roman historique contemporain*. Marseille: Imprimerie nouvelle A. Arnaud, 1867: V-VI.
③ Tassel, A. *La création romanesque dans l'œuvre de Joseph Kessel*. Paris: L'Harmattan, 1997: 85-89.
④ Autrand, M. « Notice » pour *Les Conquérants*. In Malraux, A. *Œuvres complètes*, I. Paris: Gallimard, 1989: 992.
⑤ Leblon, J., Pichois, C. La Condition Humaine, Roman Historique ?. *Revue d'Histoire littéraire de la France*, 1975, 75(2/3): 437-444.
⑥ Némirovsky, I. *Suite française*. Paris: Gallimard, 2004. 这是一部遗作，作者死于奥斯维辛集中营。
⑦ 参见：Kershaw, A. *Suite française*: un roman historique du XXIe siècle. In Dambre, M. (éd.). *Mémoires occupées*. Paris: Presses Sorbonne Nouvelle, 2013: 85-92.
⑧ Sartre, J.-P. *Situations, II. Qu'est-ce que la littérature ?* Paris: Gallimard, 1965: 253-254.
⑨ Louette, J.-F. *Le sursis*, cas limite du roman historique ?. *La Revue des Sciences humaines*, 2017(326): 147-148.
⑩ 参见：Louette, J.-F. *Le sursis*, cas limite du roman historique ?. *La Revue des Sciences humaines*, 2017(326): 147-166.

一些作家拒绝将自己的书归类为"历史小说"。阿拉贡在《圣周风雨录》的开头用大写的文字强调:"这不是一部历史小说。任何与历史人物的相似,任何名字、地点和细节上的雷同,都纯属巧合。以不可剥夺的想象权利为名,作者拒绝承担任何责任。"① 然而,阿拉贡这段话出现在了对历史小说的概括中②:"一部完全革新了体裁的小说。[……]阿拉贡的《圣周风雨录》(1958)在动荡的历史中上演了一场溃乱,细节的真实性使人们能够了解那个时代和当时的情况。"③ 此前,热拉尔·让让布尔(Gérard Gengembre)还如此评价了克洛德·西蒙:"在《弗兰德公路》(1960)中,克洛德·西蒙讲述了1940年法军的溃败,并将影响各种秩序(空间、时间、社会)的普遍混乱这一主题与正在(重新)创作中的小说写作联系起来。"④ 许多研究克洛德·西蒙的学者都在他的作品中发现了历史小说的某些特征,甚至有学者将他的小说称作"新历史小说"⑤。

简而言之,"历史小说"似乎有两种用法。第一种用法非常广泛,涵盖了任何主题设定在过去的小说。一些作者拒绝这种使用,认为这将他们的作品简化为仅具有历史主题的故事的唯一维度。那些侧重于严肃历史的作家亦是如此,他们不愿意与非学术性的叙述联系在一起,譬如尤瑟纳尔,她不喜欢这种提法,但由于没有更合适的表述,她还是使用了"历史小说"⑥。另一种用法则更具限制性。尽管"历史小说"具有多样性,经历了演变,与其他诸如启蒙和哲理小说、幻想小说、战争小说等子类型形成了多重组合,但经由一些读者组织或作家协会,它业已成为在图书系列、书店分类和图书馆中一个可识别的板块。就司各特和大仲马的作品而言,这种体裁将过去真实的背景和情境与想象的场景和主角相结合,不论历史名人出现与否;将杜撰和经过考证的元素杂糅在一起,其目的是让人们在一定程度上感受到其他时代和生活方式的真实性。一种供人消遣的体裁,引领读者穿越历史,更好地了解过去。此外,列出大量图书,缺乏历史准确性,有明显的年代错误,有时似乎是在用古语,但其实只是由使用不当的古语拼凑而成,而且往往涉及真实的生活和事件,这些与其说是历史小说,不如说是"小说化的历史"⑦。

---

① Aragon, L. *La Semaine sainte*. Paris: Gallimard, 1958, sans pagination.
② Durand-Le Guern, I. *Le roman historique*. Paris: Armand Colin, 2008. 书中专辟一节探讨"'文学的'历史小说",对尤瑟纳尔、西蒙以及阿拉贡进行了评论。
③ Gengembre, G. Le roman historique: mensonge historique ou vérité romanesque ?. Études, 2010(413): 372.
④ Gengembre, G. Le roman historique: mensonge historique ou vérité romanesque ?. Études, 2010(413): 371.
⑤ Reitsma-La Brujeere, C. *Passé et présent dans Les Géorgiques de Claude Simon*. Amsterdam-Atalanta: Rodopi.
⑥ 参见: Yourcenar, M. Ton et langage dans le roman historique. *Nouvelle Revue Française*, 1972(238): 101-123; Yourcenar, M. *Le Temps, ce grand sculpteur*. Paris: Gallimard, 1983: 29-58.
⑦ 这一区分可以避免对体裁的如下片面排斥:"异国情调小说或历史小说,是另一种变质的现实主义,它借用了印度和古埃及[……]提供的取之不尽的资源。在这两种情况下,现实主义与民间传说、集体或个人融合在一起。在这两种情况下,现实主义与集体或个体的民俗相混淆。人物、空间和时间都被视为待开发的异国情调储备。" Jourde, P. *La littérature sans estomac*. Paris: Pocket, 2007: 18.

8.1.2 非虚构小说

长期以来，一些小说家始终在不增添人物或情节的情况下，对各种经过考证的人或事进行精确的描述：保罗·莫朗（Paul Morand）、让·季奥诺（Jean Giono）以及其他许多作家皆在此列。① 今天的许多作家仍在继续践行这一写作原则。

《达米安之墓》讲述了达米安在1757年3月28日的惨烈状况。他用刀袭击了路易十五，不是为了刺杀他，而是要警告他人民的愤怒，他只让路易十五受了轻伤。最终，他被判了极刑，并以车裂处死。听到判决结果，他只是说："那天会很难挨。"这句话出现在克莱尔·傅立叶（Claire Fourier）小说每一段的末尾。她向达米安"致敬"，表达她的"悲痛"，以及她"对人类能够对其手足同胞如此残忍所感到的恐惧"②，她经常在小说中与这位受刑者交谈。故事给出了当天的细节，追溯了达米安在大革命前的法国的生命历程，并讲述了作者受这个残酷的故事影响后的反应和日常生活。在这首"为历史上的大败笔所谱写的嘹亮的爱之歌"③中，没有对事实的虚构，有的只是充沛的情感。埃里克·维亚尔（Éric Vuillard）在其作品的封面上也说明"叙事"没有虚构。《征服者》④讲述了印加帝国的覆灭；《刚果》⑤讲述了1885年柏林会议上对非洲的无耻瓜分；《西方之战》⑥讲述了在1914年，统治者和他们的军事首领如何因不作为和愚蠢而将欧洲及其殖民地和年轻人引向了杀戮；《大地的悲伤》⑦讲述了印第安人大屠杀后，"水牛比尔"所打造的"狂野西部秀"。《7月14日》⑧则是关于1789年4月攻占巴士底狱的民众；《日程》⑨描写了希特勒和当时的主要工业家之间的会面，以及1938年德国对奥地利的吞并；《穷人的战争》⑩描写了闵采尔的愤怒，他率领那些一无所有、不想再失去的人，继扬·胡斯（Jan Hus）、约翰·威克里夫（John Wycliffe）之后，投身于那个时代的宗教和社会斗争。作者以独特的视角，尽可能对伟大历史的某些事实进行缩编，捕捉并展示了被遗忘，甚至被忽略的细节。维亚尔通过细微的、有时是尖刻的笔触拉近了过去与现在的距离，他会提及某个参考过的文件，对某条信息进行评论。

这些作品因各种非常个人化的介入而与本节开头提到的作品有所区别。它们基于对相关史料和史实的细致调查。还有一些当代文学作品也将调查置于陈述的中心。例如，

---

① Morand, P. *Fouquet ou le Soleil offensé*. Paris: Gallimard, 1961; Giono, J. *Le Désastre de Pavie, 24 février 1525*. Paris: Gallimard, 1963.
② Fourier, C. *Tombeau pour Damiens. La journée sera rude*. Paris: Éditions du Canoë, 2018: 75.
③ 参见封底文字：Fourier, C. *Tombeau pour Damiens. La journée sera rude*. Paris: Éditions du Canoë, 2018.
④ Vuillard, É. *Conquistadors*. Arles: Actes Sud, 2015.
⑤ Vuillard, E. *Congo*. Arles: Actes Sud, 2012.
⑥ Vuillard, É. *La Bataille d'Occident*. Arles: Actes Sud, 2013.
⑦ Vuillard, É. *Tristesse de la terre: une histoire de Buffalo Bill Cody*. Arles: Actes Sud, 2014.
⑧ Vuillard, É. *14 juillet*. Arles: Actes Sud, 2016.
⑨ Vuillard, É. *L'ordre du jour*. Arles: Actes Sud, 2017.
⑩ Vuillard, É. *La guerre des pauvres*. Arles: Actes Sud, 2019.

小说《HhhH》①谈论了二战期间捷克抵抗组织对海因里希的暗杀。洛朗·比内（Laurent Binet）搬到斯洛伐克后，对该事件略有耳闻。在了解了更多情况后，他意识到"这个故事的传奇性和精彩程度超过了离奇的虚构"②。出于讲述这个故事的强烈意愿，他放弃了历史小说的形式，因为即使在最严谨的小说中，"虚构成分也会掩盖住历史"③。他创造了一种"亚小说"（infra roman）④，其中的"亚"（infra）指的是暗杀事件与叙事者之间的联系，基于该暗杀事件，洛朗·比内进行了背景描述、探索研究和情节构思，而叙事者则负责讲述比内的调查，揭示他对历史、文学和走近过去的方式的反思，传达他的犹豫和失败。小说的封底写明了读者会在书中读到两种"战争"：一种是暗杀的准备，另一种是"小说对历史真相的传达"。

作为一部"小说"，《HhhH》只包含"真实"的事件、"曾经存在或仍然存在"的"人物"，以及小说家评论和拓展的话语。帕特里克·德维尔（Patrick Deville）的书写也常常因循相似的形式。在一部作品集的封底文字中，德维尔提到"三部非虚构的冒险小说，将1860年至今的一个半世纪中，三大洲的名人和普通人的生活交织在一起"⑤。多米尼克·维亚（Dominique Viart）将这种"非虚构"与"现如今批评家们创造的众多术语"相联系："非虚构小说⑥、叙事性非虚构、创造性非虚构、事实性虚构、纪实小说、纪实叙事、'档案类著作'、纪实传记"⑦。"这些实践的起源和它们的各种名称"可以在杜鲁门·卡波特的《冷血》（1966）中找到，随后，诺曼·梅勒和汤姆·沃尔夫也相继发表了此类叙事，很快就形成了新新闻主义运动。⑧20世纪80年代，这一运动蔓延至法国文学界，主要聚焦各类社会新闻或重要领域和地点。德维尔的作品就是该文学运动的变体，围绕着一些过去的人物进行了探索和交叉。维亚将此类小说界定为"田野文学"（littératures de terrain）⑨。因为这类作品从人文社科中获得灵感，同时还建立在对相关地点或材料的研究基础之上。最重要的是——不同于其他建立在事先调查基础上的文学作品，如左拉的自然主义小说——它们没有通过杜撰人物、情境、情节或插入悬念来进行虚构，而是创造了"以第一人称书写的文本，作家自己不仅作为叙事者而且作为主

---

① 这是党卫军给这位纳粹领袖所起别名的首字母缩写，全称为"Himmlers Hirn heißt Heydrich"，译作"希姆莱的大脑叫海因里希"。
② Binet, L. *HhhH*. Paris: Grasset, 2009: 15.
③ Binet, L. *HhhH*. Paris: Grasset, 2009: 29.
④ Binet, L. *HhhH*. Paris: Grasset, 2009:327.
⑤ Deville, P. *Sic Transit*, Paris: Seuil, 2014. 该作品集收录了三部小说：*Pura Vida* (2004), *Équatoria* (2009), *Kampuchéa* (2011).
⑥ 他引用了《文学术语和文学理论词典》（Cuddon, J. A. (ed.). *Dictionary of Literary Terms and Literary Theory*. London/New-York: Penguin Books, 2013.）中的定义："一部基于真实事件和人物的小说，主要借鉴了报纸文章、官方文件、私人信件和访谈等文献证据。但故事中的叙事元素——尤其是主角们的对话和想法——是作者的创造。20世纪60年代末，一个结合了事实（fact）和虚构（fiction）的合成词'纪实小说'（faction）被用来描述此类作品。"
⑦ Zenetti, M-J. *Factographies: L'enregistrement littéraire à l'époque contemporaine*. Paris: Classiques Garnier, 2014.
⑧ Viart, D. Les terrains de Patrick Deville. *Romanische Studien*, 2018(7): 151-152.
⑨ Viart, D. Les terrains de Patrick Deville. *Romanische Studien*, 2018(7): 155.

角参与其中"①。事实上，在书中的一处元文学话语中，德维尔展示了收集和理解信息的方法。他的写作方式并不固定。例如，《瘟疫与霍乱》回溯了发现鼠疫杆菌的巴斯德的门生耶尔森（Alexandre Yersin）的一生。基于对这位细菌学家的档案及其生活过的地方的调查——以及根据一些研究，尤其是一本翔实的、未被引用的传记②，书中的"致谢"对象只涉及一些人和机构——这部"小说"没有任何杜撰的成分。与三部曲相比，作者的出场次数要少得多，且以各种奇怪的称呼，如"未来的隐形幽灵""拿着鼹鼠皮笔记本的抄写员"③等，观察并记录耶尔森的行动。

构思一部非虚构小说，当涉及杜撰或增补可能知道的事物，此处的"虚构"仍然是有争议的。奥利维尔·罗兰（Olivier Rolin）和哈维尔·塞尔加斯（Javier Cercas）的例子能够引发我们的思考。

奥利维尔·罗兰在提到《气象学家》时明确说道："我不称它为小说，即使评论家这样称呼它。我知道帕特里克·德维尔，也读过他的作品，但我不能理解他对非虚构小说的看法。[……]大家都把《气象学家》当作一本小说来介绍，但它是一个尽可能严谨和审慎的调查。我只是把调查者——'我'——置于其中，这是历史学家通常不会去做的事情。对，的确，我更像是一个作家，而不是小说家。"④在《气象学家》中，罗兰讲述了一位在1934年被捕并被送往集中营的苏联科学家的生活。该书根据科学家寄给女儿的图画、植物标本和信件，并在Memorial（一个为纪念苏联时期的被驱逐的犹太人而积极活动的协会）的帮助下完成。一个调查中的"我"推动着故事的发展，他对所得知之事做出反应，并一一记录，没有进行任何改动或修饰："我尽可能严谨地讲述，不使它小说化，试图忠实于我所知道的内容。"⑤在致谢中，他明确指出："虽然我已经尽量做到准确无误，但本书并非学术著作。因此我没有系统地引用那些我所参考的历史学家的言论。"⑥作者声称这项"调查"是"以他的主观性进行"，并"以文学的方式[……]整理而成的"，其中包括了历史学家不会使用的叙事技巧。例如，在第二部分，"他的声音'我'与气象学家的声音相互交织，后者的声音是通过他的家信传达给读者的"⑦。也就是说，没有真正的引文，也没有引号，但信中所传达的信息与"我"的反应和评论既互相区别，又彼此关联。

---

① Viart, D. Les terrains de Patrick Deville. *Romanische Studien*, 2018(7): 157.
② 德维尔既参考了耶尔森的论文，也大量借鉴了以下专著：Mollaret, H. H., Brossollet, J. *Alexandre Yersin ou le vainqueur de la peste*. Paris: Fayard, 1985. （参见：Nau, J.-Y. *Peste & Choléra: les lettres qui fâchent*. Slate [en ligne], 5 novembre 2012. URL: http://www.slate.fr/story/64405/peste-cholera-deville-yersin-sources.）
③ Deville, P. *Peste & Choléra*. Paris: Seuil, 2012: 58.
④ 援引自 *Ballast* 杂志于2015年的访谈：https://www.revue-ballast.fr/olivier-rolin-la-litterature/.
⑤ Rolin, O. *Le météorologue*. Paris: Seuil, 2014: 187.
⑥ Rolin, O. *Le météorologue*. Paris: Seuil, 2014: 207.
⑦ Rolin, O. Entretien d'Olivier Rolin avec Emmanuelle George de la Librairie Gwalarn à Lannion, consultable sur https://www.pagedeslibraires.fr/livre/le-meteorologue.

在另一次采访中，奥利维尔·罗兰说："我不在意大家是否把它称作'小说'。小说的版图是广阔而多变的。它与准确性并不冲突。"①但他后来又进行了纠正，因为"小说"有可能使《气象学家》被归入想象的一边，而不再属于对受害者的回忆。此外，书的封面也没有出现"小说"的字眼，而作者在同一系列的另一书关于19世纪末的真实人物欧仁·佩尔蒂塞（Eugène Pertuiset）②的书的封面上则写着"小说"。

哈维尔·塞尔加斯在使用"小说"一词时没有那么多限制，但他将虚构小说和非虚构小说进行了区分。《瞬时剖析》属于第二类。作者讲述了一个电视记录下的特殊时刻：1981年2月23日，特赫罗上校及其同党发动了一场政变。他们命令所有议会议员趴下；有三个不同倾向的男人仍然坐在座位上，六年前摆脱独裁统治的西班牙坚定了它的民主转向。塞尔加斯尤其质疑首相阿道弗·苏亚雷斯（Adolfo Suárez）的态度：这位"倒戈向佛朗哥主义的野心家"③，为什么"在2月23日，当政变者的子弹在他周围呼啸而过时，他[……]仍坐在那里"④？作者剖析了这一时刻，研究了视频，翻阅了档案文件、报纸以及记者、散文家和历史学家的作品。他一步一步地解释自己正在做的事情，进行反思，提出假设，并让读者参与其中。

塞尔加斯发展了一个非虚构小说的普遍理论，其演讲集《盲点》⑤是这一理论的代表作。书中的一篇关键文章题为《第三种真相》，几乎在好些个欧洲国家同时发表。在该文章中，作者捍卫了一种阐述历史知识的新方式，它建立在与读者的民主关系之上，因为读者将通过对文件和研究方法的描述获得直接知识。如此一来，小说借助历史学科的技巧和对调查的叙述，将历史能力与文学能力相结合：前者在于确立"一个事实的、具体的、特殊的真相，一个力图确定在某时某地发生在某些人身上的真相"；而后者在于揭示"一个道德的、抽象的、普遍的真相，一个力图确定无论何时何地发生在所有人身上的真相"。⑥因此，"在理想意义上，书中的历史真相能照亮文学真相，文学真相能照亮历史真相，其结果既非第一种真相，也非第二种真相，而是既参与到两种真相中，又以某种方式包含了两者的第三种真相"⑦。

塞尔加斯所追求的"第三种真相"也有其含混之处，这主要体现在以下三个方面。

首先，小说自问世以来业已形成"一种难以抗拒的说服力"，这意味着它可以"吸

---

① Rolin, O. Entretien d'Olivier Rolin avec Emmanuelle George de la Librairie Gwalarn à Lannion, consultable sur https://www.pagedeslibraires.fr/livre/le-meteorologue.《梅罗》是一部更为虚构的小说。小说的后记在列出一些小小的"篡改历史的自由"之前首先规定，即使"小说家拥有极度的自由[……]，他也无法摆脱某种研究和严谨的责任，尤其是当他使用历史数据时。文学不该照搬错误或近似的内容"。Rolin, O. *Méroé*. Paris: Seuil, 1998: 237-238.
② Rolin, O. *Un chasseur de lions*. Paris: Seuil, 2008.
③ Cercas, J. *Le point aveugle*. Arles: Actes Sud, 2018: 53.
④ Cercas, J. *Le point aveugle*. Arles: Actes Sud, 2018: 54-55.
⑤ Cercas, J. *Le point aveugle*. Arles: Actes Sud, 2018.
⑥ Cercas, J. *Le point aveugle*. Arles: Actes Sud, 2018: 72.
⑦ Cercas, J. *Le point aveugle*. Arles: Actes Sud, 2018: 73.

引读者，使其相信书中所讲述的内容"①。何况在"小说"的标签下，即使作家强制自己忠实于历史真相，把它加到文学真相中，公众能不能接受一个"事实的、具体的、特殊的真相"也是不确定的。其次，塞尔加斯深谙这门艺术。在《萨拉米斯岛的士兵》中，读者相信叙事者所说的米拉莱斯是1939年救了马扎斯（西班牙长枪党创始人之一）一命的共和国老兵，但没有任何证据可以表明他是否存在过。小说《冒充者》写的是恩里克·马科（Enric Marco），他一直是反佛朗哥主义的国家级偶像，也是西班牙纳粹集中营幸存者的发言人。后来，一位历史学家拆穿了他的谎言，证明他曾在1941年自愿前往德国支持纳粹工业。在小说中，塞尔加斯想象了与这位冒充者的虚构对话，指责他和自己一样进行了欺骗。塞尔加斯为自己辩护："我的欺骗是合情合理的，就像人们在小说中撒谎一样，我编造出米拉莱斯这个人物来谈论主人公和死者，回忆被历史遗忘的人"，还反驳道："小说家可以欺骗，但你不可以""小说家的欺骗是一种公认的欺骗，但你的不是。因为小说家有欺骗的义务，而你有说实话的义务"②。塞尔加斯还认为，不应相信叙事者关于《萨拉米斯岛的士兵》是一部非虚构小说的说法，因为"在阅读小说时，首先要做的是提防叙事者"③。最后，读者坚持小说历史真实性的依据为何？在《瞬时剖析》中，引文和注释指向小说的外部，开启了潜在的验证。尽管小说为作家提供了操控的可能性，但在后来的作品中，采访记录、引文和资料复印件甚至没有怀疑作者在操纵，它们没有发挥验证的作用。历史书是以历史学科为指导的评估和核验环节的一部分。诚然，它也许不够完善，但它受到今时和未来的其他专家的评判；而小说，即使是非虚构小说，也是在另一套体系下运作的。不论如何，塞尔加斯的作品引发了对西班牙人的记忆和历史调查的争论。

8.1.3 乌有史（架空）小说

尽管有争论和历史学上的修正，但历史知识的基础已奠定。关于纳粹德国在第二次世界大战中失败的原因，关于法国大革命的原因，关于欧洲人第一次登上如今被称为"美洲"的大陆，关于从1347年开始影响欧洲的黑死病的传播，过去有过讨论、现在仍在讨论，并且永远都会有讨论。但没有人会质疑纳粹体系在1945年5月的崩溃，质疑1789年7月14日巴黎人攻占巴士底狱，质疑1492年哥伦布发现新大陆后的全球性变革，也不会有人质疑黑死病导致了数百万欧洲人的丧生。

长期以来，历史学家和思想家们一直在运用反事实离题（digression contrefactuelle）来假定如果已知的事情没发生，那么可能会发生什么。在18世纪末和19世纪初，小说

---

① Vargas Llosa, M. *Lettres à un jeune romancier*. Paris: Gallimard, 2000: 34.
② Cercas, J. *L'imposteur*. Arles: Actes Sud, 2015: 339.
③ Cercas, J. *L'imposteur*. Arles: Actes Sud, 2015: 340.

的兴起和对重大转变的质疑催生了反事实叙述（récits contrefactuels）。1836年，第一部聚焦于替代历史的作品问世了。路易斯·杰弗罗伊（Louis Geoffroy）在书中想象拿破仑没有在莫斯科城外鏖战，而是直捣圣彼得堡，擒住了沙皇。之后，拿破仑攻占了欧洲、亚洲和非洲，美洲也俯首称臣；全世界建立起统一的君主制，通行语言为法语。[①]杰弗罗伊改变了一些已经证实的历史元素，在多米诺骨牌效应下，最终创造出一段完全不同的历史和另一个世界。

约莫20年后，夏尔·雷诺维耶（Charles Renouvier）于1857年在《哲学杂志》（Revue philosophique）上匿名发表了一个文本，并于1876年将其出版成册。该书的编者前言称，这是一份题为"乌有史"（Uchronia）的手稿译本，手稿作者是一位于1601年被宗教裁判所烧死的修士。故事的内容异常丰富，从罗马帝国中"东方学说对西方的入侵"、基督教的出现和"公民美德的败坏"开始讲起。之后描述了马可-奥勒留（Marc-Aurèle）的统治，这位皇帝对基督教的兴起没有什么反应。阿维狄乌斯·卡西乌斯（Avidius Cassius）将军在一封公开信中批判了他的软弱，并要求他任命自己为合法继承人。在这点上，需要说明的是："随着这份极可能是杜撰的信，我们进入了小说的乌有史，直至全书结束"，且这位将军的真正结局是"被刺杀于自己的军队中"。[②]新的剧情改变了帝国在宗教、政治、科学等方面的演变。书中的故事在8世纪结束，欧洲只经历了一个非常短暂的中世纪的衰落，随后便开始了文艺复兴，但没有宗教冲突。在后记中，雷诺维耶表示自己才是作者，并提到了关于多重可能性和以自由的名义拒绝宿命论的这种反思的创作难度。他反对教会，与共和社会主义者接触，攻击天主教和所谓的上帝。

雷诺维耶根据希腊语词根"u"和"kronos"创造了"uchronie"这个词："u"可译为"非"，"kronos"的意思是"时间"。因此，从词源上看，"uchronie"指的是不存在的时间。该词也参考了托马斯·莫尔在1516年发明的"乌托邦"（utopie）一词，指代理想之地。对"乌托邦"的参考表明了一种悲观的视角，因为乌有描绘的世界通常都比现行的世界更美好。

雷诺维耶命名了这一体裁，并阐明了它的两个要点：分岔点以及从这个新的方向创造一个替代历史。分岔点可以简单归纳为"如果……怎么样？"作者改变了一个已被证实的历史元素，并由此想象了结局。分岔点可以从一开始就明确，也可以隐藏。故事的开始可以离这个时间点很近，甚至是立即开始，或在这个时间点之后，甚至发生在读者

---

① Geoffroy, L. *Napoléon ou la Conquête du monde (1812—1832). Histoire de la monarchie universelle*. Paris: H.-L. Delloye, 1836. 1841年修订再版：*Napoléon apocryphe. 1812—1832: histoire de la conquête du monde et de la monarchie universelle*.

② Renouvier, C. *Uchronie. L'utopie dans l'histoire. Esquisse historique apocryphe du développement de la civilisation européenne tel qu'il n'a pas été, tel qu'il aurait pu être*. Paris: Bureau de la Critique philosophique, 1876: 84.

所处时间的将来。有些小说家会详细介绍造成分岔的事件，有些则只透露一些零碎的信息。分岔点通常是一个重要的、象征性的时刻，因为它必须能够从实际发生的历史中脱离出来。大多数情况下，一个分岔点就已足够，也有小说存在好几个分岔点。从绝对意义上说，过去的任何时刻都可以成为分岔点。但在小说中较为频繁出现的几个时期集中体现在：拿破仑传奇时期、第三帝国及第二次世界大战时期、罗马帝国和中世纪。随着时间的推移，一些作者为了写出新意而将分岔点转向了其他时期和地区。

基于纯粹的乌有史模型——事情的发展轨迹与现实世界不同，一切都与读者所了解的世界大相径庭——作家们增加了许多变种。在不纯粹的乌有史中，历史的分岔是由时间旅行者的行动造成的，因而小说中的一些主人公意识到自己所处的世界已经改变了轨迹，或有改变的危险。乌有史可以只专注于某个领域，如军事方面，或相反，对过去进行全方位的改写。有些乌有史小说是积极的，替换的历史比原先的历史更好了；有些则是消极的，是名副其实的"反乌有"，给出一些比原历史更糟糕，甚至是灾难性的版本。

让我们以近年的一些乌有史小说来结束这一部分。

在斯蒂芬·金（Stephen King）的小说《11/22/63》中，为了拯救被暗杀的杰克·肯尼迪总统，避免越南战争的泥潭，以及20世纪70年代的道德和政治危机，主人公多次通过时间传送门回到1958年。无论在过去停留多长时间，回来之后都是两分钟，除去一些可忽略不计的影响，任何一次新的穿越都会抹去之前穿越所产生的变化。当主人公阻止了暗杀返回后，整个世界都陷入一种可怕的境地。这种对时间的体验细致至极，具有强烈的怀旧色彩，金也非常乐于重构他的童年时代，颠覆事件的进程。

在《米与盐的年代》中，黑死病不只杀死了三分之一或半数欧洲人，而是99%[①]的欧洲人。从这个分岔点出发，金·斯坦利·罗宾森（Kim Stanley Robinson）建构了另一部世界史。不断轮回转世的人物们连接着不同的时代。小说描述了一些政治和战争事件，想象了地缘政治结构，但重点探讨了在一个1350年左右西方将被抹去的星球上，社会组织、信仰、知识和科学的演变。

《文明》[②]开始于一个已证实的事实：部分维京人生活在格陵兰和纽芬兰。但是，与11世纪的维京人不同，他们中的一部分人去了南边，同时带去了欧洲的病菌、铁器和马匹。当哥伦布登陆时，印第安人已有能力进行抵抗。历史发生了逆转：印加人占领了被宗教战争和宗教狂热主义所困扰、被君主制冲突所削弱、受到土耳其人威胁的欧洲——欧洲许多受迫害或受剥削的少数民族成了他们的盟友。也许小说封底所提到的这

---

① Robinson, K. S. *The Years of Rice and Salt*. New York: Bantam Books, 2002.
② Binet, L. *Civilizations*. Paris: Grasset, 2019. 这一书名借鉴了著名策略性电子游戏《文明》。

种"反转的全球化"仍然囿于一种有待商榷的民族中心主义，因为想象印加人对欧洲的征服就意味着殖民主义恐怕是人类的一种常态，而不是只有欧洲才有的倾向。

8.1.4 阴谋小说

过去的阴谋是历史小说或惊悚小说的理想题材，而阴谋小说则是另一回事。要介绍它的特点，最好聚焦那部引起了巨大轰动的小说：丹·布朗（Dan Brown）的《达·芬奇密码》。

这场冒险从发现卢浮宫馆长雅克·索尼埃的尸体开始。哈佛大学教授罗柏·兰登遭到了怀疑。索菲·纳佛是司法警察局的一名密码员，也是索尼埃的孙女，她相信这个美国人是无辜的。读者随后了解到，死者还是郇山隐修会的首领，该组织是一个与基督教修会相对立的秘密团体。一场针对调查这个组织的兰登和索菲·纳佛的追逐战随即展开。随着情节的铺展，索菲·纳佛得知了影响她家族的巨大秘密：她是抹大拉的马利亚的继承人，后者是教会想要除掉的圣女崇拜的守护者，曾与耶稣有一个孩子，因此她是基督的远房后裔。

这本书产生了世界性的影响：7000万册的销量，被翻译成40多种语言，并在全球范围内成功被改编成电影。其内容引发笑声、愤怒或剧烈反应，埋下怀疑的种子，并改变了许多人的观念。2007年10月的一项调查显示，31%的法国读者愿意相信它取材自有关基督的史实，24%的读者"甚至完全相信这些是事实"①。

前言中的"事实"拉开了小说的序幕：

> 秘密组织郇山隐修会成立于1099年，第一次十字军东征之后。1975年，在国家图书馆发现了被称为"秘密文件"的羊皮纸，其中包含了一些隐修会成员的名字，如艾萨克·牛顿爵士、波提切利、维克多·雨果和莱昂纳多·达·芬奇。[……]

书中提到的所有古迹、艺术作品、文件和秘密仪式的描述都是真实的。②

小说以对各种人和机构的致谢作结，其中包括一些专门的图书馆和主业会（Opus Dei）成员。因此，副文本（paratexte）、新闻资料和作者的声明都支持一种基于已证实的事实的学术性虚构的观点。

前言中的"秘密文件"，书中提供了编号③，可在法国国家图书馆查询。但其实该文件并非古老的羊皮纸，而只是一些打印或复印的纸张，上面罗列了多种手稿和人物的参考资料，涉及详尽描述的事件和地点，以及家谱。这些都是一个特别三人组在1967年

---

① « Da Vinci Code: 31% des Français pensent qu'il s'agit de faits réels », Le Figaro, 15 octobre 2007.
② Brown, D. Da Vinci Code. Paris: Pocket, 2005: 7.
③ Brown, D. Da Vinci Code. Paris: Pocket, 2005: 531. Lobineau, H. Dossiers secrets. Paris: P. Toscan du Plantier, 1967. 小说中提供的编号LM1-249指的是档案的微缩文件。

存入的：皮埃尔·普兰塔尔（Pierre Plantard，1920—2000），极右翼分子，自称是墨洛温王室的家族成员，是法国王位的觊觎者；菲利普·德·切里塞（Philippe de Cherisey，1923—1985），演员，来自一个古老的贵族家庭，好开玩笑，为达到神秘化的目的或是应普兰塔尔的王朝的要求造了许多假。热拉尔·德·塞德（Gérard de Sède，1921—2005），比利牛斯山地区的贵族，曾参加抵抗运动，也是雷恩城堡神话的始作俑者（雷恩城堡是一个建筑群令人叹为观止的村庄，在19世纪和20世纪之交，由当地的索尼埃神父出资修复，长期以来激发了许多人的想象）。郇山隐修会确实存在，但它的历史无法追溯到十字军东征，而是在1956年。这一年，普兰塔尔宣布它是一个捍卫上萨瓦省低租金住房（HLM）居民权利、倡导建立一个致力于新骑士精神的天主教组织[①]的协会。

根据《达·芬奇密码》，天主教会隐瞒了早期基督教的真相——据称耶稣曾与一名女性共同生活，推崇女神崇拜——以巩固反女权主义的宗教和意识形态。教会要保守这个秘密，而郇山隐修会则冒着暴露的危险传达这个秘密，双方已暗中敌对了几个世纪，创造了一段历史。丹·布朗参考了早在他之前创造或编纂这些假说、胡言和传说的作者，尤其是那篇写于1982年的《圣血与圣杯》。该书将圣杯——也即基督和抹大拉的马利亚的女儿——和郇山隐修会、清洁派、圣殿骑士团等纳入一个宏大叙述中，与教会的叙述相抗衡。[②]

《达·芬奇密码》上演了一出解释过去的宏大剧情。在法国大革命之后，此类关于巨大阴谋的观点成倍增加。当时的作者们将其解释为由光明会（Illuminés de Bavière）、共济会和无神论哲学家领导的反抗皇室和教会的阴谋。相关说法层出不穷，伴随着各种意识形态。尽管密谋者的名字各不相同——犹太人、耶稣会会士、光明会成员、金融大亨等，抑或他们共谋，但解释都基于同一个模式：黑暗势力掌控着世界的命运。他们善于为一切提供全面的解释，去除历史的不可预测性，指定罪魁祸首。他们的解释遵循四个原则：没有什么事情是偶然发生的；隐匿的恶意造成了所发生的一切，并从中获益；表象总是具有欺骗性；一切皆有联系，但以一种隐秘的方式，因此解释者必须去揭示和破译。这些解释现实的成功表明，自从基督教教会和主要政治意识形态经历了衰落，对意义的探求很可能会依附一切使人安心的解释方案，面对着混乱的全球化时代，人们需要历史坐标。[③]阴谋小说往往会斥责历史学家，认为他们对历史的真正策划者视而不见，甚至是他们的同谋。当然，有些带有阴谋成分的故事纯粹是想象游戏，没有意识形态的

[①] 参见：Etchegoin, M.-F., Lenoir, F. *Code da Vinci: l'enquête*. Paris: Robert Laffont, 2004.
[②] Baigent, M., Leigh & R., Lincoln, H. *The Holy Blood and the Holy Grail*. London: Jonathan Cape, 1982. 该文章的其中两位作者曾起诉丹·布朗抄袭，但以败诉告终。
[③] 参见：Taguieff, P-A. *Les théories du complot*. Paris: Presses Universitaires de France, 2021.

意图，但有些故事却被证明是操纵思想的强大机器。

令文学界惊讶的是，早在1988年，翁贝托·埃科（Umberto Eco）就已经在《傅科摆》中涉及《达·芬奇密码》这部"引人入胜的作品"的秘诀及其层层揭秘。①两家出版社的老板委托一个三人小组寻找愿意出版轰动性作品的作者。稿件纷至沓来。这三个伙伴被他们读到或听到的故事深深吸引。最后，他们策划了一个天大的阴谋计划，想要解释世界的隐藏历史，即真正的历史。他们的"计划"与《达·芬奇密码》一样，都是关于耶稣的。这并不足为奇，因为其中一章的题词就引用了《圣血与圣杯》②中的一句话。当莉娅拆解了被三个同伴解读为历史钥匙的文本之一，并总结说该文本不过是一个……委托清单，只是他们被自己狂热的阅读冲昏了头脑，建构了荒唐的理论时③，小说为错综复杂的结构提供了解药。对三位主人公来说，这不过是缘起于一场游戏；但别人却当真了，为了完成它而不惜一切，甚至是杀人。埃科通过一个反讽又令人不安的寓言提醒我们，基于秘密和玄奥阴谋论者的"联想链"④的叙事所展现的强大力量，能够激发、催生出最卑鄙的计划和行为，并使其合法化。

30年后，埃科的《布拉格公墓》回归了这个活跃于社会的杜撰主题，这也是他符号学研究的一个重要课题。⑤他杜撰了一个可憎的人物西蒙尼，把他塑造成西方历史上最过分的伪造品——《锡安长老会纪要》（Les Protocoles des Sages de Sion）⑥以及后来的德雷福斯指控书——的制造者。西蒙尼讲述了自己如何收集、修饰以及剽窃各种产品和传闻，以创造这个由犹太人策划的全球性阴谋的故事，他们正以一种隐秘的方式引领着世界历史的发展。通过这部高度准确的历史小说，埃科再次警告人们，希特勒在宣传中所使用的阴谋计划是危险的，这些阴谋仍在滋养各种言论。但一些评论家则从小说中看到了一个危险游戏，认为其有可能会助长阴谋论，因为有些人也许会误以为小说内容是可靠的信息。

8.2 小说对过去和历史叙事的影响

8.2.1 对历史的补充

文学在过去的基础上增加了人物、情节、事实等。就这一方面而言，它可以产生巨大的影响。

---

① « Heavyweight champion », Interview d'Umberto Eco, *Telegraph*, 24 mai 2005. URL: http://www.telegraph.co.uk/culture/books/3642577/Heavyweight-champion.html.
② Eco, U. *Le Pendule de Foucault*. Paris: Grasset, 1990: 386.
③ Eco, U. *Le Pendule de Foucault*. Paris: Grasset, 1990: 544 及后页.
④ Eco, U. *Le Pendule de Foucault*. Paris: Grasset, 1990: 393.
⑤ Eco, U. *Le cimetière de Prague*, Paris: Grasset, 2011.
⑥ 该版本于1903年左右由沙皇警察部推出，为许多意识形态所用，但不少研究者认为，已有类似文本在部分地区流传。

1857 年，大仲马透露了《基督山伯爵》创作的几个缘起：1842 年他与拿破仑亲王——并非未来的拿破仑三世，而是其表弟——一起参观了"基督山"岛，读到了一篇虽"愚不可及"，但内含"一颗待发掘的珍珠[……]"①的文章。

大仲马曾提及"复仇的钻石"②，该故事讲述了鞋匠弗朗索瓦·皮科在被熟人出卖后的可怕报复。据说一位牧师将其中一位主人公的临终忏悔书送到了警察局局长那里。后来，这段文字被收录在警察局档案管理员皮歇撰写的案件遗作中。问题是，艾蒂安-莱昂·拉莫特-朗贡，一位杰出的神秘主义者，似乎介入了这个版本。他最大的成就是根据伪造的档案资料，精心构思了一段宗教裁判所的历史，米什莱（Jules Michelet）和随后的其他历史学家都对这段历史深信不疑，还从中参考了很多信息。但原始文件已无法获取，因为在巴黎公社期间，一场大火烧毁了该警察局的存档资料。

1857 年，大仲马说自己根据一则逸事虚构了主人公的故事。然而，发表该连载小说的《世纪报》在大仲马的《作品全集》中加入了皮歇的文本，标题为《弗朗索瓦·皮科：当代历史》，将其"作为作品的证明文件"，以此"赋予精彩的作品以惊人的现实意义"，并"证明这些事实的真实性"，③这就给小说注入了一种含混性。公众将这一巨著当成了真实故事。1860 年，小说家在马赛游玩时了解到，当地人应游客的要求向他们展示了自己小说中提到的地点，尤其是"伊夫城堡中唐泰斯和法利亚神父待过的地牢"④。大仲马注意到，从前引起人们好奇心的真实的个人已被这些地点所取代。他评论道："正是小说家创造人物的特权杀死了历史学家笔下的人物；因为历史学家通常只是援引亡灵的话语，而小说家却是创造有血有肉的人物。"⑤他还讲述了自己 1857 年的伊夫岛之旅，在那里可以参观关押他书中主人公们的地牢。他知道这些地牢备受游客欢迎，因为 1848 年他曾想要看看这个地方，人家给他寄来了一张有关这个传说的照片："伊夫城堡景色，摄于唐泰斯沉入海的位置"⑥。他还提到，当他向门房兼导游提出想看看"克莱贝尔将军的棺材和米拉波侯爵的监狱遗址"时，对方回答："您说的这个我不知道。"小说家内心窃喜："我大获全胜：我不仅创造了不存在的事物，还消除了存在的事物。"⑦

2009 年出版的《某位皮埃基尔尼先生》也是类似情况。这部小说的叙事者罗曼·加里（Romain Gary）要去寻找孩提时的邻居皮埃基尔尼，他曾答应过这位邻居——因为

---

① Dumas, A. Un mot à propos du *Comte de Monte-Cristo*, *Le Monte-Cristo*, 17 septembre, 1857: 344.
② Peuchet, J. *Mémoires tirés des archives de la police de Paris, depuis Louis XIV jusqu'à nos jours. T. V.* Paris: Bourmancé, 1838: 187-228.
③ Dumas, A. *Le Comte de Monte-Cristo*. Paris: Le Siècle, 1846: 403.
④ Dumas, A. Une odyssée en 1860. Suite. *Le Monte-Cristo seul recueil des œuvres inédites d'Alexandre Dumas*, 4 février, 1862: 88.
⑤ Dumas, A. Une odyssée en 1860. Suite. *Le Monte-Cristo seul recueil des œuvres inédites d'Alexandre Dumas*, 4 février, 1862: 88.
⑥ Dumas, A. Une odyssée en 1860. Suite. *Le Monte-Cristo seul recueil des œuvres inédites d'Alexandre Dumas*, 4 février, 1862: 88.
⑦ Dumas, A. Une odyssée en 1860. Suite. *Le Monte-Cristo seul recueil des œuvres inédites d'Alexandre Dumas*, 4 février, 1862: 88.

在他母亲宣称自己的小儿子将成为新的维克多·雨果和著名外交官时，邻居没有像别人那样发笑——若是遇到"大人物、重要人士"，他会告诉他们，"在维尔纽斯的大-波赫兰卡街16号，住着皮埃基尔尼先生……"①在维尔纽斯，当一位老妇人告诉叙事者自己和皮埃基尔尼熟识时，叙事者以为她在戏弄自己，或者说她相信了小说中杜撰的逸事。这种感觉让他想起他在马赛时读到的皮埃尔·米雄（Pierre Michon）的《十一人》（Les Onze），就在参观完伊夫城堡之后。小说中描绘一幅再现恐怖统治时期（la Terreur）救国委员会的画作——《十一人》，他的脑海中也浮现出曾经看过这幅作品的记忆。第二天，他去了卢浮宫：

> 我去那里是为了看科朗坦（Corentin）的那幅《十一人》，我向一名馆员打听那幅画到底挂在哪里，馆员告诉我："这幅画和科朗坦都不存在，从未存在过，这些都只是米雄在他的书中虚构出来的，先生，您不是迄今为止唯一上当的人。"②

2017年11月2日，在电视节目"大书店"（La Grande Librairie）中，弗朗索瓦-亨利·德塞拉尔（François-Henri Désérable）和皮埃尔·米雄分享了这段真实经历。作者善于在书中编造可信的情节，不论在其叙事中，还是在电视节目中，他或许都表现得很老实无辜。然而，就算报纸上的早期评论为不了解这幅画而道歉的说法并不属实，但可以肯定的是，仍有一些参观者在卢浮宫寻找这幅画，还有许多读者会互相询问，连资深读者也不例外。例如，著名历史学家弗朗索瓦·阿赫托戈（François Hartog）在小说《十一人》中读到米什莱对科朗坦画作的描述后，给皮埃尔·米雄写了一封公开信，阐明了自己读后的反应："我自然而然地去查阅了（当然，您肯定会笑话我）《法国大革命史》第十六卷第三章，亲眼确认了这12页关于《十一人》那幅画的内容不存在。"③

因而文学可以创造一些过去未曾记载的场景、事件、个人等。它还可以建构各种文件，扩充现存遗迹的数量。例如，马蒂亚斯·埃纳尔（Mathias Enard）根据苏丹巴哈泽特（Bajazet）邀请米开朗琪罗在博斯普鲁斯海峡上建造一座桥的痕迹和该项目的草图，想象了1506年米开朗琪罗在君士坦丁堡的情景。在某条注释中，作者设定了背景，并总结说："至于其他方面，我们一无所知。"④在这个突破口中，"有引入虚构的余地"，所以他根据这个猜想进行了想象："如果他当时去了呢？"⑤

一些作家扩充了已证实的世界的过去，还有一些作家则创造了某些民族，甚或是文明，以及相关历史。这种创造有时通过模仿或戏仿历史学家来实现。《帝国的荣耀》（La

---

① Gary, R. *La promesse de l'aube*. Paris: Gallimard-Folio, 1980: 58.
② Désérable, F-H. *Un certain M. Piekielny*. Paris: Gallimard, 2017: 247.
③ Hartog, F. *Historiam ante oculos ponere*. In Castiglione, A. & Viart, D. (eds.). *Pierre Michon*. Paris: L'Herne, 2017: 274.
④ Enard, M. *Parle-leur de batailles, de rois et d'éléphants*. Arles: Actes Sud, 2010: 170.
⑤ Tissot, L. Rencontre avec Mathias Enard, Goncourt des lycéens. *Ouest-France*, 30 novembre, 2010: 7.

Gloire de l'Empire）便是如此。小说附有脚注、简要年表、文献说明、人名和地名索引和家谱表，介绍了一个位于欧亚之间的帝国的三千年。中世纪史研究学者雅克·勒高夫（Jacques Le Goff）赞赏这种"创造性的虚假"，他从作品中看到了一种新的体裁——"历史虚构"（l'histoire-fiction），以及对历史书写的反思。历史书写受年鉴学派的推动，带有讽刺意味和"对'科学'的历史的某种怀疑"，同时也表明自身"是一种职业，是综合性的实践"。①乔治·杜比（Georges Duby）坦言，他在一本"结构和书写都非常完美的书"面前"感受到一种奇异的不适"，这本书创造了"披着历史属性的小说"，"以非凡的技巧"来伪装历史诗学。②端木松（Jean d'Ormesson）以大量的幻想，包括对现有学术作品的引用，借用人名、地点和有记载的现象，但往往稍加歪曲，而且是在一个完全虚构的背景下，创造了一种奇特的熟悉氛围。在弗雷德里克·韦斯特（Frédéric Werst）的《沃德》（Ward）中，却几乎没有似曾相识的感觉。这本带有注释的文集分为两卷，汇集了有关"沃德人"（les « Wards »）文明的文学、哲学、宗教、历史、医学和地理事实。作者的意图首先是语言学方面的，他发明了一种语言，并提供了该语言的词汇和详细语法。韦斯特在书中以两栏叙述的方式展开了一个"想象中的民族"的过去，左边一栏是"沃德语"（wardwesân），右边一栏是法语的中译文：

Ank ena agamazh axh wes ak meza Wagamarkan o barw ak ar wae o arza na zana zema. Em na kell zant ab qazarent ak wes khe arzam jerenta ak meza arbum athna ke ab Waga barwent zaganazanon.	在一个极其遥远的年代，有一座名为瓦格玛尔坎（Wagamarkan）的城市，它是最古老的城市，其历史还保留着记忆。根据许多观点，这座城市由一批神秘的陌生人所建，他们从一个叫瓦加（Waga）的岛上乘船而来。③

　　文学不仅创造过去的文明，而且也创造未来的文明。科幻小说中不乏在有时非常遥远的未来重绘假定过去的作品。阿西莫夫（Isaac Asimov）的《基地》系列就是其中一例，该小说的灵感部分来自爱德华·吉本（Edward Gibbon）的《罗马帝国衰亡史》④。在一个巨大的星际帝国中，人类定居在两千五百万颗行星上。心理史学的创始人哈里·谢顿预言，帝国将在三百年后衰落，而黑暗时代将持续三万年。这位科学家决心通过打造一部汇集所有知识的《银河系百科全书》，将帝国不可避免的衰落缩短至一千年。书中

---

① Le Goff, J. Un passé composé. Nœud gordien du vrai et du faux, le premier livre d' « histoire-fiction », *Le Nouvel Observateur*, 25 octobre 1971, repris in Ormesson, J. (d'). *Œuvres*. Paris: Gallimard, 2015: 1555-1557.
② Duby, G. & Lardeau, G. *Dialogues*. Paris: Flammarion, 1980: 1590.
③ Werst, F. *Ward, IER-IIE siècle*. Paris: Seuil, 2014: 44.
④ Trudel, J.-L. Asimov: le rêve de maîtriser l'histoire humaine. *Québec français*, 2012(167): 26-29.

讲述了这项计划开始很久之后的曲折故事。《星球大战》传奇的剧集以著名的"很久以前，在一个遥远的星系……"开场。这部电影史诗的第一部在开拍前六个月由艾伦·迪恩·福斯特（Alan Dean Forster）写了一个小说版本，但署名的是影片的导演兼编剧乔治·卢卡斯（George Lucas）①。故事讲述了发生在距我们时代数千年前的事件："另一个星系，另一个时代。旧共和国是一个传奇的共和国，超越了时间和空间。"②同样，《人猿星球》最初是一部真正的小说，后来被多次改编为电视剧和电影，它讲述了一个漫长的故事。读者阅读了过去由几个穿越宇宙的游客发现的手稿。作者声称自己与家人乘坐宇宙飞船逃亡，躲避"威胁人类的可怕灾难"③。他告诉我们，2500 年，他来到了一个与地球相似的星球，但主宰这个星球的是比人类进化得更快的猴子，而人类却在休闲中堕落，倒退回了动物阶段。接下来是一系列的冒险故事，以最终的转折结束：他回到了地球，但当他意识到在他离开的 700 年里，猴子已经接管了地球时，他立即就逃跑了；那些发现手稿的游客是黑猩猩，他们认为这是一个"美丽的骗局"④。

因此，许多小说丰富了过去的现实，扩充了关于过去的内容，有时作者需要做大量工作，以使他们的创作极具逼真性，但这并不是必须的。

8.2.2　对过去提出假设和阐释

最好的历史题材小说是娱乐性的，能营造吸引读者的氛围，把读者引向其他风俗和习惯；历史书则是关于解释、分析和假设的著作。然而，这种传统的划分是经不起推敲的。一方面，有些历史书也具有娱乐性，以极其生动的方式将我们带回过去。另一方面，许多小说也提出解释和假说。下面我们将探讨小说创作的这个维度。

《1661》提出了第五本福音书的观点，这一观点窃取自马萨林（Jules Mazarin）的文稿。小说断言："不可能有基于精神真理的政治权力，任何企图将教会权力与世俗事务混为一谈，或通过其教会的精神之源来合法化人的权力的行为都是异端！"小说谴责了"神圣赋予世俗权力的纽带"⑤，认为这会严重阻碍教会和王权。另一个推测产生自马萨林和奥地利的安妮之间的对话：

> 还有什么比一位细心又经验丰富的母亲的支持更能让儿子指望的呢？
> 王后忍不住啜泣起来。
> 父亲的支持，她挣扎着低声回道。
> 马萨林僵住了。⑥

---

① 参见：Lucas, G. Introduction. In Lucas, G., Glut, D. F. & Kahn, J. *The Star Wars trilogy*. New York: Ballantine Books, 2002.
② Lucas, G. Introduction. In Lucas, G., Glut, D. F., Kahn, J. *The Star Wars trilogy*. New York: Ballantine Books, 2002: 1.
③ Boulle, P. *La planète des singes*. Paris: Pocket, 1980: 10.
④ Boulle, P. *La planète des singes*. Paris: Pocket, 1980: 191.
⑤ Jégo, Y. & Lépée, D. *1661*. Paris: Pocket, 2006: 491.
⑥ Jégo, Y. & Lépée, D. *1661*. Paris: Pocket, 2006: 208.

小说中，首席大臣马萨林是路易十四的生父，也是王后的情人。今日的研究者们并不认同这些说法："所有后来流传的说法都被一个简单的事实所推翻：自圣宠谷修道院事件之后，王后一直受到严密监视，不可能与人通奸"①；"一个人不可能隔空生育。1636年，儒勒·马萨林还是教皇在阿维尼翁的副代表"②。因此，事实否定了这部重提17世纪的"诽谤"的小说，这些诽谤"纯粹是出于政治利益"③。此外，有关奥地利的安妮和马萨林在路易十三去世后曾有过一段恋情的说法，是基于一些证据和对他们通信的解读。不过，对于小说对这个观点的肯定，历史学家给出了假设："也许他爱她，她肯定也爱他，一种四十多岁的狂热激情使然。"④因此，一些小说以与历史书截然不同的方式，同样提供了对历史现象的假设、解释和分析。

8.2.3 对历史来源的说明或隐藏

一些涉及过去的小说或多或少都会包含大量的内副文本（péritexte）：博学的评论、参考文献、大纲、时代文书、年表、有关成书背后的艰辛历程等。读者因而可以了解小说的历史背景和/或拓展他们对某一历史主题的兴趣。不过，有些作者似乎没有足够的空间留给内副文本。尤瑟纳尔就遗憾自己只能在《哈德良回忆录》中添加有限的注释⑤，有些作家除了在他们的网站宣传自己的书名和活动外，还提供额外的文本或资料⑥。

皮耶尔·勒迈特（Pierre Lemaitre）的三部曲中也包含了大量的内副文本。三部曲的时间跨度从第一次世界大战结束到第二次世界大战开始，其中第一部是《天上再见》。正如附录标题——"债务确认"⑦"它应该是这样……"⑧——所示，勒迈特的意图与其说是保证小说的历史有效性，不如说是指出什么使之成为可能。他列举并评论了历史学家的学术研究、当时的小说、网站、图书馆、图书管理员和专家的看法、校对员的意见，还列出了过去或当代的一些作家和艺术家（作曲家、演员、诗人、电影制片人等），他从他们那里"到处借鉴"⑨，或是多亏了他们，他"常常受到别处事物的影响"⑩，他们的语言、表达和形象已渗入到他的写作中。作者并不掩饰自己的编造，尤其是他在第一部中写的：向希望纪念本地失踪士兵的市政当局出售假纪念碑的骗局，但同时又指明了那

---

① Dulong, C. *Anne d'Autriche: mère de Louis XIV*. Paris: Hachette, 1985: 178.
② Chevallier, P. *Louis XIII: roi cornélien*. Paris: Fayard, 1994: 550.
③ Kleiman, R. *Anne d'Autriche*. Paris: Fayard, 1993: 192.
④ Lavisse, E. *Louis XIV: histoire d'un grand règne*. Paris: Robert Laffont, 1989: 9.
⑤ 在1953年的一封信中，她指明："以非常简略的形式出版（我从36页的列表和来源讨论中选择了7页，单倍行距打印）。"参见：Yourcenar, M. *D'Hadrien à Zénon. Correspondance 1951—1956*. Paris: Gallimard, 2004: 238.
⑥ 网址如下：https://candacecrobbbooks.com/for-further-reading-2/；例如，参见：la rubrique « Behind the novels » du site. https://www.lindakass.com.
⑦ Lemaitre, P. *Couleurs de l'incendie*. Paris: Albin Michel, 2018: 533.
⑧ Lemaitre, P. *Miroir de nos peines*. Paris: Albin Michel, 2020: 533.
⑨ Lemaitre, P. *Au revoir là-haut*, Paris: Albin Michel, 2013: 567.
⑩ Lemaitre, P. *Couleurs de l'incendie*. Paris: Albin Michel, 2018: 535.

些似乎是臆想的事实的真实性。他之所以要对很多人表示感谢，是为了撇清他们："我希望在此感谢的所有人，他们跟我这部小说对'真实历史'的不忠实没有任何关系，我是这种不忠实的唯一责任人。"①这是勒迈特作品中常见的情况；他也有一些书的末尾没有附历史文献和致谢。

有些小说家会指明自身作品的虚构属性。在菲利普·罗斯（Philip Roth）的《反美阴谋》中，一位以作者名字命名的叙事者讲述了自己的童年记忆。1940年，罗斯福未获连任。同情纳粹政权的飞行员查尔斯·林德伯格当选为总统。故事结束于1942年，美国与希特勒缔结了互不侵犯条约，犹太家庭的恐惧日益加剧。丰富的后记以"致读者的说明"开始，除了几十条出处外，它还声明这是"一部虚构的作品"，且作者通过它向读者提供已证实的事实，以便"标出历史事实的终点和历史想象的起点"②。威廉·T.沃尔曼（William T. Vollmann）在《欧洲中心》结尾的六十多页"出处"的开头，也划清了虚构和已证实的历史之间的界限。他的目的是"撰写一系列关于著名的、无名的和匿名的欧洲道德行为者在决策时刻的寓言"。他捕捉到很多"真实人物"，并对他们进行了大量研究。但他写的是"一部虚构的作品"③：

> 我希望为他们和他们的历史情境（它们被剥离成寓言，被各种超自然之力所美化）呈现诗性正义。[……]我为任何可能对生者产生的冒犯而道歉，并且我要重申：这是一部虚构作品。④

因此，作者明确了他的意图：与其说是试图追溯我们所知道的历史，不如说是对历史进行深刻的思考。

在《酷似阿道夫·希特勒的人》的结尾，瓜涅里（Luigi Guarnieri）否认了美国特工对希特勒自杀时使用替身而得以生存的调查的真实性："这是一部小说。[……]虚构的作品，源于作者的想象力。[……]情节是编造的，主要人物也是编造的。"这表明作者不希望有人把书中所描写的老人当成真正的希特勒。此外，作者告知，他根据可靠的资料和历史知识，严谨地建构了他的"臆想故事"。⑤

《拿破仑行动》的情节是关于1945年一架载有希特勒的飞机在冰岛的坠毁。尽管封面上印有"小说"二字，但与瓜涅里不同，英德里达松（Arnaldur Indridason）没有增加任何内容。不过，在接受采访时，他表示自己非常清楚一次本可以拯救希特勒的行动的真假："不，我不这样认为。[……]有一种说法是他被偷偷送到了冰岛，这当然是

---

① Lemaitre, P. *Au revoir là-haut*. Paris: Albin Michel, 2013: 565 ; *Couleurs de l'incendie*. Paris: Albin Michel, 2018: 533.
② Roth, P. *The Plot Against America*. New York: Vintage International, 2005: 364.
③ Vollmann, W. T. *Europe Central*. New York: Penguin Books, 2005: 753.
④ Vollmann, W. T. *Europe Central*. New York: Penguin Books, 2005: 753.
⑤ 本段引文均出自：Guarnieri, L. *Le sosie d'Adolf Hitler*. Arles: Actes Sud, 2017: 377.

一个疯狂的说法！"①

许多小说家，包括一些非常严谨的小说家，都没有在他们的书中提供有关出处和参考资料的信息。乔纳森·利特尔（Jonathan Littell）的《善良者》虚构了希特勒党卫队马克西米利安·奥的回忆录。②尽管作者的访谈显示了他对益格鲁·撒克逊和法国历史学有着深刻了解，但在小说中并没有任何援引的痕迹。同样，虽然在《公山羊的节日》中，马里奥·瓦尔加斯·略萨（Mario Vargas Llosa）也没有任何引用说明，但小说是建立在丰富的学识③和与生活在特鲁希略独裁统治中的人们的多次对话之上的，因此作者声称"没有捏造[……]任何不可能发生的事情"④。

这种参考来源的缺乏会引起不满。1988年，帕特里克·莫迪亚诺在1941年12月31日的《巴黎晚报》（Paris-Soir）上读到："寻失踪少女多拉·布吕代，十五岁[……]。有任何线索请联系布吕代夫妇，巴黎[……]。"该启事首先给1990年的小说《蜜月旅行》带去了灵感。为了解这个在1942年9月被关进集中营的小女孩，小说家做了一番调查与研究，但仍然不够。1994年11月，他转而向一位对法国犹太人的驱逐情况做过研究的律师求助，写下一篇充满感激的赞美文章："感谢塞尔吉·克拉斯费尔德，我也许知道了一些关于多拉·布吕代的事情。"⑤克拉斯费尔德积极回应了他——其实小说家此前已经与他取得了联系——并向莫迪亚诺提供了资料。《多拉·布吕代》出版后，塞尔吉·克拉斯费尔德在一封私人信函中"愤怒地指出"，他没有在小说中看到自己所做决定性贡献⑥的任何痕迹。忘恩负义？答案更为复杂。当然，作者和叙事者不得不隐瞒为了深入调查而求助于第三位调查者的事实，写出他们的《多拉·布吕代》，而且，"更根本的是[……]写出不同于犹太人，甚至是不同于巴黎被驱逐者的历史。《多拉·布吕代》是一部亡者之书，其中也暗暗包括了作者心爱的弟弟鲁迪，后者病逝于1957年"⑦。

有些作者的作品不会说明为写小说而做的文献收集工作。《圣周风雨录》出版后，"阿拉贡始终否认所进行的文献研究的浩瀚"⑧。但其实他查阅了大量资料，几位目击者

---

① Pellerin, C. Entretien avec Arnaldur Indridason le 7 octobre 2015, « Opération Napoléon: entre thriller et réalisme social », sur le site Actualitté. https://actualitte.com/article/37417/interviews/operation-napoleon-entre-thriller-et-realisme-social.
② Littell, J. *Les Bienveillantes*. Paris: Gallimard, 2006.
③ 其丰富程度令小说的译者不得不"求助于《特鲁希略的独裁统治》一书的作者劳罗·卡普德维拉[……]，以便编写解释性的注释：Vargas Llosa, M. *La fête au Bouc*. Paris: Gallimard, 2002: 605.
④ Argand, C. Interview. Mario Vargas Llosa. *L'Express*, 1 avril 2002, consultable sur https://www.lexpress.fr/culture/livre/mario-vargas-llosa_806316.html.
⑤ Modiano, P. Avec Klarsfeld, contre l'oubli. In Guidée, R. & Heck, M. (eds.). *Cahier Modiano*. Paris: Éditions de L'Herne, 2012: 177.
⑥ Guidée, R. & Heck, M. (eds.). *Cahier Modiano*. Paris: Éditions de L'Herne, 2012: 186.
⑦ Hilsum, M. Serge Klarsfeld/Patrick Modiano occultation nécessaire. In Guidée, R. & Heck, M. (eds.). *Cahier Modiano*. Paris: Éditions de L'Herne, 2012: 190.
⑧ Piégay-Gros, N. « Notice » de *La Semaine sainte*. In Aragon, L. *Œuvres romanesques complètes IV*. Paris: Gallimard, 2008: 1522.

都说作家会定期带着"满满一车写小说必备的书"①离开巴黎。他的否认和他的评论之间也存在着矛盾，他的话揭示了他扎实的研究，甚至是他在这个领域的雄心："你可以把我的书拿在手中，在书中描述的任意地方沉思。[……]只要你发现我提出的内容得到证实，我的角色、我的谎言就会成形。我的目标不仅在于为今日仓促的读者提供真实性，更要让日后的学者挑不出差错。"②当然，这种保留是因为希望将这部作品首先归于文学创作，不是将其同化为严肃的"历史小说"，而是通过把"真相作为谎言的引子"表现创作想象力的无所不能，成功地"肆无忌惮地利用历史"，历史被视作"虚构的垫脚石，小说的通行证"。③皮埃尔·米雄也同样无意展现博学，但他的博学却是有目共睹的。他在谈到《十一人》的写作计划时是这样说的："我有成堆的文件，涉及革命服装、某项法令，无论什么。我什么资料都有。"④

讨论小说中出处和知识的存在，无论它可见与否，也是谈论文学中"想象的博学"⑤，即"书中给出的对象（学者或研究对象、手稿、文献等）本身是编造的"⑥。博尔赫斯的部分作品围绕着一些虚构而写就，这些虚构对想象的和已证实的文本进行评论，但没有给出任何关于如何找到它们的方法的提示。在某些作者的作品中，虚构和想象共存于诸如注释、引文、文献附页等小说元素中，也共存于理应列出资料来源的附录中，如参考文献、解释性说明等。《法租界》的后记便是如此。这部小说准确具体地描写了20世纪30年代的上海。在小说的后记中，一位"历史学家"根据上海历史档案馆的卷宗对这个故事进行了评论，并从卷宗的空白背面得出结论——因为不存在这样的魔法师，无法拥有"一部可以无限对折展开的书，他所有的举措行动、所有最微妙的心理变化都将在事发同时记录备份在那本书里"——历史学家和小说家都有发挥的空间⑦。之后的附注介绍了这些卷宗，并得出结论：考虑到损毁、主人公可对法租界警察文件进行的潜在操纵以及其他文件的不可获取，这些条件"为小说家打开了一个虚构的广阔空间"⑧。

以上关于小说与过去的痕迹、各种出处、历史知识之间的联系的评论，揭示了非常多样的情况。有些作者把扎实的研究作为必要的要求，有些作者却极其轻率随意。有些小说家和出版商看重文献支撑和学术方法，并以此作为衡量其作品价值的依据，有些书却对此只字不提。不过，即使一些作家看重文献和资料，这也绝不是文学领域的实践规则，但以文献研究为基础，并在书写中指明这些文献的出处，却是史学实践的义务。

---

① Piégay-Gros, N. « Notice » de *La Semaine sainte*. In Aragon, L. *Œuvres romanesques complètes IV*. Paris: Gallimard, 2008: 1522.
② Aragon, L. *J'abats mon jeu*. Paris: Les Lettres françaises/Mercure de France, 1992: 67.
③ Aragon, L. *J'abats mon jeu*. Paris: Les Lettres françaises/Mercure de France, 1992: 71.
④ Michon, P. *Le Roi vient quand il veut, Propos sur la littérature*. Paris: Albin Michel, 2007: 107-109.
⑤ 参见：Piégay-Gros, N. *L' Érudition imaginaire*. Genève: Droz, 2009.
⑥ Piégay-Gros, N. L'érudition imaginaire. *Arts et Savoirs* [En ligne], 2015(5), mis en ligne le 15 mars 2015, consulté le 14 mai 2022. URL: http://journals.openedition.org/aes/306.
⑦ Xiao, B. *La Concession française*. Arles: Éditions Philippe Picquier, 2016: 521-522.
⑧ Xiao, B. *La Concession française*. Arles: Éditions Philippe Picquier, 2016: 527.

8.2.4 向历史学家发起的挑战

一些作家曾多次公开反对历史学家的历史，或至少是反对历史学家所了解的历史。例如，1928年，剧作家贝托尔特·布莱希特（Bertolt Brecht）想象了一个工人在阅读历史书时的疑问。

> 七座城门的底比斯是谁建造的？
> 书上列了一些国王的名字。
> 巨石也是国王搬运的吗？
> 还有巴比伦，数度被摧毁
> 是谁又一再将它重建？
> 金光闪闪的利马的建筑工人
> 他们住的房子在什么地方？
> 砌了一天的城墙，天黑之后，
> 中国万里长城的砌石工在哪里过夜？
> …………
> 凯撒打败了高卢人，
> 他该不会连个煮饭的都没带吧？
> …………
> 代代都出伟人。
> 谁付出了代价？
> 如此多的故事。
> 如此多的疑问。①

以上评注的一个主要观点是：历史对伟人讲得很多，对小人物则很少或几乎没有涉及。诚然，这种批评过于武断，当时已有历史学家谈及"次要人物"。但就历史文献的整体而言，这个说法是正确的，因为长期以来，历史文献一直将底层人民置于阴影处，以凸显领导人和特权阶层。这既是因为历史是由这些上层人士写就和阅读的，也因为谈论他们的直接文献最多。

大约在同一时期，保罗·瓦雷里（Paul Valéry）也抨击了历史这门学科，只不过他的出发点不同。不是因为那句针对历史的宣言——"历史是智力的化学反应所产生的最危险的产物"②——他的矛头更多是指向那些运用历史的人，而非记录历史的学者们。瓦雷里的抨击主要表现为一些否认历史科学性的言论："历史学家撰写过去，正如用纸牌算命的女人预测未来。只是女巫所算的还有待证实，而历史学家所写的则不用。"③

---

① Brecht, B. *Poèmes, 1934—1941*. Paris: L'Arche Éditeur, 1966: 43.
② Valéry, P. *Œuvres II*. Paris: Gallimard, 1960: 935.
③ Valéry, P. *Œuvres II*. Paris: Gallimard, 1960: 948.

或是有关历史内容的评注：

> 历史不关注人类！历史书、教科书上的历史都只关注官方事件。①

在历史书中，有相当多由于进程缓慢而难以察觉的重要现象没有被记录在内。因为没有任何文献资料曾明确提到这些现象，所以它们被历史学家遗漏了。只有通过一个预先建立的问题和定义系统才能感知和记录下这些现象，但这个系统目前还没有被设计出来。②

还有对落后于知识发展的历史学科方法的评论，这种落后使人类"在历史-政治秩序中一直处于被动研究和无序观察的状态"③。

保罗·瓦雷里批判了历史学家，但没有进行反历史创作。布莱希特揭示了历史的一大缺陷，并就各种历史题材创作了小说和戏剧。另有一些作家不仅批评历史学家没有写好历史，还用文学来演绎过去，声称自己比历史学家做得更好。如巴尔贝·多雷维利（Barbey d'Aurevilly）的思考：

> 在历史学家因为再无所知而停笔的地方，诗人现身并进行猜测。他们能看到历史学家目所不能及之处。正是诗人的想象力穿透了历史挂毯的厚度，或将其翻面，我们才得以看清隐藏在挂毯背后那令人着迷的景象……④

同样，虽然尤瑟纳尔在很大程度上借鉴了历史学家，并向他们致以诚挚的感谢，但她仍表示自己的方法更具优越性：

> 我对历史系统化这一事实持怀疑态度。历史是一种个人化的解释，或相反，它肆意提出一种被当作真理的理论，尽管这理论本身是短暂的。[……]如果我们让人物以自己的名义发声，如哈德良本人；或者像芝诺那样，以更符合时代风格的间接方式说话，也即第三人称单数的独白，我们便将自身置于被唤起者的位置上；我们面对的是一个唯一的现实，即某个人在某时某地的现实。而正是通过这种迂回，我们才能最完善地了解人类和普遍性。⑤

在《战争与和平》中，托尔斯泰也颠覆了历史。有观点认为：英雄造时事，伟人决定历史，要想了解过去，就得了解伟人的思想和行为。托尔斯泰打破了这一观念，不断降低英雄对时事的影响权重。在作者的笔下，拿破仑不过是复杂历史进程中的偶发事件，无论他做了什么，历史进程都会遵循其自身的发展方向。这位俄国作家认为没有任

---

① Valéry, P. *Œuvres II*. Paris: Gallimard, 1960: 210.
② Valéry, P. *Œuvres II*. Paris: Gallimard, 1960: 919.
③ Valéry, P. *Œuvres II*. Paris: Gallimard, 1960: 920.
④ Barbey d'Aurevilly, J. *Une Page d'Histoire (1603)*. Paris: Alphonse Lemerre, 1886: 19. 这是一部关于朱利安和玛格丽特·德·哈法雷的短篇小说。
⑤ Yourcenar, M. *Les Yeux ouverts, entretiens avec Matthieu Galey*. Paris: Le Centurion, 1980: 62.

何事情可以完全归咎于拿破仑,并提出了一种贴近事实的过去观,即坚持时事的无限复杂性及其原因的多重性。但所谓的决策者和掌权者、演员和评论家、历史学家却从未能够把握这一点,仅将原因简化为笼统的解释,而完全忽略了事物的无限复杂性。①

托尔斯泰"对大多数历史重构的泛泛而谈感到恼火:对他而言,这样的历史似乎不够精确"。他"想方设法打破过去的无法触及","他对历史学家的蔑视"使他"提出了另一种思考历史的方式",即"停止掩饰未完成的事物,试图将它表现出来"。通过这种方式,即使"无法重构所有产生了时事的姿态、行动、思想",但"至少有可能展现那些不幸、不和谐、不一致以及未实现的可能性""在这些可能性中,空和满同样重要"。②

1842年,巴尔扎克在《人间喜剧》的前言中有力指出,文学可以比历史更深入地追溯过去,这是人们经常提到的论断。他首先强调,过去的历史书写中缺少"风俗史"(histoire des mœurs)。巴尔扎克不想自己的时代重蹈这一过去史学家留下的"历史领域的巨大空白"③。因此,他创作了一部"有三四千个人物的戏",建构了"当下的广阔画卷"。④他回顾了自己的雄心壮志:

> 法国社会将成为历史学家,我不过是这位历史学家的笔杆而已。通过开列恶癖与德行的清单,收集激情的主要事实,描绘各种人物,选择社会上的主要事件,在结合同类人物的特征而铸成的典型之中,我也许能够写出一部史学家们忘记写了的历史,即风俗史。我将以极大的耐心和勇气去完成这套关于19世纪法国的著作。我们大家都为迄今没有这类作品而深感遗憾,可惜罗马、雅典、提尔、孟菲斯、波斯、印度等地都没有这类记载各自文明的著作传诸后世。⑤

他的抱负是:

> 成为能够"研究这些社会影响的原因,捕捉隐藏在人物、激情和事件的巨大组合中的意义"的"艺术家",揭示社会的"社会动力"。⑥对此,他很自豪:"我比历史学家做得更好。"⑦

由是观之,巴尔扎克在这篇序言中展现了巨大的雄心:用《人间喜剧》及其人物(他们是如此多样的"社会物种")来分析法国社会,以展示其组成部分和发展变化。如果说巴尔扎克根据动物学来定义他的创作计划,那么他同时也把这项计划与历史学家进行了联系,声称自己做的是后者没有做的事情:

---

① 关于历史学家所提出的因果关系的微不足道,参见:Tolstoï, L. *La Guerre et la Paix*. livre III, tome II. Paris: Gallimard, 1972: 8.
② 本段引文均出自:Loriga, S, *Le Petit x. De la biographie a l'histoire*. Paris: Seuil, 2010: 234-245.
③ Balzac, H. (de). *La comédie humaine. Études de Mœurs: Scènes de la Vie privée, I*. Paris: Louis Conard, 1912: XXVII-XXVIII.
④ Balzac, H. (de). *La comédie humaine. Études de Mœurs: Scènes de la Vie privée, I*. Paris: Louis Conard, 1912: XXVIII.
⑤ Balzac, H. (de). *La comédie humaine. Études de Mœurs: Scènes de la Vie privée, I*. Paris: Louis Conard, 1912: XXIX.
⑥ Balzac, H. (de). *La comédie humaine. Études de Mœurs: Scènes de la Vie privée, I*. Paris: Louis Conard, 1912: XXIX.
⑦ Balzac, H. (de). *La comédie humaine. Études de Mœurs: Scènes de la Vie privée, I*. Paris: Louis Conard, 1912: XXXIII.

我重视确实的、日常的、隐秘的或明显的事实，重视个体生活中的行为及其原因和原则，正如历史学家重视国家公共生活的事件。在安德尔河谷，莫尔索夫人与爱情之间的这场不为人知的斗争（《幽谷百合》），也许与已知的最辉煌的战役一样伟大。只不过对于征服者而言，荣耀最重要；而对于莫尔索夫人，最重要的是天主。[①]

在这篇序言中，巴尔扎克向历史学家提出了两个挑战。一个是明确的：历史学家只阐述可见之事，也即那些与领导人、战争等相关的事件，而他描写的则是家庭、日常生活、生活方式等，也即那些真正使事情发生的要素。另一个是隐含的。因为巴尔扎克"更像历史学家而非小说家"，通过"将整个社会描述为一个如其所是的整体的固定观念"，他绘制了一幅未来的历史学家无法摆脱的X光图。[②]

一些作家认为小说是"探索现实、勾勒历史、分析社会的绝佳工具"[③]。雅克·杜布瓦（Jacques Dubois）将他们称为"现实中的小说家"，并研究了其中的八位——巴尔扎克、司汤达、福楼拜、左拉、莫泊桑、普鲁斯特、塞利纳和西默农——他们以各自的方式提供了"一种解读社会复杂性的方法"[④]。他们的小说分析和构建了解释性的再现。在《红与黑》中，司汤达（Stendhal）提到的"19世纪的编年史"验证了这一雄心，更具体地说，是"1830年的编年史"。这些副书名在有些版本中会被省去，这说明了他的意图：把杜撰的人物和事件搬上舞台，从而通达历史最深刻的真相——如丹东的题词所言，"真相，痛苦的真相"。左拉给《卢贡-马卡尔家族》所起的副书名是"第二帝国时代一个家族的自然史和社会史"。雅克·杜布瓦指出，尽管在西默农之后，现实主义小说发生了很大的变化，但它仍保有解读社会的愿望，他认为维勒贝克（Michel Houellebecq）便是延续这种探索的作家之一。

概而言之，文学常以较为直接的方式，通过不同的批评来揭示历史学家笔下的历史的各种缺点，并声称自己在书写过去方面做得比历史学家更好。

---

① Balzac, H. (de). *La comédie humaine. Études de Mœurs: Scènes de la Vie privée, I*. Paris: Louis Conard, 1912: XXXV.
② Balzac, H. (de). *Œuvres complètes. T. 19.*, Études analytiques, ébauches pour "la Comédie humaine" et préfaces de "la Comédie humaine". Paris: Les Bibliophiles de l'originale, 1968: 734.
③ Dubois, J. *Les romanciers du réel. De Balzac à Simenon*. Paris: Seuil, 2000: 9.
④ Dubois, J. *Les romanciers du réel. De Balzac à Simenon*. Paris: Seuil, 2000: 11-12.

拓展阅读与思考

1. "进入他人的思想"：尤瑟纳尔和哈德良皇帝。

1951 年，玛格丽特·尤瑟纳尔出版了《哈德良回忆录》。这部作品描写了 2 世纪的罗马皇帝哈德良在其生命的最后阶段所进行的沉思。尤瑟纳尔在书中还加入了"哈德良回忆录的创作笔记"，里面汇集了作者对这部小说写作的思考。

> 人们为自己所做的一切，虽未考虑其利益之所在，但却都是有用的。在客居他乡的这几年里，我继续在阅读古代作家的作品：吕波-海曼出版的红皮或绿皮的大作，对我来说如同他乡遇故知。重建其书库，是再现一个人思想的最佳方式之一。在这几年中，我预先地，而且是不知不觉地，一直在致力于重新布置提布的书架。我现在只需去想象一个病人的肿胀的双手按在翻开的手稿上的情形。[……]
>
> 我把只有专家们感兴趣的 3 年研究和只有精神失常者才感兴趣的一种谵妄方法的设计尽可能迅速地一笔带过。"精神失常"一词仍然是浪漫主义的一个过于美妙的部分，我们倒不如来谈一谈对曾经发生过的事情进行经常性的而且是最有远见的介入为好。
>
> 一只脚踏进旁征博引之中，一只脚踏进妖术之中，或者更确切地、不加隐喻地说，踏进富于同情的妖术之中，这种妖术就在于设想自己的思想渗入到某个人的内心深处。
>
> 一幅用声音去描绘的肖像。我之所以选择用第一人称去写这部《哈德良回忆录》，就是为了让自己尽可能地摆脱中间任何人，哪怕是我自己。哈德良可以比我更加坚定地，并且更加细微地讲述他的生平。[……]
>
> 时间对于事件不起任何作用。使我自始至终感到惊讶的是，我的同时代人以为征服和改造了空间，但他们却不知道人们是可以随意缩短岁月的距离的。[……]
>
> 游戏的规则是：学习一切，阅读一切，了解一切，与此同时，让伊格纳斯·德·洛约拉的《神功》或者印度苦行者的方法去适应自己的目的。印度苦行者为了稍微更加准确地去想象他闭上双眼而创造的那个形象，往往积年累月地在苦修，以至把自己弄得个精疲力竭。根据数千张卡片去追忆事件的真实性，努力去使这些石雕的面孔恢复它们的活动性和生动的灵活性。当两种文本、两种论断、两种观念相互对立时，心甘情愿地去调和它们而不要让一种取消另一种。看见它们当中存在两个不同的面，存在同一个事实的两个连续的状态，看见它们是一种具有说服力的事实（因为现实是复杂的），是一种符合人性的现实（因为现实是多样性的）。努力做到以 2 世纪的眼光、心灵和感觉去阅读 2 世纪的稿本。让这份稿

本浸泡在当代现实这种"母液"当中。可能的话，把在我们与这些人之间一层层聚集起来的所有的观念和情感撇开。然而，要利用近似或相交的各种可能性，使用由分隔着我们与这份稿本、这个事实、这个人的那么多个世纪和那么多的事件逐渐设计而成的各种新角度，但必须谨慎从事，而且只是作为研究的准备。在某种意义上，把它们当作立在倒回到时间的某个特定点的归途上的一个个标记来加以利用。不容许人为地造成阴影，不容许呼出的哈气模糊镜面，只取我们在感官方面或在思想活动方面最持久、最基本的东西作为我们同这些人的接触点。其实，他们也同我们一样嚼橄榄，喝酒，用手掏蜜吃；也同我们一样顶寒风，冒暴雨，在酷热中找阴凉；也同我们一样享乐，思考，衰老，死亡。[……]

这本书是为我自己酝酿的一部庞大作品的浓缩。我养成了习惯，每天夜晚以几乎是机械的方式把自己直接置身于另一个时代故意诱发的这些长久幻想的结果写下来。最没意义的词儿、最细小的动作、最难以觉察的细微区别都一一记录下来了。现在这本书仅以两行字概括的一些场面，都十分详尽地、仿佛以慢镜头的形式摇过。如果把这种样子的阐述全都凑在一起，有可能产生出一部几千页的大作。但我每天早晨都把夜间写成的东西烧掉。[……]

不管怎么做，人们总是按照自己的方式去建造历史性的纪念碑，但只使用真实的石料，这就已经是很了不起的了。[……]

1950年12月26日的那个寒冷的夜晚，在大西洋岸边，在美国的荒山岛有如极地一般的寂静中，我试图去体验138年7月的一天在贝伊的酷暑和憋闷，去体验盖在沉重而疲乏的双腿上的毯子的沉重，去体验这片没有涨潮落潮的大海的几乎难以察觉的声响，这声响从这儿那儿传到正专注于他自身垂危的骚动的人那里。我试图去找寻最后一口水，最后一次不适，最后一个图像。这位皇帝现在只好等死了。

陈筱卿 译[①]

? **请阅读以上段落，回答以下问题：**

（1）尤瑟纳尔的哪些思考与历史学家的做法如出一辙？

（2）在节选的文字中，是什么让尤瑟纳尔有别于历史学家，使《哈德良回忆录》成为一部小说？

---

① 节选自：尤瑟纳尔. 尤瑟纳尔文集：哈德良回忆录. 陈筱卿，译. 上海：东方出版社，2002：309-312，321-323.

2. 透过小说"解读整个时代"。

詹姆斯·埃尔罗伊的小说《美国小报》记录了1958年11月至1963年11月22日（约翰·肯尼迪在达拉斯遇刺的日子）的美国。

> 在大众消费式的怀旧氛围中，那些激动人心的历史实际上从来都不曾存在过。在无数堂皇的传记之中，那些实为跳梁小丑的政客都成了圣人，而出于权宜的决策都成了体现道德力量的伟大时刻。我们历史的叙述早已失掉了真实和反思，只剩下一片模糊。只有孜孜不倦地追求真相，才能把历史归回正途。
>
> 肯尼迪真正的三大王牌，归根结底是"帅、酷、艳遇丰富"。肯尼迪所代表的，是我们历史中最八卦、最有料的一页。他言谈滑溜，剪了个世界级的发型。跟比尔·克林顿相比，他只是少了些媒体的过分关注，而稍许多了几圈赘肉。
>
> 杰克在他最为巅峰的时刻被人一枪干掉，也就此敲定了他圣人的地位。他的魅力之火永远不会熄灭，而谎言也继续在他周围萦绕不散。现在是时候掘开他的骨灰坛，好好看看那些把他扶上神坛，然后再一把拽下来的人。
>
> 他们是行走于黑白两道的警察、敲诈的高手。他们是窃听的行家、冒险的商贾，还有一帮娱人为业的戏子。但如果他们的一生哪怕有一秒钟的变化，美国的历史就不是我们今天所知道的这样了。
>
> 如今正应当吹散一个时代的迷雾，而从那阴暗的角落里建起新的神话，一路向上延伸到星星之中。如今是时候拥抱那些坏人，拥抱他们为造就那个时代所付出的代价。
>
> 向他们致敬。
>
> 朱沉之 译[①]

? 请阅读以上段落，回答以下问题：

（1）埃尔罗伊写《美国小报》是为了反驳什么样的历史版本？作者的意图如何？

（2）埃尔罗伊希望在小说中把谁推到事件的台前？

---

① 节选自：埃尔罗伊. 美国小报. 朱沉之，译. 北京：法律出版社，2013：文前．

讨论题

习近平总书记在致第二十二届国际历史科学大会的贺信中说:"人事有代谢,往来成古今。历史研究是一切社会科学的基础,承担着'究天人之际,通古今之变'的使命。世界的今天是从世界的昨天发展而来的。今天世界遇到的很多事情可以在历史上找到影子,历史上发生的很多事情也可以作为今天的镜鉴。重视历史、研究历史、借鉴历史,可以给人类带来很多了解昨天、把握今天、开创明天的智慧。"①

请结合文学和历史的关系,谈一谈文学在把握历史规律、汲取历史智慧方面起到的作用。

---

① 光明日报.习近平致信祝贺第二十二届国际历史科学大会开幕.(2015-08-24) [2024-12-10]. http://culture.people.com.cn/n/2015/0824/c22219-27506480.html.

第九讲

文学与历史学（二）
文学作为历史学研究的素材

长期以来，历史学家都以文学为对象，将其作为不同时期的社会文化现象进行研究。早在20世纪初，居斯塔夫·朗松（Gustave Lanson）就提出了一项大胆的计划：研究文学活动（文学机构、作者之间的关系以及作者与社会生活中其他参与者之间的关系）、文学生产和文学作品消费的社会条件[①]。1941年，历史学家吕西安·费弗尔（Lucien Febvre）大力肯定了这个计划。[②]1960年，罗兰·巴特在一本历史期刊上发表了一篇关于拉辛的文章[③]，再次提及这个课题。他特别提出了两个重要主题。首先是探究"文学理念的历史"，从历史层面追问"什么是文学？"这个问题。其次是彻底重新思考"作品与作品以外事物之间的关联"，也即与创造它的事物之间的关系，但不要将其简化为对作者的关注，或简化为一种"类比"联系——即作品是对写它的人、见证它产生的环境或其他作品的"模仿"——因此要深入思考这一关系的构建过程，例如"变形"的过程。但巴特之后转向了其他方向的研究，因而并未对该计划的推进做贡献。不过，现代主义和当代历史学家，以及关注背景方法的文学学者都就此进行了研究；其中包括罗杰·夏蒂埃（Roger Chartier）、克里斯蒂安·儒奥（Christian Jouhaud）、安托瓦纳·贡巴尼翁（Antoine Compagnon）、阿兰·维拉（Alain Viala）、阿兰·瓦扬（Alain Vaillant）、玛丽-艾芙·德朗蒂（Marie-Ève Thérenty）等人。他们的研究涉及文学文本的变化、接受和挪用。例如，他们探讨了报纸和文学之间的联系[④]，新闻写作和小说之间的联系，以及1836年以来连载小说的重要性。事实上，连载小说极大地促进了小说

[①] Lanson, G. L'histoire littéraire et la sociologie. *Revue de métaphysique et de morale*, 1904(4): 621-642.

[②] Febvre, L. Littérature et vie sociale. De Lanson à Daniel Mornet: un renoncement ?. *Annales d'histoire sociale*, 1941, 3(3-4): 113-117.

[③] 参见：Barthes, R. Histoire et littérature: à propos de Racine. *Annales ESC*, 1960(3): 524-537.

[④] 参见：Kalifa, D., Régnier, P., Thérenty, M.-È., Vaillant, A. (eds.). *La civilisation du journal. Histoire culturelle et littéraire de la presse française au XIXe siècle*. Paris: Nouveau Monde, 2011.

作为主要文学体裁的崛起，并在全世界范围内传播了一些深入人心的文学主题①。学者们的研究还挖掘了阅读的历史②，追溯了作家自身的时代轨迹，以及他们通过自己的生活和/或作品，对社会和生活方式产生某种政治行为或某种影响的方式。本讲将不直接讨论这些历史学家的研究，而将侧重于其他问题：历史学家如何利用小说来深化历史知识？小说能否成为，以及在什么条件下能够成为认识和理解过去的素材？历史学家是否有兴趣将历史题材的小说作为史料？

9.1 历史研究中对小说的援引

从事历史科学研究的学者引用了大量小说。比如，研究19世纪资产阶级的专家阿德琳·多玛尔（Adeline Daumard）曾多次援引小说。在几页"同时代人的证言"中，她详细说明了"资产者"（bourgeois）一词在当时的用法。多玛尔先引用了拉梅奈（Lamennais）的话，称该词最初指的是"成功的手艺人"，随后她补充说："这是巴尔扎克给出的形象，他说'每个商人都渴望成为资产阶级'，也就是说，靠年金过日子。"③她还援引了另一位作家，以说明尽管资产阶级的财产各有差异，但这个群体的情况是相同的："也许维克多·雨果是最接近这一现实的，他在《悲惨世界》中写道，'我们错误地想把资产阶级变成一个阶层。所谓资产阶级，不过是人民中幸福的那部分人'。"④除了借助文学作品来解读当时"资产阶级"的含义外，多玛尔还利用文学作品来明确资产阶级的举止特点。例如，关于个人支出分布的变化，她解释说，有些商人节衣缩食一辈子，退休后反而开始了消费，并举了一个例子：

> 罗格朗是圣丹尼街上的一个生意人，住的是"除了最基本的生活用品，没有任何家具的房间"，但在巴黎最后几年的闲暇时光，他却买了很多精美家具来装点他在普罗万养老的房子。⑤

尽管这个罗格朗并不存在；他并非取材于多玛尔为重新建构历史遗产而查阅的公证档案，而是巴尔扎克杜撰的人物。但多玛尔认为，此处援引巴尔扎克的评论——正如她时不时做的那样，有时还会纠正小说家——可以展现过去的现实，因为小说家所塑造的人物及其处境概括了那个时代的一些行为和类型。

---

① Daniel, Y. & Lo, S.-L. "Mystères urbains" en France, "Mystères urbains" en Chine: des perspectives incomparables ?. In Kalifa, D. & Thérenty, M.-È. (eds.). *Les mystères urbains au XIXe siècle: Circulations, transferts, appropriations*. Medias19 [en ligne], 2015. URL: http://www.medias19.org/index.php?id=17039.
② 例如：Cantier, J. *Lire sous l'Occupation. Livres, lecteurs, lectures, 1939—1944*. Paris: CNRS Éditions, 2019.
③ Daumard, A. *Les bourgeois et la bourgeoisie en France depuis 1815*. Paris: Flammarion, 1991: 39. 她援引的是：Balzac, H. (de). *Pierrette*. Paris: Gallimard, 1947: 667.
④ Daumard, A. *Les bourgeois et la bourgeoisie en France depuis 1815*. Paris: Flammarion, 1991: 50. 她援引的是：Hugo, V. *Les Misérables*. Paris: Gallimard, 1956: 868.
⑤ Daumard, A. *Les bourgeois et la bourgeoisie en France depuis 1815*. Paris: Flammarion, 1991: 125.

安托万·普罗斯特（Antoine Prost）在研究1936年6月法国工人大罢工期间发生的事情时，分析了一些证词和新闻文章。他的结论是："1936年6月使家长式统治失去了合法性，并[在工人及其雇主之间]形成了深刻的断裂。"① 为了说明这一观点，他援引了短篇小说《一个企业主的童年》，因为萨特很好地"感知并演绎了"这一变化。小说主人公吕西安·弗勒里耶是一个企业主的继承人，他记得小的时候，当他在星期天和父亲一起去散步时，"我们遇到了爸爸的工人，他们向爸爸问好"。普罗斯特指出，吕西安注意到这些人"叫他先生"，并且"摘下帽子和他们说话"，② 吕西安和他的父亲"没有脱帽"③。普罗斯特继续道：

  在一个日期不详的日子，背景是"人民阵线"成立前后，"弗勒里耶先生的工人的心态发生了很大的变化[……]当吕西安在星期天和他父亲一起去散步时，工人们看到他们时几乎不碰帽子，有些工人甚至因为不想打招呼而走到马路对面去了"。④

  历史学家在自己的研究中引用小说有何作用？诚如上述两个例子所示，通过引用小说片段，他们将某个具体的例子引入陈述，有些例子为绝大多数读者所认同，因为一些作品传播了深入人心又持久的形象；有些例子虽然鲜为人知，但却让文本变得有血有肉。如此引用的优点在于，用寥寥几个非常能引起联想的词，甚或是直击人心的用语就能集中呈现一个信息。所引用的段落可以与历史学家给出的信息一致，也可以不一致。例如，一位农民研究专家在描述法国波旁复辟时期的市长时说，他们"主要是从少数受过教育的居民中选出来的一些谦逊的显贵，主要职责是回复行政信件"，并指出，其中"只有32%的人是地主兼收租者，41%是农民。这与巴尔扎克在小说中所塑造的'大地主在当地必当市长'的传统形象相悖"。⑤ 不论如何，对文学的引用具有明显的修辞价值。它使表述更为优雅与出众，使论证更有分量，并增进了历史的诗学品格。对文学的参考也是法国学校进行文学评论培养的结果。

  以这种方式使用小说，与历史学家的另一种常见做法并无太大区别，即引用文学作品来探讨他们所研究的过去。例如，许多研究罗马的学者总会提及玛格丽特·尤瑟纳尔的《哈德良回忆录》。罗纳德·塞姆（Ronald Syme）便是其中一例，他在1984年的一次演讲中提到了这个习惯。这位罗马研究的权威在承认该小说的优点和合法性的同时，也指出了他认为的错误之处，有力地提醒我们：这是一部小说，一部想象的回忆录，绝

---

① Prost, A. *Autour du Front populaire. Aspects du mouvement social au XXe siècle*. Paris: Seuil, 2006: 101.
② Prost, A. *Autour du Front populaire. Aspects du mouvement social au XXe siècle*. Paris: Seuil, 2006. 101.
③ Sartre, J-P. *Le Mur*. Paris: Gallimard-Folio, 1972: 164.
④ Prost, A. *Autour du Front populaire. Aspects du mouvement social au XXe siècle*. Paris: Seuil, 2006: 101; Sartre, J.-P. *Le Mur*. Paris: Gallimard-Folio, 1972: 177.
⑤ Moulin, A. *Les paysans dans la société française. De la Révolution à nos jours*. Paris: Seuil, 1988:108. 此处引用的是巴尔扎克在《农民》中作出的评价。

不能代替哈德良散佚的自传或资料①。令这位罗马主义者尤其感到不快的是，这本小说出现在了有关哈德良的参考文献中，但没有明确它的性质，而是与相关时代文件或史学研究混在一起②。一些古代研究者也引用这部小说，对这部虚构自传作品的文学性和历史性表示尊重，甚至是钦佩。对于研究哈德良及其时代的学者们来说，提及它几乎成了必不可少的特征，他们觉得公众期待他们评论和评价这部小说。此外，引用这部作品也是为了点缀和润饰学术话语，向经典致敬。塞姆在一定程度上减少了历史学家对小说的参考，但《哈德良回忆录》仍然是他们研究中的常客。

许多主题的作品——巴黎百货公司的出现、19世纪末的卖淫业和采矿业、大众消费的出现——几乎成了历史学家的必读参考书目：左拉的《妇女乐园》《娜娜》《萌芽》，佩雷克的《物》，等等。更常见的情况是，在引用各种资料来源（行政、司法、警察、新闻）所产生的信息和观点的基础上，再辅以小说引文，因为小说引文与资料信息相一致，能够起到强调与突出的作用。小说引文还被用作证据，使陈述更具分量，更形象，从而建构了历史诗学。在这种情况下，小说发挥的是一种附属的，非常次要的作用，因为历史知识并非来自所提到的小说，小说的引入只是为了支撑在过去的其他痕迹上所进行的学术研究。

对于许多探究过去的人而言，文学作品似乎极具启发性。的确，文学提供了人物、情节、情境、背景，可以引发他们的好奇和疑问，指出在其他文献中不易察觉，或是集体记忆中不确定的元素。在左拉的《土地》中，叙事者谈到了两个农民：

> 二人都参加过非洲战役[……]。所以[……]他们都有共同的回忆，贝督因男人的耳朵被割下，串在一起，贝督因女子的皮肤被抹了油，在篱笆后被玷污，身上的所有孔穴都被塞满。③

这段摘录揭露了19世纪三四十年代征服和占领阿尔及利亚时的所有暴行。一些历史学家曾引用这段文字④。《黑暗的心》（1899）也是如此。约瑟夫·康拉德（Joseph Conrad）将比利时国王利奥波德二世在比属刚果令人惊愕的行径改写成一个没有明确参照的故事，因为在小说中，他既没有命名"河流"，也没有指明那些侵领了非洲土地的欧洲人的国籍。正如左拉所说，《黑暗的心》促使历史学家通过其他来源去探究具体的、

---

① 转引自：Syme, R. *Roman Papers VI*. Oxford: Clarendon Press, 1991: 157-181.
② 塞姆特别指出了参考书中的"哈德良"条目，该书将《哈德良回忆录》作为来源之一：Sutherland, C. H. V., Hammond, M. "Hadrian". In Hammond, N. G. L. & Scullard, H. H. (eds.). *Oxford Classical Dictionary*. Oxford: Clarendon Press, 1970: 486.
③ Zola, É. *La Terre*. Paris: Gallimard, 2002: 96.
④ 例如，克劳德·廖祖在一些研究中进行了引用：Liauzu, C. *Colonisation. Droit d'inventaire*. Paris: Armand Colin, 2004: 17；Liauzu, C. *Histoire de l'anticolonialisme en France du XVIe siècle à nos jours*. Paris: Fayard, 2012: 107-108；奥利维尔·勒·古尔梅森引用并评价其"非常明显地影射了非洲军队士兵的强奸行为"：Le Cour Grandmaison, O. *Coloniser Exterminer. Sur la guerre et l'État colonial*. Paris: Fayard, 2005: 159；还有热拉尔·努瓦利耶：Noiriel, G. *Une histoire populaire de la France. De la guerre de Cent ans à nos jours*. Marseille: Agone, 2018: 416.

令"当时的殖民当局共同缄默"①的殖民暴行。在很长一段时间内，这一暴行影响并掩盖了人们对此的评论②。尽管反殖民主义的言论谴责这种殖民暴行，但其语气和论点却不同于历史方法。

简而言之，许多小说所包含的信息能激发和强化历史学家对过去的审视，并促使他们提出重要的历史问题。

9.2 文学：一种微妙的素材

文学很有趣，具有启发作用，但对其使用却很微妙。真实和想象的情境使我们能够思考这种微妙。

9.2.1 史料来源的定义

在深入探讨历史学家如何审慎地使用小说来了解过去之前，我们有必要回到什么是史料来源的问题上。过去的痕迹和遗址以纪念碑、档案、书籍和其他许多形式存在。然而，只有当历史学家通过这些痕迹和遗址来了解过去时，它们才会成为来源。19 世纪下半叶，历史学科在建立之初就强调了其在档案方面的研究工作，尤其是那些笔迹难以辨认、拼写和表达都很随意的纸质手稿，这是它区别于其他历史撰写者的特点之一。后来，特别是在年鉴运动（以马克·布洛赫及其朋友吕西安·费弗尔创办的杂志命名）兴起时，一些学者有力指出，仅仅是经常接触档案并不能凸显历史研究的特性，因为历史研究需要提出有价值的问题，需要严谨的提问方法，因此这项工作远不只是对旧资料的收集。他们还坚称，即便书面资料是通常的来源，也还有许多其他类型的来源，因为只要历史学家发出追问，任何过去的遗址或痕迹都可以变成来源。吕西安·费弗尔大力肯定这一观点：

> 如果没有书面资料，如果资料不存在，历史 [……] 可以被创造，必须被创造。历史学家的聪明才智足以让他在没有花的情况下酿出蜂蜜，譬如利用文字、符号、景观和瓦片、田野和杂草的形状、月食和颈圈、地质学家对石头的鉴定和化学家对金属剑的分析。总之，利用一切属于人类，依赖人类，服务于人类，表达人类，象征着人的存在、活动、品位和存在方式的事物。③

---

① Stanziani, A. *Les métamorphoses du travail contraint. Une histoire globale XVIIIe-XIXe siècles.* Paris: Presses de SciencesPo, 2020: 269. 这一参考在多部作品中反复出现，例如，克里斯泰尔·塔洛同其他 "论文、证言和小说" 一起推荐它；Taraud, C. *Idées reçues sur la colonisation. La France et le monde: XVIe-XXIe siècles.* Paris: Le Cavalier Bleu, 2018: 178.
② 1905 年，面对法国和外国媒体对 "刚果丑闻" 的谴责，法国政府担心国际调查委员会介入，于是派出由布拉柴（Brazza）率领的代表团前往刚果进行调查。这位官员在返程途中死亡，留下了未完成的报告。他的同僚们撰写了一个浓缩的、沉重的版本。尽管记者和议员们表示抗议，但有十份布拉柴的报告被悄悄藏了起来。一位历史学家在 20 世纪 60 年代发现了其中一份。它于 2014 年出版问世：Mission Pierre Savorgnan de Brazza / Commission Lanessan. *Le Rapport Brazza, Mission d'enquête du Congo. Rapport et documents (1905—1907).* Paris: Le Passager clandestin, 2014.
③ Febvre, L. *Combats pour l'histoire.* Paris: Armand Colin, 1953: 428.

当然，文学作品对历史学家很有吸引力，尤其是现实主义文学。阿兰·科尔宾（Alain Corbin）在回顾自己对19世纪和20世纪卖淫史的开创性研究时指出：

就文学出处而言，我犯了一个此后再也没犯过的错误，那就是我太把文学内容当真了，以为它们是依据。埃米尔·左拉在写《娜娜》的时候，他首先是在创作一部艺术作品；他在描写自己的幻想；他所宣称的自然主义与其说是对现实的描绘，不如说是虚实结合的策略。这是所有研究文学的人都心知肚明的。但在1975年，历史学家，包括我自己，都没有对虚构文学在历史书写中的地位进行必要的反思。虚构文学可以是实践的模型；但它永远不会成为实践真正的依据。①

因此，小说具有误导性。某些学者为了避免被误导而完全摒弃了小说，认为小说对于研究过去来说绝非可靠的手段。持这种态度的学者是极少数。相反，多数学者都认为有必要参照小说，因为小说仍然是过去形象的重要提供者。它形成了历史学家在学校和大学受教育期间的许多表述方式，并构成了对若干历史主题的共同想象。此外，还有学者认为应该要提到小说，尤其是因为有些读者也希望他们对小说进行评论，以便知道他们所了解的过去与历史学家所了解的有何不同。因此，在许多主题上，由于小说中的部分内容构成了对过去的记忆，即使历史学家想要脱离小说，把他的读者从小说的幻象中拉出来，也只能是正视小说，对其内容进行评估。

小说吸引着历史学家，因而对于历史学家而言，它是潜在的陷阱。历史学科的实践者寻找触及过去的方法，探寻一切可以作为潜在出处的资源，这似乎与小说有关系，尤其是直接与其他时代相联系的现实主义小说。这种强烈的印象是具有欺骗性的。文学作品能够使人们"暂时停止怀疑"②，至少在阅读时，读者相信文学中所展现的各种世界、情节和人物。而且，一流作家所唤起的情感不亚于读者在现实中所感受到的情感，甚至更为强烈。正如瓦尔加斯·略萨所说，"对一部小说来说，'说真话'意味着让读者沉浸于幻想中，'说谎'则意味着这种欺骗不成功"③。就虚构而言，这种能力是不可或缺的。但这种模仿真实的天赋可能会让人以为小说是对真实世界的客观记录，是一种冒险的想象。

9.2.2 小说中的原始事实

尽管文学的中介性使我们无法很好地通过小说内容去了解过去，但我们仍可以认为小说内容并不在时空之外，它承载着现实，并揭示了多种世界观。

此外，和其他文献类型一样，文学叙事中也会揭示一些相当真实的元素。我们来看

---

① Corbin, A. *Histoire du sensible. Entretiens avec Gilles Heuré*. Paris: La Découverte, 2000: 46.
② Coleridge, S.T. *Biographia Literaria*. In Coleridge, S. T. *Coleridge's Poetry and Prose*. New York/London: WW Norton & Co, 2004: 490.
③ Vargas Llosa, M. *La vérité par le mensonge*. Paris: Gallimard, 1992: 14.

看萨默塞特·毛姆（Somerset Maugham）在探讨侦探小说的流变时所提到的两个例子：

未来的社会历史学家可能会惊讶地注意到，在达希尔·哈米特和雷蒙德·钱德勒所写故事的两个时代之间，美国人的习惯产生了巨大差异。内德·博蒙特在酗酒和侥幸没有猝死中度过了令人精疲力尽的一天，他换了身衣服，洗了手和脸，但如果我没记错的话，雷蒙德·钱德勒笔下的马洛却是洗了个澡，换上了干净的衬衫。可见在这段时间里，清洁的习惯对美国男性的影响越来越大。①

这两位著名的硬汉小说作家并没有描述他们同时代人卫生习惯的意图。但他们的叙述中所隐含的细节揭示了20世纪20年代和40年代美国人生活方式的变化。

让我们再来看看另一个具有启发性的场景。三个世纪前，在《吝啬鬼》中，莫里哀（Molière）笔下的雅克师傅身兼两职——厨师和马车夫。这位仆人为难地问主人想和厨师说话还是想和马车夫说话，根据主人的回答露出相应的工作服②。这一场景通过雇员的为难和它所产生的喜剧效果，揭示了17世纪巴黎资产阶级的日常家庭生活情况。许多历史研究都参考过这个场景。例如，19世纪末，一位历史学家在谈及大户人家时写道："家务由许多仆人分担，每个仆人都有自己的特定职责。雅克师傅问阿巴贡想和马车夫还是厨师说话，并据此露出相应的工作服，这常常使我们忍俊不禁。"③一百年后，另一位研究巴黎仆人群体的学者解释说，除了最贫穷的人，所有大家庭都有不同的"家仆"各司其职，并就此和《吝啬鬼》进行了对比："只有收入微薄的人家才会只雇一个女仆来包揽所有家务。只有像阿巴贡这样的人才会明明很富有，却只雇用一个雅克师傅。"④1665年，大法官塔迪厄和他的妻子被谋杀，他们非常富有，却"像乞丐一样生活，吝啬程度连阿巴贡都望尘莫及"，一项针对该谋杀事件的研究提到了《吝啬鬼》剧中的人物，以更好地凸显这对夫妇的吝啬。他们住在一个穷人街区，甚至没有仆人，但在当时，高级法官的标准是至少有十个仆人："哪怕阿巴贡和他的雅克师傅、管家以及两个男仆像他们一样衣衫褴褛，在塔迪厄一家人看来也是挥霍奢侈的"。⑤

因此，有些小说情节中最稀松平常的场景，文学中对社会生活最不经意的刻写，有时反而能提供非常原始的事实，就好比某些小动作或口误出卖了潜意识，对懂得如何把握个中信息的历史学家来说非常有启发性。

---

① Maugham, S. The Decline and Fall of the Detective Story. In Maugham, S. *The Vagrant Mood. Six Essays.* London: William Heinemann LTD, 1952: 118-119.
② 参见：莫里哀《吝啬鬼》的第三幕，场景五。
③ Babeau, A. *Les artisans et les domestiques d'autrefois.* Paris: Firmin-Didot et Cie, 1886: 260.
④ Pillorget, R. *Paris sous les premiers Bourbons, 1594—1661.* Paris: Association pour la publication d'une histoire de Paris, 1988: 109.
⑤ Lebigre, A. *Les dangers de Paris au XVII siècle. L'assassinat de Jacques Tardieu, lieutenant criminel au Chatelet, et de sa femme.* Paris: Albin Michel, 1991: 96.

9.2.3 其他因素对原始事实的改变

无论如何，文学作品就像其他历史遗迹一样，需要审慎地去把握它。倘若历史学家想把一部小说作为资料来源，那么他就必须把这部小说重新置于书中所述时代的规范和实践体系中——小说创作既归功于这个体系，又反过来塑造这个体系——努力去了解作者是谁，作者的文学意图，作者对社会的看法等，思考小说体裁所造成的影响和文学领域的重要性。若是从小说中提取元素时没有把它们与文学的生产条件相联系，就很可能会导致对过去的错误分析。例如，尽管左拉确实提供了有关 19 世纪下半叶法国人生活的大量素材，但要参考他的作品则需要思考作品背后的构思，尤其是思考他对他那个时代精神病学的遗传性作出回应的方式①，抑或是思考他的构思是否与为人所诟病的同化理论相联系。当然，相比于多卷《卢贡-马卡尔家族》，他的《调查笔记》②受此类观点的约束则更少。然而，即使这些调查笔记构成了 1870—1880 年的"法国民族志"，它们也是围绕着他的小说计划而展开的，因此带有他对退化、返祖遗传等现象的解读。同样，对于那些研究 20 世纪 50 年代至今的法国人③，研究城镇工人和小商贩，研究阶级跨越者，研究"阶级统治对生存、性、世界观、坐和笑的方式等最内在的方面所造成的影响"④的学者而言，安妮·埃尔诺（Annie Ernaux）的作品提供了很好的素材。但如果没有意识到她的作品与布尔迪厄的研究有部分联系，就会影响其作为史料来源的用途。正如埃尔诺在布尔迪厄去世后所坦露的那样，在 20 世纪 70 年代阅读这位社会学家的书"是一种强烈的本体论冲击"，因为"我们以为的自己不再是原来的存在，我们对自身和社会中其他人的看法被撕裂了，我们的位置，我们的品味，在生活中看似平常不过的事物运转中，再没有什么是自然而然、不言而喻的"⑤。因此，要想从安妮·埃尔诺的叙事中提取历史信息，既要考虑其作品对现实经历的文学化描绘，也要考虑到布尔迪厄对作家的影响，因为她认为阅读布尔迪厄是对"坚持[她的]写作事业的激励，激励她说出布尔迪厄所称的社会压抑"⑥。未来的历史学家在研究巴黎的门房或 21 世纪初巴黎 6 区的富人阶层时，或许可以参考《刺猬的优雅》。当然，他们可能会认为门房蕾妮·米歇尔是不切实际的杜撰，因为她拥有自学的和隐藏的丰富学识。这个违和的人物的灵感是来自贝尔纳·拉伊尔（Bernard Lahire）关于文化不和谐（dissonance culturelle）的研

---

① 参见：Gourévitch, M. La génétique de Zola, le retour atavique. In Sacquin, M. (ed.). *Zola et les historiens*. Paris: Bibliothèque nationale de France, 2004. 另参见：Mitterand, H. *Zola tel qu'en lui-même*. Paris: PUF, 2009.
② Zola, É. *Carnets d'enquêtes*. Paris: Plon, 1986.
③ 一位历史学家提到了自 20 世纪 60 年代以来影响周日的变化，"关于这些变化的迅速，我们可以参考安妮·埃尔诺半虚构半传记作品《悠悠岁月》中的证言"。Cabantous, A. *Le dimanche, une histoire. Europe occidentale (1600—1830)*. Paris: Seuil, 2013: 277.
④ Baudelot, C. Compte rendu. Annie Ernaux, *Les années*. *Annales. Histoire, Sciences Sociales*, 2010(2): 527.
⑤ Ernaux, A. Bourdieu, le chagrin. *Le Monde*, 6 février, 2002: 1.
⑥ Ernaux, A. Bourdieu, le chagrin. *Le Monde*, 6 février, 2002: 1. 另参见：Ernaux, A. *La Distinction*, œuvre totale et révolutionnaire. In Louis, É. (ed.). *Pierre Bourdieu. L'insoumission en héritage*. Paris: PUF, 2013:17-48；以及 Ernaux, A. La preuve par corps. In Martin, J.-P. (ed.). *Bourdieu et la littérature*. Paris: Éditions Cécile Defaut, 2010: 23-27.

究，该研究尤其分析了那些至少有一种文化偏好不符合其社会地位的个体[①]。此外，在蕾妮听France Inter电台的那一页中，尽管小说家没有指出姓名，但蕾妮收听的就是贝尔纳·拉伊尔[②]。这位社会学家也对《刺猬的优雅》作出了评论，他认为这部对许多评论家来说非常神秘的小说之所以能取得成功，在很大程度上是因为作家完美地呈现了当今个体文化类型的不和谐或混杂，这使她的"小说[……]成为第一部据[他]所知，展示了我们这个高度分化的社会所特有的文化个性的新结构的小说"，因为作家"能够以一种相当简单又风趣的方式谈论深刻的当代现实"。[③]

因此，小说是历史学家非常特殊的资料来源，尤其是那些对世界进行阐释，雄心勃勃地想要解码和揭示社会的作品。这些作品的话语远非简单地反映现实，而是对现实进行文学化处理，解释现实，使现实得到理解，而略去了"文学的知识"[④]。所以，正如很多事件或进程的证词和自传体文本不被认为具有中立性，研究者也必须审慎地看待这些作品。尽管文学作品很微妙，还可能有陷阱，但在涉及对过去的感受、再现和想象时，它又几乎是不可或缺的。要明晰这些主题，就需要对文学作品进行耐心细致的考证，将其置于具体背景之下，并通过其他资料来佐证它所间接揭示的主题。

为了准确地参考小说，一些历史学家考虑到了小说的特殊性质，小说不仅能够使情境、行为和个体变得"真实"，创造各种虚构的世界，还可以参与社会的生产，在社会中发展、被接纳，同时也为塑造社会的感受和生活方式发挥作用。在此过程中，历史学家不仅关注小说中关于社会某些方面的话语，而且通过勾勒实践和行为中再现和想象之间的联系，不断试图理解这些话语是如何反映人们的思想、想象、感觉和生活的。

在探寻特定时间的想象、恐惧和欲望等时，一些历史学家参考了长期被严谨的文学研究所忽视的文学素材：大众文学。例如多米尼克·卡利法（Dominique Kalifa）援引了许多犯罪小说。这些历史学家认为，尽管犯罪小说并未过多涉及时代的犯罪现实，但却很有启发性，颇有用处，因为这些小说发行数百万册，而且它们的"评估和再现体系界定了可容忍的限度，限制了行为"，因为"通过明确凸显出双重差异，即坏人与好人的差异，群体内可接受和不可接受之限度的差异[……][它们]展示了每个社群的人类学和社会构成"。[⑤]通过这些小说和其他大量印刷的通俗小说，多米尼克·卡利法能够探索"社会想象"——"社会连贯、动态的再现系统，也即每个社会在其特定历史时刻中的人物和集体身份汇总"。[⑥]

---

① Lahire, B. *La Culture des individus. Dissonances culturelles et distinction de soi*. Paris. La Découverte, 2004.
② Barbery, M. *L'élégance du hérisson*. Paris: Gallimard, 2006: 77-78.
③ Lahire, B., Julia, A. Entretien. Les Dessous de l'industrie culturelle. *Revue des Deux Mondes*, 2010(12): 139.
④ 参见：《历史社会科学年鉴》杂志的专刊：« Savoirs de la littérature », *Annales. Histoire, Sciences Sociales*, 2010(2).
⑤ Kalifa, D. Usages du faux. Faits divers et romans criminels au XIXe siècle. *Annales. Histoire, Sciences Sociales*, 1999, 54(6): 1351.
⑥ Kalifa, D. *Les Bas-fonds. Histoire d'un imaginaire*. Paris: Seuil, 2013: 20.

9.3 文学应用于史学研究的案例

现在，让我们来具体看看三个与文学虚构紧密相关的历史研究案例。为了论证的一致性，我们所选取的都是关于19世纪的作品。但我们也会提到描写其他时期的作品进行对比研究，尤其是第一次世界大战。

9.3.1 小说中反映的法国大革命

法国大革命是19世纪的大事件。这场激烈的战火是如此极端，如此密集，以至于需要一个多世纪的时间来审视和消化它。该事件及其结果推动了文学的创作，为雨果的《九三年》、巴尔扎克的《舒昂党人》、阿纳托尔·法朗士（Anatole France）的《诸神渴了》以及许多其他作品提供了主题。不过，一些文学研究者发现，在有些作品中，法国大革命既不是故事背景，也不是情节，但同样是挥之不去的存在。

玛丽·雪莱（Mary Shelley）出版于1818年的《弗兰肯斯坦——现代普罗米修斯的故事》便是如此。小说中，一位年轻的瑞士科学家维克多·弗兰肯斯坦用死人的肢体创造了一个活人。科学家却被自己创造的生物吓坏了，抛弃了它。"怪物"遭到抛弃，又受到社会的迫害，逃向了遥远的北方。

作为科幻小说的鼻祖之一，《弗兰肯斯坦》一直被认为是对科学和进步之危险的反思。然而，在过去的三十年里，学者们也将其视为启蒙运动和法国大革命的哲学与政治寓言。这部哥特式小说反映了英国思想家们的焦虑，他们不知道一个没有国王、神灵或贵族至上的世界会变成什么样，也在反思后革命时代的重大问题：如果人性本善，那为什么在恐怖统治时期会变坏？《弗兰肯斯坦》的创作与这种集体焦虑相联系，在这种氛围中为读者所接受。同时，这部小说也与作者的家庭状况有很大关系。玛丽·雪莱的父亲是哲学家威廉·戈德温（William Godwin），也是雅各宾派的支持者和无政府主义的先驱。她对父亲的观点持矛盾和怀疑态度。她没见过她的母亲——女权主义者玛丽·沃斯通克拉夫特——后者在她出生后不久就去世了。她的父母曾于1792年12月在法国逗留，支持当时的法国大革命，他们反对埃德蒙·伯克（Edmund Burke）的观点。1790年，埃德蒙·伯克将法国大革命称为"怪物"，并主张恢复旧秩序，以驯服人民的自然暴力倾向。但戈德温夫妇认为，贵族才是真正的怪物，是他们把人民逼上了绝路。同样，玛丽的丈夫——浪漫主义诗人珀西·比希·雪莱——是戈德温的拥护者，他直言不讳地主张反抗权威暴政。从这个角度来说，这部小说揭示了"代表两种价值体系的两个角色的致命冲突。科学和理性的弗兰肯斯坦所持理念与启蒙运动相同，即理性必须控制激情"[①]，而怪物则寻求爱情。因而这个故事作为法国大革命和浪漫主义的寓言问世：前者

[①] Catron, L. & Newman, E. Frankenstein: les Lumières et la Révolution comme monstre. *Annales Historiques de la Révolution Française*, 1993(292): 205.

是启蒙运动理性主义的产物，导致了恐怖统治，但它同时解放了本性善良的民众，于是形成了后者和情感至上。如此看来，《弗兰肯斯坦》可以说是一个哲学故事，它通过人类成就的完美性来质疑启蒙运动的进步精神，即认为理性是进步的可靠基础。此外，作为许多其他灵感和创作的结晶，这个故事并不是孤立存在的。它显然与大革命初期出版的《时事的镜子，或出价最高的美人：双面历史》有关，尽管没有证据表明玛丽·雪莱知道这本书。在古代时，许多发明家竞相追求一位年轻女子。最后，美丽的阿格莱奥妮丝（Aglaonice）只留下了两个竞争者：弗兰肯斯坦（"Wak-wik-vauk-on-frankénsteïn"[①]）和他发明的会吹笛子的假人；尼卡托尔（Nicator）和他发明的女性木偶，其尖角能源源不断产出珠宝。阿格莱奥妮丝选择了尼卡托尔，但提议让失败的弗兰肯斯坦娶她的妹妹。当然，这两部小说之间存在着根本性差异。主要在于，在《时事的镜子，或出价最高的美人：双面历史》中，没有灵魂和意志的木偶象征着自动化和温顺的政治，为家庭的幸福服务，但在雪莱的作品中，弗兰肯斯坦的创造物被赋予了主观性，他在攻击他人、给他人带来不幸之前首先想的是帮助他们。尽管存在差异，但两本小说都以自己的方式与法国大革命产生了关联。一位美国女历史学家将这本1790年的小说解读为一个寓言故事，她认为书中的希腊女子代表法兰西民族，尼卡托尔这个名字则取材于内克尔（Necker）——路易十六时期的财政总监[②]。一位评论员指出，这位历史学家没有深入挖掘某些线索，并提出了质疑："阿格莱奥妮丝必须在音乐木偶人的发明者（其名字取自旧政权时期著名的沃康松）和一个最终获胜者（其名字取自同样很著名的内克尔）之间做出选择，这难道是一个简单的巧合吗？作者诺加雷特也许是想敦促法国在旧政权的发明者和新政权的支柱（工匠或资产阶级）之间做出选择，前者的漂亮机器诱惑着贵族，后者将使国家富强……"[③]

在《小说鉴史：旧制度与大革命的百年战争》中，莫娜·奥祖夫（Mona Ozouf）研究了19世纪法国社会在旧政体和大革命之间发生的"百年战争"。大革命之后，即使是最反动的声音也相信，不可能再回到政治和社会动汤前的局面。尽管有新的君主制，但法国大革命继续潜移默化地发挥作用，阻止了真正的回归。奥祖夫认为，在这场"传统"和"革命"力量之间的战争中，"文学是无可比拟的观察所""没有什么比19世纪伟大小说家的作品更能指导我们的了"[④]。文学有能力应对这种转变，因为它本身就是基于过去而不断发展的："每部作品［……］都建立在记忆之上，参照一些案例，根

[①] Nogaret, F-F. *Le Miroir des évènemens actuels, ou La Belle au plus offrant: Histoire à deux visages*. Paris: Les Marchands de Nouveautés, 1790: 42.
[②] Douthwaite, J. V. *The Frankenstein of 1790 and Other Lost Chapters from Revolutionary France*. Chicago: The University of Chicago Press, 2012.
[③] Trudel, J-L., Julia V. Douthwaite, *The Frankenstein of 1790 and Other Lost Chapters from Revolutionary France* (2012). *ReS Futurae* [En ligne], 2013(3). URL: https://journals.openedition.org/resf/419?lang=en.
[④] Ozouf, M. *Les aveux du roman. Le XIXe siècle entre Ancien Régime et Révolution*. Paris: Gallimard, 2004: 10.

植于其他作品"①。文学生活"从来都不是白板一块",因为"任何一个作家,无论他如何追求现代的抱负,都受到过往作品的滋养,长期受古老文明的训练和塑造",这一文明是他不能够忘却的,他必须"熟悉其习俗,以便能够自如地运用甚至颠覆它们"②。此外,文学也从法国大革命中汲取了灵感,而且在很大程度上,正是在文学中,通过文学,法国大革命才融入了那个既催生了它又抵消了它的世纪。文学是"可以让人经历别样生活"③的活动,它在19世纪见证了悲剧的没落,至少是曾在古典时代盛极一时的经典形式的悲剧的没落,并宣布了喜剧的终结,因为当社会差异已经消失——至少在象征层面——在一个宣扬所有人都有用的时代,"人们再也无法嘲笑任何人"④。另一方面,这个世纪正在成为历史的世纪,同时也是小说的世纪——在最初的几十年里,小说一直是小众体裁,许多人认为它"轻浮,只适合女性,对女孩是一种荼毒"⑤。这两个现象是相互联系的。法国大革命将变革置于社会生活的核心,激发了人们对过去的好奇和对发展的理解。此外,法国大革命宣布承认每个人的权利,打破了贵族至上的等级制度,提出了一个观念——小说契约的基础——即其他的生活是可能的。因此,"在旧记忆与新状况的时代的描述中,对真相的追寻将很快结束人们对小说的缄默",将其"确立为[……]最具启发性的文学体裁"⑥。

莫娜·奥祖夫将文学理解为"新和旧之间谈判的场所,适合用于描述混杂的状况,因为文学本身就是混杂的",她从文学中把握到了"两个法国,即传统的法国和革命的法国之间相碰撞"的"张力"⑦。此外,她也将小说作为她的研究来源,因为这种"复合体裁""最能描绘出一个相遇和混合的社会,新世界的野心和利益与旧世界的记忆和价值观在其中发生碰撞"⑧。比起作者的想法和"提出的意见",她更倾向于关注作品,因为"作家们对新旧世界之间关系的明确思考,不如他们在小说中将其生动表现出来更有价值"⑨。而且作家们的想法会随着时间的推移而改变,而"小说尽管没有偏离作者想表达的内容,但总是说得更久一点"⑩。另一个优点在于,小说"将政治纳入家庭",这意味着我们可以通过小说看到法国大革命的"余威"如何"威胁到家庭空间的安全,并挑战在家庭空间中行使的权威"⑪。同时,奥祖夫排除了有关革命时期的小说,因为

---

① Ozouf, M. *Les aveux du roman. Le XIXe siècle entre Ancien Régime et Révolution*. Paris: Gallimard, 2004: 13.
② Ozouf, M. *Les aveux du roman. Le XIXe siècle entre Ancien Régime et Révolution*. Paris: Gallimard, 2004: 14.
③ Ozouf, M. *Les aveux du roman. Le XIXe siècle entre Ancien Régime et Révolution*. Paris: Gallimard, 2004: 13.
④ Ozouf, M. *Les aveux du roman. Le XIXe siècle entre Ancien Régime et Révolution*. Paris: Gallimard, 2004: 18.
⑤ Ozouf, M. *Les aveux du roman. Le XIXe siècle entre Ancien Régime et Révolution*. Paris: Gallimard, 2004: 18.
⑥ Ozouf, M. *Les aveux du roman. Le XIXe siècle entre Ancien Régime et Révolution*. Paris: Gallimard, 2004: 18.
⑦ Ozouf, M. *Les aveux du roman. Le XIXe siècle entre Ancien Régime et Révolution*. Paris: Gallimard, 2004: 21.
⑧ Ozouf, M. *Les aveux du roman. Le XIXe siècle entre Ancien Régime et Révolution*. Paris: Gallimard, 2004: 22.
⑨ Ozouf, M. *Les aveux du roman. Le XIXe siècle entre Ancien Régime et Révolution*. Paris: Gallimard, 2004: 22.
⑩ Ozouf, M. *Les aveux du roman. Le XIXe siècle entre Ancien Régime et Révolution*. Paris: Gallimard, 2004: 23.
⑪ Ozouf, M. *Les aveux du roman. Le XIXe siècle entre Ancien Régime et Révolution*. Paris: Gallimard, 2004: 24.

"对历史事件的直接回顾使作者的意图变得过于明显和刻板""这些回顾很少提及政治动荡对个人生活的滞后影响",而且,在回顾法国大革命时只讲重要人物,其他的则不甚关注。①

在确定这些原则后,奥祖夫开展了对十几部小说的研究,阐明了最终将新与旧相结合的漫长过程。在这样的研究中,小说不再是为了证实一些信息或佐证一些其他资料所发现的观点的引文集合,而是变成了参考材料的核心。

9.3.2 乔治·桑作品中的巫术文化和隐秘共和国

历史学家广泛研究了 19 世纪农村的变化。他们的作品有时会提到农民的"迷信"信仰,但一般不会深入。研究中关于农民迷信的痕迹很少;少数法庭案件中会出现,但都是特殊情况。部分民俗学家曾涉足这个方面,但主要是为了寻找过去文明的遗迹,对当时的迷信做法并不感兴趣。不过,正如民族学家在 20 世纪 70 年代实地考察后所表明的那样,巫术在法国农村依然盛行。

在《女巫的孙女:对乔治·桑时代农村巫术文化的调查》一书中,历史学家文森特·罗伯特(Vincent Robert)将乔治·桑的"乡村"小说视为 19 世纪早期农村文化的相关素材②。特别是,他认为《小法岱特》不是风俗故事中的天真田园诗,而是研究当时农民信仰的一个入口。《小法岱特》出版后,除了泰奥菲尔·戈蒂耶读出了它的深度,许多批评家们和读者,尤其是城市里的读者,都认为它只不过是一个披着童话外衣的俗气故事。桑的小说与时髦的乡村故事或令人流连的"田园"相去甚远,她拒绝美化对乡村的描述,而是凭借她对贝里农民的直接了解进行创作。她从小就认识这些农民,与他们相熟。这位女作家一方面希望巴黎读者能读懂小说,另一方面也很不愿意漫画化农村人的语言,她坚持还原他们的方言,对他们的观念、思想和文化表现出了真正的尊重。她没有陷入幻想或"女巫"的传奇想象,为了避免被文化精英嘲讽,她以暗含的方式谨慎地整合了法国中部农民的巫术文化的具体元素,因此也整合了有关他们精神世界和实践的人类学信息。

在书的第二部分,罗伯特通过一系列的"解密",细致翔实地谈论了这个社会的"三种女强人"③(接生婆、女巫医、占卜师)、双胞胎和属于某些女性的特殊权利。《小法岱特》这部小说讲述了孪生兄弟西尔维涅和朗德利的故事,他们没有听从有点像女巫的接生婆萨古特大妈的警告,在亲密的关系中长大。青春期时,二人分开了。朗德利被安排到了另一个农场干活,他过得很开心;但西尔维涅却挂念着他的孪生弟弟。他们发

---

① Ozouf, M. *Les aveux du roman. Le XIXe siècle entre Ancien Régime et Révolution*. Paris: Gallimard, 2004: 25.
② Robert, V. *La Petite-Fille de la sorcière. Enquête sur la culture magique des campagnes au temps de George Sand*. Paris: Les Belles Lettres, 2015.
③ 这一表述无疑是影射了小说《三个女强人》:*Trois Femmes puissantes*. Paris: Gallimard, 2009.

生了争吵。西尔维涅跑走了。朗德利以为他投河自尽了。他惊慌失措，找到了法岱特大妈，希望她"用她的秘术帮他找到他的兄弟，无论是死是活"①。法岱特大妈不客气地把他打发走了。他环视着溪流。突然，有人拍了拍他的肩膀。他转过身，是法岱特大妈的孙女。叙事者解释说，她被称作"小法岱特"，"既是因为法岱特是她的姓，也是因为希望她将来也能成为一名女巫"②——"法岱特"在他们的方言中是"仙女"的意思。小法岱特嘲笑朗德利，他打了她一拳，被她躲开了。她告诉朗德利，她会帮他找到他的兄弟，朗德利便平静了下来。但是，她觉得自己被冒犯了，指责他的态度。男孩担心"她本人和她的祖母通过巫术与河神串通，不让他找到哥哥"③，所以离开了。当他们越过一排栅栏时，小法岱特趴在最后一道栅栏上。一场暴风雨即将到来。她问，如果她在这场可能冲走尸体的大雨来临之前帮他找到哥哥，他能给她什么。天空乌云密布。朗德利乞求她的帮助。小女孩问，她为什么要帮助"两个骄傲得像公鸡，从不向她表示友好"④的兄弟。朗德利告诉她，他可以把自己那把漂亮的小刀送给她。她查看了小刀，但拒绝了，她更想要小白鸡。他回答说，他不能答应她，因为小白鸡是他母亲养的，但他会去问母亲，他的父母不会拒绝他提出的任何事情，他们会很高兴看到儿子回来了。她说她以后再去找他拿东西，到时候他可不能搪塞她，并告诉他去哪里找他的哥哥。

环境、对话和叙事者的几点说明给这段情节带来了沉重又有点超自然的气息。但只有经过解码，这段情节才能得以完整呈现。女孩趴在栅栏上的姿势指的是女巫可以飞行并带走风暴；她索要的小白鸡是纯真和幸福的标志，表明她在积极地使用她的力量；小刀不适合作为友谊的信物；等等。因此，桑在小说中只是暗示了农民观念的某些方面，但没有完全进行揭秘。除此以外，她的小说还具有深刻的社会意义。这对孪生兄弟属于村里的"公鸡"，即他们家在最肥沃的土地上经营着一个大农场，而法岱特家则是靠拾荒度日的穷苦人。凭借她的天赋，小法岱特的名声保住了，因为朗德利后来爱上了她，真诚地反驳他人对她的嘲弄。在经历了一番波折后，包括一笔让法岱特家族发财的遗产，他们的爱情得到了所有人的认可，即使是对弟媳同样抱有爱意的西尔维涅也离家从军去了。

罗伯特还细致考察了这部小说的政治维度。桑深受共和主义影响，在 1848 年 6 月的血腥镇压后写下了这本书。在她 9 月写的第一篇序言中，她与一位"朋友"⑤在讨论。序言以"在谈论我们梦想中的和我们正在受苦的共和国时"⑥开始，桑表达了对未来的信心，也表达了对同时代人不断抱怨的疲惫。为了远离时事的纷扰，她与朋友一致认

---

① Sand, G. *La petite Fadette*. Paris: Presses Pocket, 1991: 79.
② Sand, G. *La petite Fadette*. Paris: Presses Pocket, 1991: 79.
③ Sand, G. *La petite Fadette*. Paris: Presses Pocket, 1991: 84.
④ Sand, G. *La petite Fadette*. Paris: Presses Pocket, 1991: 86.
⑤ 他是弗朗索瓦·罗利纳（François Rollinat），沙托鲁的一名律师。1831 年，桑与他结识，当时他是一名共和党议员。
⑥ Sand, G. *La petite Fadette*. Paris: Presses Pocket, 1991: 25.

为应该倾听自然和乡村人民的声音。随着夜色的降临，他们请打麻人①给他们讲一个故事，她可以把这个故事写成继"《魔沼》和《弃儿弗朗索瓦》"之后的一本小说：

我们将把这本故事集献给我们被关进监狱的朋友们；由于我们被禁止与他们谈论政治，我们只能给他们讲故事，以分散他们的注意力或帮助他们入睡。我特别将这篇故事献给阿尔芒……②

这位朋友说，指定献给"阿尔芒"是没有意义的，因为那样的话，小说会被当成一个"可恶的共谋"，"他"也会明白其中的暗号。这里提到的"阿尔芒"是被新政权囚禁的共和派活动家阿尔芒·巴尔贝斯（Armand Barbès），是桑的密友，她常给他写信。

因此，这部小说中隐含着桑对于共和国陷于独裁主义的遗憾。尽管桑在 1851 年 12 月 21 日的序言中没有明说，但在她的书信中大量提到了这一点，提到了她对农村的失望，因为农民们被革命吓倒，绝大多数人都支持拿破仑三世即位。她虽然苦涩，却仍然抱有希望："在艺术家的灵魂中，尽管由于内战，要度过灰暗的、被撕裂般的当下是痛苦的，但天命的未来是确定的。"③如果"一边宣扬团结，一边又自相残杀，那就如同在沙漠中呼喊"④，作者并没有放弃她的理想。她拒绝暴力，但对变革并不绝望，即使是在看似反动的运动中。通过描写农民的巫术文化，即使只是含蓄地提到，小说家认为它与共和国在 1848 年 2 月所希望的博爱基础相吻合。就像小法岱特获得了更好的地位，共和主义思想也将赢得农村的支持。"来自世纪深处模糊的神性，来自法国南部和中部的女巫，在第二共和国时期重现的玛丽安娜"⑤是一个以女巫为雏形的有力象征。时而保守和压抑，时而民主和解放，共和国的双重形象受人们对农村女巫的态度所影响，她们能施展有害或有益的法术。按照社会门第划分，小说中的两位男女主人公本不应该在一起，但他们却建立了一个"新王朝"⑥，成功地缓和了周围的旧有矛盾，并为昔日对手的友爱团结指明了方向。所以这部小说传达了一个关于社会共和主义思想的未来的乐观信息，这一思想能够团结旧对手、反动派和现代人。因此，乔治·桑的写作完成了年轻女巫们的古老使命，后者是桥梁和通道的守护者，是不同社会群体间的调解人，是那些乍一看完全格格不入的生命和世界之间的摆渡人。

9.3.3 一则短篇小说中的"历史阐释学"

奥祖夫研究了十几部小说，罗伯特专注于一部小说，朱迪思·里昂-卡恩（Judith

---

① 打麻人是进行收割的流动工人。他在乔治·桑称为"打麻人夜话"的三部曲（《魔沼》《弃儿弗朗索瓦》《小法岱特》）中充当叙事者。打麻人在农民群体中流动，积累了大量故事。此外，由于裹尸布是用麻制成的，他与死去的人们也有着特殊的联系。
② Sand, G. *La petite Fadette*. Paris: Presses Pocket, 1991: 30.
③ Sand, G. *La petite Fadette*. Paris: Presses Pocket, 1991: 31.
④ Sand, G. *La petite Fadette*. Paris: Presses Pocket, 1991: 32.
⑤ Robert, V. *La Petite-Fille de la sorcière. Enquête sur la culture magique des campagnes au temps de George Sand*. Paris: Les Belles Lettres, 2015: 264.
⑥ Sand, G. *La petite Fadette*. Paris: Presses Pocket, 1991: 274.

Lyon-Caen）只聚焦于一则短篇小说。这位历史学家根据发表于1874年的短篇小说《一个女人的复仇》①撰写了专著《时间之爪：文学对历史的启示》。小说中，花花公子罗伯特·德·特雷西尼注意到一位西班牙妓女正紧紧盯着一幅挂在手镯上的小画像。他问她原因。她告诉他，自己是一位公爵夫人，嫁给了一个西班牙大亨，她的丈夫把她深爱之人的心脏和身体都喂了狗。为了报复，她决定让她的丈夫及其名字在巴黎的人行道上蒙羞。一年后，特雷西尼得知了她的死讯，在萨尔佩特里尔医院，死于梅毒，她是"悔过的女孩"。

里昂-卡恩回顾了文学文本的一个公认属性："跨越时间，[……]从写作的时间中脱离出来，来到我们的时代，与我们的内心活动和我们的世界环境相融合。"②之所以会有这种连续性，以及通过它跨越不同时代和地点的可能性，只是因为一代又一代的读者、出版商、评论家、图书行业从业人员、书商、电影制片人或电视改编的导演把作品传承到了今天。

长期以来，历史学家一直在实践"历史式阅读"，也就是对文学进行"文献式解读"。一位研究巴尔扎克的女学者解释说，这种"历史式阅读的方式"留下了"剩余部分"，一个"文学的剩余部分"，但这部分仍是具有"历史意义"的。③里昂-卡恩通过分析一部文学作品"在过去被想象、写作、出版、作为文学作品被接受的情形"，认为"其传播的事实本身就是一个历史事实"，并对这个提供关于过去的信息的"剩余部分"进行了"历史解读"。④

根据这篇带有引言的短篇故事，里昂-卡恩提出了"文学的微观历史"（micro-histoire du littéraire）。她回顾道，历史，"包括所谓的'文学'史，最常将其探索限制在文本的周围，囿于'文学事实的环境、条件和社会反响'"，或者，当历史"试图从文本中提取文献内容[……]，便会对文学文本粗暴利用，使其成为'不由分说'的文献"。⑤她强调，人们之所以承认历史对包括文学在内的一切事物都有合理的兴趣，是因为他们认为仅一部作品对历史而言是不全面的。首先，因为一部作品是"太过特定和具体的研究对象"⑥。其次，由于历史研究对转变感兴趣，它需要聚焦可比较的对象，因此不可能专门对一则短篇小说感兴趣。但微观历史的方法表明，研究篇幅短小的对象，从更普遍的问题中找寻特殊性，即从具体、特定，甚至是例外的情况切入，有可能引出

---

① 巴尔贝·多雷维利的短篇小说集《魔鬼》（*Diaboliques*, 1874）中的第六篇，也是最后一篇故事。
② Lyon-Caen, J. *La griffe du temps. Ce que l'histoire peut dire de la littérature*. Paris: Gallimard, 2019: 14.
③ 她引用了（第21页）1974年4月2日皮埃尔·巴伯里（Pierre Barbéris）和乔治·杜比（Georges Duby）之间的电台采访，该采访转载于：Roger Pillaudin (éd.) *Ecrire... Pour quoi ? Pour qui ?* Grenoble: Presses universitaires de Grenoble, 1975.
④ Lyon-Caen, J. *La griffe du temps. Ce que l'histoire peut dire de la littérature*. Paris: Gallimard, 2019: 21.
⑤ Lyon-Caen, J. *La griffe du temps. Ce que l'histoire peut dire de la littérature*. Paris: Gallimard, 2019: 23. 她讨论的是热拉尔·热奈特在《辞格III》中的文章"诗歌与历史"：Genette, G. *Figures III*. Paris: Éditions du Seuil, 1972: 13-20.
⑥ Lyon-Caen, J. *La griffe du temps. Ce que l'histoire peut dire de la littérature*. Paris: Gallimard, 2019: 23.

一些更宏大的研究主题。这种研究方法尽管没有参考那些严谨的历史专著，但仍然是研究历史转变的科学。因此，正如一些历史学家通过关注某个村庄、某个街区、某个家庭，甚至某个人而学到了很多东西，里昂-卡恩提议集中研究"一篇文学作品"：

不仅是一个文本[……]，还有文本的写作、出版和传播。一种对于过去的文学书写，一次象征性的生产，一个文化的产物，不仅涉及构思它的作家，而且还涉及社会中的其他行为者[……]，他们使该文本作为文学作品存在[……]一个作为文学作品被构思、出版、接受和传播的文本[……]展现了想象和语言的工作。①

这一方法的目的在于"展示对某个特定具体的作品的阐释"，尤其是该作品的"剩余部分"，"可以是'历史的'，只要我们把目光转向作品与它出现和流通的世界所保持的联系上"。②这样做就是拒绝将作品与"'文本外'，即作品出现、出版、阅读的世界"③分开，并认为"文学作为一种写作和阅读的实践，构成了个人生活经验的一个重要维度"，特别是有助于"形塑他们的世界，他们的集体、政治和社会经验，他们'内心世界'的领地，有助于'制度化主体性'"。④的确，文学提出了一种"经验真理"，它使人"在自己身上验证书中所说的内容"⑤，并且它也有历史，因为它会随着时间而产生变化。因此，朱迪思·里昂-卡恩希望就"文学作为取之于历史的社会事实"⑥开展研究，尤其是因为我们既不了解作者巴贝尔·多尔维利，也不了解他的意图，"时间的爪子"⑦为小说打上了"过去经验的间接印记"，我们可以通过"深入文本核心的语境化处理，通过这一被文献式解读所忽略的文学的'剩余部分'"⑧来细致地审视这些经验。

朱迪思·里昂-卡恩在考证了有关这一时期的资料后表明，小说家与他的过去恢复了联系，生动刻画了一个漫游观察者的感受——这在1874年是不可能感受到的，因为托尔托尼咖啡馆那个可以让人不用到人群中就可以眺望林荫大道的台阶已不复存在。因此，这则短篇小说提供了一种过去的实践经验：城市解密，一种在19世纪30年代和40年代非常流行的类型。作者对细节的把握极为精确，尤其是与服装时尚有关的细节——1845年，他曾用笔名写过几篇时尚方面的文章——以及印刷图像（海报、插图报纸、印刷品等）。里昂-卡恩将它们比作"时间的爪子"，它们是"过去经验的痕迹、过去的经验和过去的写作经验，是'七月王朝结束时'巴黎生活经验的窗口"⑨。在其他细节方

---

① Lyon-Caen, J. *La griffe du temps. Ce que l'histoire peut dire de la littérature*. Paris: Gallimard, 2019: 25.
② Lyon-Caen, J. *La griffe du temps. Ce que l'histoire peut dire de la littérature*. Paris: Gallimard, 2019: 26.
③ Lyon-Caen, J. *La griffe du temps. Ce que l'histoire peut dire de la littérature*. Paris: Gallimard, 2019: 26.
④ Lyon-Caen, J. *La griffe du temps. Ce que l'histoire peut dire de la littérature*. Paris: Gallimard, 2019: 28.
⑤ Lyon-Caen, J. *La griffe du temps. Ce que l'histoire peut dire de la littérature*. Paris: Gallimard, 2019: 29.
⑥ Lyon-Caen, J. *La griffe du temps. Ce que l'histoire peut dire de la littérature*. Paris: Gallimard, 2019: 31.
⑦ Lyon-Caen, J. *La griffe du temps. Ce que l'histoire peut dire de la littérature*. Paris: Gallimard, 2019: 34.
⑧ Lyon-Caen, J. *La griffe du temps. Ce que l'histoire peut dire de la littérature*. Paris: Gallimard, 2019: 36.
⑨ Lyon-Caen, J. *La griffe du temps. Ce que l'histoire peut dire de la littérature*. Paris: Gallimard, 2019: 122.

面，该书追问了手稿和印刷版之间的变动，因为这些变动让我们看到了巴尔贝在其文本公开的确切时刻的行为方式，这个时刻由个人选择、外部约束、集体运动、文学领域的趋向等促成。

对这则短篇小说进行深入研究可以使我们了解现代性的两个时期：19世纪40年代的现代性，也就是巴尔扎克的现代性，巴尔贝欣赏并在某种程度上追求这种现代性；以及19世纪60年代的波德莱尔的现代性。它还能让我们看到和感受到巴黎的变化，因为作者曾待过那个街区，他所描述的也是奥斯曼化之前的建筑。如此一来，这个故事便成了埋葬着一个虚构人物、一段作者的过去，以及七月王朝下的巴黎的多重坟墓。

通过对这一经典文本的历史阐释学实验，朱迪思·里昂-卡恩并没有书写这部作品的历史，而是借由它书写了历史。在不否认其文学性的前提下，她将这则短篇小说"作为1848年之前巴黎生活经验的档案，某个现代性时期的档案"，小说的"细节"是通往过去的突破口和"时间的爪子"，而不是"现实的影响"。里昂-卡恩将自身置于"文学生产、位于时间中的单一文学对象"的维度上，她还致力于研究"在文学文本（以及'文学'的价值）产生和传播[……]的社会中，文学对个人生活的影响的根本问题[……]，一个严肃的社会、政治和文化历史问题"①。

上述几个案例显示了基于小说进行历史研究的丰富性。当然，此类研究也深化和重新推动了对这些文学作品的诠释。如果我们将文学视为历史调查所留下的"剩余部分"的一部分，那么此类研究不仅没有否认作品的文学性，反而是对文学性的一种强调，它使文本再次产生意义，呈现给我们这个时代。

---

① 本段引文均出自 Lyon-Caen, J. *La griffe du temps. Ce que l'histoire peut dire de la littérature*. Paris: Gallimard, 2019: 241-243.

📚 拓展阅读与思考

1. 一位经济学家借《高老头》中伏脱冷的话来展现 19 世纪的资本和劳动收入。

托马斯·皮凯蒂（Thomas Piketty），法国经济学家，经济不平等史研究领域的专家。在《21 世纪资本论》中，他研究了 18 世纪以来发达国家收入和财富分配的动态变化。在该书第三部分的开篇，他以巴尔扎克的《高老头》为素材，专门探讨了"个人层面的不平等和分配问题"。

> 在所有社会中，收入不平等可以分解为三个方面：劳动收入不平等、资本所有权及其收益的不平等以及这两个方面之间的相互作用。巴尔扎克的《高老头》中伏脱冷对拉斯蒂涅的著名教导，也许是对这些问题最为清晰的分析线索。[……]
>
> 巴尔扎克于 1835 年出版的《高老头》描写得再清楚不过了。[……]
>
> [……]最黑暗的时刻是小说的中间部分，拉斯蒂涅面对的社会和道德困境最为真切和清晰的时候，小说中的黑暗角色伏脱冷给他上了一课，指点他的前程。伏脱冷与拉斯蒂涅、高老头一起住在同一家破旧的公寓，他是一个巧舌如簧的骗子[……]极其阴险，愤世嫉俗。[……]
>
> 伏脱冷向拉斯蒂涅解释道，那些认为在社会上通过学习、天赋和勤奋就能成功的想法简直是异想天开。伏脱冷向拉斯蒂涅描绘了如果拉斯蒂涅继续学习法律或者医学——这两个专业能力胜过财富——他会有何种职业前景。他还重点解释了在每个行业有望挣到多少年薪。结论非常清楚：即使拉斯蒂涅在班里名列前茅，很快进入光彩照人的法律职业生涯，他依然只能是收入平平，没有指望真正实现大富大贵：
>
> 到 30 岁时，你可以当一名年俸 1200 法郎的法官，如果捧得住饭碗的话。熬到 40 岁，娶一个磨坊主的女儿，带来 6000 法郎上下的嫁妆。这样已经要谢天谢地了。要是有靠山，30 岁左右你便是皇家检察官，5000 法郎薪水，娶的是区长的女儿。再玩一下卑鄙的政治手段，你可以在 40 岁升任首席检察官……还得奉告一句：首席检察官在全法国总共只有 20 个，候补的有两万，其中有些不要脸的小丑，为了升官发财，不惜出卖妻儿。如果这一行你觉得倒胃口，再来瞧瞧别的。拉斯蒂涅男爵有意当律师吗？哦，好极了！先得熬上 10 年，每月 1000 法郎开销，要一套藏书，一间事务所，经常出去应酬，卑躬屈膝地巴结诉讼代理人，才能拿到案子，到法院去吃灰。要是这一行能让你出头，那也罢了。可是你去问一问，50 岁挣到 5 万法郎以上的律师，巴黎有没有 5 个？

相比之下，伏脱冷向拉斯蒂涅建议的实现成功人生的策略确实更加有效。维多莉小姐也住在这栋公寓里，她年轻羞涩，眼里只有英俊的拉斯蒂涅。拉斯蒂涅娶了她，马上就可以染指 100 万法郎的财富。这可以使他在 20 岁时就拿到每年 5 万法郎（资产的 5%）的收入，马上达到他梦寐以求的皇家检察官薪水的 10 倍，而要当上检察官，还得数年以后（这笔收入也相当于当时巴黎最成功律师 50 岁时的收入，可当律师还得靠几十年的刻苦努力和阴谋诡计）。

[……]拉斯蒂涅眼巴巴地听着伏脱冷的教导，最后他拿出致命一招：要让维多莉的富爸爸认下她这个私生女，成为伏脱冷所说的百万法郎的继承人，就必须首先杀掉她的哥哥。而伏脱冷为了拿到佣金，愿意承担这项任务。对拉斯蒂涅来说，这有点儿太过头：虽然拉斯蒂涅赞同伏脱冷遗产胜过学业的说法，但他不愿去谋杀。[……]

伏脱冷的教导中最可怕的一点是，他对王政复辟时期社会的简洁描述竟包含如此精确的数字。[……]法国最富裕人群的生活水平是仅靠劳动收入生活的人无法企及的。在这样的条件下，为什么还去工作？做事为什么必须遵守道德？既然社会不平等本质上是不道德的、不正当的，那为什么不能彻头彻尾地不讲道德，使用一切手段获取资本呢？

伏脱冷给出的详细收入数字无关紧要（虽然相当实际），关键的是，对于这个问题，在 19 世纪以及 20 世纪初的法国，只靠工作和学习的确达不到靠继承财富及其利息而获得的舒适生活。这种情况众所周知，巴尔扎克不需要统计数字来证明，更不需要收入等级精确到十分位数和百分位数。而且，18~19 世纪的英国也非常相似。对简·奥斯丁笔下的人物来说，工作不是问题：唯一重要的是财富的多寡，而不管财富是来源于继承还是婚姻。其实"一战"前各地几乎都是这样，而"一战"标志着过往世袭社会的自我毁灭。

巴曙松、陈剑、余江 等译[①]

? 请阅读以上段落，回答以下问题：

（1）在皮凯蒂看来，《高老头》中伏脱冷的一番话传达了关于 19 世纪欧洲社会的什么信息？

（2）皮凯蒂的哪些评论表明，他认为巴尔扎克是一位非常准确地描述其时代现实的作家？

---

① 节选自：皮凯蒂. 21 世纪资本论. 巴曙松，陈剑，余江，等译. 北京：中信出版社，2014: 242-245

2. 对《包法利夫人》的历史解读。

下文是历史学家阿居隆对福楼拜的《包法利夫人》中郝麦这个人物的分析，展现了福楼拜对19世纪30年代法国社会和政治变化的观察。

> 对于《包法利夫人》这样一部小说巨著，我们永远都无法阐释得面面俱到。在本文中，笔者只想阐明，除了其他更为有价值的方面，《包法利夫人》还可以成为历史素材，帮助我们了解那段鲜为人知的法国文明史，展现一个重要的史实，即外省现代政治的出现。
>
> 笔者深知，这项研究也许已经陈旧过时。譬如学界在研究19世纪初的社会史时，早已不再借助巴尔扎克笔下的人物来界定不同的类型和类别，而是根据可获取的统计数据档案（公民身份信息、注册信息、公证文件、陪审团名单等）来研究各阶级和群体的历史，小说文本仅仅是提供了可选择的旁证和生动属性。人们普遍认为，即使小说的意图是现实主义的，它首先仍然是关于小说家的文献。
>
> 让我们重申：《伊利亚特》之所以是研究古希腊文明史的素材，是因为除了考古学之外，再没有其他可供参考的来源。然而，在研究19世纪的法国文明时，巴尔扎克或福楼拜的作品就没有这样的地位了，因为研究者已能够获取大量的行政文书、手稿或印刷物，可以客观地加以利用。
>
> 《包法利夫人》的确能够帮助我们深入地了解福楼拜以及他对自身所处时代的道德态度。但是，在开展这些具有明确合理性的重要研究之前，我们仍可以在一段时间内审慎地保留小说是对现实的反映这一假设，以便将我们的注意力聚焦于路易-菲利普时代外省生活的某个侧面，因为迄今为止，依据客观来源写就的正史始终都忽略了这部分内容。[……]
>
> 政治在法国外省占据着重要地位。这是1830年法国七月革命的结果，也是《包法利夫人》的社会背景之一。[……]
>
> 许多在今天看来很平常的事情，如有关市政厅的市政政治——普通人读报……——，在当时都是时兴的，而且在这种风潮下产生了一类人[……]醉心于公共事务的普通公民；人们若是欣赏其行为方式，便会称其为"斗士"，若是有所保留，则称其为"政客"。毋庸置疑，在《包法利夫人》中，这类人被冠名为郝麦先生。
>
> [……]我们认为，在福楼拜看来，永镇的这位药剂师[……]是时代现代性的产物和信使。众所周知——作家令人赞赏的《书信集》使我们得以了解关于他的一切——，福楼拜自认是他所处时代的敌人。这是他书信文字中不变的一个主题，但这不也是他第一部小说的母题之一吗？因为，虽然小说的标题是"包法利夫

人",但书中却有两个核心人物:爱玛和药剂师。二者对比鲜明,尽管他们表面上是邻里关系,但始终截然不同。尤其在现代性方面,二者是对称的:爱玛是不幸的,她活在"理想"和绮梦中、茫然和浪漫的忧郁中;郝麦则是志得意满的,他活在真实世界中,感受着各种变化、观点和新事物。现代性滋养着药剂师,却令年轻的包法利夫人灰心绝望,小说以这种对称性塑造了两位人物的性格。[……]相对于郝麦和路易-菲利普的胜利,相对于正在形成的新的社会风俗,小说家和他的女主人公处于同一阵营。[……]

如果郝麦确乎如此,如果他确实是那个在法国外省开创了乐观自由主义(简而言之,现代政治)最初要素的典型人物,如果福楼拜的确考虑到了这一现实,那么便不难理解为什么在一部主要描写一个爱情失败的女人的命运的小说中,政治符号会出现得如此频繁和精准。[……]

在我们看来,郝麦恰恰代表了这一类新兴的资产阶级"哲学家",自1830年以来,他们积极投身于自由主义所开辟的多种道路,成为第一批进步的积极分子。值得注意的是,这类新的社会群体完美反衬了囿于绮梦、狂热追寻个人幸福的女主角形象。

今日读者所感兴趣的,是通过福楼拜的小说看到——如果人们知道在那时已经能看到那就更好了——这种新兴的政治活动的形式。[……]对进步的信念;社会性;"哲学"及其必然结果,反教会主义;有时会发展成投机钻营的社会行动主义:福楼拜将这些特点都集中到了郝麦先生身上,大家对此都不陌生。但我们想要强调两个更为隐秘、评论也更少涉及的特点。

郝麦是一个[……]对政治感兴趣到痴迷程度[……]的人。

第二个特点,郝麦是读报纸的人。福楼拜在《书信集》中毫不掩饰地表示,对他而言这是纯粹的庸俗[……]。福楼拜将郝麦的这个缺点主要归结为一种特别的坚持:药剂师对世道变化充满激情,他要了解最新情况,所以他阅读报纸,反复读;到了晚上,他已经对报纸内容"几乎烂熟于心"了;他很喜欢辩论,乐此不疲;他自己也时不时写点文章,要么是想要获得荣誉,要么出于令人不齿的目的。总之,他是一个每日读报的人,也是一个经常参加论战的人。

这一切都让他看起来像个白痴。他本身是白痴吗?显然不是!他本身也不是资产阶级!他是在新的哲学和制度所特有的环境下产生的那种白痴。[……]

众所周知,福楼拜的父亲是一位名医,他本人也深受古典人文科学高雅文化的熏陶，他以高级知识分子对"半受教育者"或是后来人们所说的"无知之徒"的那种蔑视来刻画郝麦。然而，这一极具批判性的描绘使他发现，尽管是以讽刺漫画的形式呈现人物，但其中仍不乏一些明确的特征与外省现代政治中的第一批政客相符。

[……]对刻画了永镇的药剂师肖像的作者福楼拜而言，这是对"政治"精英主义式过敏的传统。现在，我们需要从小说回归到作家本身，去细察这一传统。

[……]福楼拜[在]许多方面都和郝麦的想法一致。他一直是不可知论者，也没有宗教信仰。[……]处于不惑之年的福楼拜，即19世纪60年代的福楼拜，像19世纪30年代的药剂师郝麦那样思考[……]，那时他是一个伏尔泰式怀疑论者。不过他比郝麦好些。[……]福楼拜并没有抨击郝麦先生的思考，而是抨击他的思考方式。因为他自己就是伏尔泰式怀疑论，所以他不能指责一个白痴般的伏尔泰式怀疑论者成了伏尔泰式怀疑论者；他只能指责他成了白痴。对于自认为是艺术家的福楼拜来说，这种指责是必要的。那么，在这个典型案例中，艺术家对这种新现象，即在他应该鄙视的资产阶级世界中出现了一个平庸的政治人物，持什么态度？

作为一个自由思想家，福楼拜并不相信寓言，也不相信神话；他摒弃了宗教的寓言或神话，拒绝用它们来替代启蒙运动的进步。郝麦只是不相信教会，但在其他方面，他则是信徒，尽管那些也不该相信。

[……]19世纪50年代初，在福楼拜写《包法利夫人》时，他仍然对世界的现代化极端反感。

[……]这种性格特征是无法消除的：古斯塔夫·福楼拜喜欢逆潮流，而且他也乐于展现自己的这个方面。反对普通的行为，反对时代风尚，他热衷于挑衅[……]

相反，郝麦先生则是一个"哲学家"，他一帆风顺，几乎是手握权力，在任何情况下都更接近迫害者，而不是受害者的地位；更重要的是，他有观点，但那只是群众和集体的观点。

[……]在《包法利夫人》中，福楼拜不仅呈现了一些现实情况，还给出了——如果可以这样说的话——我们可以借此看待这些现实的其中一个视角。这个视角的批判性甚至到了敌对的程度。他只看到了民主政治的初期发展的消极方面。

毫无疑问，对于一个自由主义理论家来说，1830年7月的现代性是好的：它是公民的，具有教育意义。市政厅是好的，因为它是自治的象征和民主的阵地。

> 报纸是好的，因为它推广辩论，形成思想的交锋。但对于那些从爱玛的窗户或是从永镇的旅店房间望出去，并且只是想看看的人来说，市政厅是乡村政治，是村间小路、饮水槽、农业博览会、被写成小说前的科洛彻米尔勒村庄。报纸则编织着平庸的信息和话语，提供给那些需要简单思维和二手知识的人。艺术家福楼拜想要在高处呼吸。与文学相比，报纸处在低处，就像日常政治不如暴政或革命来得跌宕。
>
> 事实上，在日常政治的姿态和常规与本应激励和证明它们的伟大价值观之间，有时[……]难以建立一种能够得到认可的联系。因此，我们不会因为福楼拜没有察觉到这种联系[……]而苛责他。反而要感谢他，因为他通过真实而深刻的记录，帮助我们更好地追溯了法国道德史上的一个阶段，即公民国王路易-菲利普一世脆弱统治时期的一些人物和角色。
>
> 吴水燕 译[①]

请阅读以上段落，回答以下问题：

（1）在阿居隆看来，福楼拜在《包法利夫人》中呈现了社会和政治方面的什么新特点？

（2）在福楼拜所刻画的郝麦这个人物形象中，阿居隆看出了什么客观事实？

（3）阿居隆是如何确立福楼拜对于19世纪30年代变化的"视角"的？研究这一视角有何意义？

---

① 节选自：Agulhon, M. *Monsieur Homais, ou le militantisme*. In Agulhon, M. *Histoire vagabonde III. La politique en France, d'hier à aujourd'hui*. Paris: Gallimard, 1996: 43-60.

第十讲

文学与历史学（三）
历史学科和小说：共存、竞争、模仿和借鉴

扫码阅读本讲课件

历史学科在设立之初便被认为是关于过去知识的专业门类和参考来源。然而，它并没有终结"历史不可消除的多元性"[①]。各色各样关于过去的话语生产者仍然存在：小说家、记者、历史爱好者、阴谋论者、集体记忆……

这种对过去的各种追忆可以用几个简单的原因来解释。首先，它们深度参与了个人、群体、民族和国家的不同程度的身份和记忆的构建和演变，因而触及了对每个人来说都可能敏感的主题。其次，从表面上看，对过去的再现似乎也很容易做到：陈述有关过去的话语比数学演算或化学分析更容易些。最后，诸如物理学、地貌学等学科的知识有其专门的话语表述，其他话语行不通，但历史知识却非如此。对于过去，罗伯特·金·默顿（Robert K. Merton）的观察提纲挈领："在认知领域和其他领域，为了掌握海德格尔所说的'对现实的公共解释'，群体或集体之间存在着竞争。出于不同程度的意图，每个冲突中的群体都希望自己的解释成为对过去、现在和将来事物的普遍解释。"[②]因此，历史学家们都扎堆在一个领域中开展研究，而小说家则是他们在这个领域强劲的竞争对手。本讲将从三个方面探讨历史学家与小说的关系：历史学家在不以刻板的评判者自居的情况下，对小说进行或正面或负面的评论；小说所探讨的主题与问题转向历史研究的方式；历史学家可以从小说家那里学到的诗学知识，以及一些历史学家尝试小说创作的方式。

[①] Pomian, K. *Sur l'histoire*. Paris: Gallimard-Folio, 1999: 387-404.
[②] Merton, R. K. *The Sociology of Science*. Chicago: Chicago University Press, 1973: 110-111.

10.1 历史学家对小说的批评

10.1.1 泾渭分明的小说家和历史学家

自历史学科诞生之初，就有各种著作秉承它的理念、标准和范式，揭示合格的历史研究所应践行的"做"与"不做"。那么，这些历史著作对历史题材小说又有什么看法？

1898 年出版的《历史研究导论》是历史学科的奠基之作。在该书中，朗格卢瓦（Charles-Victor Langlois）和瑟诺博斯（Charles Seignobos）讨论了由于资料来源的不确切而难以陈述过去的"复杂多样的人类事实"①，并呼吁大家审慎以对：

因为我们不知道个中细节，若是我们以自己的揣测进行补充，那就变成杜撰历史了。而这就是奥古斯丁·梯叶里在《墨洛温王朝纪事》中的做法。②

两位作者进一步解释道，"科学阐述，即客观、简单的阐述"在 18 世纪开始出现，但声势不大，因为在浪漫主义运动的影响下，历史学家试图"震撼和'打动'公众，使其对逝去的现实保有诗意的印象"。由于过度关注"效果"，一些"浪漫主义历史学家滑向了'历史小说'"。朗格卢瓦和瑟诺博斯指出了"这个方法的明显缺陷"，也即"读者无法区分考证的部分和虚构的部分"。③

简而言之，《历史研究导论》认为，问题不在于历史小说④，而在于某些历史学家为了区别于其他历史生产者，采用了一些本应避免的历史小说的元素——没有文献的支撑，没有提出假设，而是把"效果"和情感置于对资料来源的尊重之上。这一时期其他关于历史方法的论著也阐明了这个观点。

第一代历史学家并没有在作品中直接评论历史小说，第二代历史学家的评论更明显一些。1914 年，哈尔芬（Louis Halphen）因看到公众对部分"历史学家"的偏爱而感到不满，因为对这些"历史学家"而言，"历史就是一个有着取之不尽的逸事和戏剧性或下流故事的宝库"，他们使历史"看起来像肥皂剧"，对真相漠不关心，陶醉于"最糟糕意义上的逸事和'生动的'历史"。⑤他没有直接提到小说，但他的评论表明了他对一部分此类小说的排斥。后来，1946 年，就历史学家可以通过文学了解某个时代这一问题，他以否定的语气提到了"一些小说家所热衷的'历史重构'的情况，他们试图以此来否定现在"⑥。

马克·布洛赫（Marc Bloch）表现得更为直接，他对某些历史题材小说的影响力感

---

① Langlois, C.-V. & Seignobos, C. *Introduction aux études historiques*. Paris: Hachette, 1898: 229.
② Langlois, C.-V. & Seignobos, C. *Introduction aux études historiques*. Paris: Hachette, 1898: 230.
③ Langlois, C.-V. & Seignobos, C. *Introduction aux études historiques*. Paris: Hachette, 1898: 260-261.
④ 在该书的附录中，"教学方法"那一栏写着"应该如何利用[……]历史小说？"，这表明两位作者承认对这一体裁有兴趣，包括教学方面的兴趣。参见：Langlois, C.-V. & Seignobos, C. *Introduction aux études historiques*. Paris: Hachette, 1898: 287.
⑤ Halphen, L. *L'histoire en France depuis cent ans*. Paris: Armand Colin, 1914: 172-173.
⑥ Halphen, L. *Introduction à l'histoire*. Paris: PUF, 1946: 17.

到不快:"大仲马的读者可能只是潜在的历史学家,他们只是缺乏训练,无法品尝到一种更纯粹、在我看来更强烈的乐趣;那就是真实的乐趣。"①

此前,他已有过一段评论:

> 在这方面,真正的历史学家和大仲马的读者之间的唯一区别是,前者从真相中得到的满足感比在伪造中得到的满足感要强烈得多。因而无论他人说了什么,历史学家在找寻自己的乐趣时会特别小心。因为一切"小说化"的历史必然都存在时代错误,"小说家"总会自觉或不自觉地从自身的个人经历中提取出虚假的色彩,用它来粉饰"现实"。②

因此,这些历史学家延续了前辈们的态度:历史必须与小说区别开来,因为小说具有文学性和其他特性,其对过去某些主题的发挥令人无法容忍。

一门科学的学科通常都有相关的期刊,这些期刊有两个主要功能:筛选那些遵循科学方法和实践的学者所撰写的展示其研究成果的文章;根据评估和分类出版物的评论,按专业对这些文章进行分类。这些期刊执行"封闭空间内的文化商品流通'规则'","其任务[……]是核查流通产品所属的类别,并将其转到为其保留的、授权的或禁止的不同监管领域"。③在法国,历史学科的创始刊物是 1876 年的第一期《历史杂志》(Revue historique)。自那时起,这份期刊以及随后出现的其他期刊都会用部分版面来报道历史研究。但它们都没有专门介绍历史题材小说的栏目。因而这些期刊没有系统地评论过这类小说,认为它们只是一些历史题材的创作,有其自身的评价标准。有时,《历史杂志》会提及一些关于不同时代和人物的具有启发性的小说④;抑或相反,质疑一些非常糟糕的小说,它们在历史知识方面错误百出,不堪入目,在揭秘过去的某一面太过浮夸⑤。该期刊确保历史和小说不会被混为一谈,偶尔还会提醒一些历史学家注意。

面向大众的历史研究媒介,如某些电台节目或《历史》(L'Histoire)杂志,也是沿循着相同的路线。它们有时会对历史题材的文学出版物进行评论,但不是很频繁。它们同样认为文学与历史研究是泾渭分明的。诚然,自 20 世纪 80 年代以来,历史学家对历史小说的评论增多了,但他们并没有以系统的监管者或法官自居。不过,一些历史学家有时也会高调地介入小说,引起广泛的讨论,有时甚至是激烈的论战。让我们来分析其中的一个案例。

---

① Bloch, M. *Apologie pour l'histoire ou métier d'historien*. Paris: Armand Colin, 1993: 71.
② Bloch, M. *Apologie pour l'histoire ou métier d'historien*. Paris: Armand Colin, 1993: 60.
③ Müller, B. Critique bibliographique et construction disciplinaire: l'invention d'un savoir-faire. *Genèses*, 1994(14): 107.
④ "一部极具警示作用的历史小说,并且也没有破坏事实。" Lussagnet, S. et al. Notes bibliographiques. *Revue historique*, 1957(218): 429.该文章谈论的是帕梅拉·希尔出版于 1956 年的小说《从监狱到凡尔赛宫:一部关于德·曼特农夫人的小说》。
⑤ "阿曼德·普拉维(Armand Praviel)先生出版了《贝里公爵夫人殿下的生平》。[……]作者以创造了'小说化的历史'为荣,在书中把这种以虚假为原则的文学体裁的幻想性推到了极致。简单来说,这是一部历史小说。但是,小说家们又是否愿意接纳普拉维先生加入光荣的'创作者'行列?" Guyot, R. Histoire de France. 1800—1914. *Revue historique*, 1931(166): 109.

10.1.2 案例：中世纪史学家对一位小说家的排斥

20 世纪 80 年代初，一些著名的中世纪史学家抨击畅销历史小说。法兰西学院的教授乔治·杜比或含蓄[1]，或非常直接地批评了它们。例如，1984 年，当他表现出对封建时代女性研究的兴趣，思考当代男女关系的转变时，他宣称：

封建社会中的女性状况正在经历一种真正的、意识形态的神秘化。我强烈反对一些人所散播的这一时期的妇女的所谓的地位提高的观点。[……]在这点上，我想到了雷吉娜·佩尔努，甚至更糟糕的是，我想到了肥皂剧《贵妇人之家》。[2]

这段批判性文字针对的是档案和古文字学者雷吉娜·佩尔努（Régine Pernoud），她在 1980 年出版了《大教堂时代的女性》[3]；还有《贵妇人之家》的作者让娜·布兰（Jeanne Bourin），杜比甚至不屑提她的名字。佩尔努曾推荐过《贵妇人之家》，还为这部小说的电视剧改编版作了序。

杜比的评论主要面向他的同行和一些感兴趣的读者[4]，同时，他还在《新观察家》中抨击了"那些现在正向我们灌输所谓的在 12 世纪妇女地位提高的废话的人"[5]。1985 年 3 月，巴黎一大的中世纪史学家罗伯特·福西耶（Robert Fossier）的措辞更加激烈。他完全否定了让娜·布兰的《贵妇人之家》，认为它比作家之前的小说还要糟糕，充满了陈词滥调、时代不符的人物、"杂乱的乏味"和"不协调的话语"，但"作者却声称[……]要'唤起并向我们展示另一个中世纪'"[6]。让娜·布兰以 13 条"证明[其]小说严肃性的反驳"[7]进行了回应。福西耶随即在一封给作者的私人信件[8]中提出了更尖锐的批评意见[9]。让娜·布兰没有再回应。福西耶，这位对中学教育结构影响深远的学者，在一篇关于在中学教授研究成果的困难的文章中重申了他的批评意见[10]。

除了皮埃尔·肖尼（Pierre Chaunu），没有学者为让娜·布兰辩护。这位巴黎四大的教授在《费加罗报》上谴责那些把一部好小说当作论文来品评的历史学家，指责他们不仅对一种合法的体裁过于谨慎敏感，还以"意识形态"[11]来评判它。后来，在一本评论

---

[1] Duby, G. *Féodalité*. Paris: Gallimard, 1996: 1344, 1405.
[2] Duby, G. Les femmes et la révolution féodale. *La Pensée*, 1984(238): 7-8.
[3] Pernoud, R. *La Femme au temps des cathédrales*. Paris: Stock, 1980.
[4] 里尔的一位学者甚至更早发表了评论：Rouche, M. La femme au moyen âge, histoire ou hagiographie ?. *Revue du Nord*, 1981, 63(250): 582, 584.
[5] Duby, G. Troubadour n'est pas féminin. *Le Nouvel Observateur*, 1983(962): 96.
[6] Fossier, R. Jeanne Bourin: tout faux. *L'Express*, 8-14 mars, 1985: 112-113.
[7] « Droit de réponse. Jeanne Bourin et le XIe siècle ». *L'Express*, 5-11 avril, 1985: 122.
[8] 该信由德尔芬·纳迪引用：Naudier, D. Jeanne Bourin, une romancière historique aux prises avec les universitaires en 1985. In Pellegrin, N. (ed.). *Histoires d'historiennes*. Saint-Étienne: Presses Universitaires de Saint-Étienne, 2006: 328.
[9] "罗伯特·福西耶指出"，Naudier, D. Jeanne Bourin, une romancière historique aux prises avec les universitaires en 1985. In Pellegrin, N. (ed.). *Histoires d'historiennes*. Saint-Étienne: Presses Universitaires de Saint-Étienne, 2006: 328.
[10] Fossier, R. Moyen Age en université, Moyen Age dans les lycées et collèges. *Médiévales*, 1987(13): 9-10.
[11] Pastreau, J. Fausse querelle autour du Grand Feu. *Le Figaro*, 3 mai 1985. 1985 年 2 月 15 日的《费加罗报》对这部小说给予了非常正面的评价。

汇编中，他重申了自己的愤怒，但没有重复自己在意识形态方面的指责。他反对一些人对"渲染气氛，寓教于乐，寓乐于学，讲而不贬"①的历史小说的排斥。

肖尼是历史学界唯一为让娜·布兰辩护的学者。雅克·勒高夫将她的作品描述为"平庸"②。后来，他作出了让步，因为他发觉让娜·布兰很友好，虽然"他不喜欢她创作历史的方式"，但她的确让"很多人对历史产生了兴趣"，尽管她呈现的是"虚假的中世纪形象"。③一些魁北克的中世纪史学者将她归类为"情感小说"作者，他们认为这类小说将时代错误的内容混进了历史之中。④

为什么对这部小说抱有如此大的敌意，按杜比一个学生的说法，必须"抵制"⑤它？这是不是对该体裁的一种根本性排斥的表现？并不是。因为福西耶的文章⑥以及其他评论并没有否定历史小说。况且，历史学家们一致赞扬埃科的《玫瑰的名字》⑦。这并不是对一个在历史学界闻名的学者的特殊对待，因为很多人尽管不是学者，也仍然得到了历史学界的广泛认可，如马塞尔·朱利安（Marcel Jullian）："在我看来，[《匈牙利大师》]给那些自诩为思想史的作品提供了一个真正的小说式的反面[……]。这不啻是对中世纪真相的一种反思。"⑧

让娜·布兰的小说真就如此平庸吗？《中世纪》（*Médiévales*）期刊承认，在《贵妇人之家》中，读者"会发现[……]大量关于12世纪某类群体的日常生活的信息"，对雷吉娜·佩尔努所作的序言也没有异议⑨。而其他小说，即便是那些最糟糕的小说，也没有受到过如此抨击。

是不是因为这个传奇故事及其作者的天主教色彩过于浓厚了？这可能是一个因素。但一些信奉天主教的中世纪史学家也认同历史学家的抨击，甚或他们自己也批判这部小说。是不是因为嫉妒小说大获成功⑩，且被改编成一部拥有大量观众、带动销售的电视连续剧？这种成功的确不可忽视，正如福西耶谈到了"历史'小说'令人作呕的成功"⑪，而杜比则提到，"不幸的是，一些作者对公众有很大的影响，因为他们能利用大

---

① Chaunu, P. *Au cœur religieux de l'histoire*. Paris: Éditions Perrin, 1986: 67.
② 转引自：Maran, M. L' histoire saisie par la biographie. *Esprit*, 1986, 117/118 (8/9): 126.
③ Deguihem, Y. Le Moyen Âge selon Jacques Le Goff. *Journal du CNRS* [en ligne]. décembre 1991. 2014 年雅克·勒高夫去世那年，本文再刊，详见：https://lejournal.cnrs.fr/articles/le-moyen-age-selon-jacques-le-goff.
④ Valois, J. & Ségal, A. L' épreuve Bourin. *Memini*, 1990(20): 36-37.
⑤ "为什么不辟章介绍贵族的居住条件？哪怕只是为了反驳让娜·布兰的《贵妇人之家》，它充满了陈词滥调。" Zerner, M. G. Duby & M. Perrot, s. dir., *Histoire des femmes en Occident. 2: Le Moyen Âge*, s. dir. C. Klapisch-Zuber. *L'Homme*, 1994, 34(130): 179.
⑥ "历史小说是一种不简单的文学体裁，只应由最娴熟的人去实践。" Fossier, R. Jeanne Bourin: tout faux, *L'Express*, 8-14 mars, 1985: 112.
⑦ 参见：赞扬的评论：Rosier, I. Umberto Eco, Le Nom de la Rose. Trad. Schisano, Grasset, 1982. *Médiévales*, 1983(3): 141-142.
⑧ Ouerd, M. Les moyen-âge romanesques du XXe siècle. *Médiévales*, 1983(3): 93.
⑨ Ouerd, M. Les moyen-âge romanesques du XXe siècle. *Médiévales*, 1983(3): 92-93.
⑩ "《贵妇人之家》的销售量达到了170万册，而《诱惑游戏》则达到了182万册。" « Le nouveau Jeanne Bourin est arrivé », *Livres Hebdo*, 28 janvier 1985.
⑪ Fossier, R. Moyen Age en université, Moyen Age dans les lycées et collèges. *Médiévales*, 1987(13): 12.

众媒体"①。但中世纪史学家并没有抨击莫里斯·德鲁（Maurice Druon）的《被诅咒的国王》及其改编的电视作品；或是销量逾百万册，后被改编成电影的《玫瑰的名字》。

最令历史学家不满的是让娜·布兰的做法。她声称不写"历史小说"，而是创作"历史中的小说"②："严格忠实于非小说环境。我保证所有原始材料的真实性：我既核实过街道的长度，也核实过食谱。"③在1983年5月的一篇文章中，让娜·布兰坚持自己小说的严谨性，认为自己的小说可以使人们"了解那些已然消逝的世纪"。她称赞"年鉴派"使历史研究焕然一新，促使小说家"在涉及科学的方法时更加严谨"。④

但中世纪史学家完全没看出她是一个吸收了年鉴运动精髓的作家，反而认为她在差劲的文学作品中加入了他们所反对的雷吉娜·佩尔努的错误观点⑤。《贵妇人之家》的封底上写着："严谨的文献资料赋予最小的细节以真实性，著名的中世纪史学者雷吉娜·佩尔努在序言中欣然证实了这一点。"在这篇序言中，雷吉娜·佩尔努说："中世纪史学家在阅读让娜·布兰的小说时，最应该做的就是向这部作品致敬，书中的人物确实是她在编年史、赠与契税和账簿中查找到的。"⑥雷吉娜·佩尔努认为，自12世纪起，"四百年的伟大发展开始了，妇女在其中真正发挥了主导作用"⑦。这个观点尤其体现在《大教堂时代的女性》中。杜比、福西耶等人认为，这是基于特殊情况的不当概括，对天主教的吹捧，以及对宫廷文学的天真解读。针对那些转述她的观点，并声称揭示了中世纪真相的小说，他们进行了尖锐的批判，明确表示这个观点在科学上是灾难性的。

令这些历史学家更难以接受的是，让娜·布兰自诩为历史学家：她声称自己的小说可以帮助人们了解过去，以历史学家自居⑧，在许多研讨会和新闻采访中都以中世纪史学者的身份发言，媒体⑨和美国的一些学者⑩也将她视为历史学家。

当然，这场论战还涉及了社论和政治维度。让娜·布兰的丈夫安德烈·布兰是《费

---

① Duby, G. Les femmes et la révolution féodale. *La Pensée*, 1984(238): 8.
② Ollivier, É. Jeanne Bourin. La guerre de Cents Ans a détruit la société équilibrée au Moyen Âge. *Nice Matin*, 27 mai 1979.
③ Ollivier, É. Jeanne Bourin. La guerre de Cents Ans a détruit la société équilibrée au Moyen Âge. *Nice Matin*, 27 mai 1979.
④ 参见：让娜·布兰在1983年5月19日的文章：Bourin, J. Sous les cendres de l'histoire, le retour de l'imagination. Article du 19 mai 1983 présent, sans référence, dans le fonds Jeanne Bourin (« Dos Bou ») de la Bibliothèque Marguerite Durand (Paris).
⑤ "雷吉娜·佩尔努在学院派历史学家中并不受欢迎。" Benoît, J.-L. *Défendre le Moyen Âge: Les combats de Régine Pernoud*. In Cangemi, V., et al. (eds.). *Le savant dans les Lettres*. Rennes: Presses universitaires de Rennes, 2014: 121-135. 勒高夫对让娜·布兰一些作品评价比他的同行要高，他为雷吉娜·佩尔努的《解放奥尔良：1429年5月8日》重印本写了后记：Pernoud, R. *La libération d'Orléans: 8 mai 1429*. Paris: Gallimard, 2006. 关于杜比非常负面的评价，参见：Marpeau, B. L'historien, l'éditeur et l'œuvre: un itinéraire de Georges Duby. *Les Cahiers du CRHQ* [en ligne], 2012: 5-6. URL:https://hal.archives-ouvertes.fr/hal-00718801/document.
⑥ Bourin, J. *La Chambre des Dames*. Paris: Le livre de poche, 1988: 10.
⑦ Pernoud, R. *Histoire et lumière*. Paris: Cerf, 1998: 40.
⑧ 《名人录》（*Who's Who*）根据相关人员提供的信息将她归类为"小说家、历史学家"；新闻界的一个例子："这个奖项 [荣誉军团骑士勋章] 是对我作为历史学家所做研究的最好认可。" *Le Figaro*, 14 avril 1994.
⑨ 一个例子："3000万好友"节目在关于一篇让娜·布兰的报道开头如此介绍："历史学家，研究法国13世纪无可争议的专家"，"让娜·布兰：钟情13世纪"，*30 millions d'amis*, 28 février 1981.
⑩ Bertrand, M. Roman Contemporain et Histoire. *The French Review*, 1982, 56(1): 82；Raaphorst-Rousseau, M. L'Année Littéraire 1979. *The French Review*, 1980, 53(6): 905.

加罗报》《法国两个世界的回顾》和其他偏右翼和传统主义刊物的文学评论员，所以这些刊物都支持让娜·布兰；而历史学家们则通过《新观察家》或《快报》发出反对的声音。但中世纪史学家反驳的重点在于捍卫自己作为专家的地位，他们拒绝给一位小说家贴上历史学家的标签；这位小说家通过传播错误的中世纪知识入侵了他们的领域，却还有很多人相信她。从这个例子中，我们可以得出一个简单的观点：只有在小说与历史研究被混为一谈，抑或是一些畅销作家声称自己说的是事实或做得比历史学家好时，历史学家才会对小说发表评价。

10.2 文学对历史学家的影响力

10.2.1 在文学的影响下研究历史

小说描绘已经证实的过去。有些小说被改编成动画、电视剧或电影，传播了深入人心而持久的形象。这些形象对历史学家产生了什么影响？我们或许可以通过他们对大仲马的态度来一探究竟。

1856 年，大仲马声称："我们有理由认为，关于这五个半世纪的历史，我们传达给法国民众的信息不亚于任何历史学家。"① 他的小说在编撰成卷之前首先以连载的形式发表，小说中传播了许多关于法国历史的表述。这些表述也得到了其他媒体的广泛传播，至今仍具有影响力。

纵观近年来有关大仲马所描写的真实历史人物的研究，他的作品仍是历史学家论著中或明显或隐含的参考。这些参考有时是表达不满，例如有学者质问："如果凯瑟琳·德·美第奇不是大仲马所描写的那样，也不是电影《玛尔戈王后》所呈现的那样呢？"② 在一些论著中，这些参考是为了纠正某个标志性的画面，比如一位历史学家在写下"这对夫妇[亨利四世和玛格丽特]是在圣母院大教堂前接受了降福"后澄清道："而不是像那部改编自大仲马的关于玛尔戈王后的电影所表现的那样，在教堂里面。"③ 抑或是证实某个惊人的举动："拉莫尔和科科纳托[……]被处决了[……]，当着[……]玛格丽特·德·纳瓦尔和讷韦尔公爵夫人的面——她们[……]甚至将情人的头颅进行了防腐处理，以便留住他们。我们知道，之后大仲马在他的小说《玛尔戈王后》中描写了这些事。"④ 下面这句评论也语带褒扬："尽管大仲马对历史进行了一些自由发挥，但他还是在《蒙梭罗夫人》中生动刻画了这些国王的宠臣，没有忘记他们的政治角色。"⑤

---

① Dumas, A. *Les Compagnons de Jéhu*, tome II. Paris: Michel Lévy Frères, 1868: 247.
② Wanegffelen, T. *Catherine de Médicis. Le pouvoir au féminin*. Paris: Payot & Rivages, 2005: 21.
③ Cottret, B. *L'Édit de Nantes*. Paris: Perrin, 2016: 95, 629 (作者强调).
④ Constant, J-M. *Les Guise*. Paris: Hachette, 1984: 97.
⑤ Solnon, J-F. *Histoire des favoris*. Paris: Perrin, 2019: 39.

由是观之，那些关于大仲马小说中的主题的历史论著，经常会明确提及小说所传播的形象。在历史学科发展初期，那时的历史学家们是否也是这样做的？并不是。在1870—1930年间，许多历史学家在研究大仲马小说中的核心历史人物时都没有提到他的作品。而且当时的历史学家提到这些人物时，主要是通过不点名的间接暗示。当然，也有一些例外。例如，阿诺托（Gabriel Hanotaux）在其卷帙浩繁的《枢机主教黎塞留的历史》中两次提到大仲马笔下的人物，从而告知读者，这的确是小说家描写过的某段情节①或某个人物②。但在该书更后面的地方，阿诺托描述了"枢机主教[最恶毒的]对手们"所散布的诽谤，其中的一些人曾是他的手下，同时指出，"以维克多·雨果、阿尔弗雷德·德·维尼和大仲马为代表的浪漫主义从这些诽谤中积累了大量素材"③。当然，这一直白的评论有其政治维度。阿诺托弃笔从政——他时任外交部长——是黎塞留的崇拜者，认为"民族团结的辉煌成就"④要归功于黎塞留。为了维护这位法国的伟大仆人，他必须得指名道姓地批评大仲马。

在历史学科发展初期，历史学家几乎从未直接明确地谈论过大仲马的作品，这一观点对其他人物也同样成立。例如，对于玛格丽特·德·纳瓦尔这个人物，夏尔·梅尔基（Charles Merki）认为应该聚焦于她的政治远见：

> 因为大多数作家，尤其是小说家，都把她写得与众不同。的确，身处16世纪末的法国所上演的那场宿命般的大戏中，再加上如此多的事件和冒险，很少有女性能比她更适合被塑造成一个小说人物。⑤

毋庸置疑，这段话所指向的是大仲马。尽管梅尔基并没有直接提到他，正如他在书中其他地方所作的巧妙评论一样⑥。然而，大仲马在他的这本专著中占有很重的分量，书名中的"玛尔戈王后"证明了这一点。"玛尔戈"是哥哥查理给她起的小名，这是众所周知的。但在大仲马之前，没有人曾把它与"王后"放在一起使用。四分之一个世纪后，在一本书名更为审慎的传记中，梅里埃约尔（Jean-Hippolyte Mariéjol）剖析了大仲马所扩充的某些值得怀疑的情节。他对这些情节进行了考证，但没有提及大仲马的那些著名小说，尽管他的确是以它们为研究对象。除了对一处情节的反驳，即大仲马对亨利

---

① "很难相信大仲马讲述了这个浪漫故事[（金刚钻坠子事件）]，还大受欢迎。" Hanotaux, G. *Histoire du cardinal de Richelieu*, t. III. Paris: Plon, Société de l'histoire nationale, 1896: 40.
② "（皮埃尔-阿尔诺·德·佩尔、德·特雷维尔先生，大仲马笔下不朽的火枪手中尉的表亲）", Hanotaux, G. *Histoire du cardinal de Richelieu*, t. VI. Paris: Plon, Société de l'histoire nationale, 1896: 8.
③ Hanotaux, G. *Histoire du cardinal de Richelieu*, t. VI. Paris: Plon, Société de l'histoire nationale, 1896: 330-331.
④ Albis, C. (d'). *Richelieu. L'essor d'un nouvel équilibre européen*. Paris: Armand Colin, 2012: 193.
⑤ Merki, C. *La reine Margot et la fin des Valois (1553—1615). D'après les mémoires et les documents*. Paris: Plon-Nourrit, 1905: 443.
⑥ Bourrilly, V.-L. Comptes rendus. *Revue d'histoire moderne et contemporaine*, 1904, 6(6): 400-403. "玛尔戈女王的形象已经深入人心，但同时也被传说和小说家所歪曲。[……]夏尔·梅尔基先生试图将其还原到她所处的历史现实中[……]，那段历史本身就已足够传奇，无需想象力再来额外补足。历史小说的作者们被玛尔戈女王的传奇经历所吸引是可以理解的；但最好的和最引人入胜的小说仍然是对其生平进行简单、准确和详实的描述。"

三世在 1583 年 8 月命令妹妹离开巴黎时场景的虚构补充，对于玛尔戈和纳瓦尔国王来说，那是一次严重的侮辱。梅里埃约尔开门见山地阐明："浪漫故事和历史小说都夸大了这个情节"；然后引述了这个轰动的版本；最后严厉地批评道："没有比这个故事更假的了。"① 他在一个注释中指出："洛赞②把大仲马描绘的这个场景当成了历史真相。"③ 一位美国历史学家则表现得更明确些，大仲马在他的传记中悄无声息地出现了两次④。

在关于凯瑟琳·德·美第奇或当时的圣巴托洛缪大屠杀的著作中，情形也是如此：没有直接提及大仲马。达达尼昂和火枪手们是个例外。早在 1912 年，国家档案馆的查理·萨马兰（Charles Samaran）就对他们进行了学术研究⑤，指出这些火枪手充斥着大仲马的小说。由于大仲马的小说已经把历史上的达达尼昂和火枪手变成了真正的历史神话，这位年轻的档案研究员无法再保持沉默。

学者们对大仲马的态度经历了明显的变化。在探讨大仲马所呈现的主题时，以前的学者对他持审慎含蓄的态度，但在近四十年间，许多学者开始公开讨论他。这种态度同样体现在其他历史题材的小说中。促成这种转变的原因有若干个。可以肯定的是，近年的历史学家比他们的前辈更清醒地意识到，他们自己也在书写，他们对故事进行组织和分析，而不只是简单地拓印过去的痕迹。当然，那些对科学史的力量充满信心的方法论者希望自己的论著能够成为关于过去的最终参考，认为小说只能以消遣的名义出现，不能提供具有潜在竞争力的历史版本。但他们错了：

> 历史学家们意识到，他们所撰写的历史论著只是社会与过去维持联系的方式之一。小说作品（至少是部分小说）和记忆（无论是集体记忆还是个人记忆）同样赋予过去某种存在，有时甚至比历史书所确立的存在史为有力。我们需要了解的正是存在于二者之间的这种竞争。⑥

还有一个更重要的原因。20 世纪的最后几十年以来，在历史再现的问题上，历史学家和出版商比他们的前辈更为敏感。同时，他们也意识到了某些文学作品在过去的集体形象中的分量⑦，开始重视它们。此外，他们中的一些人还为 19 世纪历史小说的现代

---

① Mariéjol, J.-H. *La vie de Marguerite de Valois, reine de Navarre et de France (1553—1615)*. Paris: Hachette, 1928: 205.
② Lauzun, P. *Itinéraire raisonné de Marguerite de Valois en Gascogne d'après ses livres de comptes (1578—1586)*. Paris: Alphonse Picard et Fils, 1902.
③ Mariéjol, J.-H. *La vie de Marguerite de Valois, reine de Navarre et de France (1553—1615)*. Paris: Hachette, 1928: 205.
④ Williams, H. N. *Queen Margot wife of Henry de Navarre*. New York: Charles Scribner's sons, 1907: 106, 164.
⑤ Samaran, C. *D'Artagnan. Capitaine des Mousquetaires du Roi. Histoire véridique d'un héros de roman*. Paris: Calmann-Lévy, 1912. 后来，萨马兰分别编写了对《三个火枪手》和《二十年后》的批评专著。
⑥ Chartier, R. *Au bord de la falaise: l'histoire entre certitudes et inquiétude*. Paris: Albin Michel, 2009: 353.
⑦ "历史小说的大师大仲马所塑造的都是能给我们带来深刻感受的人物：《三个火枪手》中令人生畏的黎塞留；《蒙梭罗夫人》或《玛尔戈王后》中令人不安的凯瑟琳。" Solnon, J.-F. *Catherine de Médicis*. Paris: Perrin, 2009: 12-13.

版本作了序①。1905 年，梅尔基用十几页篇幅描写了"玛尔戈王后传奇"。他回溯了玛尔戈王后坏名声的起源，但强调"之后的事情便是小说家所做的了"②。1993 年，同样是针对玛尔戈王后这个人物，埃利亚内·维耶诺（Eliane Viennot）提供了两部分内容：第一部分是严谨的传记，第二部分剖析了由部分小说，尤其是大仲马的小说所建构的神话，这些神话是如此有分量，以至于在很大程度上"污染"了学术研究③。尽管就目前来说，并非所有学者都采取这种方法，但如今的学者在研究知名人物的历史时，很少有不研究他们的回忆录和文学作品中的相关描写的。

概而言之，以前的历史学家经常是隐晦地提到小说，现在的历史学家则更明确地提及小说所传播的历史再现，对其进行讨论、驳斥、证实、复杂化、语境化、评估、褒扬等等。一言以蔽之，文学影响着历史学家的观点和话语。

10.2.2 小说对历史研究的推动

有时，小说会就过去的事物进行剖析，其切入的角度推动了历史学家研究方向的转变。

一些小说在历史学科进行研究之前，在学校进行教育之前，在国家和集体记忆被接受之前，就已经挖掘了某些主题。帕特里克·莫迪亚诺的作品显然如此。1968 年 4 月，他的第一部小说《星形广场》是最早打破一个全力抵抗的法国的神话的出版物之一。那时，帕斯卡尔·奥里（Pascal Ory）在撰写有关人民阵线的博士论文之余，还在进行关于德占时期的研究，他看到了"抵抗运动金色传奇"的另一面。莫迪亚诺的小说促使他"下决心动笔去写"这个主题，因为这个"[与他]同龄，或年龄相仿的男孩，已经[为他]指明了道路"④。莫迪亚诺的作品在某种程度上走在了历史学科的前头，尤其是他的作品挖掘了那段在很长时间内是"不会被遗忘的过去"⑤，与历史学科形成了对照。许多研究"黑暗时代"（les années noires）的专家都认同这一点。例如，一位研究法国警察的历史学家在其专著中感谢为其作序——其历史合法性的标志——的莫迪亚诺时写道：

> 最后，我要衷心感谢帕特里克·莫迪亚诺。我一直都很欣赏他的才华，也钦佩他通过小说，以艺术的方式呈现出一个动荡却迷人的时期的复杂性。我永远都不会忘记第一次读到《多拉·布吕代》时的感受。他为本书所写的序言于我是最美的礼物。⑥

---

① "哪怕大仲马对历史进行一些自由发挥，这对一个小说家来说也属正常，但他更多的是尊重历史，而不是歪曲历史。""这部作品始终都能打动读者，因为它展现了作者对所描写时代的渊博知识，写出了那个时代人物和情形的真实性。一幅忠实描绘了亨利三世时代精神面貌的全景图。" Garrisson, J. Préface. In Dumas, A. *La Dame de Monsoreau*. Paris: Gallimard, 2008: 15, 27.
② Merki, C. *La reine Margot et la fin des Valois (1553—1615). D'après les mémoires et les documents*. Paris: Plon-Nourrit, 1905: 383.
③ Viennot, E. *Marguerite de Valois. « La reine Margot »*. Paris: Perrin, 2005: 9.
④ Ory, P. Chemin des bibliothèques obscures. In Guidée, R. & Heck, M. *Cahier Modiano*. Paris: Éditions de L'Herne, 2012: 203.
⑤ Conan, É. & Rousso, H. *Vichy, un passé qui ne passe pas*. Paris: Fayard, 1994.
⑥ Berlière, J.-M. *Polices des temps noirs. France 1939—1945*. Paris: Perrin, 2018: 1357.

小说也可能会给某个业已研究的主题带来史学冲击。对此，研究第一次世界大战和战争暴行的历史学家斯特凡纳·奥杜安-鲁佐（Stéphane Audoin-Rouzeau）深有同感。在提及让·鲁奥的《沙场》影响了他和其他同僚的研究，并间接影响到他指导的学生时，斯特凡纳·奥杜安-鲁佐激动地说："他为丰富一战的史学研究做出了贡献：如果没有让·鲁奥在1990年秋天给我们带来的震撼，杰伊·温特和安妮特·贝克尔等人的作品就不会有现在的成就。"① 在他看来，这部小说如胶片摄影的复杂过程一般"揭示了一战后欧洲社会中个人痛苦的至关重要性"②。诚然，历史学家们都知道，大规模的死亡已经令社会动荡不安。但奥杜安-鲁佐指出，"没有一个研究1914—1918年的历史学家[……]对痛苦感兴趣。没有人，绝对没有人问过这个极其简单的问题：[……]'在战争中，人们如何承受死亡的痛苦？'"③，可这部小说却做到了，它还探讨了一些延伸的问题，如"人们痛苦了多久？"④，展现了战争的阴霾是如何在人们甚至没有意识到的情况下笼罩、跨越几代人。通过其主题及其在评论界和编辑方面（龚古尔文学奖）的成功，这部小说和其他作品⑤表明，随着经历这场战争的最后一些证人的离世，人们对战争的感受和质疑程度也产生了深刻的变化。它引导着历史学家走向"一部悲怆的战争哀痛史，从某些方面来说，也是战争本身的悲怆历史"⑥。

因此，小说可以探究历史学家还未涉足的重要主题，并引导他们去思考新的历史问题，简而言之，引发史学变革。

上文所讨论的小说家向历史学家提出了隐晦的挑战。但也有一些作者批判历史学家，或向他们发起了明确的挑战。《奶酪与蛆虫：一个16世纪磨坊主的宇宙》研究了16世纪的磨坊主梅诺基奥的精神世界，作者卡洛·金茨堡（Carlo Ginzburg）在前言中开宗明义地指出："'七座城门的底比斯是谁建造的？'布莱希特的'一个阅读的工人'发出了这个疑问。尽管已有的文献并未涉及那些不知名的建筑工人，但他的追问仍有意义。"⑦

这位意大利学者在提及这个质疑的同时，也明确了今天的历史学家"总是更愿意

---

① Audoin-Rouzeau, S. *Les Champs d'honneur*, et ce que les historiens de la Grande Guerre ne voyaient pas. In Rubino, G. & Viart, D. (eds.). *Le roman français contemporain face à l'histoire: thèmes et formes*. Macerata: Quodlibet, 2014: 249.
② Audoin-Rouzeau, S. *Les Champs d'honneur*, et ce que les historiens de la Grande Guerre ne voyaient pas. In Rubino, G. & Viart, D. (eds.). *Le roman français contemporain face à l'histoire: thèmes et formes*. Macerata: Quodlibet, 2014: 251.
③ Audoin-Rouzeau, S. *Les Champs d'honneur*, et ce que les historiens de la Grande Guerre ne voyaient pas. In Rubino, G. & Viart, D. (eds.). *Le roman français contemporain face à l'histoire: thèmes et formes*. Macerata: Quodlibet, 2014: 252.
④ Audoin-Rouzeau, S. *Les Champs d'honneur*, et ce que les historiens de la Grande Guerre ne voyaient pas. In Rubino, G. & Viart, D. (eds.). *Le roman français contemporain face à l'histoire: thèmes et formes*. Macerata: Quodlibet, 2014: 252.
⑤ 奥杜安-鲁佐还致敬了贝特朗·塔维涅（Bertrand Tavernier）的电影《只是人生》（*La Vie et rien d'autre*, 1989）。参见：Audoin-Rouzeau, S. & Tavernier, B. La Grande Guerre et l'identité française. *Le Débat*, 2005, 4(136): 146-151.
⑥ Audoin-Rouzeau, S. *Les Champs d'honneur*, et ce que les historiens de la Grande Guerre ne voyaient pas. In Rubino, G. & Viart, D. (eds.). *Le roman français contemporain face à l'histoire: thèmes et formes*. Macerata: Quodlibet, 2014: 253.
⑦ Ginzburg, C. *Le Fromage et les vers. L'univers d'un meunier au XVIe siècle*. Paris: Aubier, 2014: 9.

转向前辈们曾避而不谈、不屑一顾或干脆忽略的人或事"①。接着，他阐明了克服研究次要人物障碍的策略。即回顾布莱希特的这首诗，或在书的正文处加上题词："一切有趣的事情都发生在阴暗处。我们对人的真实历史一无所知。——塞利纳"②。在他看来，这些质疑都是展开研究的推动力。并且，此类质疑也是竞争意识的体现。一些历史学家指出，早在他们之前，有些小说家就已经发现了真正的史学问题，以及解决这些问题的方法。例如，1989 年的一篇文章指责历史学界一直在重复"自 16 世纪沿袭下来的那个版本"③，即法国王室希望并提前策划了圣巴托洛缪大屠杀。但早在 1829 年，梅里美（Prosper Mérimée）就已经在他的小说《查理九世统治编年史》的序言中指出了"这段传统历史学家所珍视的故事的不真实性"④，并提出一个展现了"卓越而罕见的清醒"的"解释方案"⑤。文章因此得出结论："小说家提出了真正的问题，对那些被经常性提及的文献资料提出了质疑，探讨了一个太容易被接受的历史传统的合理性"，而"专业的历史学家[……]却沉湎于一个以最纯粹的历史小说方式构建的故事的跌宕起伏"，提供了一个错误却经久不衰的历史叙述。没有听取小说家意见的结果是——尽管和许多作家与历史学家一样，梅里美的小说中也存在错误，例如他重提了预谋的说法——"圣巴托洛缪大屠杀的史学研究已落后了 160 年"。⑥

最后，让我们以一点思考来结束这部分关于小说对历史学科影响的探讨。深受历史学家欢迎的文学作品能引导他们去思考新的历史问题，不过，一些受到历史学家排斥的作品同样能产生这种效果。我们可以再次以杜比和让娜·布兰的例子进行佐证。毋庸置疑，肥皂剧《贵妇人之家》——尤其是他在 1980 年主持的节目《大教堂时代》——让杜比感受到了电视的力量，促使他参加了几档高质量的节目，还主管着法国电视节目出版公司（Société d'Édition de Programmes de Télévision），该公司后来被并入德法公共电视台 Arte，成为其法国频道。杜比和布兰的交锋也为他的研究指明了方向。事实上，尽管杜比很早就开始关注女性历史⑦，但直到 20 世纪 80 年代，他才开始发表专门关于女性研究的文章。诚然，这种转变所体现的是一种基于好奇心的研究实践，他拓展对封建社会认识的意愿，以及对当代变化的呼应。但反驳佩尔努和布兰的观点无疑激发了他的兴趣，并促成了一些合作成果——《西方女性史》《私人生活史》——和个人成果，直至他的最后一部专著《12 世纪的妇女》。在弗朗索瓦丝·萨班（Françoise Sabban）身

---

① Ginzburg, C. *Le Fromage et les vers. L'univers d'un meunier au XVIe siècle*. Paris: Aubier, 2014: 9.
② 引文略有删改，塞利纳写的是："发生在阴暗处，显而易见。" Céline, L.-F. *Voyage au bout de la nuit*. Paris: Gallimard, 1992: 64.
③ Bourgeon, J.-L. Pour une histoire, enfin, de la Saint-Barthélemy. *Revue historique*, 1989, 282(2): 83.
④ Bourgeon, J.-L. Pour une histoire, enfin, de la Saint-Barthélemy. *Revue historique*, 1989, 282(2): 83.
⑤ Bourgeon, J.-L. Pour une histoire, enfin, de la Saint-Barthélemy. *Revue historique*, 1989, 282(2): 84.
⑥ Bourgeon, J.-L. Pour une histoire, enfin, de la Saint-Barthélemy. *Revue historique*, 1989, 282(2): 83-84.
⑦ Dalarun, J. Les femmes, les sources, l'intrigue. In Boucheron, P. & Dalarun, J. (eds.). *Georges Duby, portrait de l'historien en ses archives*. Paris: Gallimard, 2015: 389-413, 397-398.

上，我们同样可以看到这种刺激作用。萨班将让娜·布兰关于中世纪菜肴的书描述为"一堆胡言乱语"①。然而，几年后，在一部博学生动的著作中，她却与其他作者一道重拾了这个构想：撰写中世纪的菜肴历史，提出可供今日使用的食谱。值得一提的是，杜比为该书作了序②。

那次论战不仅影响了杜比的研究课题及部分中世纪史学家的研究，而且也影响了杜比的写作风格和他对封建时代女性的看法。他的许多文本都间接或者直接包含了对佩尔努和布兰二人观点的反驳。此外，虽然一些女性历史学家③承认，杜比为女性历史得到学术尊重发挥了至关重要的作用，但她们也批评了杜比对全然是父权制和厌女的封建社会的迷恋，即他的"男性中世纪"④。这部分是受到文献资料的影响，因为他研究贵族夫人时，所依据的主要是一些对她们非常不利的文学和宗教文本。而另外一些关于城市和农村工作中的妇女的研究就没有那么贬低女性的地位。同样，其他调查也通过对宪章、遗嘱等资料的分析揭示，贵族女性没有"失语和被支配"，而是"完美融入了她们的世界，[……]是在家庭和社会中受到尊重，发挥影响的重要成员"⑤。杜比使用了一种极度谨慎的诗学：透过一些只能听到男性声音的文献，透过这块"有着双重含义的想象之幕：对直接看法形成障碍的屏障；投射男人的恐惧和欲望的平面"⑥，他的文字反复重申了超越关于女性的话语来把握女性现实⑦的不可能性。这种方式在他早期的作品中已经有所体现，在他关于女性的书写中尤为明显⑧。杜比以这种风格来反对他所排斥的两位女作家肯定的、几乎断然的语气。

对于纳粹主义的史学研究，我们也可以进行同样的考察。最近的小说推动历史学家去研究某些问题，或刺激他们设法将自己的研究传达给大众。总之，在小说和历史学科之间交织着竞争、刺激、嫉妒、愤怒等复杂关系。

10.3 文学对历史学的诗学启发

有时，历史学家会在文学作品中发现研究的途径、需要阐明的历史问题和需要应对的认知挑战。他们也能够在文学中为自己的研究找到具有启发性的诗学元素。有些学者甚至通过创作文学作品来谈论过去。

---

① Sabban, F. Jeanne Bourin, *Les recettes de Mathilde Brunei. Cuisine médiévale pour table d'aujourd'hui*. *Médiévales*, 1984(7): 113-118.
② Sabban, F., et al. *La Gastronomie au Moyen Age. 150 recettes de France et d'Italie*. Paris: Stock, 1991.
③ 参见：Livingstone, A. Pour une révision du "mâle" Moyen Âge de Georges Duby. *Clio*, 1998(8): 139-154.
④ Duby, G. *Mâle Moyen âge. De l'amour et autres essais*. Paris: Flammarion, 1988.
⑤ Livingstone, A. Pour une révision du "mâle" Moyen Âge de Georges Duby. *Clio*, 1998(8): 140.
⑥ Perrot, M. Georges Duby et l'imaginaire-écran de la féminité. *Clio*, 1998(8): 24.
⑦ Bohler, D. Je n'ai entrevu que des ombres flottantes, insaisissables.. Le travail de l'écriture. *Clio*, 1998(8): 45-63.
⑧ Dalarun, J. L'abîme et l'architecte. In Duhamel-Amado, C. & Lobrichon, G. (eds.). *Georges Duby. L'Ecriture de l'histoire*. Bruxelles: De Boeke Université, 1996: XI-XII.

10.3.1 将文学的诗学元素运用于历史叙述

前文提到的卡洛·金茨堡使我们相信，文学有时会激发历史学家以不同的方式进行写作。《奶酪与蛆虫：一个16世纪磨坊主的宇宙》的结构很特别：没有章节，但有62个编号了的节段，篇幅不一。这种不同于传统的风格很大程度上是受到了雷蒙·格诺（Raymond Queneau）的影响：

> 我原想模仿格诺的《风格练习》，以不同风格的段落序列来组织我正在写的书[……]，并从不同体裁（包括对史学研究的戏仿）中汲取灵感。但我几乎是立即放弃了这个计划，因为这种写法的琐碎在我看来与历史专著的性质相悖。但它仍在本书的撰写过程中留下了痕迹，尤其体现在书中没有评论的文献引用片段与假设交替出现，不断提出假设，又推翻假设，以此类推。①

对于文学有时会对历史论著的结构产生灵感这一看法，金茨堡并没有局限在个人经验上，而是将其表述为一种常态："历史上一直存在小说和历史之间的竞争：小说家和历史学家为再现现实而彼此较量[……]在这种竞争中，有一个学科对另一个学科的贡献。小说家在技巧层面的探索可以成为历史学家的认知手段。"②金茨堡所说的并不仅仅是风格上的灵感，还有其他类型的灵感。例如，埃马纽埃尔·德·瓦雷基耶尔（Emmanuel de Waresquiel）明确指出，他的《富歇传：沉默的章鱼》得益于两次细致的审读，一次是一位女历史学家的审读，另一次是"女小说家阿马利娅·芬克尔斯坦"（Amalia Finkelstein）出于"与写作语调、节奏和速度相关的原因"所进行的审读。③金茨堡的目的是将某些作家的诗学元素用于历史知识的传播。

雅克·达拉朗（Jacques Dalarun）注意到了乔治·杜比的一个转变。在很长一段时间里，杜比的写作框架都沿循同一个模式："按照大的时间段划分章节，在每个时间段内以相对变化的顺序'列举'经济、社会、政治、精神面貌等方面的问题。"然而，从1978年开始，这个模式被一种"新的布局"取代了："在作品开头先引入详尽且注明日期的[……]轰动事件"，接着"追本溯源""观察导致这种轰动的最初征兆"，然后"根据时间顺序，同步且更深入地探讨该危机"，最后"描绘[……]后续的历史或历史学的命运"。达拉朗认为，杜比从各种古代资料中，从马克·布洛赫那里，也从"文学领域"汲取了这种谋篇布局的模式，因为文学作品充满了"前置、回归、时间交织"。他总结说："很明显，当代小说，即《怀疑的时代》的小说，与乔治·杜比今天所撰写的历史

---

① Ginzburg, C. *Le Fromage et les vers. L'univers d'un meunier au XVIe siècle*. Paris: Aubier, 2014: XXX. 其他提到格诺的地方，如："最近读了格诺的《风格练习》，极大增强了我的实验意愿。" Ginzburg, C. *Le fil et les traces. Vrai faux fictif*. Lagrasse: Verdier, 2010: 384.
② Ginzburg, C. *Un seul témoin*. Paris: Bayard, 2007: 96-97. 谈论《风格练习》的段落在第98—99页。
③ Waresquiel, E. (de). *Fouché. Les silences de la pieuvre*. Paris: Tallandier, 2014: 807.

密切相关。"①他还提到了包括克洛德·西蒙在内的很多名字。杜比自己也曾坦言："我一直是一个出色的读者，一个出色的小说读者：我喜欢听人讲故事。国内的故事我已经听得差不多了。所以我转向了外国的小说家。"他还说自己重读了很多"老作家"：夏多布里昂、司汤达、波德莱尔……②不过，在他的"自我历史"（ego-histoire）的开头，他引用了克洛德·西蒙③的话来提醒读者，他的文本有可能出现虚假的严密性，在阅读时需注意。

也许大家想更多地了解新小说的文学革命如何影响历史著作的诗学。一个更直观的例子将具体说明小说家的写作方式是如何迁移到历史学科的。

马克·布洛赫"是侦探小说迷；他的书桌上总会摆着一本，大多是英国的侦探小说"④。在战争期间，他在一份"待写书目"的清单中写着："5）我的侦探小说"。但他的不幸身故使该计划被中断，只留下了一份提纲。⑤这种对侦探小说的酷爱也影响着他作为历史学家的阐释方式。在《为历史学辩护或历史学家的技艺》中，"调查"一词出现了十几次。第三章关于史学批评的开头是："证人的话不一定可信，最天真的警察也深知这一点。"⑥更早的著作中曾写道："如果敏锐的侦探询问喜剧演员……"⑦诸如"调查""证词""线索""谜团"等侦探小说的词汇在他的作品中频繁出现。

这些词汇不足为奇，因为布洛赫的方法属于"索迹范式"（paradigme indiciaire），它基于这样一个观点："即便现实是不透明的，仍存在一些特殊领域——痕迹、线索——使之能够被破译。"⑧1880年前后，这个传承了各种古代知识（狩猎、写作、占卜、医学等）的范式在精神分析、绘画鉴定、侦探故事、历史学科中具体化，并在很大程度上塑造了人文科学。年鉴运动主张"历史—问题"⑨，反对消极记录过去痕迹的态度。在这一点上，历史学科又与侦探小说产生了联系，因为后者提出一个有待解决的谜团，有时也被称为"问题小说"。历史学家、哲学家科林伍德（Robin G. Collingwood）也表达了同样的观点。在《历史的观念》中，他的口号是"研究问题，而不是研究时期"，略微改动了阿克顿勋爵（Lord Acton）在1895年提出的口号："研究问题优先于

---

① 以上引文均出自：Dalarun, J. L'abîme et l'architecte. In Duhamel-Amado, C. & Lobrichon, G. (eds.). *Georges Duby. L'Ecriture de l'histoire*. Bruxelles: De Boeke Université, 1996: 27-30.
② Duby, G. & Lardeau, G. *Dialogues*. Paris: Flammarion, 1980: 1593.
③ "他给我讲的故事本身也许是假的、杜撰的，正如任何事后对事件的叙述一样，尽管那些事件、细节、微小的事实具有庄严、重要的一面，但在叙述时却不会有人去提它们……"。尽管杜比没有写明参考文献，但他引用的是：Simon, C. *Le Vent*. Paris: Minuit, 1957: 49. Duby, G. Le plaisir de l'historien. In Nora, P. (ed.). *Essais d'ego-histoire*. Paris: Gallimard, 1987: 109.
④ Bloch, E. Marc Bloch. Souvenirs et réflexions d'un fils sur son père. In Atsma, H. & Burguière, A. (ed.) *Marc Bloch aujourd'hui. Histoire comparée et Sciences sociales*. Paris: Éditions EHESS, 1990: 27.
⑤ Bloch, E. *Carnets inédits (1917—1943)*. Torino: Nino Aragno Editore, 2016: 125-127.
⑥ Bloch, M. *Apologie pour l'histoire ou métier d'historien*. Paris: Armand Colin, 1993: 119.
⑦ Wessel, M. Réflexions pour le lecteur curieux de méthode. Marc Bloch et l'ébauche originelle du *Métier d'historien*. *Genèses*, 1991(3): 159.
⑧ Ginzburg, C. *Mythes, Emblèmes, Traces. Morphologie et histoire*. Lagrasse: Verdier, 2010: 290.
⑨ Giddey, E. *Crime et détection: essai sur les structures du roman policier de langue anglaise*. Paris: Peter Lang, 1990: 27-33.

研究时期"①。书中还有一节题为《历史的证据》②。科林伍德热衷于看侦探小说③，他用一则调查故事来点缀他的书稿："是谁杀死了约翰·多伊"，这无疑是受到阿加莎·克里斯蒂《寓所谜案》④的启发。⑤通过警方调查过程中一个接一个的问题，科林伍德揭示了一部正确有效的历史应该是怎样的：不是收集和汇编一切的"剪贴式历史"，而是一种完全科学的方法，它提出问题，并试图通过寻求最佳文献来解答这些问题。科林伍德把这种态度与赫尔克里·波洛（Hercule Poirot）的态度进行了对照。波洛嘲笑警察传统的办案方法，在应该"动脑子"去破案的时候，他们却蹲在地上收集每一处可能的痕迹⑥。

在《法国农村史》中，马克·布洛赫阐明：

> 在最近的过去，有一种合理施行的倒溯法，为获得越来越久远的年代的固定形象，它不要求一张可以不断翻拍出与原来一模一样的照片，它所希望抓住的，是电影的最后一张胶卷，然后它可以倒卷回去，尽管人们会发现不止一个漏洞，但事物的活动规律得到了尊重。⑦

由是观之，从文献记载最多的时期开始回溯，可以更好地理解之前的时期，特别是因为这些资料描述了所发生的变化，从而明晰了早期文献的情况。因此，有时需要"倒溯历史"，以便"拼出过去的魔典"⑧。

金茨堡在分析布洛赫的这些段落时注意到马克西姆·杜坎普（Maxime Du Camp）《文学回忆录》的印迹。他提出疑问："我们是否可以认为，马克·布洛赫倒溯历史的想法来自他众所周知的对电影的热爱？我们是否应该相信，接受文献中的空白作为叙事元素的想法是否受到了杜坎普朋友福楼拜⑨的启发？"⑩

倒溯历史这一微妙的方法与知识分子的影响⑪相一致，后者同样邀请我们透过当代或晚近的史实去了解更久远的事件⑫。但马克·布洛赫以对侦探小说的酷爱来实践这个方

---

① Lord Acton. *Lectures on Modern History*. London: Macmillan and Co., 1906: 37.
② Collingwood, R. G. *The Idea of History*. Oxford: Oxford University Press, 2005: 267-282.
③ Inglis, F. *History Man: The Life of R.G. Collingwood*. Princeton: Princeton University Press, 2009: 212-213, 229, 265.
④ Christie, A. *Murder at the Vicarage*. Londres: Collins, 1930.
⑤ Levine, J. M. The Autonomy of History: R.G. Collingwood and Agatha Christie. *Clio*, 1978, 7(2): 253-264.
⑥ Levine, J. M. The Autonomy of History: R.G. Collingwood and Agatha Christie. *Clio*, 1978, 7(2): 281.
⑦ Bloch, M. *Les caractères originaux de l'histoire rurale française*. Paris: Armand Colin, 1976: XIV.
⑧ Bloch, M. *Les caractères originaux de l'histoire rurale française*. Paris: Armand Colin, 1976: XII. 倒溯历史的观点在布洛赫的《封建社会》中再次出现，在其他文章中也有表述，例如：Bloch, M. Une étude régionale: géographie ou histoire. *A.H.E.S.*, 1934(VI): 83.
⑨ 在一次采访中他更直接地说："我认为马克·布洛赫从福楼拜那里汲取了逆向叙事的方法，并应用到了《法国农村史》中。"Ginzburg, C. *Un seul témoin*. Paris: Bayard, 2007: 97.
⑩ Ginzburg, C. Déchiffrer un espace blanc. In Ginzburg, C. *Rapports de Force. Histoire, rhétorique, preuve*. Paris: Gallimard-Le Seuil, 2003: 5-96.
⑪ 参见：《法国农村史》再版序言：Toubert, P. Préface. In Bloch, M. *Les Caractères originaux de l'histoire rurale française*. Paris: Armand Colin, 1987: 8-11. 以及：Touati, F.-O. *Marc Bloch et l'Angleterre*. Paris: La Boutique de l'Histoire, 2007: 95-96.
⑫ 在《为历史学辩护或历史学家的技艺》中，马克·布洛赫向弗雷德里克·W. 梅特兰提出了建议，当然也提到了这句话："我们必须从已知退回到未知，从确定退回到不确定。"Maitland, F. W. *The Constitutional History of England: A Course of Lectures*. Cambridge: Cambridge University Press, 1908: 5.

法，会带来更好的效果。侦探小说的经典模式如下：侦探接到案件报告——一具尸体、一个失踪案件——然后回溯现场、动机和罪犯。夏洛克·福尔摩斯对听到他说破案很"简单"而感到失望的华生解释说："在解决这类问题时，最重要的是能够反向推理"，所以在本案中，要从"你得到的结果"——一具尸体——开始，"必须推理剩下的一切"，即犯罪过程、罪犯及其动机等。①许多英国犯罪小说都沿循这一推理顺序进行谋篇布局，因此往往"常见的犯罪小说是'倒着写'的，即从结尾开始"②。

马克·布洛赫曾在侦探小说中看到过这些推理过程。而且他很可能在某次"星期六会议"上，在斯特拉斯堡大学的教授们讨论的一篇关于"侦探小说"的论文③中，读到过关于侦探小说主人公的"逆向"推理的学术性分析。

马克·布洛赫的这一爱好不仅仅渗透在他关于历史方法的论述中，也体现在他的"倒溯"历史观中。我们可以从美国历史学家尤金·韦伯（Eugen Weber）的直觉中管窥一二。韦伯在《洛杉矶时报》上发表了一篇关于侦探文学的评论，题为《洛杉矶机密》④，该文章是对詹姆斯·艾洛伊（James Ellroy）的致敬。但他没有提到艾洛伊的偏好或小说计划，而是评论了布洛赫的《国王神迹：英法王权所谓超自然性研究》：

> 读起来几乎像一本小说——在我看来像一个侦探故事。我不知道迄今为止是否有学者注意到了布洛赫历史叙述的这种侦探特性，[……]，然而在我看来，这正是"历史—问题"的精髓所在。⑤

的确，这本书在很多方面与侦探小说相类似。马克·布洛赫研究了皇室的触摸仪式、对法国和英国国王的治愈能力的信仰。他不断地推理、论证、揣出假设、指出推理过程、讨论既定观点和剖析文献。读者进入不断得到解释的场景，通过热情而积极的字眼"我们"与作者直接产生了联系，参与其中。他们跟随着布洛赫一起提出问题，试图回答问题，搜索资料，剖析来源，从一个主题到另一个主题。通过引用、批评、论证、推理、直接邀请——如"我们将更详细地描述它""我们只需记住"等措辞 和问题，布洛赫吸引了读者。"我"的存在感也很强，主要是为了告知读者调查的困难和局限性，或者宣告假设的内容。简而言之，这本历史书遵循了范达因（S. S. Van Dine）在1928年制定的"侦探小说的二十条写作规则"中的第一个要求："读者必须与侦探有平等的机会解开谜团。所有线索都必须清楚地加以说明和描述。"⑥当然，布洛赫绝没有误导读者或隐瞒某些内容，这也是侦探小说的常见策略。贯穿全书的研究者把读者升级为助手：不是为主人公兼

---

① Doyle, A. C. *A study in scarlet*. Oxford: Oxford University Press, 1994: 122-123. 也许梅特兰也受到了侦探小说的影响。
② McLuhan, M. & Watson, W. *Du cliché à l'archétype: la foire du sens*. Montréal: Hurtubise, 1973: 109.
③ Messac, R. *Le "Detective-novel" et l'influence de la pensée scientifique*. Paris: Champion, 1929: 177-181.
④ Noland, C. Eugen Weber, 82; UCLA expert on France. *Los Angeles Time*, 20 mai 2007.
⑤ Weber, E. *Ma France*. Paris: Fayard, 1991: 332.
⑥ 转引自：Haycraft, H. *The Art of the Mystery Story*. New York: Grosset & Dunlap, 1946: 189.

侦探的聪明才智所折服的旁观者，而是全程跟随并认同调查路径的伙伴。

马克·布洛赫的其他论著中也带有这种侦探色彩。在《法国农村史》和《封建社会》中，"我"的出现次数比《国王神迹：英法王权所谓超自然性研究》中少，或被降级到说明选择、研究逸事、判断、沿循路径、表述选项等的注释中，这当然是因为《法国农村史》和《封建社会》不再是个人发起的一项调查，而是知识的综合。尽管如此，我们仍能不断感觉到研究者在发挥作用，带领读者探索过去。

马克·布洛赫将这种方式视为对学术历史的蔑视者——以瓦雷里为首，还有许多右翼评论家——的一种抵御。在《为历史学辩护或历史学家的技艺》中，他没有具体提及侦探小说的风格，但进行了说明：展示研究活动，让读者参与进来，是为了呈现科学的研究，加强叙述的吸引力，让有积极性的非专业人士能够接触到受公共资金资助的历史学科的研究成果。[①]诚然，这种特殊的诗学和"倒溯"历史的做法都不能完全用他与侦探小说的联系来解释。但不可否认的是，它们都体现了侦探小说的特点。

众多当代历史学家都运用一种带有侦探小说色彩的诗学。有几个因素发挥了作用：前辈们的卓越光环；反驳对他们讲述历史真相的能力的各种抨击的需要；一种在知识话语层面更加挑衅的氛围；侦探小说所确立的理解世界和讲述世界的更加具有怀疑精神的方式。因此，正如过去六十年的所有文学作品都受这种体裁影响一样[②]，许多历史学家虽然不是侦探小说的爱好者，但也受到了它的影响。

10.3.2 历史学家的文学创作

历史学家们从小说家那里借鉴了写作的方法。有些学者走得更远，转向了小说创作。

罗曼·罗兰曾是一名历史老师。他是历史学科创始人之一加布里埃尔·莫诺（Gabriel Monod）的学生，在完成了关于现代抒情戏剧起源的论文后，他先是在一个中学教历史，后在巴黎高师教授艺术史，在索邦大学教授音乐史。1912年，他辞去了教职，专心创作不完全与历史相关的小说和散文。弗雷德·瓦尔加斯（Fred Vargas）是法国著名的侦探小说作家。她的本名叫弗雷德里克·奥杜安-鲁佐，曾经是一名优秀的考古动物学家，是研究动物体型演变或鼠疫传播问题[③]的专家。曾有一段时间，她身兼二职，为了不影响自己学者的身份[④]，她选择用笔名写小说。她的小说情节中仍保留着这一职业的某些印记：对过去的极度敏感；对警察调查中考古技术的详细描述；当格拉尔

---

① Bloch, M. *Apologie pour l'histoire ou métier d'historien*. Paris: Armand Colin, 1993: 73-74, 114.
② Decout, M. Le roman policier: Une machine à imagination. *Littérature*, 2018, 2(190): 21-34.
③ Audoin-Rouzeau, F. *Les chemins de la peste: le rat, la puce et l'homme*. Rennes: Presses Universitaires de Rennes, 2007.
④ 参见瓦尔加斯的访谈：Vargas, F. Interview: "L' archéologue se fâche". Propos recueillis par Marie-Hélène Pillon, novembre 2004. URL: http://savoirscdi.cndp.fr/archives/dossier_mois/Polar2004/vargas.htm.

警官丰富的历史知识出现在《三位传道者》①中，并在另一些故事中（包括以她的哥哥斯特凡纳·奥杜安-鲁佐为原型创作的人物"圣吕克"）再度出现的历史学家。因此，一些作家在成为小说家之前，曾是历史学家。与他们第一份职业相关的特性可能会在他们的小说中得到延续，这一点值得深入探讨。

还有一些历史学家也涉足了文学领域。在《达摩克利斯的生平片段》②中，当代历史学家帕斯卡尔·奥里秉承他所管理的荒诞玄学学院（Collège de Pataphysique）的传统，围绕着达摩克利斯这个神话人物讲述了一个奇异而怪诞的故事。在研究帝国和波旁复辟时期的历史学家埃马纽埃尔·德·瓦雷基耶尔的大量著作中，我们发现了他创作的诗集《沉默的简要机制》③。因此，有时历史学科的研究者会涉足文学领域，但所写内容与他们的研究课题相去甚远。不过，也有一些历史学家写历史小说。古希腊史专家克洛德·莫塞（Claude Mossé）出版了《阿哥拉集市上的谋杀案》④，小说讲述了一个在公元前4世纪的雅典展开的案件侦查。在《卢修斯·瓦莱里乌斯·普里斯库斯的调查》⑤一书中，时任法兰西学院"国家文物"讲席教授的克里斯蒂安·古迪诺（Christian Goudineau）虚构了对一份手稿的翻译，该手稿讲述了1世纪时发生在高卢的事件。在一篇非常学术的后记中，古迪诺告知读者，小说内容的灵感源于从塔西佗编年史中提取的一个典故。这部小说就一个真实事件提出了假设，并展现了一幅1世纪初高卢的画卷。

那么，创作小说是学者们厌倦了学术研究之后的放松活动吗？是年轻时被其他活动耽误的文学倾向在晚年得到了满足吗？或许是的。但我们仔细观察一个特殊的案例就会发现，对于一些历史学家来说，写小说也是为了探索过去。

1995年，研究西班牙及其帝国历史的权威巴托洛梅·本纳萨尔（Bartolomé Bennassar）出版了小说《西富尔斯的穆斯塔法的磨难》⑥。这个故事呈现的是一个基督徒的不完整自传手稿的抄录。该基督徒于1560年出生于土伦附近，10岁出海时被穆斯林教徒抓获，之后被强制流放到了马格里布，在那里度过了36年的动荡岁月。回到祖国约15年后，他写下了自己的传奇经历。小说的后记与读者进行了互动——通过质疑该文本的地位，提供多种学术信息，后记由此指出，一些档案证实了几个主角和多处细节的真实性："只有两种可能：要么该基督徒的手稿是真的，要么杜撰者是历史学家。"⑦但该书并没有任何含混的意思：封面上写着"小说"，封底上写着"伟大的冒险小说"，介绍本纳萨尔的页面和"来自同一作者的作品"那一页都称其为历史学家。

---

① Vargas, F. *Debout les morts*. Paris: Viviane Hamy, 1995.
② Ory, P. *Vie de Damoclès: Fragments*. Paris: Éditions des Busclats, 2012.
③ Waresquiel, E. (de). *Brèves machineries du silence*. Paris: Le Cherche midi éditeur, 1995.
④ Mossé, C. *Meurtres sur l'Agora*. Paris: Calmann-Lévy, 1995.
⑤ Goudineau, C. *L'enquête de Lucius Valérius Priscus*. Arles: Actes Sud/Errance, 2004.
⑥ Bennassar, B. *Les tribulations de Mustafa des Six-Fours*. Paris: Critérion, 1995.
⑦ Bennassar, B. *Les tribulations de Mustafa des Six-Fours*. Paris: Critérion, 1995: 179-180.

本纳萨尔是在与妻子合作撰写了《真主安拉的基督徒：16 和 17 世纪背教者的传奇历史》[①]后想象出这个历险故事的。该书分析了 16 和 17 世纪的一些基督徒被穆斯林俘虏后，在奥斯曼帝国沦为奴隶的经历，其中也不乏获得很高地位的人。他们中的很多人或是因为被劝服、胁迫，或是想要摆脱奴役和改变地位而转变了信仰。在他们逃跑或被基督教舰队抓获后，许多人被送上宗教裁判所法庭，留下了丰富的档案资料。

一些研究西班牙的学者从完全不同的角度提到了本纳萨尔的这部小说。例如，加州大学洛杉矶分校的一位历史学家认为它是"对著名人物，即西富尔斯的穆斯塔法的虚构/历史叙述"[②]。但穆斯塔法并不是"著名人物"，而是一个杜撰人物。同样，一位现代史专家在谈到船上的苦役生活时，首先引用了 16 世纪末一位西班牙船役囚犯的证词，之后又引用了《西富尔斯的穆斯塔法的磨难》的西班牙语译本[③]，他把该小说当成了一份时代文献[④]。

本纳萨尔写了四部小说，其中第二部获得了巨大成功，还被改编成了电影[⑤]。但《西富尔斯的穆斯塔法的磨难》是唯——部历史小说。除了重拾写作的乐趣外，还有一些因素表明，这位历史学家通过小说，以另一种形式拓展了历史研究。

米格尔·德利贝斯（Miguel Delibes）的小说《异教徒》（*El Hereje*）讲述了一个西班牙路德教教徒的故事，并记录了巴利亚多利德一个新教团体被皇帝和教会镇压之前的编年史。小说出版后，一名记者，本纳萨尔以前的学生，在书中看到了本纳萨尔对这个城市历史[⑥]和宗教裁判所[⑦]的专业意见。本纳萨尔很欣赏这部作品，认为其中的人物无论杜撰与否，都"符合那个时期的真实性"，因为他们是根据文献和历史作品被精心塑造出来的[⑧]。他甚至宣称：

> 我们有点嫉妒，因为在历史学家因缺乏资料而停笔的地方，小说家继续推进了[⑨]。德利贝斯做得很好，小说并没有改变我的认知，相反，它赋予了我所了解的事物一种语调、一种风格、一种色彩，这是历史学家能感知到，但无法写下来的。我很高兴写下我阅读

---

① Bennassar, B. & Bennassar, L. *Les Chrétiens d'Allah: l'histoire extraordinaire des renégats, XVIe et XVIIe siècles*. Paris: Perrin, 1989.
② Ruiz, T. F. *The Western Mediterranean and the World: 400 CE to the Present*. Malden: Wiley Blackwell, 2018: 225.
③ Barrio Gozalo, M. Los cautivos españoles en Argel durante el siglo illustrado. *Cuadernos Dieciochistas*, 2003(4): 155; Barrio Gozalo, M. El corso y el cautiverio en tiempos de Cervantes. *Investigaciones historicas: Época moderna y contemporánea*, 2006(26): 102.
④ 不过，该小说的西班牙语版的封面和封底都印有"历史小说"的字样。
⑤ Bennassar, B. *Le Baptême du mort*. Paris: R. Julliard, 1962.（1969 年被改编成电影《最后一跳》。）
⑥ Bennassar, B. *Valladolid au siècle d'or. Une ville de Castille et sa campagne au XVIe siècle*. Paris/La Haye: Mouton, 1967. 德利贝斯在致谢中提到，本纳萨尔是指导他写作的历史学家之一：Delibes, M. *El Hereje*. Barcelona: Ediciones Destino, 2001: 499.
⑦ Bennassar, B. (ed.). *L'inquisition espagnole XVe—XIXe siècles*. Paris: Hachette, 1979.
⑧ Harang, J-B. Bartolomé Bennassar: "les historiens sont un peu jaloux". Rencontre avec un spécialiste de l'Espagne et de l'Inquisition. *Libération*, 30 mars, 2000: 3. 本纳萨尔重申了他的钦佩之情：Bennassar, B. A propósito de *El Hereje*, de Miguel Delibes. In Sánchez del Barrio, A. & López, A. L. (eds.). *El viaje de los libros prohibidos Miguel Delibes*, El Hereje. Valladolid: Fundación Miguel Delibes, 2014: 47.
⑨ 此处可能暗示了巴尔贝·多雷维利的思考，参见：Barbey d'Aurevilly, J. *Une Page d'Histoire (1603)*. Paris: Alphonse Lemerre, 1886: 19.

后的感受。①

本纳萨尔坦言，虽然小说家通过查阅和他相同的文献资料，描绘出了自己所感受到的元素，但他没能用历史诗学来写作。在对本纳萨尔的历史小说进行考察之前，让我们先转向他为科尔特斯所写的传记。在传记中，他多次提到了一位伟大作家，例如：

> 科尔特斯和玛琳切是在特拉斯卡拉（Tlaxacala）成为情人的。这似乎是一段激情的关系，但我们没有找到任何声明或文字。历史学家没有小说家那样的本事。他不能像卡洛斯·富恩特斯那样，进入耶罗尼莫·德·阿吉拉尔的思想中。②

本纳萨尔钦佩卡洛斯·富恩特斯（Carlos Fuentes），因为后者在历史数据极匮乏的情况下虚构了科尔特斯最早的翻译官阿吉拉尔的遐想，回溯了"征服者"科尔特斯与玛琳切的关系。玛琳切是被献给科尔特斯的美洲印第安女奴之一，在征服墨西哥的过程中起到了关键作用。但本纳萨尔也知道，这样写作会背离历史诗学。此外，他大量引用了富恩特斯的另一则短篇小说，故事中的"大马丁"（科尔特斯与玛琳切的儿子）和"小马丁"（科尔特斯回到西班牙与另一个女人结婚后所生儿子）因为自己的父母而彼此对立③。尽管本纳萨尔只是在传记中提到小说家，并没有加入其他权威话语来证实他的叙述，但的确激发了人们想要了解科尔特斯这个历史人物的冲动。

本纳萨尔对《异教徒》的评论以及他引用富恩特斯的短篇小说的方式表明④，他认为一些小说家通过小说讲述了关于过去的真相，而这些真相是一个历史学家在翻阅资料时可以感受到，却无法表达出来的，因为他的文字受过度的谨慎和假设所限，或者不能超出历史诗学的可接受范围。在《真主安拉的基督徒：16和17世纪背教者的传奇历史》中，他讲述了背教者们的经历，提供了有据可考的信息，展开了假设，保留了某些主题的不确定性。在《西富尔斯的穆斯塔法的磨难》中，他杜撰了合乎情理的际遇，并以一个生活在四个世纪前的人的口吻来讲述这些际遇。因而他所写的，是与过去的痕迹相联系的感受和理解，这些在历史学家的研究中是难以描述的。所以，本纳萨尔以一种不同于历史的方式探索并呈现了过去。当然，除了通过小说来拓展历史研究之外，他也满足了历史学家们的幻想：只写事实，尽管历史学的研究因为材料的匮乏预设了大量的假设；产生可能是过去痕迹的事物，成为它的主人，尽管研究者总是处在历史遗迹的权威

---

① Harang, J-B. Bartolomé Bennassar: "les historiens sont un peu jaloux". Rencontre avec un spécialiste de l'Espagne et de l'Inquisition. *Libération*, 30 mars, 2000: 3.
② Bennassar, B. *Cortès: le conquérant de l'impossible*. Paris: Payot, 2001: 259. 本纳萨尔引用了短篇小说集《橙子树》中的故事"两岸"：Fuentes, C. *L'oranger*. Paris: Gallimard, 1995: 31.
③ 参见故事《征服者的儿子们》：Fuentes, C. *L'oranger*. Paris: Gallimard, 1995: 57-107.
④ 在《佛朗哥传》（Paris: Perrin, 1994）中，本纳萨尔也多次提到了该小说。

之下;让历史的受害者,让那些历史中被迫发出声音的人畅所欲言;使昔日的人物"复活",讲述自己的故事,采取行动,尽管历史学家说的都是已死去的人。在他的回忆录中,当他提到他的其他文学作品时,他没有提到自己的历史小说,这当然是因为他意识到德利贝斯、富恩特斯和其他人的作品都优于自己的小说。

很少有历史学家会去写一本关于他们专业的小说。但许多人都有这种意愿。在很多历史书的开头,或在书中其他重要位置所出现的引自小说的题词体现了这种意愿。有时它表现得更为明确。例如,在一本关于突尼斯的一位犹太学者的书中,卢塞特·瓦伦西(Lucette Valensi)在导言里提到了许多小说家:司汤达、莫迪亚诺、坡、凡尔纳、佩雷克。在最后一章"最后的痕迹"中,她对约瑟夫·康拉德在《吉姆爷》中对其角色的精确描述"他很高(一米八十二或一米八十三),身材结实……"进行了评论:"我羡慕小说家,可以自由地塑造他的人物,把他的身高精确到厘米,而我呢,可能一直到最后,我都不知道那个我研究了那么久的学者长什么样。"①

对于有的历史学家而言,写小说是以另一种方式进行历史研究,这个观点在最近的一些乌有史作品中得到了说明。学者们会频繁地插入几句话,让读者去思考如果某件事情没有发生,事态可能会如何发展。还有学者研究了某些历史问题,如"假如美国南北战争没有爆发,南方是否会在短期内废除奴隶制"②,或"如果没有铁路,只有运河和公路,美国会如何发展"③。有些学者已经将这种方法系统化。例如,尼尔·弗格森(Niall Ferguso)④在《帝国》⑤中构建了一个反事实的结论,即如果大英殖民帝国不存在,世界将比现在更糟糕。这被许多人视为新保守主义或新帝国主义的观点,他后来的立场证实了这一判断。长期以来,法国历史学家对这些方法一直持保留态度,尽管有些学者也进行了尝试。但不可否认的是,一些明确虚构的创作已经成了补充历史分析的文学作品。

在《另一个世纪》⑥这本文集中,历史学家们根据一个改动而畅想了不同的历史版本:德国在 1914 年赢得了马恩河战役,势不可挡地攻占了巴黎。这些 20 世纪的专家⑦沿循历史诗学的语气和惯例,尤其是通过标明参考文献和真实来源的脚注,展示了 20 世纪 20 年代前后的一个世界,与实际的世界截然不同。帕斯卡尔·奥里则是远远超越了时间的框架,将文化和思想史的叙述扩展到了整个世纪,汇集真实历史中已知的艺术家和知识分子的名字,赋予他们不同的命运。这些历史学家是应记者格扎维埃·德拉克

---

① Valensi, L. *Mardochée Naggiar. Enquête sur un inconnu*. Paris: Stock, 2008: 332.
② Murphy, G. G. S. On counterfactual propositions. *History and Theory*, 1969(9): 14-38.
③ Fogel, R. *Railroads and American Economic Growth: Essays in Econometric History*. Baltimore: The John Hopkins Press, 1964.
④ Ferguson, N. *Virtual History: Alternatives and Counterfactuals*. New York: Basic Books, 1997.
⑤ Ferguson, N. *Empire. The Rise and Demise of the British World Order*. New York: Basic Books, 2004.
⑥ Delacroix, X. (ed.). *L'Autre Siècle. Et si les Allemands avaient gagné la bataille de la Marne ?*. Paris: Fayard, 2018.
⑦ 包括:斯特凡纳·奥杜安-鲁佐、索菲·科尔、布鲁诺·富利尼、康坦·德吕埃莫、罗伯特·弗兰克、克里斯蒂安·因格芳、帕斯卡尔·奥里、皮埃尔·桑加拉韦卢。

洛瓦（Xavier Delacroix）之邀进行了乌有史创作的，还有五位小说家[①]也接受了邀请。诚然，写作的乐趣是这个计划的一部分。但学者们更希望通过书写这些别样的历史，鼓励读者去探索那个已发生的过去，不要把一系列事件作为一个逻辑的、不可避免的整体来把握，而是要把它们看作难以厘清的多个序列，是同时代人在不确定中所经历的。

在《另一个世纪》中，历史学家们偏离了惯常的学术研究范式。但有的时候，一种乌有史的改动也包含着历史研究。一本描写1962年8月戴高乐在小克拉玛（Petit-Clamart）遇袭事件的学术论著可以证明这一点。让纳内（Jean-Noël Jeanneney）在书中剖析了遇袭事件，在"命运难料"那一章中，他审视了"可能使一切变得不同的那些偶然因素"，幸存者对这些偶然因素极其敏感。作者在两个维度上认同乌有史："防止虚假的回溯证据"和一种"以过去之名粉碎了可能发生但没有发生之事的终结主义"；使读者感受到一个决定性时刻的意义以及它被纳入历史的方式，强调参与者的行动在趋势、方向，甚至是在它之前的长期历史变革中所产生的影响。该论著的最后一章中有一篇乌有史文章，从政治的角度设想了如果戴高乐没有在这次袭击中幸免于难，历史可能会有的走向[②]。

最后，让我们总结一下历史学家对小说诗学的借鉴，以及部分历史学家有时从一个简单的想法出发进行小说写作的方式。这两种做法表明，他们在文学中看到了一种理解和呈现过去的能力，尽管文学的方式与历史学科不同，但二者却是互补的，历史学家与小说家一样，有着把世界纳入叙述的雄心。

历史学家与小说家都在叙述历史。但要想让他们"根据表象对现实所进行的解释"[③]成为普遍性解释，让同时代的人接受他们所叙述的过去的精神面貌，历史学家的书写仍需努力。在这场游戏中，历史学家远没有取得胜利，因为许多读者对过去的许多事都有这种印象：

> 不夸张地说，我甚至怀疑，阅读一本关于黎塞留的学术专著，以及所有必要的注释、档案资料和参考文献，是否足以纠正我那读完《三个火枪手》后形成的对枢机主教显然是错误的印象，尽管距我读《三个火枪手》已过去了近50年！[④]

而一些历史学家仍会因为那些过分赞誉历史题材小说的评论而感到恼火，那些评论还认为小说比历史著作更具优越性。例如，对一本以西班牙内战时期为背景的小说，有

[①] 皮埃尔-路易·巴斯、伯努瓦·奥普坎、塞西尔·拉嘉莉、皮耶尔·勒迈特和布鲁诺·富里格尼。
[②] 让纳内已经在文学方面进行了尝试，他的剧作以作为历史学家所研究的人物和主题为特征。例如，《我们中的一个》（*L'un de nous deux*, 2010）讲的是乔治·芒代尔（Georges Mandel）和莱昂·布鲁姆（Léon Blum）之间的对话，当时他们一起被囚禁在布痕瓦尔德集中营附近；《克罗谢特事件》（*L'affaire Crochette*, 2017）刻画了第一次世界大战前夕的一个骗子。
[③] Auerbach, E. *Mimésis. La représentation de la réalité dans la littérature occidentale*. Paris: Gallimard, 2002: 549.
[④] Benoziglio, J.-L. De quelques (naïves) questions sur Histoire et histoires. *Villa Gillet*, 1999(9): 56.

人如此评价："小说比历史说得更多""当代最伟大的西班牙作家，构建了一个比所有历史书都更严谨的画面。书中所描写的内战使人如身临其境一般：只有小说家才能做到这一点，就像让·艾什诺兹用 120 页的《14》叙述了比所有学术论文更多的关于'14—18'[（第一次世界大战）]的内容"。[①]

克列孟梭（Georges Clemenceau）曾说，"战争是如此之重要，以至于不能全部依靠军人"。若是模仿克列孟梭的说法，那么我们同样可以说，历史是如此复杂、如此有趣、如此宏大，以至于不能仅由历史学家来挖掘。况且，如果小说家没有掌握某些人物和事件的信息，他们还能如此侃侃而谈吗？更重要的是，假如不是文学作品为我们提供了如此多的图像，激发了我们的好奇心和想象力，推动着我们去质疑过去，我们还会想知道更多相关历史吗？不管是作为挑战、跳板，还是讨厌又难弄的"邻居"，对于历史学科来说，历史题材小说仍然是它们的竞争伙伴。

---

① Warens, J. Les romanciers, mieux que les historiens ?. *Marianne*, 23 novembre 2018.

📖 拓展阅读与思考

1. 小说对历史事件的展现及历史学家对此的反应。

萨特描绘了达拉第签署慕尼黑协定后返回巴黎时的场景，几位历史学家对此进行了评论。

> 1938年9月，希特勒以"民族自决权"的名义宣布，他将于10月1日吞并属于捷克斯洛伐克、居住着300万德裔人口的苏台德地区。法国随后出动了军队；战事一触即发。9月30日，在贝尼托·墨索里尼的斡旋之下，德国与捷克斯洛伐克的盟友法国和英国在慕尼黑进行了一次会晤。时任法国总理爱德华·达拉第由代表团陪同出席，代表团成员包括时任法国外交部秘书长亚历克西·莱热（又名圣琼·佩斯）。尽管希特勒并没有给出明确的和平承诺，但该会议仍以苏台德地区割让给德国而告终。
>
> 1945年，让-保罗·萨特在小说《缓期执行》中刻画了9月23日至9月30日期间的不同人物。在小说的结尾，萨特描述了达拉第返回巴黎时的情况。
>
> 飞机在布尔热机场上空转了好几个大圈子[……]
> 莱热朝达拉第欠下身子，指着这黑压压的一片，对他大声说：
> "多壮观的人群！"
> 达拉第也向下观望。从离开慕尼黑以来他头一遭开口说话：
> "他们是来揍我的！"
> 列日不表示异议。达拉第耸耸肩膀：
> "我理解他们。"
> "一切都得看维持治安的部队如何，"莱热叹了口气说。[……]
> 飞机着陆了。达拉第颇为艰难地走出机舱，踏上了舷梯；他脸色发青。下面是一片嗡嗡不止的大声叫喊。人们奔跑起来，冲破警戒线，挤垮了阻隔栏。[……]他们在高呼口号："法国万岁！英国万岁！和平万岁！"他们手里举着旗帜，或者捧着鲜花。达拉第在舷梯最上面一级站住了。他惊慌失措地瞅着他们。然后他转身看看莱热，咬着牙小声说：
> "一群蠢货！"[1]
>
> 对于这个历史时刻，有一些民众欢腾的照片和新闻报道影片，也有记者和目击者的各种叙述。另一方面，即使达拉第和亚历克西·莱热曾谈起过这个时刻，他

---
[1] 萨特. 萨特文集 3：小说中卷. 丁世中, 译. 北京：人民文学出版社, 2000: 462-463.

们也绝没有说过"一群蠢货！"，也绝不会在公开场合或在有可能报道他们话语的第三者面前评论萨特所描写的这个场景。在1945年前，曾有极少数文本曾形容过达拉第有这种反应，但那是达拉第在法国战争部说的，距抵达机场已经过去了很久。一些人形容他用了其他词，其中只有一篇文章描写了达拉第在布尔热机场时的这种反应，但当时他说的应该是"一群白痴！"。随着时间的推移，一些直接目击者（当时就在飞机上）也给出了达拉第的其他表述，例如："这些人都疯了"，或是确认了萨特所描述的反应。

以下选段为历史学家对《缓期执行》结尾的评论。

我们都知道萨特所写的："飞机着陆了。达拉第[……]走出机舱。[……]他转身看看莱热，咬着牙小声说：'一群蠢货！'"克鲁伊·香奈儿的记忆则略有不同。他去慕尼黑和莱热会面，当时也在飞机上。他说："舱门开了。没有预想中的嘘声和反对声音，迎接我们的是一阵欢呼、一大片致敬的声浪。达拉第转身对莱热说：'这些人都疯了。'"①

吴水燕 译

在战后出版的小说三部曲"自由之路"中，让·保罗-萨特描绘了爱德华·达拉第在结束国际会晤后返回布尔热机场时的情景。总理乘坐的飞机在降落前转圈，透过飞机的窗户，达拉第看到人群涌向布尔热机场。他知道法国人的态度是退让，他以为自己会受到媒体的讥讽，以为这些人聚集在那里是为了斥责他，甚至可能是来揍他的，总之是为了让法国领导人蒙羞。但是，当飞机降落并驶入停机坪时，人群冲破了警戒围栏，打着横幅为他欢呼。萨特下面的这句话也许属实。达拉第转向坐在他旁边的亚历克西·莱热（时任法国外交部秘书长，他的笔名圣琼·佩斯更为人所知），发出了一句简短的评价："一群蠢货！"

无论这段轶闻是真的还是假的，无论它是小说家的臆想还是真实的历史话语，其意义都非比寻常。达拉第认为，这些为他欢呼的法国民众并不了解，在慕尼黑的退让潜藏着巨大的危险，而该次会晤并没能设法避免这种危险。事实是，在第一次世界大战结束20年后，法国的舆论仍保留着植根于人民思想和心灵的和平主义。尽管德国人日益狂热，准备再次开战，而且他们还受到希特勒扩张主义企图

---

① 节选自：Sirinelli, J-F. *Le Siècle des bouleversements. De 1914 à nos jours*. Paris: Presses Universitaires de France, 2014: 77-78.

的蛊惑，但法国人仍旧相信，第一次世界大战是"最后的战争"。①

吴水燕 译

当时，慕尼黑给人以和平的幻觉。摆脱了长期焦虑的法国人民对他们的谈判代表表示了狂热的欢迎。让-保罗·萨特重现了这一场景："飞机盘旋[……]他咬着牙齿说：'一群蠢货！'"②

吴水燕 译

请阅读以上段落，回答以下问题：

（1）与历史上达拉第签署慕尼黑协定后回到法国的场景相比，萨特在《缓期执行》中给出了一个怎样的版本？

（2）众多历史学家在谈论达拉第的回程时是如何看待萨特小说的结尾的？

（3）历史学家们援引萨特的《缓期执行》是否都出于相同的目的？

2. 罗杰·夏蒂埃有关小说作品和历史专著之间"竞争"关系的思考。

罗杰·夏蒂埃（Roger Chartier），历史学家，法兰西学院教授，文化史，尤其是阅读史、出版印刷史研究专家。在本节选中，他反思了历史学家的研究和小说作品之间的竞争和差异。

历史学家们意识到，他们所撰写的历史论著只是社会与过去维持联系的方式之一。小说作品（至少是部分小说）和记忆（无论是集体记忆还是个人记忆）同样赋予过去某种存在，有时甚至比历史书所确立的存在更为有力。我们需要了解的正是存在于二者之间的这种竞争。[……]

历史和虚构的区别似乎是清晰分明的，如果我们承认一切形式（神话、文学、隐喻）的虚构是"给予真实以形式的一种话语，既不再现真实，也不标榜真实"，而历史则声称对过去和现在逝去的真实给予了充分的再现。在这个意义上，真实既是历史话语的对象，也是历史话语的保证。然而，仍然存在几个因素模糊了二者之间的清晰界限。首先是文学作品对过去的再现能力的凸显。在新历史主义分析中起关键作用的"能量"概念，可以帮助我们理解某些文学作品如何比历史学家的著作更有力地塑造了对过去的集体表述。16、17世纪的戏剧和19世纪的小说，通过将历史事件和人物置于文学虚构中，并以舞台表演或书面文字的形式呈现真

---

① 节选自：Réau, E. (du). *Edouard Daladier 1884—1970*. Paris: Fayard, 1993: 285.
② 节选自：Sirinelli, J-F. *Le Siècle des bouleversements. De 1914 à nos jours*. Paris: Presses Universitaires de France, 2014: 77-78.

实情境的虚构，从而掌握了过去。当文学作品具有某种特殊的力量，它们就获得了"生产、塑造和组织集体身心经验"的能力。——而正是在这些作品中，我们得以与过去相联系。

以莎士比亚的历史故事为例。[……]因此可以肯定的是，正如哈姆雷特所说(II, 2)，演员"是时代的摘要和简略编年史"，历史题材的剧本为观众和读者塑造的过去，比剧作家借助编年史所写出的历史更生动、更有力。

剧院舞台上所呈现的历史是一段重新组合的历史[……]，它基于对编年史学家给出的历史现实的扭曲，为观众提供了对过去的含混再现，充满了模糊、不确定性和矛盾性。

动摇历史和虚构之间明显区别的第二个原因是，文学不仅掌握了过去，而且还掌握了体现着历史学科知识地位的文献和技巧。虚构通过攫取证明的技巧来破坏历史标榜真实的意图或主张，在这些手段中，"真实的效果"必须占有一席之地，罗兰·巴特将其定义为"指涉性的幻觉"（illusion référentielle）的主要模式之一。在古典美学中，正是"拟真"（vraisemblable）这一范畴确保了历史叙述与虚构故事之间的相似关系，因为根据弗雷蒂埃在1690年词典中的定义，历史是"如其所是地描绘、叙述事物，或描述已经发生或可能发生的行动。"[……]因此，我们所要区分的不是历史和虚构，而是不同的拟真描述，无论它们是否指涉现实。如此一来，历史就从根本上不同于学术的关键要求，脱离了对作为其话语保证的现实的参照。

通过放弃拟真，虚构进一步加强它与历史的关系，增加了具体的注释，使虚构变得更像现实，并产生一种指涉性的幻觉。为了对比这种对于任何形式的现实主义美学来说都是必要的文学效果，巴特写道，对于历史来说，"事物的曾经存在是话语的一个充分原则"。然而，这种"曾经存在"，这种"具体的真实"，作为话语真实性的保证，必须被引入历史话语本身，以便将其认证为真实的知识。正如德·塞都所指出的那样，引用、参考和文献就是这种情况，它们将过去的事物召唤到历史学家的书写中，同时展示它的权威。

因此一些虚构作品挪用了历史学所特有的证明技巧，不仅为了产生"现实的效果"，更是为了产生历史话语的幻觉。[……]

还有最后一个吸引人但危险的原因导致了作为知识活动的历史和虚构（无论是文学还是神话）之间的相似性。在当代社会，身份并不都是民族性的，对建构或重构身份的确认或证明需求，往往能够激发对过去的重写，而这个重写歪曲、忽略或掩盖了真正的历史知识的贡献。这种偏移通常有其合理的诉求，充分说明对适用于"历史学操作"的不同时刻的验证标准的认识论思考是有必要的。事实上，历史的批判能力并不局限于对伪造和假冒的否定。它能够而且必须将阐释的建构置于客观的适用标准或否定标准的检验之下。

历史的这种功能必然会产生评判的标准问题。这些标准是否应该与论证的内部连贯性有关？与所获结果的一致性有关？与历史批评的经典法则有关？另一方面，根据历史对象和方法的多样性，为历史假定了多种证明体系的做法是否合理？或者说，我们是否应该尝试发展一种客观性理论，为区分可接受和不可接受的解释建立普遍的标准？尽管一些历史学家认为这些问题无足轻重，但它们是至关重要的。在这个我们和过去的关系受臆想和虚构的历史所威胁的时代，对使历史话语如何成为过去现实的充分表述和解释的条件进行反思，是非常必要和迫切的。这种反思原则上假设了批判性知识和可被直接认出的现实之间的差别，它参与了将历史从看起来像真实的记忆和虚构中解放出来的漫长过程。①

吴水燕 译

请阅读以上段落，回答以下问题：

（1）在夏蒂埃看来，相对于文学产生的历史话语，历史学家的历史是在什么情况下产生的？为什么？

（2）请根据节选文本谈谈文学对历史学家所写的历史有何作用。

---

① 节选自：Chartier, R. *Au bord de la falaise: l'histoire entre certitudes et inquiétude*. Paris: Albin Michel, 2009: 353, 356-362.

参考文献

扫码阅读本书参考文献